AF304088

Natascha Kribbeler wurde 1965 in Hamburg geboren. Ihr Herz gehörte schon früh der Sehnsucht nach der weiten Welt. Interessiert an Geschichte, Fotografie und fremden Kulturen, arbeitete sie in ihrem erlernten Beruf als Rechtsanwaltsgehilfin – bis die Familienplanung sie nach Bayern verschlug, wo sie jahrelang mit Mann und Sohn lebte. Inzwischen ist sie in den Norden zurückgekehrt und schreibt dort, immer eine frische Brise im Gesicht, mit Herzblut Nordsee-Liebesromane.

NATASCHA KRIBBELER

Dünen
träume

Neuanfang mit
Meeresrauschen

Erstausgabe August 2022

Copyright © 2023 dp Verlag, ein Imprint der
dp DIGITAL PUBLISHERS GmbH
Made in Stuttgart with ♥
Alle Rechte vorbehalten

Dünenträume – Neuanfang mit Meeresrauschen

ISBN 978-3- 98637-535-5
E-Book-ISBN 978-3- 98637-298-9

Covergestaltung: ARTC.ore Design
Umschlaggestaltung: ARTC.ore Design
Unter Verwendung von Abbildungen von
shutterstock.com: © s_oleg, © Vishnevetskiy, © Pawel Kazmierczak,
© FooTToo, © Lightboxx, © FooTToo, © Gekko Gallery
Lektorat: Ulrike Maria Berlik
Satz: dp DIGITAL PUBLISHERS GmbH
Druck und Bindung: Books on Demand GmbH, Norderstedt

Kapitel 1

Leise trat Sophie an die angelehnte Tür des Kinderzimmers, hielt den Atem an und lauschte. Würde sich Kati wieder mal in den Schlaf weinen? Doch zu ihrer Erleichterung hörte sie nichts. Vorsichtig schob sie die Tür weiter auf, steckte ihren Kopf ins Zimmer und warf einen Blick auf ihre schlafende Tochter. Im sanften Schein der Nachtlampe wirkte Katis kleines Gesicht entspannt und unschuldig. Eine Welle der Zärtlichkeit überschwemmte Sophie und brachte sie zum Lächeln. Das kam selten vor, seit sie vor dreieinhalb Monaten zusammen hierher nach Lüneburg gezogen waren. Im Wachzustand schien Kati nämlich beinahe immer finster ihre Stirn zu krausen und ihre Unterlippe vorzuschieben. Diese Mimik beherrschte ihre Tochter inzwischen bis zur Vollkommenheit.

Sophie trat ans Bett und zog die Decke über die schmalen Schultern des Mädchens. Wie klein sie wirkte, wie zerbrechlich – und wie unschuldig. Dabei wusste Sophie, dass Kati für ihre Fehler büßte, für die Fehler ihrer Mutter.

Erschrocken zuckte sie zusammen, als ihre Tochter im Schlaf seufzte und sich umdrehte. Es kam ihr vor, als hätte sie ihre Gedanken gelesen und würde ihr zustimmen.

Still wandte sie sich ab und verließ das Kinderzimmer, ging in die Stube und goss Tee in ihre Tasse. War es nicht so, dass auch sie selbst sich hier immer noch fremd fühlte? Langsam ließ sie ihre Blicke durch den behaglich eingerichteten Raum schweifen, über das taubenblaue Sofa und den Sessel, in dem Kati abends immer lümmelte und sich ihre Kindersendung im Fernsehen ansah, die Kommoden und die Vitrine voller Erinnerungsstücke an ihr altes Leben in Coppum. An der Wand hingen gerahmte Fotos, die glückliche Erinnerungen eingefangen hatten wie ein Käfig bunte Vögel. Alles sah sehr hübsch aus – und wirkte fehl am Platz. Genauso, wie sie sich fühlte. Es war, als würden die Möbelstücke empfinden wie sie selbst und sich zurückwünschen.

Schnell trank sie einen Schluck Tee in der Hoffnung, mit ihm ihre aufsteigenden Tränen hinunterschlucken zu können. Was war bloß los mit ihr? Warum machte sie alles falsch? Mit einem Mal erschien ihr das Ticken der Uhr an der Wand überlaut, als wollte es sie an die Zeit gemahnen, die unaufhaltsam verstrich und mit jeder Stunde Katis Kummer vergrößerte.

Es war kurz nach neun Uhr am Abend. Ob sie jetzt noch ihre Freundin Birte anrufen konnte? Sicher saß sie gerade mit ihrem Mann auf der Couch und guckte den neuesten Krimi.

Kurzentschlossen griff sie zum Telefon. Sie musste jetzt einfach eine vertraute Stimme hören, sonst würde sie vor lauter Verzweiflung tatsächlich noch weinen. Zu ihrer Erleichterung nahm Birte schon nach dem dritten Klingeln ab.

„Hallo, hier ist Sophie. Tut mir leid, dass ich euch so spät noch störe."

„He, gar kein Problem. Du weißt, dass du mich jederzeit anrufen kannst. Was ist denn los? Ist etwas passiert?"

„Nein, das nicht. Aber ... Ich bin so durcheinander. Ich habe immer mehr das Gefühl, dass es ein Fehler war, wegzugehen. Kati kann sich einfach nicht eingewöhnen, weißt du?"

„Wie lange wohnt ihr jetzt in Lüneburg?"

„Seit drei Monaten, einer Woche und vier Tagen." Sophie seufzte.

„Da kannst du doch noch keine Wunder erwarten. Gib ihr Zeit. Kinder brauchen mitunter etwas länger."

„Sie hat sich verändert, weißt du? Sie schmollt und zickt bei der kleinsten Kleinigkeit herum. Mit den anderen Kindern im Kindergarten will sie nichts zu tun haben. Die sind angeblich alle doof."

„Sie vermisst ihre alten Freunde. Du musst Geduld haben, Sophie, das wird schon werden."

„Hoffentlich. Sie tut mir so leid, weißt du? Sie versucht, ihren Kummer durch Trotz zu kompensieren."

Birte lachte leise. „Aus dir spricht die Erzieherin. He, alles wird gut. Du kannst dich so wunderbar in deine kleine Maus hineinversetzen. Warte nur ab, bald springt sie wieder glücklich herum."

„Und wenn nicht? Ich habe so ein furchtbar schlechtes Gewissen, Birte. Ich fürchte, ich habe Kati zu viel zugemutet. Erst die Trennung von ihrem Vater, dann der Umzug in eine fremde Umgebung ..."

„Du bereust, dass ihr weggezogen seid?"

„Ja und nein. Wenn ich das bloß wüsste. Du weißt ja selbst, wie kompliziert damals alles war. Carsten und ich hatten uns nur noch gestritten, und Kati hatte es mehr als einmal mitbekommen. Sie hatte uns unter Tränen angefleht, uns wieder zu vertragen." Bei der Erinnerung daran stiegen Sophie Tränen in die Augen. „Mein kleines Mädchen! Sie ist erst vier. Sie sollte so etwas noch nicht mitbekommen."

„Es war trotzdem richtig, dass du dich von Carsten getrennt hast. He, er hatte zugegeben, seit über einem Jahr eine Affäre zu haben. Wenn Michi so was machen würde, den hätte ich hochkant rausgeschmissen! Und das hättest du mit Carsten auch machen sollen. Er hätte ausziehen müssen und nicht ihr beide."

Sophie lachte bitter. „Ja, hinterher ist man immer schlauer, oder? Es war ja nicht nur der Ärger mit Carsten. Du weißt ja selbst, dass die Zustände in Coppum unerträglich geworden waren. Ich wollte nur noch so schnell wie möglich weg."

Das war noch harmlos ausgedrückt. Böses Blut hatte es gegeben, sehr viel davon. Um keinen Preis hätte sie es dort länger aushalten können. Doch nun, wo sie weg war und sah, wie Kati litt, erschien ihr der Umzug immer mehr wie eine unüberlegte, kopflose Flucht, die sie in eine Sackgasse gedrängt hatte.

„Ich habe versucht, meine Probleme auf Katis Rücken zu klären", gab sie leise zu und schämte sich. „Das war unverantwortlich."

„Sei nicht zu streng zu dir. Du bist auch nur ein Mensch. Du hast getan, was dir in dem Moment richtig erschien. Wie du ja gerade schon gesagt hast, weiß man meistens erst hinterher, ob etwas richtig oder falsch war. Abgesehen davon, wie gehts dir sonst so?"

„Ganz ehrlich? Ähnlich wie Kati. Ich fühle mich fremd hier, so, als ob ich hier nicht hergehöre."

„Hast du mal darüber nachgedacht, zurückzukommen? Es redet doch keiner mehr von ... der Sache."

„Ich denke jeden Tag darüber nach. Aber ich fürchte, es wäre falsch. Jetzt sind wir schon so weit gekommen, haben die Wohnung gemütlich eingerichtet ... Wie du schon sagtest, muss ich wohl nur mehr Geduld haben, auch mit Kati. Sie wird sich schon eingewöhnen. So gern ich an Coppum denke und so gern ich natürlich wieder dort wohnen würde, so wenig will ich Emma über den Weg laufen. Und das wird sich dort nicht vermeiden lassen. Vor allem, wo soll ich arbeiten? Mein Job im Kindergarten ist weg."

Besetzt von Emma. Immer wieder Emma.

Sophie presste ihre Hand so fest um das Telefon, dass ihre Knöchel weiß wurden. „Hier habe ich immerhin eine Stelle gefunden", fuhr sie fort, nachdem sie tief durchgeatmet hatte.

„Und wenn es mit Kati nicht besser wird?", hakte Birte nach.

Dafür schätzte Sophie ihre Freundin so. Sie ließ nicht locker, sie bohrte wie ein Zahnarzt, bis es wehtat und man das jeweilige Problem wirklich von jeder Seite beleuchtet hatte. Das war mitunter lästig und schmerzhaft, aber am Ende immer hilfreich. Birte wäre bestimmt nicht Hals über Kopf abgehauen, nur weil ihre Ehe kriselte und sie sich mit einer ehemaligen Freundin erzürnt hatte. Nein, sie hätte alle Möglichkeiten sorgfältig abgewogen und sicher eine bessere Lösung gefunden. Auch wenn Sophie keine Ahnung hatte, welche das hätte sein sollen.

„Ich weiß es nicht", erwiderte sie leise.

***

Am nächsten Morgen erwachte Sophie wie gerädert. Die halbe Nacht lang hatte sie gegrübelt, welche Möglichkeiten es gab, ihrer Tochter das Leben zu erleichtern.

Jetzt saß Kati am Frühstückstisch und biss winzige Häppchen von ihrem Nutellabrot ab.

„Schmeckt's?", erkundigte sich Sophie und lächelte.

Kati nickte, ohne sie anzusehen oder etwas zu sagen, blickte auf ihren Teller und schob ein paar Krümel mit dem Finger hin und her. Schließlich blickte sie auf, die Augen groß und rund.

„Mama, kann ich nicht zu Hause bleiben?"

Der traurige Blick ihrer Tochter brannte sich wie Säure in Sophies Herz. Betroffen beugte sie sich vor und strich ihr sanft über die Wange. „Du weißt doch, dass das nicht geht. Ich muss zur Arbeit, und du gehst in den Kindergarten. He, ihr lernt gerade die ersten Buchstaben, oder? Stell dir nur vor, wie toll es ist, wenn du lesen lernst und bald die Pferdebücher lesen kannst, die ich dir geschenkt habe. Darauf freust du dich doch schon so."

„Die sind mir egal." Die Vierjährige ließ den Kopf sinken. „Kannst du nicht von der Arbeit zu Hause bleiben?"

„Ach, Mäuschen, das geht leider nicht. Ich habe den Job noch nicht lange, weißt du? Da kann ich nicht gleich fehlen."

„Aber warum kann ich denn nicht in Coppum in den Kindergarten gehen? Alle meine Freunde sind da. Die Kinder hier sind total blöd."

„Das kann ich mir nicht vorstellen, Süße. Du kennst sie nur noch nicht richtig. He, was hältst du denn davon, wenn du am Wochenende ein paar Kinder zu uns einlädst? Ich könnte einen Kuchen für euch backen, vielleicht einen bunten Einhorn-Kuchen, und ihr könnt euch eine schöne Zeit machen.“

Kati zuckte die Schultern. „Ich möchte viel lieber mit meinen Freunden aus Coppum spielen. Die brauche ich nicht kennenzulernen, die kenne ich schon. Melissa und Anna-Lena und Thies und ...“

Die Erwähnung von Thies ließ Sophies Herz schneller schlagen. Thies, der gleichaltrige Sohn ihres alten Schulkameraden Sven. Sven, den sie immer noch nicht vergessen hatte. Ihr Herz gehörte ihm, daran hatte auch ihre Flucht nach Lüneburg nichts geändert. Seit ihrem Wegzug hatte sie nichts mehr von ihm gehört. Wie es ihm inzwischen wohl gehen mochte?

„Bist du böse, Mama?“, fragte Kati leise und sah ihr prüfend ins Gesicht. „Weil ich lieber wieder in Coppum wohnen würde als hier?“

„Was? Oh, nein, Mäuschen.“ Beruhigend strich Sophie dem Mädchen über das kastanienbraune Haar. „Pass auf, ich bringe dich jetzt in den Kindergarten. Dort musst du unbedingt oft aus dem Fenster sehen, denn in der Wettervorhersage haben sie gesagt, dass es schneien soll.“

„Wirklich?“ Kati schniefte und wischte sich die Nase an einem Taschentuch ab, das Sophie ihr schnell hinhielt.

Sophie nickte. „Stell dir nur vor, wenn du die Erste bist, die die Schneeflocken entdeckt.“

„Na gut." Kati stand auf und lief in ihr Zimmer, um ihren kleinen Rucksack zu holen.

Rasch stellte Sophie das benutzte Geschirr in die Spüle und holte Katis Jacke, ehe die Kleine es sich wieder anders überlegte.

Als sie kurz darauf auf dem Flur vor dem Gruppenzimmer des Kindergartens standen, begannen Katis Tränen schon wieder zu fließen. Sophie schloss sie fest in die Arme und drückte sie an ihre Brust. Sobald Kati ihre Umarmung spürte, begann sie zu schluchzen, und vor Mitleid und Kummer begann auch Sophies Herz zu schmerzen. Rings um sie her lärmten Kinder, liefen Erzieherinnen über den Flur, brachten andere Eltern ihre Kinder zu den Gruppenräumen und warfen ihnen neugierige oder mitfühlende Blicke zu.

„Gefällt es dir hier denn überhaupt nicht?", erkundigte sich Sophie, als Katis Atem endlich ruhiger ging, und strich ihr eine Haarsträhne hinters Ohr.

Das Kind schüttelte den Kopf und schob trotzig das Kinn vor. Wenn sie so guckte, erinnerte sie Sophie immer an Carsten. Rasch schüttelte sie die Erinnerung ab.

„Die sind alle doof", erklärte sie.

„Wer denn, die Kinder? Oder die Erzieherinnen?"

„Frau Hansen ist nett. Aber die anderen Kinder ... Die sind so blöd!" Sie warf drei Mädchen, die einige Schritte entfernt standen und sie anstarrten, bissige Blicke zu.

„Du musst ihnen eine Chance geben, Kati. Wenn du böse zu ihnen bist, so wie jetzt, sind sie natürlich auch blöd zu dir."

„Ich will aber nicht!"

Mit einem Ruck riss sich Kati los und funkelte sie an. In dem Moment kam Frau Hansen, Katis Erzieherin, über den Flur auf sie zu.

„Guten Morgen, Kati", rief sie betont fröhlich. „Heute wirst du dich freuen, denn ich werde euch eine schöne Pferdegeschichte vorlesen, die wird dir gefallen." Sie hielt ihr ihre Hand hin. „Komm mit, wir gehen zusammen hinein."

Tatsächlich griff Kati danach, wenn auch zögernd.

Bevor sie losging, warf Frau Hansen Sophie noch einen Blick über die Schulter zu. „Gehen Sie ruhig, es wird schon alles gut gehen."

„Danke." Sophie nickte ihr zu, warf noch einen Blick auf Kati, die gerade, ohne sich noch einmal umzudrehen, im Gruppenzimmer verschwand, und ging den Flur hinunter zum Ausgang. Nachdenklich öffnete sie die Tür und trat in den trüben Februarmorgen hinaus. Kati tat ihr furchtbar leid, aber es ging ja nun einmal nicht anders. Sie wusste, wie sehr ihre Tochter ihre Freundinnen aus Coppum vermisste. Melissa, die Tochter ihrer Freundin Birte, und Anna-Lena, die Tochter ihrer Freundin Verena, und natürlich Thies, Svens Sohn. Sie alle hatten sich immer so gut verstanden. Und war es nicht so, dass auch sie selbst sich zu ihrem Heimatdorf an der Nordsee zurücksehnte?

Nur aus einer Laune heraus noch einmal alles hinschmeißen konnte sie jedoch auch nicht. Sie war verantwortlich für Kati und sich selbst. Es gab keinen Mann in ihrem Leben, der ihr einen Teil ihrer Last abnahm. Das Trennungsjahr lief, die Scheidung von Carsten war unausweichlich, es gab kein Zurück.

Wenig später erreichte sie den Kindergarten, in dem sie arbeitete, und die folgenden Stunden vergingen wie im Flug. Kati ging in die Ganztagsgruppe, und Sophie bedauerte, dass in dem Kindergarten, in dem sie arbeitete, kein Platz mehr für ihre Tochter frei gewesen war und sie in eine andere Tagesstätte gehen musste. Die Eingewöhnung wäre bestimmt leichter für sie geworden, hätte sie ihre Mama immer bei sich gehabt. Als Sophie endlich Feierabend hatte und sie vom Kindergarten abholte, flog die Kleine ihr geradewegs in die Arme.

„He, hast du mich so sehr vermisst?" Gerührt drückte sie das Mädchen an sich.

Kati nickte an ihrem Hals und klammerte sich an ihr fest.

„Dafür gibts heute auch dein Lieblingsessen. Ich koche uns gleich Spaghetti Bolognese, ja?"

Ihre Tochter nickte erneut, machte sich jedoch langsam von ihr los und griff nach ihrer Hand. Als sie losgehen wollten, hielt Frau Hansen sie auf.

„Frau Krüger, warten Sie bitte kurz?"

Besorgt blieb Sophie stehen und wartete, bis die Erzieherin sie erreicht hatte. Frau Hansen sah Kati an. „Kati, gehst du bitte noch mal ins Zimmer und siehst überall nach, ob die Kinder auch nichts vergessen haben?"

Kati sah sie misstrauisch an, doch als Sophie ihr lächelnd zunickte, lief sie los.

„Was ist denn?", fragte Sophie beklommen.

„Dass Kati sich schwertut, sich in die Gruppe einzufügen, haben Sie ja schon mitbekommen. Das passiert öfters, besonders bei Kindern, die neu in der Gegend sind. Anfangs war Ihre Tochter einfach nur sehr zurückhaltend, stand lieber allein herum, statt mit den anderen zu spielen oder zu sprechen. Doch seit Kurzem ist sie immer öfter frech zu ihnen, sagt, sie seien blöd, und vorhin hat sie Magdalena an den Haaren gezogen."

„Oh!" Sophie war zutiefst erschrocken. „Das tut mir sehr leid. Ich werde gleich mit ihr sprechen, sobald wir zu Hause sind."

„Tun Sie das bitte."

Unvermittelt wechselte die mahnende Miene der Erzieherin, und sie lächelte freundlich. „Kati ist intelligent, sie malt sehr gern und lernt leicht. Sie ist geradezu versessen darauf, die Buchstaben zu lernen."

„Das freut mich. Ich habe ihr bereits ein paar Pferdebücher geschenkt. Die will sie unbedingt so schnell wie möglich lesen können."

„Wir bekommen das schon hin, Frau Krüger, mit Geduld und Liebe. Und wirken Sie bitte auf Kati ein, dass sie so etwas nicht machen darf."

„Natürlich."

„Gut. Dann wünsche ich Ihnen noch einen schönen Abend."

„Vielen Dank, Ihnen auch."

Während zu Hause bald darauf die Nudeln kochten und Sophie die Bolognese umrührte, warf sie einen Blick auf Kati, die am Tisch saß und den Karton mit den Fotos öffnete. Das tat sie oft und gern.

„Ich hab das mit Magdalena gehört, Kati", begann sie. „Du hast ihr wehgetan. Dass das so nicht geht, weißt du bestimmt selbst, oder?"

Kati blickte auf und presste die Lippen zusammen. „Ja." Sofort senkte sie den Kopf wieder über den Karton und zog ein Foto heraus.

„Warum hast du das gemacht? Man zieht doch niemanden an den Haaren. Man tut überhaupt niemandem weh.“

„Magdalena ist doof. Die sagt, ich bin eine Zicke.“

„Nun, wenn du ständig sagst, dass alle doof sind, könnte sie damit recht haben, Kati. Wenn man freundlich zu den Leuten ist, sind sie auch freundlich zu einem.“

Unwillkürlich flogen ihre Gedanken zurück zu dem Tag, an dem sie erfahren hatte, dass Emma sich Sven geangelt hatte. Sie spürte wieder den Schmerz, den sie empfunden hatte, und die Traurigkeit, die sie befallen hatte wie ein Virus und seitdem nicht mehr vergangen war. Damals hatte sie begonnen, Fehler zu machen, schwerwiegende Fehler, die schließlich zu ihrer Flucht aus Coppum geführt hatten.

Sie war alles andere als nett gewesen. Aus Kummer.

Wie konnte sie ihrer Tochter etwas predigen, ohne sich selbst daran zu halten?

„Ich weiß, dass das mitunter nicht so einfach ist“, sagte sie leise und mehr zu sich selbst. Sie goss die Spaghetti ab und füllte sie mit der Soße auf zwei Teller. Als sie das Essen auf den Tisch stellte, sah sie, wie Kati unverwandt das Foto anstarrte, das sie in der Hand hielt. Im trüben Licht, das durch die Gardine fiel, erkannte Sophie nur das Profil der Tochter, ihre Stupsnase, ihre langen Wimpern, das zu einem Zopf geflochtene Haar, aus dem sich einige Strähnen gelöst hatten. Doch deutlich erkannte sie, wie die Lippen ihrer kleinen Tochter zitterten. Das so gut bekannte Gefühl des schlechten Gewissens überspülte sie wie die Flutwellen das Watt.

„Du vermisst unser Zuhause, nicht wahr?", fragte sie sanft und strich ihrer Tochter über das weiche Haar.

Kati nickte stumm, und Sophie nahm ihr das Foto aus der Hand, das sie nur zu gut kannte. Es zeigte sie, Kati und ihren Noch-Mann Carsten am Strand der Nordsee. Hinter ihnen glitzerten die Wellen in der Sonne, und sie alle strahlten um die Wette. Kati, auf dem Foto zweieinhalb Jahre alt, hielt ein halb geschmolzenes Eis in der Hand, und ihr ganzer Mund war verschmiert. Doch sie wirkte so glücklich, dass der Kontrast zu dem jetzt vor ihr hockenden Häufchen Elend Sophie fast das Herz brach.

„Können wir nicht zurückgehen?", bat Kati und sah sie so flehentlich an, dass Sophies Augen feucht wurden.

„Ach, Süße. Das ist leider nicht so einfach. Weißt du, ich habe hier meine Arbeit, und wir haben unsere schöne Wohnung. Dein Zimmer gefällt dir doch, oder?"

Kati schien eine Weile zu überlegen, bevor sie den Kopf schüttelte. „In Coppum brauche ich gar kein eigenes Zimmer", sagte sie leise. „Wirklich, Mama. Ein Bett würde mir genügen und meine Pferdebücher."

Sophie brach vor Mitleid fast das Herz, und sie drückte ihre Kleine fest an ihre Brust.

„Warum gehen wir denn nicht zu Papa zurück?", bohrte Kati weiter. „Den vermisse ich auch."

„Das geht leider nicht. Wir vertragen uns nicht mehr gut."

„So wie Magdalena und ich?"

Tränen traten Sophie in die Augen. „Genau, so wie ihr beide."

Kati löste sich von ihr und zog mehr Fotos heraus, die sie vor ihnen zwischen den Tellern auf dem Tisch ausbreitete. Der Nordseestrand bei Sonnenschein. Coppum im Schnee. Kati im Kindergarten, umringt von ihren Freundinnen. Ein Hochzeitsfoto von ihr und Carsten. Kati und Thies auf dem Bauernhof seiner Großeltern. Strandkörbe am Strand in Cuxhaven. Dieses Foto hob Kati hoch und hielt es Sophie vor die Nase.

„Können wir da hinfahren, Mama? Bitte! Ich möchte mal wieder im Sand spielen."

„Ach, mein Schatz." Sophie wusste, wie gern ihre Tochter an der Nordsee war.

„Und ich möchte mal wieder mit Thies spielen und mit Melissa und ..."

Eine Idee nahm in Sophies Kopf Formen an, und sie begann zu lächeln. Wenn alles klappte, wie sie es sich vorstellte, würde sie Zeit gewinnen. Zeit, die Kati brauchte, um sich vielleicht doch noch an ihr neues Leben in Lüneburg zu gewöhnen.

„Wir könnten in den Osterferien an die Nordsee fahren, was hältst du davon?"

Der Kindergarten hatte zu der Zeit geschlossen, und alle Angestellten hatten deshalb Urlaub.

Voll Hoffnung sah Kati zu ihr auf, und ihre Augen begannen zu leuchten. „Wirklich? Oh, das würde mir so gefallen."

Mahnend hob Sophie ihren Zeigefinger. „Aber nur eine Woche, länger geht es nicht. Danach müssen wir wieder zurückkommen. Du musst wieder in den Kindergarten gehen und ich zur Arbeit, in Ordnung?"

Kati nickte so heftig, dass ihr Zopf herumwirbelte, und schon flog sie ihr in die Arme. Beglückt spürte Sophie die Arme ihrer Tochter um ihren Hals und einen nassen Kuss auf ihrer Wange.

„Danke, Mama!"

„Gern, mein Schatz." Freude stieg in Sophie auf, als sie sich vorstellte, ihre Freundinnen wiederzusehen. Vielleicht sogar Sven. „Lass uns erst einmal essen, bevor noch alles kalt wird. Und dann rufe ich gleich mal bei ein paar Hotels an, ja?"

Unglücklicherweise hatte sie keine Möglichkeit mehr, direkt in Coppum wohnen zu können. Ihre Eltern waren schon vor Jahren nach Hamburg gezogen, weil sie dort im Alter besser versorgt waren. Und ihren Freundinnen wollte sie es nicht zumuten, gerade über die Feiertage, dort mit Kati unterzukommen. Doch vielleicht war es sogar besser, wenn sie nicht direkt in Coppum, sondern in Cuxhaven wohnten. Wahrscheinlich wäre Katis Kummer bei der Rückreise dann nicht ganz so groß. Und es würde ihr gefallen, direkt am Meer zu wohnen. Plötzlich schmeckten die Nudeln noch mal so gut, und sogar Kati zeigte ungewohnten Appetit und aß alles auf.

Nach dem Essen holte Sophie ihren Laptop und sah sich gemeinsam mit Kati diverse Hotels in Cuxhaven an. Ihre Wahl fiel auf die *Strandperle*. Das Hotel lag direkt an der Nordsee, und Kati liebte es jetzt schon. Ihre vor Vorfreude leuchtenden Augen waren Sophie jeden Preis wert, und kurz entschlossen buchte sie ein Zimmer für eine Woche.

Aufgeregt bewunderte ihre Tochter die einladenden Fotos und vor allem die schöne Lage direkt am Strand von Duhnen.

„Da kann ich jeden Tag im Sand spielen", rief sie.

„Ja, wenn das Wetter mitspielt. Wir fahren Ende März, da könnte es kalt sein oder regnen."

„Das ist doch egal. Und wir können Thies besuchen!"

Der Name von Svens Sohn ließ Sophies Herz schneller schlagen.

„Ja, vielleicht, mal sehen. Aber du kannst Melissa treffen und Anna-Lena."

„Au ja!"

Als Sophie an diesem Abend im Bett lag, stellte sie fest, wie sehr sie sich selbst auf ihren Heimaturlaub freute.

Kapitel 2

Im Rückspiegel beobachtete Sophie Kati, die unentwegt aus dem Fenster sah, während ein glückliches Lächeln auf ihrem Gesicht lag, das sich intensivierte, je näher sie Coppum kamen.

„Sieh mal!", rief Kati hin und wieder, wenn sie etwas entdeckte, das sie kannte. „Da ist die Eisdiele, wo wir schon so oft waren. Und hier ist das große Schwimmbad mit der riesigen Rutsche, weißt du noch?"

Sophie selbst wurde mit jedem Kilometer, den sie zurücklegten, immer leichter ums Herz. Die Freude ihrer Tochter war so überströmend, dass auch sie selbst davon überflutet wurde. Oder hatte sie ihr Zuhause mehr vermisst, als sie sich eingestehen wollte? Damals hatte sie es kaum erwarten können, hier wegzukommen.

Die vergangenen Wochen waren überraschend leicht gewesen. Seit sie das Hotel gebucht hatte, bereitete Kati im Kindergarten keine Probleme mehr. Nach wie vor war sie viel zu still und hielt sich zumeist von den anderen Kindern fern. Aber sie hatte niemandem mehr wehgetan oder sich gestritten. Auch Frau Hansen hatte sich in einem Gespräch lobend über Kati geäußert und war zuversichtlich, dass sie sich doch noch gut eingewöhnen würde. Manche Kinder brauchten dafür eben etwas länger, und Kati sei sehr sensibel und benötige besonders viel Zeit und Geduld.

Wie es schien, ging Sophies Plan auf, und sie waren auf dem richtigen Weg. Dieser Urlaub war der Lohn für Katis gutes Verhalten und die Mühe, die sie sich gab.

„Wollen wir durch Coppum fahren?", erkundigte sich Sophie. „Oder lieber auf der Umgehungsstraße direkt nach Cuxhaven? Umso eher sind wir in dem tollen Hotel."

„Durch Coppum", erklärte Kati entschieden, ohne die Augen von der vorbeifliegenden Landschaft zu nehmen. Es war, als hätte sie Angst, ihr würde etwas Wichtiges entgehen. Oder als würde sie all die versäumte Zeit nun in sich aufsaugen wie ein Schwamm das Wasser.

Sophie fühlte Aufregung in sich aufsteigen. Fünf Monate lang war sie nicht mehr hier gewesen. Würde sich der kleine Ort überhaupt noch wie ihr Zuhause anfühlen? Oder würde sie sich fremd fühlen?

„Da ist es!", schrie Kati von hinten und wies mit dem Finger auf das Ortsschild. Ihre Augen funkelten vor Freude und Glück. „Siehst du? Da steht C - o - p - p - u - Was ist der Letzte für ein Buchstabe, Mama?"

Schon passierten sie das Schild und fuhren in das Dorf hinein.

„Ein M. Wie toll du die Buchstaben schon gelernt hast", lobte Sophie.

„Ich hab Frau Hansen gefragt, wie man Coppum schreibt", erklärte Kati und drückte sich die Nase an der Autoscheibe platt.

Sophie verringerte die Geschwindigkeit und ließ ihre Blicke von links nach rechts schweifen und wieder zurück. Nichts hatte sich hier verändert, alles wirkte noch wie an dem Tag, als sie fortgegangen war. Nicht, dass es hier besonders viel zu sehen gab. Das Dorf war winzig.

Sie fuhren am ehemaligen Wohnhaus ihrer Eltern vorbei, das verkauft worden war, an der Bäckerei, dann am Kindergarten.

Kati verrenkte sich den Hals, um besser sehen zu können.

„Da ist gar keiner", rief sie enttäuscht.

„Es sind doch Ferien", erinnerte Sophie sie.

„Ach so, ja." Katis Blicke huschten hin und her, um nichts zu verpassen. Ein paar Sekunden lang schwieg sie.

Jetzt passierten sie das Haus, in dem Emmas Tante lebte und das ihre ehemalige Freundin gehütet hatte in der Zeit, als die Tante mit gebrochenem Bein im Krankenhaus lag. Damals hatten die Schwierigkeiten begonnen, auch wenn Sophie noch nichts davon geahnt hatte.

„Können wir Thies besuchen?", riss Kati sie aus ihren Gedanken. „Nur ganz kurz. Bitte!"

Der Hof seiner Großeltern kam in Sicht. Die Scheune, der Stall und das große, rot verklinkerte Wohnhaus waren nicht zu übersehen. Daneben stand das Haus, das Sven vor Jahren für sich und Sandra gebaut hatte, seine verstorbene Frau.

Sophie schlug das Herz bis zum Hals, als sie langsam daran vorbeifuhren. Was, wenn Sven gerade vor die Tür trat und sie entdeckte? Würde er sie heranwinken? Und was, wenn es Emma war, die sie erkannte? Unwillkürlich duckte sich Sophie und versuchte, sich kleiner zu machen. Das würde ihr gerade noch fehlen. Alles lief gerade so gut. Sie hatte keine Lust auf einen Streit oder aufbrechende Konflikte.

„Schade", seufzte Kati enttäuscht, als sie vorbei waren, ohne dass sie jemanden hatten entdecken können. „Ich würde Thies so gern sehen. Kannst du nicht anhalten?"

„Das geht jetzt nicht. Ein anderes Mal, okay?"

„Na gut."

Schon hatten sie das Dorf verlassen und fuhren über die schmale Straße weiter in Richtung Nordsee. Zu beiden Seiten lagen von zartem Frühlingsgrün überzogene Wiesen. Sophie entdeckte links von der Straße den schmalen Graben, in dem sie so gern herumgewatet waren. Mit allen Sinnen sog sie die heimatlichen Eindrücke in sich auf.

„Gleich sind wir da", erklärte sie. „Ich bin schon so neugierig. Du auch?"

Kati nickte heftig, sagte aber nichts. Konzentriert betrachtete sie einen Schwarm Krähen, der gerade aufflog.

Der Deich kam in Sicht, und Sophie folgte ihm, bis sie Cuxhaven erreichten, die Stadt an der Nordsee. Es herrschte mehr Verkehr, als sie erwartet hatte, und sie fädelte sich in Richtung Duhnen ein, den Ortsteil, der am Strand lag und wo sich ihr Hotel befand.

Direkt davor fand sie einen Parkplatz, und kurz darauf betrat sie die Lobby und trat an die Rezeption. Kati folgte ihr mit ihrem kleinen Trolley, den sie unbedingt allein ziehen wollte. Als Sophie schließlich die Zimmertür öffnete, fühlte sie sich so aufgeregt wie schon lange nicht mehr. Eine ganze Woche Urlaub lag vor Kati und ihr. Sie würden Ostern hier verbringen und bräuchten während der Feiertage nicht allein in ihrer Lüneburger Wohnung sitzen.

„Oh!", rief Kati, ließ ihren Trolley in der Tür stehen und stürmte an Sophie vorbei zum Fenster. Ungeduldig riss sie die Gardine zur Seite und sah hinaus. „Mama, guck doch nur! Das Meer, siehst du es?" Atemlos drehte sich Kati zu ihr um.

Sophie trat zu ihr und streichelte ihre Schulter. „Ja, Mäuschen, ich sehe es. Wunderschön, nicht wahr?"

Vor dem Fenster lief eine schmale Straße vorbei, dahinter erstreckte sich der Deich. Aber da ihr Zimmer im fünften Stock lag, konnten sie darüber hinweg bis zur Nordsee sehen. Es herrschte Flut, und der Wind trug beständig schaumgekrönte graue Wellen an den Strand.

„Können wir gleich zum Strand gehen?", bettelte Kati und sah Sophie an wie ein Hund am Esstisch sein Frauchen.

„Wollen wir nicht erst etwas essen? Hast du gar keinen Hunger?"

Sie hatten zwar unterwegs in einem Schnellrestaurant etwas gegessen, denn für Kati gehörten Pommes mit Mayo zum Wohlfühlprogramm, aber das war schon wieder eine Weile her.

Das Mädchen schüttelte den Kopf und starrte unentwegt zum Strand, Sehnsucht im Blick.

„Also gut. Aber du musst eine Jacke anziehen und die Mütze aufsetzen, ja? Es ist sehr windig draußen."

„Klar." Schon rannte Kati los.

Wenige Minuten später traten sie vor die Tür. Ein frischer Wind wehte Sophie ins Gesicht, der nach Salz roch, und bewirkte, dass sie sich augenblicklich angekommen fühlte. Ja, sie war wieder zu Hause. Das

Glücksgefühl tat unermesslich gut. Alle Sorgen, die sie in Lüneburg noch geplagt hatten, traten ganz weit in den Hintergrund.

Sie überquerten die Straße, stiegen auf den Deich und hielten den Atem an, als die Böen ihnen noch stärker entgegenschlugen. Kati war nicht mehr zu halten und lief die wenigen Stufen zum Strand hinunter. Sophie hingegen blieb für einen Moment auf dem Deich stehen und atmete tief die würzige Luft in ihre Lungen. Plötzlich fühlte sie sich so lebendig wie schon lange nicht mehr.

Langsam folgte sie ihrer Tochter durch den lockeren weißen Sand. Kati hockte bereits vor dem Spülsaum und begann, mit ihrer Schaufel einen Fluss in den Sand zu ziehen. Schon leckte die nächste Welle daran und füllte ihn mit Wasser, und Kati vertiefte den Kanal.

Sophie blickte aufs Meer hinaus, das grau und wild wogte. Ganz in der Nähe entdeckte sie ein großes Containerschiff, das auf die Elbmündung zusteuerte und auf dem Weg zum Hamburger Hafen war. Was mochte es wohl geladen haben?

Kati sicherte ihren Kanal inzwischen durch Dämme und zog ihn weiter auf den Strand. Lächelnd sah Sophie ihr dabei zu. Was für eine gute Idee dieser Urlaub doch war. So entspannt und zufrieden hatte sie ihre Tochter lange Zeit nicht mehr erlebt.

„Komm, Süße, ich helfe dir", sagte sie, kniete sich in den Sand, buddelte mit den Händen weitere Kanäle und schüttete einen Deich auf. Bei jeder Welle schwappte Wasser herein und lief wieder hinaus. Sophie lächelte glücklich. So hatte sie es schon in ihrer eigenen Kindheit gemacht. Wie gut es tat, wieder hier zu sein und nun ihrer Kleinen dabei zusehen zu können.

„Wir bauen einen See", rief Kati begeistert und begann, ein Loch auszuheben. Sofort füllte es sich mit Wasser, und gemeinsam mit ihrer Tochter vertiefte Sophie es.

„Ein Boot wäre toll." Nachdenklich betrachtete Kati ihr fertiges Werk. „Es könnte gut darauf schwimmen."

„Wir können in den nächsten Tagen eins kaufen, wenn du magst."

„Ja!"

Sophie stand auf und klopfte sich den Sand von den Händen und ihrer Hose. Sie lief ein wenig an der Wasserkante entlang, entfernte sich jedoch nicht weiter als ein paar Schritte von ihrer Tochter. Letztes Jahr war in Otterndorf etwas geschehen, das sich unauslöschlich in ihr Gedächtnis eingebrannt hatte. Fast hätte sie Kati durch ihre Unachtsamkeit verloren. Nie wieder durfte sich so etwas wiederholen.

Ihr Handy klingelte.

„Hallo, Birte", begrüßte Sophie ihre Freundin.

„Moin. Na, seid ihr schon unterwegs?"

„Wir sind sogar schon da. Gerade sind wir am Strand, und Kati hat ihren Hang zum Ingenieurwesen neu entdeckt. Sie verwandelt den Strand in ein zweites Amsterdam."

Kati sah auf, als sie ihren Namen hörte.

Birte lachte. „Das sind doch gute Aussichten für eine glänzende Zukunft. Wie sieht's aus, bleibt es bei morgen?"

„Klar. Wenn es dir nicht zu stressig wird, an Ostern Besuch zu bekommen."

„He, du bist meine Freundin, du stresst mich nicht. Was meinst du, wie ich mich freue, endlich mal wieder in Ruhe mit dir zu quatschen."

„Und ich mich erst. Kati ist auch schon ganz aufgeregt und freut sich tierisch auf Melissa."

„Dito. Die Lütte macht mich schon ganz tüdelig. Ostern und noch dazu Katis Besuch, sie kriegt sich gar nicht mehr ein. Ja, das war das Stichwort. Der Kuchen muss aus dem Ofen."

„Dann will ich dich nicht länger aufhalten. Bis morgen."

Kati hatte inzwischen damit begonnen, ihre Dämme mit Muscheln zu verschönern. Gerade bückte sie sich, um eine aufzuheben. Ein plötzliches Hecheln hinter Sophie bewirkte, dass sie herumfuhr. Ein hellbrauner Hund, wohl ein Golden Retriever, lief auf sie zu, das Fell voller Sand. Neugierig begann er, an Katis Dämmen und Muscheln zu schnuppern, und als er über den künstlichen Kanal lief, rissen seine Pfoten Löcher in den Damm. Sophie erwartete schon, Katis empörte Ausrufe zu vernehmen. Stattdessen stand das Mädchen da und starrte den Hund so verzückt an, als bestünde er aus rosa Zucker statt aus nassem, sandigem Fell.

Dem Hund folgte ein Mann in dunkler Jacke und mit braunem Haar, das unter einer Mütze hervorblitzte. *Schietwedder-Mütz* stand darauf. Mit zusammengekniffenen Augen stemmte er sich gegen den Wind und fixierte den Hund.

„Vorsicht, Odin, was machst du denn?", rief er. „Du zerstörst ja das ganze Kunstwerk."

Odin fuhr zu ihm herum und sah ihm mit heraushängender Zunge entgegen, und fast wirkte es, als würde er fröhlich grinsen.

Als er sie erreichte, blieb der Mann stehen und betrachtete beschämt die Lücken in den Dämmen. Die nächsten Wellen nutzten ihre Chance und brachen größere Brocken heraus. Dann drangen sie durch die entstandenen Lücken ein und bildeten einen kleinen Teich.

„Sieh nur, was du angestellt hast", tadelte der Spaziergänger das Tier. „Das Mädchen hat sich so eine Mühe damit gegeben, und du trampelst einfach durch." Er hob den Blick und sah erst Kati und dann Sophie an, ein entschuldigendes Lächeln im Gesicht.

„Macht nichts", verkündete Kati großzügig und streckte die Hand nach dem Hund aus. „Darf ich ihn streicheln?"

„Wenn du dir die Hände noch schmutziger machen willst, gern."

Sophie beobachtete, wie ihre Tochter Odin über den Kopf strich. Der kniff leicht die Augen zusammen, als würde er es genießen.

„Jetzt wird er auch noch dafür belohnt", sagte der Mann und seufzte. „Tut mir wirklich leid." Erneut sah er Sophie ins Gesicht.

„Wenn meine Tochter kein Problem damit hat, hab ich auch keins", erwiderte sie.

Der Mann hatte freundliche Augen, wie sein Hund. Sie waren von einem hellen Braun. Sophie schätzte ihn auf Anfang dreißig.

„Da bin ich ja beruhigt. Er ist so ein Trampeltier."

„Ich finde ihn niedlich", rief Kati. Immer noch streichelte sie Odins Kopf, und der wedelte so wild mit dem Schwanz, als wollte er abheben.

„Mir gefällt er auch", gab Sophie zu. Und als sie erneut einen Blick des Mannes auffing, wusste sie nicht mehr so ganz, ob sie nur den Hund damit meinte.

„Ja, dann gehen wir mal lieber weiter, ehe Odin noch das ganze Werk Ihrer Kleinen zerstört. Haben Sie noch einen schönen Tag."

„Danke, wünsche ich Ihnen auch."

Damit zogen Hund und Herrchen von dannen. Doch statt weiter im Sand zu spielen, sah Kati ihnen hinterher.

„Mama, können wir nicht auch einen Hund kaufen? So einen wie Odin. Das würde mir gefallen."

„Oh, Mäuschen, für einen Hund braucht man viel Zeit. Ich muss jeden Tag arbeiten, und du gehst in den Kindergarten. Wer soll sich dann kümmern?"

„Vielleicht kannst du weniger arbeiten. Und wenn er es lernt, kann er bestimmt auch mal alleine bleiben."

„Unsere Wohnung reicht gerade so für uns beide. Wir haben gar nicht genug Platz für einen Hund."

„Dann eben nur einen ganz Kleinen. So einen, wie Thies hat."

Die Erwähnung des Jungen brachte wie üblich unwillkürlich die Erinnerung an seinen Vater Sven zurück. Natürlich hielten Birte, Verena und ihre anderen Freundinnen Sophie stets über die Vorkommnisse in Coppum auf dem Laufenden. Und so wusste sie, dass Thies damals, kurz nach ihrem Wegzug nach Lüneburg, einen Hund bekommen hatte. Einen plüschigweißen West Highland White Terrier. Nach dem Tod seiner Mutter hatte der Junge sehr schwere Zeiten erlebt, und als er sich schließlich einen Hund wünschte, mochte ihm Sven seinen Wunsch nicht abschlagen. Soweit Sophie es mitbekommen hatte, ging es Thies seither großartig. Wäre das vielleicht eine gute Idee, vielleicht sogar die Lösung ihrer Probleme? Würde Kati aufblühen und sich leichter an ihr Leben in Lüneburg gewöhnen, wenn sie einen Hund hatte? Einen treuen Freund an ihrer Seite, der sie nicht enttäuschte? Womöglich sollte sie tatsächlich mal genauer darüber nachdenken.

Aber nicht jetzt, denn langsam drang der Wind durch ihre Jacke bis auf ihre Haut, und ihr wurde wirklich kalt.

„Darüber reden wir noch, in Ordnung? Jetzt lass uns lieber zum Hotel zurückgehen, ich friere. Dir muss doch auch schon ganz kalt sein, oder?"

„Nee." Kati schüttelte den Kopf.

„Trotzdem. Pass auf, wir wärmen uns etwas im Hotel auf, und später fahren wir zum Ostermarkt, was hältst du davon?"

„Au ja", jubelte Kati.

Zufrieden ging Sophie mit ihr zurück ins behagliche Hotelzimmer. Wenn der Urlaub sich weiterhin so schön entwickelte, war er wirklich die beste Idee seit Langem.

Kapitel 3

Der Ostermarkt, der gemeinsam mit dem regelmäßig stattfindenden Flohmarkt stattfand, befand sich am Rande der Innenstadt und zog sich von der Fußgängerzone bis zum Platz am Wasserturm. Der Wind hatte nachgelassen, unzählige Menschen schlenderten an den Buden und Verkaufsständen vorbei, standen in Grüppchen herum und tranken Kaffee oder Bier. Es duftete nach Bratwurst, Backfisch und gebrannten Mandeln.

Während Sophie mit Kati an der Hand all die schönen und auch weniger schönen Dinge betrachtete, die überall angeboten wurden, warf sie immer wieder neugierige Blicke auf die Gesichter der Marktbesucher. Vielleicht war ja der eine oder andere dabei, den sie kannte. Womöglich traf sie sogar Sven. Doch bisher war ihnen noch kein Bekannter begegnet. Wahrscheinlich waren viele Besucher Touristen von überall her.

„Mama, darf ich einen Kakao trinken?", bettelte Kati und wies mit dem Finger auf einen Stand, der Heißgetränke aller Art anbot, mit und ohne Schuss.

„Na klar. Ich nehme auch einen."

Kurz darauf standen dampfende Becher vor ihnen, für Kati mit Sahne, für Sophie mit Amaretto. Kati trank einen Schluck und sah Sophie glücklich an, und dieser Blick wärmte Sophies Herz noch mehr als der Alkohol.

„Du hast einen Bart", rief Sophie und wies lachend auf Katis Mund.

Kati grinste und nahm gleich noch einen Schluck. „Und jetzt?“

„Jetzt ist er noch größer.“

„Nanu“, sagte eine Männerstimme neben ihr verwundert.

Sophie fuhr herum. *Sven*, war ihr erster Gedanke. Doch er war es nicht. Stattdessen blickte sie in die warmbraunen Augen des Mannes vom Strand.

„Vorhin dachte ich, du wärst ein Mädchen. Da muss ich mich wohl geirrt haben“, erklärte er und zwinkerte Kati zu.

Sie kicherte.

Gut gelaunt beschloss Sophie, auf den Scherz einzugehen. „Darf ich vorstellen, das ist mein Sohn Karl.“

Kati prustete vor Vergnügen, als der Mann ihr höflich seine Hand hinhielt.

„Freut mich, dich kennenzulernen, Karl. Ich bin Markus.“

Grinsend schüttelte Kati seine Hand und zeigte auf Sophie. „Und das ist mein Papa.“

„Genau, ich bin der Papa dieses Jungen hier. Sofian.“ Sie hielt Markus die Hand hin.

Als er seine Augen auf sie richtete, stellte Sophie fest, dass sein Blick genauso intensiv und freundlich war wie vorhin am Strand. Er ergriff ihre Hand und …

Hielt er sie nicht ein wenig zu lange fest, ehe er sie wieder losließ?

„Sofian“, prustete Kati los. Schnell wischte sie die Sahne mit dem Handrücken von ihrer Oberlippe. „Ich bin gar kein Junge.“

Markus riss staunend die Augen auf. „Tatsächlich! Da kommt ja das Mädchen vom Strand zum Vorschein. Du kannst wohl zaubern und dich verwandeln."

„Ja. Und das ist auch gar nicht mein Papa. Das ist meine Mama."

Markus schmunzelte. „Gut, dass du mir das erklärst." Seine Augen funkelten vor Vergnügen, als er sich von Kati abwandte, um mit Sophie spitzbübische Blicke über diese gelungene Scharade auszutauschen. Sie blickte eine Sekunde länger als nötig hinein.

Kati hob die Hand und wies mit dem Finger neben Markus. „Wo ist denn Odin?"

„Den hab ich zu Hause gelassen. Es sind so viele Menschen hier, das möchte ich ihm nicht zumuten. Für ein Tier bedeutet das zu viel Stress."

„Schade." Sie sah ihre Mutter an. „Hörst du, Mama? Ein Hund kann alleine zu Hause bleiben. Dann können wir doch auch einen kaufen, oder? Es macht ihm gar nichts aus, wenn du bei der Arbeit bist und ich im Kindergarten."

„Denken Sie über die Anschaffung eines Hundes nach?", erkundigte sich Markus neugierig.

„Nicht wirklich", entgegnete Sophie. „Odin hat erst die Sprache darauf gebracht. Kati war schockverliebt, als sie ihn sah."

„Was? In den dreckigen, nassen Tollpatsch?"

Er blickte völlig überrascht und wirkte gleichzeitig so verschmitzt und jungenhaft, dass Sophie ganz warm ums Herz wurde und sie ihn verstohlen genauer betrachtete. Sein Gesicht war gutgeschnitten, sein Kinn kantig, und um seine Augen herum bewies ein Netz aus Lachfältchen, dass er über Humor verfügte.

Kati nickte ernsthaft. „Er hat ja nicht gewusst, dass ich den Damm gebaut habe. Er ist ein Hund."

„Ja, das siehst du ganz richtig." Markus warf einen Blick auf seine Uhr. „Oh je, so spät schon. Hund war ein gutes Stichwort. Ich muss nach Hause, noch einmal nach Odin sehen, und dann gehts auch schon zur Arbeit. Also dann." Er tippte sich an seine Mütze wie an einen imaginären Hut. „Viel Spaß noch." Damit wandte er sich ab und verschwand im Gewühl.

„Hast du das gehört, Mama? Er geht gleich zur Arbeit. Obwohl er einen Hund hat. Das kannst du doch auch machen."

„Wahrscheinlich hat er eine Frau, die auf Odin aufpasst, während er arbeitet. Oder er hat Kinder. Hast du ausgetrunken? Dann lass uns weitergehen, ja? Es gibt noch so viel zu sehen."

Wenn er wirklich Familie hatte, warum war er dann allein hier? Und warum dachte sie überhaupt darüber nach? Rasch konzentrierte Sophie sich wieder auf das Treiben um sie herum.

In der folgenden Stunde bewunderten sie farbenprächtige Osterkränze aus geflochtenen Weidenruten, Frühlingsblumen und Eiern; handbemalte Ostereier mit dekorativen Mustern; lustige Hasen- oder Hühnerfiguren; Teelichthalter, die wie ein Nest geformt waren; und Kerzen aus Bienenwachs in Tierform. Sophie kaufte eine in Form eines Hundes.

Strahlend nahm Kati sie entgegen. „Heißt das, dass wir bald doch einen echten Hund kaufen?"

„Das sehen wir dann schon", wich Sophie aus. „Erst einmal hast du diesen da."

Sie schlenderten weiter, ließen sich eine Bratwurst schmecken, Ostereier aus Marzipan und Zuckerwatte, und Sophie hängte ihrer Tochter ein Lebkuchenherz mit der Aufschrift *Mein kleines Häschen* um den Hals. Mit jeder Minute spürte sie deutlicher, wie gut es ihr tat, wieder einmal genügend Zeit mit ihrer Kleinen zu verbringen. Und auch Kati wirkte so gelöst und fröhlich wie schon lange nicht mehr. Oder lag es daran, dass sie wieder zu Hause waren?

Gerade als Sophie darüber nachdachte, wie seltsam es war, dass sie überhaupt keine Bekannten trafen – von Markus einmal abgesehen –, entdeckte sie den blonden Jungen. Im gleichen Augenblick begann Kati, aufgeregt an ihrer Hand zu zerren, und Sophie ging auf, dass ihre Tochter ihn ebenfalls gesehen hatte.

„Thies!“, kreischte Kati begeistert und rannte los, bahnte sich einen Weg durch die Menschen.

Sophie blieb nichts übrig, als ihr zu folgen, wenn sie sie im Gewühl nicht verlieren wollte. Dabei hätte sie sich in diesem Moment am liebsten unsichtbar gemacht, denn neben Thies standen Sven – und Emma. Und so sehr sie sich gewünscht hatte, Sven endlich wiederzusehen, so sehr konnte sie darauf verzichten, ihrer ehemaligen Freundin über den Weg zu laufen. Schlagartig blitzte vor ihrem inneren Auge das letzte Mal auf, als sie sich gesehen hatten. Dieser verfluchte Tag in Otterndorf, der Kati beinahe das Leben gekostet hatte – wäre Emma nicht gewesen.

Wieder sah sie Emma auf der Trage der Rettungssanitäter liegen, während sie neben der anderen Trage mit ihrer Tochter herlief. Gemeinsam mit Kati war sie in den Rettungswagen gestiegen, und Emma war mit dem anderen Wagen davongefahren.

Seitdem hatten sie sich nicht mehr gesehen und nicht mehr miteinander gesprochen. Und auch jetzt wäre es ihr lieb gewesen, wenn es dabei geblieben wäre. Zu viel war zwischen ihr und Emma vorgefallen. Vieles, für das sie sich schämte.

Doch für Flucht war es bereits zu spät, denn die drei hatten Katis Rufe gehört und sahen ihnen entgegen.

„Kati!", schrie Thies zurück und rannte ihnen die letzten drei Schritte entgegen. Sofort begannen er und Kati, sich aufgeregt ihre jüngsten Erlebnisse zu erzählen, als wären sie nie voneinander getrennt gewesen.

„Hallo, Sophie", sagte Sven mit unbewegter Miene, als sie wohl oder übel bei ihnen angekommen war. „Das ist ja eine Überraschung."

Sophie grüßte zurück, was blieb ihr schon übrig? Klar freute sie sich, Sven wiederzusehen, aber auf ihre Feindin konnte sie getrost verzichten.

Emma schenkte ihr lediglich ein wortloses Nicken, ohne zu lächeln, und sah sofort wieder woanders hin. In der Hand hielt sie einen halb aufgegessenen Crêpe.

„Macht ihr hier Urlaub?", erkundigte sich Sven höflich. Er warf einen schnellen Blick auf Emma, die immer noch zur Seite sah, als gäbe es dort etwas ungemein Interessantes zu entdecken, und hob die Schultern, als würde er sich unbehaglich fühlen.

In den langen, einsamen Monaten in Lüneburg hatte Sophie sich so oft vorgestellt, wie ein Wiedersehen mit ihm verlaufen würde. Stürmisch würde sie ihm um den Hals fallen, und ebenso leidenschaftlich würde er ihre Begrüßung erwidern. Er sah noch genauso gut aus wie damals, als sie gegangen war. Sein blondes Haar war vom Wind zerzaust, und wie immer trug er keine Mütze. Sein Gesicht war vielleicht ein wenig voller geworden. Doch während sie ihn jetzt verstohlen betrachtete, fragte sie sich verwundert, wo die Anziehungskraft geblieben war, die er auf sie ausgeübt hatte. Müsste ihr bei seinem Anblick nicht das Herz bis zum Hals schlagen? Aber das tat es nicht. War ihre Verliebtheit etwa verschwunden, ohne dass sie es bemerkt hatte?

Oder lag es an Emmas Anwesenheit? Sie sah weiterhin in die Ferne und biss gerade lustlos von ihrem Crêpe ab. Ihrem Gesichtsausdruck nach schien er wie Pappe zu schmecken.

„Ja." Sophie schenkte Sven ein unsicheres Lächeln. „Wir haben beide Heimweh gehabt."

„Gefällt es euch nicht in ... Lüneburg, oder?"

Aus den Augenwinkeln erkannte sie, dass Emma sie nun doch beobachtete. Neugierig? Oder auf der Hut?

„Doch, es ist toll dort. Wir fühlen uns sehr wohl."

Müsste Sven ihr die Lüge nicht an der Nasenspitze ansehen? Aber auf keinen Fall würde Sophie in Emmas Gegenwart von ihrem Kummer erzählen.

„Das ist doch schön." Sven sah zur Seite, als wünschte er sich fort aus der sichtlich unangenehmen Situation.

„Und ihr? Wie geht es euch so?", erkundigte sich Sophie schnell, ehe er sich verabschieden konnte.

Er holte Luft, um etwas zu erwidern, doch Emma kam ihm zuvor.

„Uns gehts wunderbar", erklärte sie mit vor Kälte klirrendem Blick. „Sind jetzt alle Fragen geklärt?"

Erschrocken zuckte Sophie zurück, obwohl sie natürlich mit einer derartigen Reaktion hätte rechnen müssen. Bevor sie nach Lüneburg gegangen war, und noch vor der Sache mit Kati in Otterndorf, hatte sie ihrer einstigen Freundin sehr wehgetan. Emma hatte allen Grund, sauer auf sie zu sein.

Sophie beobachtete, wie Emma nach Svens Arm griff, um zu verschwinden.

War jetzt nicht die ideale Gelegenheit für eine kurze Erklärung? Nichts wollte sie lieber, als vor Sven in einem guten Licht dazustehen. Und Emma schuldete sie zumindest Dank für die Rettung ihrer Tochter. Es würde ihr bestimmt besser gehen, wenn sie einen Teil ihrer Schuld dadurch abbauen konnte.

„Bitte wartet", rief sie, als sie sah, dass Emma sich zu Thies umwandte und den Mund öffnete, um ihn zu rufen.

Emma schloss ihren Mund und sah sie mit unbewegtem Gesicht an, während Sven verwundert die Stirn runzelte.

Sophie holte Luft und zwang sich, ihre ehemalige Freundin anzusehen. „Ich muss mich bei dir bedanken, Emma. Was du letzten Herbst in Otterndorf getan hast, für Kati und für mich, war unbeschreiblich mutig. Ohne dich wäre meine Tochter womöglich nicht mehr am Leben. Ich wollte ... danke. Das war schon lange überfällig." Damit nickte sie Emma knapp zu und spürte ihren Herzschlag vor lauter Aufregung in ihrer Kehle.

Emma starrte sie an wie eine Erscheinung. Das konnte Sophie ihr nicht verdenken. Fast ein halbes Jahr war das nun her, doch seitdem war kein Wort von ihr gekommen, kein Dank, keine Erklärung, kein Wort der Entschuldigung. Stattdessen war sie einfach sang- und klanglos verschwunden.

„Das hab ich gern gemacht", sagte Emma nun.

„Ja … nochmals danke. Das war wirklich groß von dir."

„Ich konnte ja nicht einfach dabei zusehen, wie die Kleine ertrinkt." Emmas Blick hatte sich vollkommen gewandelt, die Überraschung war verschwunden, Funken schossen aus ihren Augen, und jedes Wort klang wie eine Fanfare zum Angriff.

Schockiert sah Sophie sie an. Sie wusste nicht, was sie darauf erwidern sollte.

„Statt auf deine Tochter zu achten, hattest du nur Augen für dein Smartphone", fuhr Emma mit kalter Stimme und Verachtung im Blick fort.

Sophie schluckte. „Ich hab doch gesagt, dass es mir leidtut. Damals …" Sie hielt inne. Die Hintergründe gingen Emma im Grunde gar nichts an, schon gar nicht bei der Kaltschnäuzigkeit, mit der sie ihr gerade begegnete. Andererseits hatte Emma jeden Grund dazu, sauer auf sie zu sein. Doch sie hatte nicht damit gerechnet, dass Emma gleich hier und jetzt, bei der ersten Gelegenheit, angreifen würde. Auch Sven starrte sie sichtlich erschrocken über ihre Heftigkeit an, und Sophie beschloss, Offenheit zu zeigen und nichts mehr zu verschweigen. Man sah ja gerade, wozu Schweigen führen konnte.

„Lass sie doch", versuchte Sven zu beruhigen und fasste Emma am Arm. Doch die riss sich los.

„Hast du etwa vergessen, was sie mir damals angetan hat?", fauchte sie und funkelte Sophie weiterhin an.

„Nein, natürlich nicht. Es muss doch aber nicht
jetzt ...“

„Doch.“ Entschlossen straffte Sophie die Schultern.
„Emma hat recht. Ich bin euch eine Erklärung schuldig.
Wann, wenn nicht jetzt? So schnell werde ich euch
wohl nicht mehr wiedersehen. Ich weiß, dass es keine
Entschuldigung für meine Nachlässigkeit ist, aber ich
war damals völlig durch den Wind. Meine Ehe mit
Carsten war am Ende, wir haben uns nur noch gestritten. Und Kati bekam alles mit. Es muss furchtbar für sie
gewesen sein.“

Ein Seitenblick zeigte ihr, dass ihre Tochter immer
noch angeregt mit Thies sprach. Er zog gerade etwas
aus seiner Jackentasche, das er ihr zeigte. Einen bunten
Halbedelstein. Die Kinder hatten es viel einfacher als
die Erwachsenen. Sie machten keine großen Worte,
sondern freuten sich einfach über das Wiedersehen.

„Das ist kein Grund ...“, warf Emma hitzig ein.

Mit einer Handbewegung brachte Sophie sie zum
Schweigen. „Das weiß ich. Glaubst du etwa, ich hätte
mir gewünscht, dass so etwas Schreckliches passiert?
Wenn ich könnte, würde ich alles dafür tun, es ungeschehen zu machen. Ich war damals verzweifelt und
nervlich am Ende. Als ich auf mein Handy starrte, hatte
ich gerade wieder eine Absage für eine Wohnung vom
Makler bekommen. Ich war abgelenkt und achtete
nicht mehr auf Kati, und nur deshalb stürzte sie ins
Wasser. Ohne dich ... Es ... es tut mir so leid, wirklich.“
Sie wagte es, ihrer ehemaligen Freundin ins Gesicht zu
sehen, auch wenn deren kalte Ablehnung schmerzte.

Sie hatte geredet, ohne Luft zu holen, und atmete jetzt
tief durch. Die Worte hatten herausgemusst. Nun jedoch kam sie sich vor wie eine Angeklagte vor Gericht
in Erwartung des Richterspruchs. In Emmas Gesicht arbeitete es. Wie es schien, hatte sie mit allem gerechnet,
aber nicht mit einer Erklärung. Ihre Lippen entspannten sich ein wenig, doch in ihren Augen blieben Kälte
und Misstrauen bestehen. Das konnte Sophie ihr nicht
verdenken. Und sie konnte sich denken, woran Emma
dachte. An die Gefühle, die sie Sven entgegengebracht
hatte. Daran, dass sie ihn für sich selbst hatte haben
wollen. Dass Emma eine Nebenbuhlerin für sie gewesen war.

„Ich denke darüber nach, was du gesagt hast, Sophie.
Mehr kann ich dazu noch nicht sagen."

„Ja? Ich ... Danke, Emma. Das bedeutet mir sehr viel."

Svens Blicke wanderten zwischen ihnen hin und her.
Er schien nicht zu wissen, was er von der Sache halten
sollte. Dann sah er zu Kati und seinem Sohn, augen-
scheinlich vom Wunsch erfüllt, das Thema zu wechseln. „Thies hat Kati wirklich sehr vermisst", erzählte
er. „Er hat oft nach ihr gefragt."

Die beiden waren inzwischen beim Thema Hunde angekommen, wie Sophie heraushören konnte.

„Kati vermisst Thies ebenfalls sehr. Es wird schwer
werden, die beiden gleich voneinander loszureißen."

„Muss leider sein", warf Emma ohne Bedauern ein.
„Wir müssen langsam los, es wird Zeit fürs Abendessen
und fürs Bett. Thies, kommst du?", rief sie. „Wir müssen
nach Hause."

„Was, schon?", maulte er. „Ich will aber noch nicht.
Ich hab Kati so lange nicht gesehen."

„Das verstehe ich. Aber wir waren lange genug hier. Jetzt komm, es wird Zeit."

„Können wir Thies nicht besuchen, Mama?", flehte Kati.

„Oh, ja! Bitte!", sprang Thies ihr bei.

Schnell warf Emma Sven einen warnenden Blick zu. Auch wenn der Schuldspruch des Richters milder ausfiel als erwartet, war das Urteil noch lange nicht rechtskräftig, das spürte Sophie. Dafür war zu viel vorgefallen. Sie wollte auch gar keine Absolution. Sie wollte nur ihren Seelenfrieden zurückhaben. Endlich ihr schlechtes Gewissen beruhigen.

„Warten wir doch erst mal ab, was wir überhaupt im Urlaub noch alles unternehmen werden", schlug Sophie diplomatisch vor.

„Ich möchte doch Thies' Hund so gerne sehen", bettelte Kati weiter.

„Er heißt Timmi", erklärte Thies, als würde das die Sache vereinfachen.

„Das sehen wir schon", entschied Sven halbherzig. „Jetzt komm aber erst mal. War schön, dich wiederzusehen, Kati." Er nickte Sophie grüßend zu, dann nahm er Thies an die Hand und ging hinter Emma her, die bereits, ohne sich noch einmal umzudrehen, losgegangen war. Sophie sah ihnen nach, bis sie im Gewühl verschwunden waren.

„Das war viel zu kurz", beklagte sich Kati. „Wir konnten uns gar nicht alles erzählen. Können wir nicht ...?"

„Mal sehen, Mäuschen."

„Thies hat Timmi auch zu Hause gelassen, so wie Markus Odin. Ist doch irgendwie schade, oder? Bestimmt würden die Hunde auch gern den Ostermarkt sehen."

„Ich glaube, Markus hatte recht, als er sagte, dass das
zu stressig für die Hunde ist. Überleg mal, wie klein sie
sind, und dann sehen sie all die Beine und Füße."

Überlegend ging Kati in die Hocke und trippelte mit
ihren Fingerspitzen auf der Unterlippe, während sie die
Umgebung aus dem Blickwinkel eines Hundes betrachtete. „Stimmt. Die sind alle so groß wie Riesen. Da hätte
ich auch Angst. Aber dann müssen wir wohl doch zu
Thies fahren, Mama. Ich muss unbedingt Timmi kennenlernen. Thies sagt, er ist ein ganz toller Hund."

„Das glaube ich sofort." Seufzend zog Sophie ihre
Tochter weiter. Wenn sie geahnt hätte, wie aufwühlend
dieser Marktbesuch werden würde, wäre sie wohl lieber im Hotel geblieben.

Kapitel 4

Das Wiedersehen mit Birte verlief wesentlich angenehmer. Sie hatte den Stubentisch festlich gedeckt: Ein Osternest mit vielen Schokoladeneiern in bunter Verpackung stand darauf, zwei braune Keramikhasen zwischen Stoffnarzissen, eine Kerze in Eierform und dazwischen eine Kuchenplatte mit einer wundervollen Marzipan-Torte, dekoriert mit kleinen Häschen.

Kati und Melissa hatten sich nach einer stürmischen Begrüßung sofort in das Kinderzimmer zurückgezogen. Auch Michael, Birtes Mann, erschien nur kurz, um Hallo zu sagen, und verschwand dann gleich wieder in einem anderen Zimmer, um die Aufzeichnung irgendeines Fußballspiels anzusehen.

„Ist das schön, dass du endlich mal wieder hier bist", rief Birte enthusiastisch, bevor sie zur Kaffeekanne griff und ihnen einschenkte. „Ich glaube, die Kinder lassen wir erst mal in Ruhe spielen, bevor sie ihren Kakao und Kuchen kriegen, oder? Und Michael soll sein Spiel zu Ende angucken. Lass uns erst mal quatschen. Ich will alles wissen, und ich hab auch einige Neuigkeiten." Sie schien vor Neugier und Mitteilungsdrang fast zu platzen.

Sophie grinste. So kannte sie ihre Freundin. Birte wusste immer alles von jedem und scheute sich auch nicht, es brühwarm weiterzuerzählen. Dabei meinte sie es niemals böse. Sie war eben einfach so. Doch damals, während der Sache mit Emma und Sven, hatte auch

Birte sich von ihr aufwiegeln lassen und ihren Teil dazu beigetragen, den Tratsch herumzuerzählen und Emma in einem schlechten Licht dastehen zu lassen. Aber die beiden hatten ihren Zwist rasch beilegen können, worüber Sophie sehr froh war. Sie wollte nicht schuld daran sein, dass andere Freundschaften zerbrachen. Es reichte schon, dass sie ihre eigene zu Emma zerstört hatte.

„Dann erzähl doch mal", forderte Sophie Birte auf. „Was ist denn hier so passiert, während ich weg war?"

„Nee, erst du." Birte lachte fröhlich, und ihre blonden Locken ringelten sich abenteuerlustig. „Du weißt doch, wie neugierig ich bin. Spann mich nicht länger auf die Folter."

Also erzählte Sophie in allen Einzelheiten von ihrer Zeit in Lüneburg. Sie erwähnte auch Katis Schwierigkeiten im Kindergarten.

„Du lieber Himmel", rief Birte erschrocken. „Das klingt gar nicht gut. Hört sich an, als würde Kati sehr stark unter Heimweh leiden."

„Ja, ich weiß. Ich habe auch ein furchtbar schlechtes Gewissen deswegen. Aber was soll ich machen? Wir haben uns ein neues Leben in Lüneburg aufgebaut. Ich habe dort meinen Job im Kindergarten, Kati geht in ihre Tagesstätte, und wir haben unsere gemütliche Wohnung. Es war schwer genug, sie zu finden. Ich hab ja nicht geahnt, wie schwierig die Wohnungssuche geworden ist. Bei den Mietpreisen wird dir schwindelig. Davon abgesehen ist Lüneburg wirklich schön, und es gibt so viele Möglichkeiten, sich abzulenken. Wir haben sogar einen tollen Spielplatz gleich um die Ecke."

„Und trotzdem ist Kati traurig. So, wie du sie beschreibst, schüchtern und zugleich aggressiv, kenne ich sie gar nicht. Klar, eine Draufgängerin war sie noch nie, sondern eher ruhig, aber sie war doch noch nie böse."

„Ich mache mir auch große Sorgen um sie. Ich will, dass sie glücklich ist, verstehst du? Die Trennung von ihrem Papa war schwer genug für sie. Er ist ständig unterwegs, sie sieht ihn nur wenige Male im Jahr. Ich muss ihr also Mutter und Vater zugleich sein. Das ist nicht einfach."

Mehr und mehr sehnte sie sich nach ein wenig Wärme und Liebe in ihrem Leben. Wie schön musste es sein, mal wieder an eine warme Schulter geschmiegt einschlafen zu können. Am Frühstückstisch in zärtliche Augen zu blicken. Sie seufzte.

„Herrje, du Ärmste. Komm, wir essen schon ein Stück Torte. Zucker und Sahne sind hervorragende Seelentröster." Ohne Sophies Antwort abzuwarten, legte Birte ihr ein gewaltiges Stück Marzipan-Torte auf den Teller und nahm sich selbst ebenfalls eins.

„Lass noch was für Michael und die Kinder übrig", schlug Sophie lächelnd vor.

Birte winkte ab. „Ach, es schadet Michi gar nichts, mal etwas weniger zu essen. Ehrlich, der kriegt schon ein ganz schönes Bäuchlein."

Als wäre dies das Stichwort, hielt sie inne und verstummte.

Sophie wusste, was in ihrer Freundin vorging.

„Ist immer noch nichts unterwegs?", fragte sie behutsam.

Birte wünschte sich seit vielen Jahren ein zweites Kind. Jetzt war Melissa schon sechs und hatte immer noch kein Geschwisterchen bekommen.

Bekümmert schüttelte Birte den Kopf. „Ich verstehe das einfach nicht. Langsam verliere ich auch die Hoffnung. Warum klappt es nicht? Bei Melissa war ich auf Anhieb schwanger. Und jetzt zähl ich seit Jahren meine fruchtbaren Tage, wir haben Sex nach Terminkalender, und nichts tut sich. Michi verliert langsam die Lust. Er meint, Melissa reicht doch, wir brauchen kein zweites Kind. Aber ich möchte so gern noch ein Baby, verstehst du?" Sie sah Sophie fast flehend an.

„Klar, verstehe ich."

Birte tat Sophie sehr leid. Wie es schien, hatte jeder seine eigenen Probleme mit sich herumzutragen.

„Sogar bei Emma hat es so schnell geklappt", fuhr Birte arglos fort. „Dabei hatte sie bereits drei Fehlgeburten hinter sich, das weißt du ja. Aber schon nach wenigen Monaten wurde sie schwanger, zack, einfach so."

Unvermittelt verstummte sie und starrte Sophie schockiert an. „Ach, du lieber Himmel, ich bin so ein dummes Huhn. Du wusstest das noch gar nicht, oder? Ich sollte mir angewöhnen, erst mal nachzudenken, ehe ich losquatsche."

„Emma ist schwanger?" Die Couch schien unter Sophie zu schwanken, ihr wurde ganz schwindelig.

Birte nickte mit sichtlich schlechtem Gewissen. „Tut mir so leid. Ich dachte irgendwie, du weißt es bereits."

Sophie schüttelte den Kopf, ihr Hals war mit einem Mal ganz trocken. Schnell trank sie einen Schluck Kaffee. „Wann ist es denn so weit?"

„Sie ist noch ganz am Anfang, sechste Woche. Sie hat es selbst gerade erst erfahren. Es dauert noch bis November."

„Ach so. Ich hab sie gestern auf dem Ostermarkt getroffen. Es war noch nichts zu sehen. Und sie hat auch nichts erzählt", fügte sie wie zu sich selbst hinzu. Was hatte sie erwartet? Durch ihren Rufmord hatte sie ihre Freundschaft zu Emma selbst zerstört.

„Echt, ihr habt euch getroffen?" Birte starrte sie interessiert an. Offenbar erwartete sie eine Sensation oder vielleicht sogar eine Katastrophenmeldung. „Das war ja ein Zufall", setzte sie auffordernd hinzu, als Sophie nichts weiter dazu sagte.

„Kann man wohl sagen. Thies und Kati entdeckten sich gleichzeitig."

„Die beiden hängen ja auch so aneinander." Birte warf Sophie einen nicht zu deutenden Seitenblick zu. „Und, wie war es?"

„Ach, ganz okay eigentlich. Ich hatte es mir schlimmer vorgestellt." Sophie versuchte sich an einem Lächeln, das jedoch etwas schief geriet. „Dass Emma mir den Kopf abreißt zum Beispiel."

„Hat sie das nicht gemacht?", hakte Birte nach.

Sophie schüttelte den Kopf. „Ich hab mich endlich bei ihr bedankt. Du weißt schon, damals in Otterndorf, die Sache mit Kati. Und ich hab mich für meine Nachlässigkeit entschuldigt. Es wurde höchste Zeit."

„Wirklich?" Birtes Blick änderte sich, wurde anerkennend. „Wow, das war mutig von dir. Hätte ich nicht erwartet."

„Nee, das glaube ich." Bitter griff Sophie nach ihrer Kaffeetasse und trank noch einen Schluck. Wenn sie ehrlich war, wollte sie lieber gar nicht wissen, was alle über sie dachten. Sie hatte Emmas Ruf zerstört und sich dann einfach abgesetzt. „Ich hätte es längst machen sollen", setzte sie in einem Anflug von Offenheit hinzu.

„Ja, das stimmt. Ich will ehrlich sein, Sophie. Viele waren lange Zeit nicht gut auf dich zu sprechen."

„Kann ich mir vorstellen. Hab ich wohl auch nicht anders verdient."

„Aber jetzt hast du einen ersten Schritt gemacht. Das war richtig so. Pass nur auf, die Wogen werden sich wieder glätten. Wir machen alle Fehler." Birte nahm einen großen Happen Torte und kaute genüsslich.

„Ja, das wäre schön." Nachdenklich sammelte Sophie mit ihrer Gabel die Tortenkrümel auf.

Birte beobachtete sie, und ihr Blick wurde forschend. „Da ist doch noch etwas, oder? Sven, hab ich recht? Bist du immer noch nicht über ihn hinweg?"

Sophie hob die Schultern.

„Bis gestern hab ich das gedacht", sagte sie zögernd. „Ich hab oft von ihm geträumt. Aber als er gestern vor mir stand – plötzlich war ich ernüchtert, verstehst du? Ich glaube, ich habe mir in all den Monaten in Lüneburg etwas vorgemacht. Klar, ich mag ihn immer noch sehr, daran wird sich auch nichts ändern. Doch als ich ihn gestern sah, ging mir auf, dass ..."

„... die Gefühle verschwunden sind", ergänzte Birte.

„Genau. Vielleicht lag es auch an Emmas Gegenwart, keine Ahnung. Auf jeden Fall ließ mich Sven völlig kalt."

„Das ist doch super, Sophie. Er gehört zu Emma."

„Ich weiß." Sophie rechnete mit schmerzhaften Stichen bei dieser Erkenntnis. Stattdessen schweiften ihre

Gedanken ab, und ein heller Hund lief auf sie zu, gefolgt von einem lächelnden Mann mit unglaublich schönen Augen.

Birte holte Luft, um etwas zu sagen, doch in dem Moment öffnete sich die Tür, und Michael steckte seinen Kopf herein. „Gibts jetzt endlich Kaffee und Kuchen?" Sein Blick fiel auf die bereits angeschnittene Torte. „Na, da hab ich aber Glück, dass ich noch was abbekomme." Er grinste und sah in Richtung Kinderzimmer. „He, ihr beiden, kommt schnell her, sonst essen Mama und Sophie den ganzen Kuchen alleine auf."

Für die restliche Zeit des Besuchs drehten sich die Gespräche um allgemeine Themen, denn Michael blieb nun bei ihnen sitzen, und auch Kati und Melissa holten ein paar Spielsachen und blieben in der Stube. Sophie fühlte sich rundum wohl. Wie schön es war, mal wieder mit Freunden zusammenzusitzen, statt immer nur alleine in der Wohnung zu hocken.

***

Die folgenden Tage verliefen äußerst angenehm. Am Ostermontag gab es im Hotel ein festliches Menü, der Speisesaal strahlte in warmem Schein der Kronleuchter, und für die Kinder der Gäste gab es im Anschluss eine süße Überraschung vom Osterhasen. Sophie hatte sich schick angezogen und zurechtgemacht, und auch Kati trug ein neues Kleid und verhielt sich mustergültig.

Während der Ferientage verbrachten Sophie und Kati viel Zeit am Strand. Gemeinsam bauten sie neue Dämme und Kanäle oder suchten im Watt nach Muscheln und Schnecken. Wenn Kati beschäftigt war, dachte Sophie über die Zukunft nach. Wäre es nicht schön, wenn sie mit Kati wieder hier wohnen könnte? Es musste eine Möglichkeit dafür geben. Aber wo sollten sie wohnen, wo würde sie eine Arbeit finden? Im Grunde war der Gedanke daran, nach wenigen Monaten schon wieder neu anzufangen, irrsinnig. Früher oder später würde sich Kati schon in Lüneburg eingewöhnen.

„Schade, dass Odin gar nicht mehr kommt", sagte Kati und riss ihre Mutter aus ihren Gedanken, während sie neben ihrem Werk stand und es stolz betrachtete. Die Wellen liefen gleichmäßig in ihre Kanäle herein und wieder heraus, ohne die Dämme zu beschädigen.

Als wäre das ihr Stichwort, suchte Sophie mit den Blicken den weitläufigen Strand ab. Es war ausnahmsweise einmal windstill, die Sonne glitzerte in den sanft auslaufenden Wellen, und viele Spaziergänger waren unterwegs, unter ihnen auch eine Menge Hundebesitzer. Doch Markus war mit Odin nicht unter ihnen. Überrascht stellte sie fest, dass das wirklich etwas enttäuschend war. Die beiden Begegnungen mit Markus waren sehr erfrischend gewesen.

„Vielleicht ist sein Urlaub zu Ende und er musste nach Hause zurückfahren", sagte sie gedankenverloren.

„Nee, Mama. Er hat doch gesagt, dass er arbeiten muss. Also wohnt er hier bestimmt irgendwo."

Überrascht sah Sophie ihre Tochter an. „Das ist eine wirklich kluge Überlegung, das hatte ich ganz vergessen. Tja, dann wird er jetzt wohl auch gerade arbeiten und keine Zeit für einen Spaziergang haben."

„Schade. Wir hätten ihn fragen sollen, wo er wohnt. Ich wäre gerne mit Odin hier am Strand spazieren gegangen.“

„Das kann ich mir vorstellen.“ Sophie lachte. „Dann hättest du dich bestimmt auch in so ein Sandmonster verwandelt wie er.“

Kati kicherte. „Das hätte mir nichts ausgemacht.“ Unvermittelt wurde sie ernst. „Mama, wo doch schon Odin nicht mehr hier ist, können wir nicht doch noch Thies besuchen? Ich würde so gern seinen Hund sehen. Bitte, Mama!“

Sophie seufzte. Immer wieder hatte Kati während der vergangenen Tage darum gebettelt. Bisher war es ihr gelungen, sie mit anderen Vorschlägen abzulenken.

„Lass uns mal abwarten, was wir noch so unternehmen“, wich sie aus.

An einem Tag besuchten sie Verena und ihre Tochter Anna-Lena. Während sich Sophie angeregt mit ihrer Freundin unterhielt, betrachtete sie immer wieder nachdenklich ihre glücklich spielende Tochter. Gab es denn wirklich keine Möglichkeit, doch hierher zurückzukehren? Musste sie es Kati zuliebe nicht zumindest versuchen? Ihr wurde bereits jetzt übel beim Gedanken an die Rückkehr nach Lüneburg, die ihrer Kleinen erneut das Herz brechen würde.

An den folgenden Abenden lag sie noch lange wach und dachte darüber nach, was machbar war und was sich unter Umständen daraus ergeben könnte.

Kapitel 5

Die Urlaubswoche war fast vorüber. Morgen schon würden sie abreisen. Sophie überlegte, wie sie den Abschied für sich und ihre Tochter leichter machen konnte.

„Wollen wir einen kleinen Bummel durch die Geschäfte machen?", fragte sie Kati. „Du darfst dir auch etwas aussuchen."

„Ja!", schrie Kati begeistert. „Können wir auch Torte essen gehen? Bei Melissa hat es so gut geschmeckt."

„Klar."

Kurz darauf schlenderten sie durch die belebte Fußgängerzone. In einem Bekleidungsgeschäft fand Sophie eine geblümte Bluse für sich, die bereits Lust auf den nahenden Sommer machte, und Kati wünschte sich eine Strumpfhose mit bunten Muscheln. In einem Spielzeuggeschäft suchte Kati lange herum und ließ sich Zeit bei der Auswahl. Schließlich entschied sie sich für eine kleine Packung von Playmobil: ein Pferd und ein Mädchen mit einem kleinen Hindernis, einem Strohballen und anderen Utensilien. Sogar ein winziger Hund war dabei.

„Sieh mal", sagte Kati, als sie ihrer Mutter die Packung unter die Nase hielt. „Die hier möchte ich bitte haben. Siehst du, da ist sogar ein Hund. Ob er wohl aussieht wie Timmi?"

„Timmi?", fragte Sophie verwirrt. Sonst war doch immer die Rede von Odin.

„Thies' Hund heißt doch Timmi, Mama, hast du das etwa vergessen?"

Ja, das hatte sie in der Tat. Jetzt dachte Kati also doch wieder daran. Hoffentlich vergaß sie es schnell wieder. Wenn sie …

„Können wir Timmi einmal ansehen, Mama? Nur ganz kurz. Ich will ihn doch so gern sehen." Katis flehender Blick brach Sophie fast das Herz.

„Das wird nicht gehen, Mäuschen. Heute ist doch schon unser letzter Tag."

Kati starrte sie an und ließ die Packung langsam sinken, während sie ganz blass wurde. Sie begann so unvermittelt zu weinen, dass Sophie erschrocken zusammenzuckte. Rasch kniete sie sich hin und strich sanft über das Haar ihrer verzweifelten Tochter. Oh, wie es ihr wehtat, ihre Kleine so von Kummer erfüllt zu sehen.

„Du weißt doch, dass wir wieder zurückfahren müssen, Kati. Der Kindergarten geht wieder los, und ich muss wieder arbeiten."

„Ich will aber nicht mehr in den doofen Kindergarten zu den doofen Kindern!" Die Packung fiel zu Boden.

Sophie hob sie auf. Eine Kundin warf ihr verstohlene Blicke zu, während deren kleiner Sohn sie offen anstarrte.

„Pass auf, wir kaufen dir jetzt dieses schöne Spiel, und dann gehen wir Kuchen essen, ja? Du kannst auch ganz viel Sahne dazu haben, wenn du möchtest."

Doch Kati weinte immer noch.

„Du willst doch endlich deine tollen Pferdebücher lesen können, oder? Und ihr lernt schon die Buchstaben. Bald kannst du …"

„Es macht mir nichts aus, wenn ich die nicht lesen kann. Hauptsache, ich kann hierbleiben.“

„Und wenn wir im Buchladen nach einem tollen Buch über Hunde suchen? Was sagst du dazu?“

Nun hob Kati doch den Kopf und sah sie an. „Eins, wo Odin drin ist?“ Sie schniefte und wischte sich mit dem Handrücken übers Gesicht.

„Ja. So eins finden wir bestimmt. Dann kannst du ihn immer sehen.“

„Ich will aber eins, wo auch Timmi drinnen ist.“

„Danach suchen wir einfach, okay?“

„Aber ich weiß doch noch gar nicht, wie er aussieht.“ Kati zog einen Schmollmund, verschränkte die Arme und trat mit dem Fuß auf.

„Hat Thies ihn denn nicht beschrieben?“

„Doch. Er ist klein und weiß.“

„Na, siehst du. Das ist doch ein Anhaltspunkt. So einen finden wir schon. Und jetzt komm, wir bezahlen die Packung, die du dir ausgesucht hast, und dann suchen wir nach einem schönen Buch.“

Angespannt stand Sophie in der Schlange an der Kasse. Erneut dachte sie an ihre Idee. Wie glücklich Kati wäre, wenn sie sie in die Tat umsetzen würde. Doch erst einmal mussten sie ohnehin nach Lüneburg zurück, da musste Kati durch, so schwer es auch für sie war. Und auch für sie selbst.

Wenige Minuten später betraten sie den Buchladen, und Kati steuerte schnurstracks auf die Tierbücher zu. Sophie las gern Thriller und stöberte ein wenig herum, solange Kati beschäftigt war. Hier, dieser Roman klang sehr spannend. Sie nahm ihn in die Hand, um den Klappentext zu lesen.

„Das ist ja ein Zufall", hörte sie eine Männerstimme neben sich.

Das Erste, was sie sah, als sie aufblickte, war exakt der gleiche Roman, den sie gerade in der Hand hielt. Auf dem Cover tropfte Blut von weißen Rosen. Dann senkte sich das Buch, und sie sah in ein Paar brauner Augen mit Lachfältchen darum herum.

„Markus", rief sie. „Das ist ja eine Überraschung."

„Finde ich auch. Zumal wir über den gleichen Geschmack verfügen, wie es scheint."

„Stalken Sie mich?", fragte sie scherzhaft, denn das Buch in ihrer Hand handelte von einem Stalker, der alleinstehende Frauen verfolgte.

„Das überlasse ich lieber dem Romanhelden." Er lachte und zeigte eine Reihe weißer Zähne.

„Da bin ich ja beruhigt." Sophie stimmte in das Lachen ein und spürte, wie gut ihr das tat. Ihre Anspannung legte sich ein wenig.

„Wo ist denn der kleine Karl?", erkundigte sich Markus scherzhaft und sah sich im Laden um.

Sophie wies mit dem Finger über die Schulter. „Bei den Tierbüchern. Odin hat großen Eindruck auf Kati gemacht. Sie sucht ein Buch über Hunde, und es muss auf jeden Fall einer wie Odin darin sein."

„Oh. Das wird ihn aber freuen, wenn er das erfährt." Wieder lachte er, die Lachfältchen vertieften sich und ließen ihn ungeheuer sympathisch erscheinen. „Wollen wir mal sehen, ob wir ihr helfen können?"

Wie es schien, hatte Kati sie bereits gehört, denn als Sophie sich umdrehte, stand sie schon hinter ihr und hielt einen großen Bildband in den Händen.

„Markus", rief sie und sah sich um. „Wo ist denn Odin?"

Mit einer Kopfbewegung wies Markus zum Ausgang. „Der darf hier leider nicht mit rein. Er wartet draußen."

„Wenn wir hier fertig sind, kannst du ihn gleich sehen." Sophie wies auf das Buch in Katis Händen. „Möchtest du das haben?"

Kati nickte. „Da ist auch Odin drin." Schnell schlug sie eine Seite auf und hielt sie Markus unter die Nase. „Hier, siehst du?"

„Tatsächlich. Das ist ja toll. Dann hast du jetzt immer eine Erinnerung an ihn."

„Und er sieht so sauber aus", scherzte Sophie.

„Ja, er kann auch anders. Er ist nicht immer ein Sandmonster." Markus schmunzelte.

„Darf ich mir auch noch ein Pferdebuch aussuchen, Mama?", bat Kati.

Doch Sophie schüttelte den Kopf. „Nein, Mäuschen. Wir hatten ein Buch ausgemacht, und du hast schon Spielzeug bekommen. Damit kannst du dich erst mal für eine ganze Weile beschäftigen. Das Pferdebuch kaufen wir beim nächsten Mal, ja?"

„Wenn ich kein Pferdebuch kriege, brauche ich auch nicht mehr in den Kindergarten gehen und die Buchstaben lernen", beharrte Kati und zog einen Schmollmund.

Sophie seufzte. Das konnte ja noch heiter werden, bis sie morgen endlich im Auto saßen und zurückfuhren.

„Du musst unbedingt lesen lernen", mischte sich Markus ein. „Es ist sehr wichtig, lesen zu können. Wie soll man sonst wissen, wie man …?"

Doch Kati hörte nicht mehr zu, sondern steuerte das Regal mit den Pferdebüchern an.

„Ich gehe mal lieber hiermit zur Kasse", sagte Sophie und wies auf das Hundebuch.

Doch während sie sich anstellte – vor ihr war noch eine andere Kundin dran – bemerkte sie aus dem Augenwinkel, wie Kati in Richtung Ausgang stürmte. Sie wusste sofort, dass etwas nicht stimmte, doch bevor sie reagieren konnte, lief Markus hinter Kati her. Er erreichte sie zwei Meter vor dem Ausgang. Kati zappelte und schrie, doch Markus ließ nicht los.

Nervös sah Sophie zwischen der Kasse und ihrer Tochter hin und her. Doch gerade, als sie zu ihr laufen wollte, sah sie, dass Kati sich beruhigte. Markus hatte sich vor sie gekniet und schien ihr etwas zu erklären, und ihre Tochter schien ihm aufmerksam zu lauschen. Nun erst erkannte Sophie das Buch, das er Kati soeben abnahm. Ihr Herz machte vor Schreck einen Satz. Kati hatte es stehlen wollen! Es war ihr so unangenehm, dass sie am liebsten sofort das Geschäft verlassen hätte.

Doch schon war sie an der Reihe. Zu ihrer Erleichterung sagte die Kassiererin nichts, warf ihr jedoch äußerst misstrauische Blicke zu, die zwischen ihr und Kati hin und her huschten. Hinter ihr stellte sich nun Markus an, und Kati stand brav wie ein Lamm neben ihm. Sophie zahlte und nahm die Tüte entgegen. Gerade legte Markus das Pferdebuch auf den Tresen. Sophie wusste, dass sie ihn davon hätte abhalten müssen. Doch hier im Geschäft wollte sie nichts sagen, die Situation war schon peinlich genug. So wartete sie, bis auch er bezahlt hatte und sie endlich den Laden verlassen konnten.

„Was hast du dir nur dabei gedacht?", fuhr sie Kati an, sobald sie auf der Straße standen. „Du kannst doch nicht einfach etwas klauen. So etwas darf man nicht, hast du das etwa vergessen?"

Sichtlich beschämt ließ Kati den Kopf sinken. „Es tut mir leid, Mama", erwiderte sie kaum hörbar. „Ich wollte es auch gar nicht machen, ehrlich."

„Und Sie hätten es ihr nicht schenken dürfen", knöpfte sich Sophie nun Markus vor. „Jetzt haben Sie sie noch dafür belohnt, etwas Böses gemacht zu haben."

„Entschuldigung." Mit sichtlich schlechtem Gewissen sah er sie an. „Kati hat mir versprechen müssen, so etwas niemals wieder zu tun. Nicht wahr?" Damit sah er das Mädchen an.

Kati nickte ernsthaft. „Versprochen, Mama. Ich mach's nie wieder."

„Ich hab ihr das Buch geschenkt, damit sie das auch nicht wieder vergisst und sich immer daran erinnert, wenn sie es sieht. Stimmt's, Kati?"

Ihre Tochter nickte eifrig.

Das nahm Sophie den Wind aus den Segeln, und ihr Ärger schmolz wie ein Gletscher beim Klimawandel.

Zudem sah es irgendwie süß aus, die beiden leibhaftigen schlechten Gewissen zu sehen. Katis Augen waren groß und rund, und Markus wirkte wie ein Hund, der beim Stibitzen einer Wurst erwischt worden war. Sie schaffte es nicht länger, einen strengen Blick aufzusetzen, und kämpfte mühsam gegen ein Grinsen an.

„Na gut, dann wollen wir es mal dabei bewenden lassen. Danke für das Buch. Wie gesagt, das hätten Sie nicht machen müssen."

„Ich hab's gern gemacht. Kati sah so traurig aus."

Sie gingen die paar Schritte bis zu der Stelle, wo Odin angebunden war und nun angesichts seines Herrchens vor Freude wie wild mit dem Schwanz wedelte.

„Sie ist auch traurig", gab Sophie zu und betrachtete ihre Tochter, die sich neben den Hund kniete und seinen Kopf streichelte. Dabei wirkte sie wenigstens glücklich. Wieder dachte sie daran, ob es nicht vielleicht doch eine Möglichkeit gab, zurückzukehren.

Sie bemerkte, wie Markus sie interessiert ansah, aber scheinbar zu feinfühlig war, um nachzuhaken; immerhin kannten sie sich kaum. Dabei wirkte er so vertrauenerweckend mit seinen klaren Augen und seinem offenkundigen Interesse. Würde es ihr nicht guttun, jemandem einmal ihr Herz ausschütten zu können? Gerade weil er ein Außenstehender war, konnte er ihre Lage vielleicht besser einschätzen als sie selbst. Er kannte die Hintergründe nicht und konnte die Sache unvoreingenommen betrachten.

„Wir müssen morgen nach Hause zurück", erklärte sie kurz entschlossen.

„Oh. Das tut mir leid für die Kleine. Ist bestimmt schwer für sie nach so einer schönen Ferienzeit."

„Es ist sogar doppelt schwer. Wir stammen von hier, wissen Sie?"

„Wirklich? Aus Cuxhaven? Schon wieder so ein Zufall." Seine Augen funkelten erfreut.

„Nicht ganz. Aus Coppum. Wahrscheinlich kennen Sie es gar nicht, das Dorf ist winzig."

„Tatsächlich kenne ich es nicht, aber den Namen natürlich. Und jetzt haben Sie Urlaub in Ihrem ehemaligen Zuhause gemacht?"

Sophie nickte. „Schon allein wegen Kati. Sie wollte so gern all ihre alten Freundinnen wiedersehen. Und ich natürlich auch."

Markus schien zu überlegen. „Wollen wir uns nicht in ein Café setzen? Im Sitzen lässt es sich doch viel angenehmer unterhalten. Und Kati sieht mir so aus, als würde sie sich gern noch einmal in Karl verwandeln."

Beim Klang des Namens sah das Mädchen auf und nickte heftig. „Darf ich, Mama?" Immer noch wirkte sie sehr kleinlaut. Nun, das geschah ihr recht.

„Also gut", gab Sophie nach. „Aber halten wir Sie auch nicht auf? Sie haben doch bestimmt zu tun."

Lächelnd schüttelte Markus den Kopf. „Heute ist mein freier Tag. Odin und ich haben Zeit ohne Ende."

Bedeutete das, dass zu Hause niemand auf ihn wartete? Und warum machte sie sich darüber Gedanken? Er war doch bloß ein Fremder. Trotzdem schlug ihr Herz schneller, als sie an Markus' Seite auf das nächste Café zusteuerte.

Sie fanden einen freien Tisch am Fenster. Während Sophie Kati die Jacke auszog, legte sich Odin wohlerzogen unter den Tisch. Kati hätte sich wohl am liebsten zu ihm gesetzt, blieb aber artig am Tisch sitzen. Die Standpauke schien noch nachzuhallen.

Bei Apfelkuchen mit Zimt – für Kati mit einem Berg Sahne – und Latte macchiato – für Kati gab es einen Kakao, wiederum mit ganz viel Sahne – kamen sie ins Plaudern, und es kam Sophie so vor, als würde sie Markus schon viel länger kennen als die paar Tage. Er lachte über Kati und ihren Sahnebart und erzählte ihr geduldig von Odin. Als sich das Mädchen nach dem Essen wirklich zum Hund hockte, wandte sich Markus

Sophie zu. Er wirkte aufmerksam und interessiert, und Sophie stellte fest, wie gut ihr das tat nach all den Jahren mit Carsten, der sie zumindest während der letzten Jahre oft gar nicht mehr richtig wahrgenommen hatte.

„Sind Sie denn schon lange weg von hier?", erkundigte er sich.

„Nein, gar nicht. Erst seit fünf Monaten. Es war ... schwierig letztes Jahr. Zu der Zeit dachte ich, wegzugehen wäre die beste Lösung."

„Aber das war es nicht?"

Sie schüttelte den Kopf. „Inzwischen fürchte ich, dass es ein großer Fehler war. Kati hat sich immer noch nicht eingelebt, dabei heißt es doch immer, dass das bei kleinen Kindern noch schnell geht. Sie geht in den Kindergarten, aber sie hält sich fern von den anderen Kindern und findet keine Kontakte. Sie ist unglücklich. Und das bricht mir das Herz."

„Haben Sie denn schon einmal darüber nachgedacht zurückzukommen? Wie es scheint, ist Kati sehr glücklich hier." Er sah ihr so intensiv in die Augen, dass es Sophie leicht schwindelte. Da waren goldfarbene Sprenkel in seinen Augen, stellte sie fest, wie Bernstein auf dunklem Sand. Es war schwer, den Bann abzuschütteln, den sein Blick auf sie zu haben schien.

„Ja, das habe ich. Aber das ist nicht so leicht, wie Sie sich sicher vorstellen können. Wir haben uns gerade in Lüneburg ein neues Leben aufgebaut, haben eine schöne Wohnung, ich habe meinen Job ... Ich fürchte, es wäre purer Leichtsinn, wenn ich das alles aufgeben würde. Immerhin bin ich allein für Kati verantwortlich."

Das hatte sie gar nicht sagen wollen. Was sollte Markus denn von ihr denken?

Er sah sie prüfend an. „Und sind *Sie* glücklich dort?“, forschte er schließlich nach.

Sie zögerte. Es kam ihr vor, als wüsste Markus bereits ganz genau, wie es in ihr aussah. Dass auch sie unter Heimweh litt und unter den ständigen Zweifeln, ob sie das Richtige getan hatte – und tat. Zu ihrem eigenen Erstaunen schüttelte sie den Kopf.

„Um ehrlich zu sein geht es mir wie meiner Tochter. Ich meine, Lüneburg ist toll. Die Altstadt ist wunderschön. Es gibt unzählige Cafés und Restaurants und Spielplätze und so weiter, und die Heide ist gleich um die Ecke. Aber es ist nicht das Gleiche wie das Zuhause hier.“

„Der Ort, an dem einem vor Glück das Herz aufgeht“, sagte Markus und wirkte plötzlich ganz versonnen. Als wäre er gedanklich ganz woanders.

„Ja, genau. So geht es mir hier. Nur wie gesagt, das ist alles nicht so leicht. Aber jetzt haben wir nur von uns geredet. Was ist mit Ihnen? Zieht es Sie auch an einen anderen Ort?“

Er schüttelte den Kopf und warf einen Blick unter den Tisch, wo Kati leise zu Odin sprach und sein Fell kraulte. Der Hund wirkte, als würde er vor Wohlbehagen gleich einschlafen.

„Ich bin von hier“, erzählte Markus. „Direkt aus Cuxhaven. Aber ich war auch schon weg, jahrelang. Ich bin Koch. Sieben Jahre lang fuhr ich auf einem Kreuzfahrtschiff zur See.“

Sophie zuckte zusammen. Warum verspürte sie Enttäuschung? Schon wieder ein Seemann. Darauf konnte sie für den Rest ihres Lebens verzichten. Die Erlebnisse mit Carsten genügten ihr. Und was dachte sie da überhaupt? Sie würde Markus vermutlich nie wiedersehen.

„Wow, das klingt aufregend. Bestimmt haben Sie schon die ganze Welt gesehen.“

Entweder hatte Markus ihr Erschrecken nicht bemerkt, oder er überging es diskret. „Nicht ganz, aber ich bin schon ganz gut rumgekommen. Zwei Jahre lang ging es stets in Richtung Karibik, Mexiko, Puerto Rico, die Ecke da. Dann folgte für eine Weile das Mittelmeer, mal der westliche, mal der östliche Teil bis hin nach Ägypten, Israel und Jordanien. Und am Schluss fuhr ich dann für eine Weile zum Nordkap und nach Island.“

„Ich kriege Fernweh, wenn ich das alles höre. Hatten Sie denn wenigstens Zeit und Gelegenheit für Ausflüge, oder mussten Sie die ganze Zeit unter Deck arbeiten?“

„Es gab extrem viel Arbeit, und niemals konnte die ganze Küchencrew zusammen das Schiff verlassen. Aber immer wieder gab es Gelegenheiten, sich auch mal Land und Leute anzusehen.“ Er nippte an seinem Kaffee. „Ich würde diese Zeit nicht missen wollen. Auch wenn mein Beruf mich am Ende meine Ehe gekostet hat.“ Mit der Gabel zerteilte er seinen Kuchen und schob die Stücke auf dem Teller hin und her.

Überrascht über seine Offenheit wusste Sophie nicht recht, was sie darauf erwidern sollte.

„Das tut mir leid“, sagte sie schließlich.

Er zuckte die Schultern und aß nun doch einen Bissen. „Die Scheidung ist ein halbes Jahr her, davor lebten wir bereits seit einem Jahr getrennt. Inzwischen hab ich es überwunden. Meine Frau kam mit den ständigen Trennungen einfach nicht mehr klar. Also meine Ex-

Frau natürlich. Manchmal war ich monatelang nicht zu Hause, dann wieder ununterbrochen monatelang vor Ort. Meine Ex arbeitete als Immobilienmaklerin und musste sich jedes Mal neu darauf einstellen, entweder allein zu sein oder mich die ganze Zeit an der Backe zu haben." Er hielt inne, als wäre da noch etwas anderes, doch er sprach es nicht aus. „Irgendwann wollte sie nicht mehr. Ich kann sie ja verstehen. Es war für uns beide nicht einfach. Ich hab den Job bei der Reederei dann gekündigt, aber unsere Ehe war trotzdem nicht mehr zu retten." Er warf einen Blick unter den Tisch. „Und deshalb hab ich mir Odin zugelegt. Manchmal ist ein Hund die bessere Wahl."

Sophie beobachtete, wie Kati unentwegt den Hund betrachtete, der sich zufrieden zusammengerollt hatte. Was für ein friedliches Bild.

Markus sah Sophie versonnen an. „Vielleicht sollten Sie tatsächlich auch darüber nachdenken. Ich glaube, für die Kleine wäre es sehr hilfreich. Sie scheint einsam zu sein. Mit einem Hund an ihrer Seite würde es für sie in Lüneburg bestimmt leichter werden."

„Falls wir überhaupt dableiben", entgegnete Sophie und verstummte sofort. Das hatte sie eigentlich gar nicht aussprechen wollen, es war nur eine diffuse Überlegung, ein *Was-wäre-wenn*, mehr nicht.

„Das werden schwierige Überlegungen", sagte Markus, als hätte er ihre Gedanken gelesen. Unvermittelt lächelte er. „Wenn Sie einen Rat von mir wollen: Hören Sie auf Ihr Herz. Damit liegen Sie immer richtig."

„Ich werde Ihren Rat beherzigen." Sophie lächelte wegen des Wortspiels, und plötzlich schien ihr alles gar nicht mehr so schwer zu sein, nicht so unüberwindbar wie nachts, wenn sie aufwachte und sofort zu grübeln begann, wie es mit Kati weitergehen sollte – und mit ihr.

„Oh, und eine Bitte hätte ich noch“, sagte er. Wieder breiteten sich diese unwiderstehlichen Lachfältchen um seine Augen aus, die noch intensiver zu leuchten schienen, als würde die Sonne den Bernstein erwärmen. Nicht nur das, sie schienen auch Sophies Herz zu erwärmen, und sie fühlte, wie sich ihr eigenes Lächeln verstärkte. Plötzlich erschien ihr alles ganz leicht, so, als läge die Lösung für ihre Probleme so nah.

„Klar, raus damit“, forderte sie. „Sie haben mir vorhin im Buchgeschäft sehr geholfen. Ich schulde Ihnen etwas. Also schießen Sie los.“

„Lassen wir doch das förmliche Siezen.“ Er hielt ihr seine Hand hin. „Ich heiße Markus, aber das wissen Sie ja schon.“

Sie ergriff seine Hand und schüttelte sie. Sein Händedruck war fest, seine Haut warm und trocken. „Sophie. Aber das weißt *du* ja schon.“ Sie hielt seine Hand ein klein wenig zu lange, und er tat nichts daran, das zu ändern.

Sie begannen beide zu lachen, und neugierig kam Kati unter dem Tisch hervor.

Als sie das Café eine Stunde später verließen und jeder in eine andere Richtung weiterging, hatte Sophie Markus’ Telefonnummer, und er hatte ihre.

Kapitel 6

Zurück in Lüneburg gingen die Probleme nahtlos weiter, als hätte es den wunderschönen Urlaub nie gegeben. Im Kindergarten verhielt sich Kati den anderen Kindern gegenüber zickiger denn je und ließ niemanden mehr an sich heran.

„Ich will zurück", schrie sie jedes Mal, wenn Sophie mit ihr darüber sprechen wollte.

„Du weißt doch, dass das nicht einfach so geht, Mäuschen."

„Markus war auf einem Schiff. Und jetzt ist er auch wieder zu Hause. Warum können wir das dann nicht?"

„Weil … na ja …"

„Und er hat Odin. Warum kriege ich keinen Hund?"

„Darüber haben wir doch schon gesprochen. Wir haben keine Zeit dafür."

„Er muss auch arbeiten und hat trotzdem Zeit. Und er ist nur einer. Wir sind zwei."

Die Worte wirkten entwaffnend, denn sie hatten einen wahren Kern.

„Hör mal, Kati. Du weißt selbst, dass du es uns beiden in letzter Zeit nicht leicht machst, oder? Du machst Probleme im Kindergarten, streitest ständig mit den anderen Kindern und wolltest sogar ein Buch stehlen. Wenn ich dir jetzt einen Hund schenke, würde ich dich für dein schlechtes Verhalten belohnen. Und das geht nicht. Verstehst du das?"

Kati starrte sie schockiert an. Dann traten sogar Tränen in ihre Augen. „Aber ich will doch gar nicht böse sein, Mama. Es ist nur ..." Sie verstummte und ließ den Kopf hängen.

„Du bist immer so traurig, und damit du nicht weinen musst und die anderen Kinder dich deshalb auslachen, streitest du dich lieber und zickst herum", vervollständigte Sophie leise den Satz. Ihr schlechtes Gewissen meldete sich heftiger denn je. Sie war schuld daran, dass ihre Tochter so unglücklich war. Nur weil sie aus völlig egoistischen Gründen ihrer Heimat den Rücken gekehrt hatte, saß Kati jetzt hier wie ein Häufchen Elend.

„Tut mir leid, Mama", flüsterte Kati kläglich.

Impulsiv schloss Sophie sie in die Arme und drückte sie an sich. So konnte es nicht weitergehen. Und sie ahnte, dass auch ein Hund die Probleme nicht würde lösen können. Sie dachte daran, wie glücklich ihre Tochter während des Urlaubs gewesen war, als sie ihre Freundinnen treffen oder am Strand spielen konnte. Und wie viel besser es auch ihr selbst dort gegangen war. Wie entspannt sie gewesen war. Hier jedoch verspürte sie eine beständige Anspannung, als erwartete sie jederzeit neue Probleme und Ärgernisse. Und nachts wurde sie immer wieder wach und konnte nicht wieder einschlafen, weil die Sorgen und die Traurigkeit sie erdrückten.

Die einzigen Lichtblicke während dieser Zeit waren Markus' Anrufe. Er ließ es sich nicht nehmen, sich jeden zweiten Tag nach ihr und Kati zu erkundigen.

„Wie gehts euch beiden?", begann er stets.

„Es geht so. Kati ist so traurig, und das macht mir
schwer zu schaffen."

„Ist es noch nicht besser geworden mit ihrem Heimweh?"

„Nein. Sie fängt immer wieder davon an, dass sie nach
Coppum zurückwill."

„Und was ist mit dir?"

Sophie brauchte nicht mehr in sich hineinzuhorchen.

„Mir gehts ebenso."

„Ich würde dir so gern helfen. Soll ich mich mal umhören, ob ich irgendetwas erfahre? Job, Wohnung,
keine Ahnung, irgendetwas?"

„Klar, das wäre super. Danke."

„Für dich mach ich das gerne."

Sophie meinte, durchs Telefon seine freundlichen Augen und niedlichen Grübchen zu sehen, und ihr wurde
ganz warm.

***

Eines Nachmittags Mitte Mai, anderthalb Monate
nach dem schönen Urlaub an der Nordsee, bekam Sophie bei der Arbeit einen Anruf.

„Guten Tag, Frau Krüger, hier spricht Frau Hansen,
Katis Erzieherin."

Schmerzhaft zog sich Sophies Magen zusammen. Etwas war geschehen, sie hörte es an der Stimme der
Frau.

„Guten Tag." Beklommen wartete sie.

„Hören Sie, ist es Ihnen möglich, sofort in den Kindergarten zu kommen? Es ist wichtig."

„Ist etwas passiert? Ist was mit Kati?"

Frau Hansen zögerte einen Moment, während Sophies Herz vor Sorge zu rasen begann.

„Ja. Keine Angst, es geht ihr gut. Aber … bitte kommen Sie her, Frau Krüger."

Mit bebenden Fingern beendete Sophie das Gespräch und lief zum Büro ihrer Chefin. Als sie an die Tür klopfte und wartete, rasten schreckliche Gedanken durch ihr Hirn. Kati hatte einen Unfall. Sie hatte sich beim Basteln mit einer Schere verletzt. Sie hatte etwas Giftiges verschluckt. Frau Hansen hatte sie nur beruhigen wollen, als sie behauptete, es gehe Kati gut. Sie …

„Ja, herein."

Frau Meyer-Kleinschmidt sah von ihrem Schreibtisch auf, als Sophie eintrat.

„Entschuldigen Sie", begann Sophie und rang nervös die Hände. „Gerade bekam ich einen Anruf vom Kindergarten meiner Tochter. Ich soll sofort hinkommen, etwas ist passiert." Sie zwang sich, ruhiger zu atmen, aber es gelang ihr nicht.

„Um Himmels willen. Natürlich, Frau Krüger, gehen Sie nur. Ich hoffe, es ist nichts Schlimmes."

„Vielen Dank." Eilig verließ Sophie das Büro und rannte den Flur entlang, so schnell sie konnte. Katis Kindergarten befand sich am entgegengesetzten Ende Lüneburgs; beim gerade herrschenden Feierabendverkehr würde sie eine ganze Weile bis dorthin brauchen. Dabei war sie verrückt vor Sorge, ihre Knie waren ganz wackelig, während sie auf die Treppe zum Erdgeschoss zulief.

Ihr armes kleines Mäuschen! Was war ihr bloß zugestoßen? Oh, warum hatte sie ihr nicht längst ihren Herzenswunsch erfüllt und war mit ihr nach Coppum zurückgegangen? Nichts konnte so schwer sein wie diese Augenblicke voller Panik, in denen sie nicht wusste, wie es ihrem kleinen Mädchen ging. Würden sie längst wieder in Coppum wohnen, wäre das nicht passiert, da war sie sicher.

Sie erreichte die Treppe, während ihre Gedanken bei Kati waren. Die Ungewissheit, was mit ihr passiert war, war kaum zu ertragen. Schnell hinunter, schnell zu ihr, damit sie ... Sie spürte, dass ihr Fuß die Stufe verfehlte, als sie auch schon das Gleichgewicht verlor. Haltlos fuhren ihre Hände in der Luft herum, fanden das Geländer nicht, und dann war oben plötzlich unten. Hart schlug sie auf der Treppe auf, ein scharfer Schmerz schoss durch ihre rechte Schulter, ehe der Schwung sie weitertrug und sie sich den Kopf anschlug. Blitze zuckten vor ihren Augen, bis sie ihren ganzen Schädel auszufüllen schienen und ihn mit flüssigem Feuer füllten. Schlagartig wurde alles schwarz.

***

Ihr Kopf tat weh. Das war das Erste, was Sophie spürte, als sie langsam erwachte. Es fühlte sich an, als würde eine ganze Herde Elefanten hindurchtrampeln. Hin und her, wie durch ein Maisfeld. Sie stöhnte leise und stellte fest, dass sich die Schmerzen auf ihren Nacken und ihre Schultern ausweiteten. Vorsichtig versuchte sie, ihre Lider zu öffnen. Erst gelang es nicht. Sie geriet in Panik. War etwas mit ihren Augen geschehen? Waren sie verletzt worden? Was war überhaupt passiert? Sie erinnerte sich an nichts mehr. In ihrem Kopf gab es nur die gewaltige Herde, die auf ihrem Gehirn herumtrampelte.

„Sophie?", hörte sie. Das Wort klang gedämpft, als würde es durch eine dicke Schicht Watte dringen müssen.

Erneut versuchte sie, ihre Augen zu öffnen. Endlich gelang es. Helles Licht erreichte ihre Pupillen, das den Schmerz in ihrem Kopf zum Explodieren brachte. Sofort schloss sie die Augen wieder und stöhnte laut. Sie wollte die Hand heben, um ihre Augen damit zu bedecken und sie zu schützen. Doch es ging nicht, ihr Arm bewegte sich nicht. Panik brach hervor. Wieder riss sie die Augen auf und kümmerte sich nicht um das blendende Licht und die Schmerzen, die es hervorrief. Was war mit ihrem Arm? Sie wollte ihren Kopf heben, um nachzusehen, doch auch er rührte sich nicht. Stattdessen bohrte sich scharfer Schmerz in ihren Nacken wie ein Dutzend Dolche. Sofort schloss sie ihre Lider.

„Bleib ganz ruhig liegen", sagte die Stimme, und sie fühlte, wie sich eine Hand auf ihre legte. „Du hattest einen Unfall, du liegst im Krankenhaus."

Hektisch versuchte sie, den Sinn der Worte zu verstehen. Im Krankenhaus? Wie konnte das sein? Fieberhaft versuchte sie, sich zu erinnern, doch der Schmerz in ihrem Kopf ließ keinen klaren Gedanken zu. Oder hatte sie Medikamente bekommen? Das war sehr wahrscheinlich. Vielleicht vernebelten die ihre Denkfähigkeit.

Und wer sprach da eigentlich mit ihr? Ein Arzt? Die Stimme kam ihr bekannt vor. Aber sie war zu benommen, um sie einordnen zu können.

Sie machte sich auf erneute Schmerzen gefasst und öffnete noch einmal ihre Augen. Als sie den Mann erkannte, konnte sie es nicht glauben.

„Carsten?", fragte sie verwirrt. Selbst das Sprechen tat weh.

Er richtete sich auf und beugte sich über sie, damit sie ihn leichter ansehen konnte. Ein erleichtertes Lächeln glitt über seine angespannten Züge.

„Du weißt, wer ich bin? Das ist ein gutes Zeichen. Ich hatte schon befürchtet, du nimmst diesen Unfall zum Anlass, dein Gedächtnis zu verlieren und mich vollends zu vergessen." Er lächelte schief. „Gründe dafür hättest du ja genug."

„Was ist denn passiert?", brachte sie heraus.

„Wie gesagt, du hattest einen Unfall, bist im Kindergarten von der Treppe gestürzt. Du hast großes Glück gehabt, Sophie, dass du dir nicht das Genick gebrochen hast. Du hast eine Gehirnerschütterung, Prellungen aufgrund des Aufpralls auf den Stufen sowie ein ausgekugeltes Schultergelenk."

Plötzlich sah sie wieder die Stufen, die auf sie zurasten, spürte den Aufprall, und alles war wieder da.

„Kati", keuchte sie und versuchte, sich aufzurichten. Der gleich darauf einschießende Schmerz war so heftig, dass sie aufschrie und liegen blieb.

Rasch legte Carsten seine Hand auf ihre unverletzte Schulter, damit sie sich nicht noch einmal bewegte. Was war los mit ihm? So fürsorglich war er doch schon seit Jahren nicht mehr gewesen. Es musste etwas Schreckliches passiert sein! Wenn sie nun …

„Keine Sorge, es geht ihr gut", erklärte ihr Noch-Mann unerwartet sanft.

„Wo ist sie? Um Himmels willen, sie wartet immer noch im Kindergarten! Ich sollte doch zu ihr kommen, weil etwas vorgefallen war. Mein kleines Mädchen!"

„Sophie, beruhige dich", befahl Carsten energisch. „Ich sagte doch, es geht ihr gut. Du kannst mir das glauben, hörst du? Als du nicht erschienen bist, rief die Kindergartenleitung bei mir an. Was für ein Glück, dass ich gerade auf Landurlaub hier bin! Ich fuhr sofort los und holte sie ab."

„Wo ist sie jetzt?"

Er lächelte. „Sie wartet nebenan im Schwesternzimmer."

„Kann ich sie sehen?"

„Gleich, okay?"

Sophie schluckte. „In Ordnung. Der Kindergarten ... warum hat er angerufen? Was ist geschehen? Etwas ... Schlimmes?"

Carstens Lächeln verging. Plötzlich wirkte er nicht nur ernst, sondern geradezu grimmig.

„Das kann man wohl sagen. Kati hat ein anderes Kind verletzt, ein Mädchen."

„Was?" Erschrocken spürte Sophie, wie ihr alles Blut aus dem Gesicht wich.

„Sie hat mit einem Buch auf sie eingeschlagen. Die Kante des Buchrückens verursachte eine Schramme auf der Wange des Mädchens. Es hätte nicht viel gefehlt, und sie hätte deren Auge erwischt."

„Um Himmels willen!" Schockiert wollte Sophie die Hände vor den Mund schlagen, und sofort schoss der Schmerz in ihre rechte Schulter.

Carsten nickte finster. „Katis Erzieherin, Frau Hansen, hat mir erzählt, dass das schon länger so geht. Kati fügt sich nicht ein, zickt herum und hatte kürzlich bereits ein Mädchen an den Haaren gezogen."

Unerwartet schossen Tränen in Sophies Augen. Es war einfach alles zu viel auf einmal.

„Ich weiß", flüsterte sie. „Sie hatte mir versprochen, so etwas nie wieder zu machen."

„Tja, das scheint ja gründlich schiefgelaufen zu sein. Kann es sein, dass du mit ihrer Erziehung überfordert bist, Sophie?"

„Wie bitte?" Schockiert riss sie die Augen auf. „Nein, natürlich nicht! Wir kommen wunderbar miteinander aus."

„Das merkt man ja gerade!"

„Sie ist traurig, das ist alles."

„Das ist alles? Weißt du eigentlich, was du da sagst? Als ich sie abholte, war sie ein einziges Häufchen Elend. Sie ist wesentlich mehr als traurig. Sie ist verzweifelt!"

Das Wort klang wie eine einzige Anklage.

Für einen Moment schloss Sophie die Augen, als der Schmerz in ihrem Kopf übermächtig wurde. Sie wollte schlafen, einfach nur schlafen, damit er Ruhe gab.

„Das weiß ich", sagte sie leise, die Augen immer noch geschlossen. „Sie hat Heimweh. Und das macht mich genauso fertig wie sie. Ich würde alles dafür tun, damit es ihr wieder gut geht."

„Im Moment tust du aber alles dafür, dass es ihr schlecht geht! Was sollte dieser Blödsinn mit Lüneburg? Was hast du dir nur dabei gedacht, unsere Tochter aus ihrem gewohnten Umfeld herauszureißen?"

„Das dürftest du doch am besten wissen, Carsten. Was meinst du wohl, wie ich mich fühlte, als ich erfuhr, dass du mich schon lange betrügst. Du weißt doch selbst am besten, dass wir uns nur noch gestritten haben. Und Kati bekam es immer wieder mit. So etwas geht nicht. Was sie braucht, ist Ruhe und Geborgenheit. Die du ihr im Übrigen nie geboten hast, Carsten. Du warst ja fast nie zu Hause, und wenn, hast du für Unfrieden gesorgt. Und interessiert hast du dich für uns ohnehin nicht. Immer waren dir andere Dinge wichtiger."

„Du weißt, dass ich nie Kinder wollte", fuhr er sie heftig an. „Aber wir haben Kati nun einmal. Sie hat geweint, als sie mich sah. Immer wieder rief sie, dass sie zurückwill."

„Ja, natürlich will sie das, ich weiß."

„Aber du tust nichts dafür! Sie will nach Coppum, weinte sie wieder und wieder. Und sie fragte, ob sie nicht bei mir bleiben kann."

„Ich will sie sehen. Jetzt gleich."

„Wir sind noch nicht fertig. Erst müssen wir noch klären ..."

„Sofort!" Sie hätte das Wort gern geschrien, aber ihre Kehle fühlte sich an wie mit Stacheldraht belegt. Es kam nur als Krächzen heraus.

Immerhin stand Carsten auf. „Also gut, ich hole sie." Damit stampfte er hinaus.

Sophie versuchte, tief durchzuatmen und sich wieder in die Gewalt zu bekommen. Wie konnte innerhalb weniger Stunden alles so gründlich schieflaufen? Mit einem Mal war ihr Leben zur Katastrophe geworden.

Sobald Kati in der Tür erschien, durchflutete ein heftiges Glücksgefühl Sophies Körper, und für einen Augenblick traten sogar ihre Schmerzen in den Hintergrund. Sie streckte ihrer Kleinen ihren unverletzten Arm entgegen.

„Mama!", schrie Kati, rannte zu ihr und barg ihren Kopf auf ihrer Brust.

Sanft strich Sophie über ihr weiches Haar, und dieses Gefühl erschien ihr wie die beste Medizin. Sie bildete sich ein, dass es ihr plötzlich schon viel besser ging. Neue Energie durchströmte sie.

„Sieht das nach Überforderung aus?", blaffte sie Carsten an. „Oder danach, dass wir beide nicht miteinander klarkommen?"

Grimmig presste er die Lippen aufeinander.

„Sie ist erst vier. Klar, dass sie ihrer Mutter in die Arme fällt. Du weißt bestimmt selbst, dass es so nicht weitergehen kann, oder? Kati muss wieder zur Ruhe kommen. Und allem Anschein nach kann sie das hier in Lüneburg nicht. Solange du im Krankenhaus bist, nehme ich sie mit. Danach musst du dir etwas einfallen lassen. Bei mir kann sie auf lange Sicht jedenfalls nicht bleiben. So, wir gehen jetzt."

„Nein!", rief Sophie impulsiv. „Das lasse ich nicht zu!"

„Dir wird gar nichts anderes übrig bleiben. Wer weiß, wie lange du im Krankenhaus bleiben musst. Wie willst du dich von hier aus um sie kümmern? Und wenn du wieder nach Hause kannst, wirst du noch längst nicht wieder voll einsatzfähig sein. Du brauchst Hilfe, sieh das doch ein."

„Aber doch nicht von dir", schrie sie entnervt. Die ganze Situation überforderte sie.

„Von wem sonst?", rief er zurück. „Kati ist auch meine Tochter, vergiss das nicht."

„Das fällt dir ja früh ein! Nach all den Jahren besinnst du dich plötzlich darauf, dass du Vaterpflichten hast …"

Kati sah erschrocken mit großen Augen von ihr zu Carsten und wieder zurück.

„Nicht streiten", bat sie und begann zu weinen.

„Sieh, was du angerichtet hast." Mit zwei Schritten war Carsten heran und hob Kati hoch. „Ich habe noch drei Wochen Urlaub", begann er. „In dieser Zeit bleibt Kati bei mir. Werde du erst mal wieder gesund und sieh zu, dass du dein Leben auf die Reihe bekommst. Danach sehen wir weiter." Zärtlich sah er Kati an. „Wir fahren jetzt nach Coppum, was sagst du dazu?"

Die Sonne schien in ihrem kleinen Gesicht aufzugehen, so strahlte sie. „Ja!" Begeistert warf sie beide Arme in die Luft. Doch gleich darauf verging ihre Freude, und sie sah zu Sophie hinunter. „Mama soll mitkommen."

„Das geht noch nicht. Mama ist krank, sie muss noch eine Weile hierbleiben", erklärte Carsten und warf Sophie einen scharfen Blick zu.

Sie wollte so gern etwas erwidern, doch mit einem Mal besaß sie keine Energie mehr. Die Schmerzen kehrten mit einem Schlag zurück und machten jeden klaren Gedanken unmöglich. Carsten hatte recht. In diesem Zustand konnte sie sich nicht um Kati kümmern.

„Es ist schon spät, wir fahren jetzt", erklärte er. „Ich melde Kati im Kindergarten für die nächste Zeit erst einmal krank, in Ordnung? Ich glaube, wir können von Glück sagen, wenn uns die Eltern des anderen Mädchens nicht das Jugendamt auf den Hals hetzen. Je unauffälliger wir uns in nächster Zeit verhalten, desto besser."

Sophie erschrak. Carsten hatte recht. Das würde ihr gerade noch fehlen. Sie hatte auch so schon genug Probleme.

„Komm, Süße, sag Tschüss zu Mama, sie ist krank und muss jetzt schlafen", wandte sich Carsten an Kati.

Der Abschied von ihrer Tochter fiel Sophie unsagbar schwer. Leider hatte Carsten recht. Sie würde sich in absehbarer Zeit nicht um sie kümmern können.

Sobald Carsten mit Kati das Zimmer verlassen hatte, fiel Sophie in einen unruhigen Schlaf.

Kapitel 7

Am ersten Tag nach ihrem Unfall schlief Sophie die meiste Zeit. Ihre Chefin, Frau Meyer-Kleinschmidt, war über ihren Unfall zutiefst erschrocken und kam noch am Abend vorbei, um nach ihr zu sehen. So konnte Sophie ihr die Arbeitsunfähigkeitsbescheinigung gleich mitgeben.

Nach dem Abendessen, sie bekam nur einen Grießbrei, rief sie bei Markus an und erzählte ihm von ihrem Treppensturz.

„Um Himmels willen, Sophie!", rief er erschrocken. „Was machst du denn für Sachen?"

„Ich war völlig durch den Wind. Das Einzige, was ich wusste, war, dass etwas mit Kati passiert ist. Ich wollte nur noch so schnell wie möglich zu ihr, und dann bin ich gestolpert und runtergefallen."

„Wie geht es dir denn?"

„Als hätte mich ein Bus überfahren." Stockend berichtete sie ihm von ihren Verletzungen.

„Du hättest dir den Hals brechen können! Und Kati, was ist mit ihr?"

„Ihr geht es gut. Carsten hat sie geholt, ihr Vater. Glücklicherweise hat er gerade Urlaub und kann sich um sie kümmern."

„Ein Glück. So geht das alles nicht weiter, das weißt du, oder? Du bist ja völlig mit den Nerven runter."

„Ja. Ich weiß nur nicht, wie ich es ändern kann."

„Hör mal, ich habe mich im Hotel erkundigt. Leider sind wir stellenmäßig momentan voll besetzt, tut mir echt leid.“

„Kein Problem. Ich fürchte sowieso, dass ich erst mal für eine Weile außer Gefecht gesetzt bin.“

„Die Hauptsache ist, dass du ganz schnell wieder gesund wirst. Und ich halte weiterhin Augen und Ohren für dich offen.“

***

Am zweiten Tag begann sie mit vorsichtigen Übungen, um ihre verkrampfte Muskulatur wieder zu lockern. Weiterhin bekam sie Schmerzmittel, die sie müde machten. Doch nach und nach wichen die starken Kopfschmerzen einem diffusen Druck, und auch ihren Arm konnte sie wieder besser bewegen.

Am Nachmittag rief sie Kati an, und ihr Herz hüpfte vor Glück, als sie deren süße Stimme hörte.

Drei Tage nach dem Unfall begann sie, darüber nachzudenken, wie sie ihre Zukunft gestalten sollte.

Dass sie nicht mehr in Lüneburg bleiben wollte, stand für sie inzwischen fest. Und jetzt, nach dem Vorfall mit Kati und dem Mädchen sowie ihrem Unfall, hielt sie hier nichts mehr.

Doch wie sollte sie in Coppum einen Neuanfang schaffen, nachdem sie sich dort selbst so viel kaputtgemacht hatte? In ihrem ehemaligen Kindergarten konnte sie nicht mehr arbeiten, denn dort arbeitete Emma. Diesen Job hatte sie ihr damals auch noch selbst verschafft. Nein, sie musste woanders eine Arbeit finden. Und wo sollte sie wohnen?

Mitten in ihre Überlegungen hinein erhielt sie einen Anruf von Carsten.

„Wie geht es dir?", erkundigte er sich.

„Gut wäre gelogen. Langsam wird es besser."

„Das freut mich."

„Weißt du, ich mache mir viele Gedanken. Also, über meine Zukunft, wie alles weitergehen soll. Mit Lüneburg habe ich abgeschlossen, es war von Anfang an ein Fehler gewesen. Sag mal, Kati ist ja schon bei dir. Wäre es möglich, dass ich ebenfalls für eine Weile bei dir unterkommen könnte? Nicht für lange, keine Angst. Und ein Platz auf dem Sofa würde mir auch reichen." Sophie spürte, wie sie vor Anspannung die Luft anhielt.

Zwei, drei Sekunden lang herrschte Schweigen.

„Äh, sorry, das geht leider nicht", sagte er schließlich leise.

„Oh."

„Nina zieht gerade bei mir ein."

„Was?" Sophie war entsetzt. „Eine fremde Frau, die noch dazu unsere Ehe zerstört hat, kümmert sich um unsere Tochter? Bist du verrückt geworden?" Sie spürte, wie die Wut in ihr hochkochte.

„Beruhige dich, Sophie. Nicht sie, sondern ich kümmere mich um Kati."

„Trotzdem geht das so nicht. Holst du sie mal ans Telefon? Ich möchte wissen, wie es ihr geht."

Carsten zögerte. Warum?

„Es geht ihr gut", erklärte er schließlich. „Sie sieht sich gerade einen Film an, ich will sie nicht stören."

„Isst sie genug? Bitte koch Spaghetti Bolognese für sie, ja? Die mag sie am liebsten."

„Mach ich. Das mit diesem Mädchen tut ihr übrigens sehr leid, hat sie gesagt. Sie hat sogar ein Bild für sie gemalt, als Entschuldigung.“

Tränen stiegen in Sophies Augen. „Das ist wirklich süß von ihr.“

„Ja, das ist es. Ich werde an einem der kommenden Tage mit Kati nach Lüneburg fahren, damit sie das Bild dem Mädchen geben und sich entschuldigen kann. Kannst du eigentlich schon sagen, wie lange du noch in der Klinik bleiben musst?“

„Nein, keine Ahnung. Warum?“

„Nur so. Wir müssen ja alle planen, stimmt’s?“

Als Sophie auflegte, machte sie sich größere Sorgen als zuvor.

***

Am vierten Tag in der Klinik telefonierte Sophie mit Birte. Ihre Freundin fiel aus allen Wolken, als sie ihr vom Unfall und dem Grund dafür erzählte und dass Kati seitdem bei Carsten wohnte.

„Was sollte ich denn machen?“, klagte Sophie. „Ich kann mich doch gerade nicht um sie kümmern und ...“

„He, niemand macht dir Vorwürfe, hörst du? Ich bin so froh, dass dir nichts Schlimmeres passiert ist. Alles andere wird schon wieder.“ Sie machte eine kurze Pause. „Weißt du denn inzwischen, wie alles weitergehen soll?“, erkundigte sie sich schließlich. „Ich meine, das mit diesem Mädchen und dem Buch war schon heftig. Das klingt nach einem Alarmzeichen, Sophie. Kati ist doch sonst nicht so.“

„Ich weiß. Und wenn dieser Vorfall zu einer Sache gut war, dann dafür, dass ich mir jetzt sicher bin, dass wir hier wieder wegziehen."

„Wirklich?" Birte klang in höchstem Maße erfreut. „Und wohin? Kommt ihr zurück nach Coppum? Ach, was meinst du, wie sich Kati freuen würde."

„Ja, das würde ich sehr gern, gerade deshalb. Ich hab nur keine Ahnung, wie ich das bewerkstelligen soll."

„Pass auf, nimm dir Zeit, dich zu erholen, ja? Ich werde mich hier inzwischen mal umhören. Vielleicht gibts ja irgendwo eine freie Wohnung oder zumindest erst einmal ein Zimmer. Wenigstens um Kati brauchst du dir erst mal keine Sorgen zu machen, sie ist ja gut untergebracht."

„Oh, das ist sie beileibe nicht. Carsten war noch nie ein fürsorglicher Vater, und seine Neue zieht gerade bei ihm ein. Glaubst du etwa, ich lasse Kati länger als unbedingt nötig bei denen?" Sophie schnaubte empört.

„Ja, ich hörte davon. Einfach unmöglich von ihm, sie in euer Haus einziehen zu lassen. Seine Geliebte! Unfassbar! Und du hast doch noch etliche Sachen dort, oder?"

„So ist es. Aber darum gehts mir nicht, sondern dass Kati bei ihr leben muss."

„Wie gesagt, ich hör mich mal um. Und ich werde gleich mal einen Spaziergang machen und rein zufällig bei Carsten vorbeigehen." Birte kicherte vergnügt.

Schlagartig stieg auch Sophies Stimmung. „Oh, ja, das mach mal. Und wenn du Kati siehst, gib ihr einen Kuss von mir, ja?"

„Klar. Also mach dir keine Sorgen. Wir kriegen das schon alles irgendwie hin."

Als Sophie auflegte, ging es ihr schon viel besser.

Und das wurde sogar noch besser, als am Abend eine Krankenschwester mit einem Blumenstrauß erschien.

„Der wurde für Sie abgegeben", erklärte sie lächelnd und stellte die Vase auf den Nachttisch.

„Oh, der ist aber schön. Von wem ist er denn?"

Staunend bewunderte Sophie die rosafarbenen Rosen, pinken Gerbera und lilafarbenen Chrysanthemen.

„Da steckt ein Kärtchen drin", teilte die Schwester ihr mit, nickte ihr zu und verschwand.

„Werde ganz schnell wieder gesund", las sie. „Odin und ich können es nicht mehr erwarten, mit dir und Kati am Strand herumzulaufen und Löcher zu buddeln. Alles Liebe, dein Markus."

Sofort rief sie ihn an, doch zu ihrer Enttäuschung ging er nicht ans Telefon.

***

Am Tag darauf, dem fünften Tag im Krankenhaus, rief sie gleich nach dem Frühstück erneut bei Markus an. Die halbe Nacht und den ganzen Morgen über hatte sie an seine warm leuchtenden Augen denken müssen. Und an Odin, der stets zu lächeln schien. Wahrscheinlich lag das an der Sehnsucht nach ihrer Tochter. Kati hatte so oft von dem Hund gesprochen.

Oder lag es nicht vielmehr an Markus selbst?

Mit klopfendem Herzen wartete sie, während das Freizeichen erklang, und als er das Gespräch annahm, machte ihr Herz einen kleinen Satz in ihrer Brust.

„Sophie, wie schön, dass du anrufst."

Durch die Leitung hörte sie die Freude in seiner Stimme, und ihr wurde ganz warm zumute.

„Ich möchte mich für die wunderschönen Blumen bedanken. Du ahnst nicht, wie sehr ich mich darüber gefreut habe.“

„Dann ist ja alles so gelaufen, wie ich es gehofft habe.“

„Ich hatte dich gleich gestern Abend schon angerufen, aber da warst du wohl nicht da.“

„Tut mir leid, ich habe gearbeitet. Die Küche brummt, wie man so schön sagt. Wie gehts dir denn inzwischen?“

„Schon viel besser, danke.“

„Das freut mich. Brauchst du etwas? Soll ich vorbeikommen?“

Still lächelte Sophie in sich hinein. „Lieb, dass du fragst. Aber danke, nein, ich habe alles.“

Sie wechselte das Thema und erzählte von dem Krimi, den sie gerade las, und danach berichtete Markus von Odin, der eine neue Leidenschaft entwickelt hatte: im Watt Löcher zu buddeln.

„Das hat er sich unter Garantie bei Kati abgeguckt. Du müsstest ihn sehen, wie er hinterher aussieht.“ Markus lachte fröhlich. „Ein richtiges Matschmonster. Das würde ihr gefallen.“

Sophie sah ihn vor sich, wie die Grübchen in seinen Wangen aufblitzten und sich das Netz der Lachfältchen um seine Augen herum zusammenzog, und ein Gefühl angenehmer Wärme stieg in ihr auf. Plötzlich war sie froh über jenen Tag am Strand, als er ihr über den Weg gelaufen war. Er tat ihr gut. Er brachte sie auf andere Gedanken – und zum Lächeln.

Nachdem sie das Gespräch beendet hatte, dachte sie noch eine Weile über ihn nach.

Und über Sven. Wie kam es bloß, dass die Gefühle, die sie für ihn gehabt hatte, mit einem Mal verschwunden waren? Wenn sie an ihn dachte, war da nur noch die Sympathie für einen Freund, die sie empfand. Sie kannten sich ihr Leben lang und hatten sich immer gut verstanden. Bis die Geschichte mit Emma alles zerstört hatte. Ohne Emma könnte sie jetzt mit ihm sprechen, könnte ihm ihr Herz ausschütten, und gewiss wüsste er einen Rat. Er war immer so ruhig und besonnen, dass es in seiner Nähe gar keine Probleme zu geben schien. Doch natürlich stimmte das nicht. Sven war bereits durch die Hölle gegangen. Vielleicht war er gerade deshalb so verständnisvoll.

Ob er sich wohl darüber freute, dass er Vater wurde? Oder war die Schwangerschaft ein Unfall gewesen? War Emma überhaupt noch schwanger? Immerhin hatte sie bereits drei Fehlgeburten erlitten. Sophie versuchte, sich vorzustellen, wie schrecklich das sein musste, und schämte sich einmal mehr dafür, wie sie damals mit Emma umgesprungen war. Wäre es nicht schön, wenn sie wieder zu ihrem einstigen unbeschwerten Verhältnis zurückfinden könnten? Doch war dafür nicht zu viel vorgefallen? Schlimme Worte standen zwischen ihnen, die nicht mehr zurückgenommen werden konnten.

Sophie drehte sich auf die Seite und beschloss, nicht weiter darüber nachzudenken. Sie hatte gerade ganz andere Probleme als das Zerwürfnis mit ihrer einstigen Freundin, viel wichtigere, dringendere.

Wieder einmal versuchte sie, bei Kati anzurufen. Carsten jedoch wies sie erneut zurück und erklärte, sie würde schlafen.

Geplagt von Sorgen schlief auch Sophie irgendwann ein. Sie träumte von einer glücklich lachenden Kati, die einen hellen Hund streichelte, und von einem Paar brauner Augen, und die bernsteinfarbenen Einsprengsel darin schimmerten warm, als sie hineinsah. Und sie fühlte sich unsagbar getröstet.

***

Sobald Sophie – sechs Tage nach dem Unfall – aus dem Krankenhaus entlassen wurde und vor Katis leerem Zimmer stand, brach sie in Tränen aus. Die Sehnsucht nach ihrer Tochter schmerzte mehr als zuvor ihre Verletzungen. Schließlich wischte sie sich die Tränen von den Wangen. So konnte es nicht weitergehen. Es hatte bereits viel zu viele Tränen gegeben.

Entschlossen holte sie ihren Laptop und rief eine Seite mit Wohnungsanzeigen in der Umgebung um Coppum auf. Der Anblick ernüchterte sie schnell. Im Ort selbst und im Umkreis von fünf Kilometern gab es genau eine einzige Wohnung. Vier Zimmer in einem Zweifamilienhaus, viel zu groß und vor allem zu teuer für sie. Sie erweiterte den Umkreis. Doch erst in Cuxhaven wurde sie fündig. Gleich das erste Angebot klang vielversprechend. Zwei Zimmer in der Nähe der Innenstadt. Sofort rief sie dort an. Ja, die Wohnung war noch frei. Freudig erzählte die Dame von der Ausstattung und der Lage.

„Sie arbeiten sicher hier in der Nähe?", erkundigte sie sich schließlich.

„Äh, nein. Noch nicht. Ich wohne noch in Lüneburg und möchte umziehen. Noch habe ich keinen neuen Job."

„Oh, das ist schlecht. Sie verstehen sicherlich, dass wir großen Wert auf die pünktliche Bezahlung der Miete legen."

„Natürlich. Das wird kein Problem sein. Ich suche sofort ..."

„Tut mir leid, aber ich kann Ihnen den Zuschlag nur geben, wenn Ihre Finanzen geregelt sind."

Erschrocken legte Sophie auf. Sie betrachtete die anderen Wohnungsangebote, doch es dauerte ein paar Minuten, ehe sie den Mut fand, bei der nächsten Wohnung anzurufen. Sie lief über einen Makler, und diesmal war das Gespräch noch schneller beendet.

Entmutigt starrte sie auf den Bildschirm. Die anderen Angebote waren alle zu teuer. Ja, gab es denn kein Vertrauen mehr unter den Menschen? Den Zuschlag für diese Wohnung hier hatte sie doch auch bekommen. Natürlich, denn sie hatte ja bereits den Job im Kindergarten gehabt.

Ihr Kopf begann zu schmerzen. Sophie schlug die Hände vors Gesicht und weinte.

***

Zwei Tage später klingelte es an der Tür. Als sie öffnete, war das erste, was sie sah, ein kleiner Blumenstrauß, bestehend aus lilafarbenen Veilchen und gelben Rosen, und ihm folgte eine große Schachtel Pralinen. Erst als die Hände sich senkten, erkannte sie das Gesicht dahinter.

„Markus", rief sie überrascht und errötete vor Freude. „Schon wieder so schöne Blumen. Du verwöhnst mich aber."

„Moin. Das mache ich gern. Im Krankenhaus konnte ich dich ja leider nicht besuchen. Du kannst dir nicht vorstellen, wie viel Arbeit wir momentan haben. Klar, die Saison geht wieder los, das Hotel ist ausgebucht. Aber heute hab ich endlich mal frei und mich sofort auf den Weg gemacht."

„Du opferst deinen freien Tag für einen Krankenbesuch?", fragte Sophie verdattert.

„Klar. Vorausgesetzt, du lässt uns herein."

Er trat einen Schritt zur Seite, und jetzt erkannte Sophie erst Odin neben ihm. Er sah freundlich zu ihr hoch, und sein Schwanz wedelte zur Begrüßung wie ein Fähnchen.

„Oh, entschuldige. Es ist nur ... ich habe nicht mit Besuch gerechnet."

„Ach du meine Güte. Ich hätte vorher anrufen sollen, oder? Tut mir echt leid, darüber hab ich gar nicht nachgedacht. Im Krankenhaus ruft man ja auch vorher nicht an."

„Nein, schon in Ordnung. Und jetzt kommt erst mal rein." Sie trat zur Seite, um Markus und Odin vorbeizulassen.

„Er hat auch ganz saubere Pfoten", erklärte Markus und sah Sophie an. Dabei wirkte er wie ein Schuljunge, der für eine gute Tat gelobt werden wollte.

Sophies Herz machte einen Satz. Plötzlich ging ihr auf, wie nah Markus vor ihr stand. Sie konnte sein Haar riechen, das nach Shampoo duftete, und erkannte, dass er frisch rasiert war. Sie sah ihm in die Augen, und mit einem Mal schien da etwas in ihnen zu sein, das sie wie magisch anzog. Die Wärme in ihnen legte sich wie Balsam auf ihre Seele.

„Schon in Ordnung", sagte sie. Ihre Stimme klang ganz belegt, und sie räusperte sich. „Odin hat bei mir einen Sonderstatus."

„Nur Odin?"

Sie musste lachen. „Okay, du auch. Wer mir so schöne Blumen bringt, ist immer willkommen."

„Da bin ich aber froh. Wie geht es dir denn eigentlich? Hast du noch starke Schmerzen?" Er schien so besorgt zu sein, dass zwischen seinen Augenbrauen eine steile Falte erschien, so, als würde er selbst unter Schmerzen leiden.

„Schon viel besser. Ich habe großes Glück gehabt." Sie wies auf die Couch. „Setz dich doch. Ich koche uns einen Kaffee."

Gehorsam nahm er Platz. „Du hast mir vielleicht einen Schrecken eingejagt", gab er zu.

Verstohlen musterte sie ihn, während sie den Kaffee in die Maschine füllte und Wasser eingoss. Es sah gut aus, wie er dort in ihrem Wohnzimmer saß. Plötzlich ging ihr auf, wie leer ihre Wohnung mitunter gewesen war, obwohl sie und Kati hier wohnten. Irgendetwas hatte stets gefehlt, und nun, wo sie Markus beobachtete, der sich neugierig umsah, wusste sie, was es war. Sie schloss die Maschine und schaltete sie ein.

„Das kann ich mir vorstellen. Tut mir leid."

„Die Hauptsache ist, dass es dir wieder besser geht. Hübsch habt ihr es hier", lobte er. „Sehr gemütlich."

„Danke." Sie wandte sich ab und holte Tassen aus dem Schrank.

„Aber es ist kein Zuhause für euch, richtig?", fragte er.

Sie sah zu ihm und fing seinen Blick auf. Er war voll Wärme und Interesse, und Sophies Herzschlag beschleunigte sich. Wann hatte Carsten sie zuletzt so angesehen? Kurz nach der Hochzeit, wenn sie sich richtig erinnerte. Die Frau, die Markus mal bekam, konnte sich glücklich schätzen. Immer noch sah er sie an, und ihr wurde ganz warm. Rasch brach sie den Bann, stellte die Tassen auf den Tisch, öffnete die Schublade und holte Löffel heraus. Was war los mit ihr? Markus war ein guter Bekannter, mehr nicht. Warum brachte er sie plötzlich so aus dem Konzept?

„Nein", gab sie zu. „Irgendwie ist es das nie geworden, bis heute nicht."

Die Kaffeemaschine nahm zischend und blubbernd ihre Arbeit auf.

„Und jetzt ist auch noch Kati weg", stellte er fest. „Das muss schwer für dich sein."

Schockiert stellte Sophie fest, dass ihre Augen feucht wurden. Oh nein, nur das nicht, nicht gerade jetzt. Mit den Löffeln in der Hand stand sie vor dem Schrank und wandte sich schnell ab.

Markus war noch aufmerksamer, als sie gedacht hatte. Sofort sprang er auf und trat zu ihr. Sie spürte seine Hand auf ihrer Schulter, und ein Schauer durchlief sie.

„Weine nicht", sagte er leise. „Alles wird gut, ich weiß das. Klar, ist nur ein dummer Spruch, aber meistens ist er wahr. Wir kriegen das schon hin."

Wir? Was meinte er damit? Klar, er war ein netter Mann, ein guter Bekannter eben. Vielleicht sogar auf dem Weg, ein Freund zu werden. Aber das war es auch schon.

Hatte sie gezuckt? Markus zog seine Hand weg.

„Bestimmt", murmelte sie, trat zwei Schritte von ihm weg und legte die Löffel zu den Tassen auf den Tisch.

„Ich hab dir ja schon gesagt, dass unser Hotel leider gerade niemanden sucht, aber ich höre mich gern auch bei der Konkurrenz um, wenn du magst", bot er an.

Irgendetwas musste sie getan haben, was seine feinen Antennen aufgenommen hatten, denn sein Blick hatte sich verändert. Etwas war darin, was sie vorher nicht gesehen hatte. Traurigkeit?

„Das musst du nicht machen", erwiderte sie.

Warum? Sie wusste es. Sie wollte ihn nicht zu nah an sich heranlassen. Wie es schien, entwickelte sich da etwas zwischen ihnen. Und das durfte es nicht, denn sie hatte Angst davor. Gerade erst war ihre Ehe mit Carsten zerbrochen. Und Sven, dem sie anschließend ihr Herz geschenkt hatte, hatte es nicht angenommen und sich für eine Andere entschieden. Momentan stand ihr ganzes Leben kopf. Noch mehr Aufregung oder gar eine weitere Enttäuschung konnte sie nicht gebrauchen.

„Ich mache das gern. Klar, wenn du nicht in einem Hotel arbeiten willst, verstehe ich das natürlich. Du bist Erzieherin, das ist ja etwas völlig anderes."

Plötzlich tat er ihr leid. Die Fröhlichkeit, mit der er vorhin hier hereingekommen war, war wie weggewischt. Und das war ihre Schuld. Sie mochte Markus, sehr sogar. Er war hilfsbereit und liebenswürdig, und sie wollte es sich nicht mit ihm verderben.

Sie setzte sich auf den Sessel, um ihn besser ansehen zu können, und lächelte versöhnlich.

„Doch, erkundige dich gern bei der Konkurrenz, wenn du möchtest. Und danke dafür. Ich bin momentan einfach ziemlich durch den Wind, verstehst du? Der Unfall, Kati ist weg, noch dazu bei ihrem Vater ...“

„Klar, verstehe ich natürlich. Das war bestimmt auch ein Schock, oder? Ich meine, du hattest erzählt, dass er fast immer auf See ist, und plötzlich steht er da und nimmt Kati mit.“

„Es war schrecklich“, gab sie zu. „Am schlimmsten war die Hilflosigkeit. Ich konnte nichts dagegen tun, war verletzt und stand unter Schock. Und ich wusste ja, dass ich mich vorerst nicht um Kati würde kümmern können. Aber jetzt bin ich wieder zurück, er könnte sie mir zurückbringen ...“

„Hast du ihm das schon gesagt?“

„Äh, nein. So gern ich sie bei mir hätte, weiß ich auch, dass sie dringend Beständigkeit braucht. Was mir Sorgen bereitet, ist, dass Carsten mich kaum mit ihr sprechen lässt. Ständig weicht er aus. Das gefällt mir nicht. Hoffentlich war es kein Fehler, sie von ihm holen zu lassen.“ Sophie seufzte. „Wahrscheinlich war auch der Urlaub in Cuxhaven ein Fehler. Früher oder später hätte sie sich schon hier eingelebt. Der Aufenthalt in ihrem alten Zuhause hat alte Wunden wieder aufgerissen. Ich hätte das nicht tun sollen.“

Er lächelte sanft. „Das mag alles stimmen, aber ich bin trotzdem froh, dass ihr diesen Urlaub gemacht habt. Sonst hätte ich euch nicht kennengelernt. Und das wäre sehr schade gewesen.“

Sobald sie seinen Blick erwiderte, sah er weg. Nicht nur sie hatte Angst, sondern auch er, das spürte sie.

„Das wäre wirklich schade gewesen", lenkte sie ein und war froh, als die Kaffeemaschine röchelnd das Ende ihrer Arbeit mitteilte. Rasch sprang sie auf, ignorierte den Schmerz, der durch ihren Nacken schoss, und holte die Kaffeekanne.

„Lass mich das machen", bot er an und nahm ihr die Kanne aus der Hand. „Du setzt dich jetzt hin und ruhst dich aus. Du bist hier die Kranke." Mit einer Kopfbewegung wies er auf ihren Sessel.

Gehorsam setzte sie sich und spürte augenblicklich, wie nötig es gewesen war. Sie war doch noch sehr schwach. Und sie konnte froh darüber sein, dass Kati bei Carsten sein konnte. Wohin hätte sie sie sonst bringen können?

Markus schenkte ihnen Kaffee ein und schob ihre Tasse näher zu ihr hin. Einige Augenblicke schwiegen sie und nippten an ihren Getränken.

„Du hast recht", sagte Sophie unvermittelt.

Erstaunt sah er sie an. „Womit?"

„Mit allem. Ich muss etwas ändern, und zwar so schnell wie möglich. Ich hab sogar schon angefangen, nach einer Wohnung zu suchen, aber nach wenigen Versuchen aufgegeben, weil das nicht so einfach wird, wie ich fürchte. Aber ich darf jetzt nicht aufgeben. Meine Tochter ist unglücklich, und ich bin es ebenfalls. Nicht nur sie, auch ich will zurück nach Coppum. Und wenn wir dort keine Wohnung finden, dann eben irgendwo in der Gegend. Es ist mir auch völlig egal, wo ich Arbeit finde. Ob bei euch, bei der Konkurrenz oder sonst wo." Mit jedem Wort ging es ihr besser, als wäre mit ihrem Entschluss auch ihre Traurigkeit aus ihr herausgeflossen.

Er begann zu strahlen. „He, das wollte ich hören. Ich hätte dir all das sagen können, aber das musste von dir selbst kommen."

„Ich wusste es schon lange. Ich hab mich nur nicht getraut, es mir einzugestehen, weil so viele Probleme damit verbunden sind. Und Probleme gab es in letzter Zeit wirklich mehr als genug."

„Probleme sind dazu da, gelöst zu werden." Er hob seine Tasse, als wollte er ihr damit zuprosten. „Trinken wir auf deinen Entschluss. Auf dass du gemeinsam mit deiner Tochter bald wieder in eurer Heimat wohnst und glücklich wirst."

Da war er wieder, der tiefe, bannende Blick seiner Augen. Für einen winzigen Moment erlaubte sich Sophie, hineinzusehen, und sofort spürte sie die Wärme, die darin lag. Es war ein schönes Gefühl, behaglich und sicher.

Doch dann sah sie rasch weg und betrachtete die Tasse in ihrer Hand. Sie durfte Markus keine Hoffnungen machen, denn ihre Furcht vor einer erneuten Enttäuschung war zu groß.

Kapitel 8

Zwei Wochen vergingen, während derer sich Sophie zusehends erholte. Anfangs war sie noch krankgeschrieben, doch nach genau zwei Wochen konnte sie wieder arbeiten gehen. Ihre Kopfschmerzen besserten sich mit jedem Tag. Ihren Arm konnte sie wieder fast normal bewegen, auch wenn er bei zu großer Belastung noch schmerzte, und auch ihre anderen Verletzungen heilten.

Nur zweimal war es ihr seitdem gelungen, kurz mit Kati zu sprechen. Sie war still und schweigsam gewesen. Beim ersten Gespräch erzählte sie immerhin, dass ihr Papa mit ihr nach Lüneburg gefahren war, zu Marisa, dem Mädchen, dem sie wehgetan hatte.

„Ich hab ‚Entschuldigung, Marisa‘ gesagt und ihr das Bild geschenkt, das ich für sie gemalt habe", erzählte Kati.

Sophie war gerührt und spürte, dass ihre Augen feucht wurden.

„Das hast du sehr gut gemacht, Mäuschen. Dass man niemandem wehtun darf, weißt du ja inzwischen. Hat sich Marisa denn gefreut?"

„Ich glaub schon. Sie hat das Bild genommen und angeguckt und ‚schön‘ gesagt, und dann sagte sie: ‚Ist schon in Ordnung‘."

„Das freut mich."

Auf Sophies weitere Frage, wie es ihr gehe, antwortete Kati nur einsilbig mit einem leisen „gut". Und schon war Carsten wieder zur Stelle, nahm ihr das Telefon weg und beendete das Gespräch. Beim zweiten Telefonat war Kati noch stiller. Etwas stimmte nicht, und das bereitete Sophie Magenschmerzen.

Im Internet suchte sie weiterhin nach Wohnungen, aber tatsächlich war das viel schwerer, als sie befürchtet hatte. Da es nur wenige bezahlbare Wohnungen gab, war der Andrang entsprechend groß. Und ohne festen Job hatte sie kaum Chancen, eine zu ergattern. Birte, die sich weiterhin für sie umschaute, war leider ebenfalls noch nicht fündig geworden.

Auch nach einer neuen Arbeitsstelle hielt Sophie Ausschau, suchte im Internet und alarmierte neben Markus auch ihre Freundinnen, sich umzuhören. Als Erzieherin war jedoch im weiten Umkreis nichts zu finden. Sie würde sich wohl mit dem Gedanken an eine völlig andere Arbeit anfreunden müssen.

Mit jedem Tag vermisste Sophie ihre Tochter mehr, doch solange sie weder eine Wohnung noch einen neuen Job fand, wollte sie sie natürlich nicht zu sich holen. Stattdessen musste sie froh darüber sein, dass Carsten, der als Matrose zur See fuhr, seinen Landurlaub aufgrund vieler Überstunden um weitere zwei Wochen verlängern konnte, denn so konnte Kati vorerst bei ihm bleiben. Es war Sophie wichtig, dass ihre Kleine zur Ruhe kam.

Immer öfter schob sich ein Bild vor ihre Gedanken. Ein wie mit Sand panierter Hund mit heraushängender Zunge, dem ein Mann mit Mütze und Lachfältchen um die freundlichen Augen folgte. Dieser Anblick hatte sich seit jenem ersten Tag am Strand in ihr Gedächtnis eingebrannt. Anfangs mochte sie es sich kaum eingestehen, aber sie vermisste Markus mit jedem Tag mehr. Natürlich nur als Freund, ganz klar. Aber er hatte so eine beruhigende Wirkung auf sie. Da war es doch seltsam, dass jedes Mal, wenn er anrief, ihr Herz schneller schlug.

Inzwischen war es Juni, und Ungeduld ergriff von Sophie Besitz. Wie lange sollte sie denn noch allein hier hocken, ohne Kati, und auf ein Wunder warten? Denn als solches erschien ihr langsam der Gedanke an eine Wohnung oder einen Job. Ohne das eine gab es das andere nicht, das hatte sie inzwischen feststellen müssen. Sie war sogar schon so weit, sich an den Gedanken zu gewöhnen, vorerst in einem Zelt bei Birte oder Verena im Garten zu schlafen, bis sie etwas gefunden hatte. Das Wetter war warm und sonnig, was sprach dagegen? Doch selbst dann hätte sie Kati nicht zu sich holen können, völlig klar. Langsam lief ihr die Zeit davon. Bald würde Carsten wieder zur See fahren müssen, und wo sollte Kati dann bleiben? Die ganze Zeit saß ihr die Angst vor dem Jugendamt im Nacken.

Eines Abends rief Birte an. Sie klang ganz atemlos.

„Hast du es schon gehört? Von Carsten oder Verena oder so?"

„Was denn überhaupt?"

„Horst, Svens Vater, ist gestürzt, das war vorgestern. Ich dachte, du weißt es schon. Es ist im Stall passiert, er ist irgendwie ausgerutscht und flog direkt auf den Rücken. Jetzt hat er zwei gebrochene Wirbel."

„Was?" Sophie erschrak. „Was heißt das denn? Ist er … gelähmt oder so?"

„Wahrscheinlich nicht. Das Rückenmark ist wohl nicht betroffen, aber es stehen noch Untersuchungen aus. Zuerst konnte er seine Beine nicht bewegen, die ganze Familie stand total unter Schock. Inzwischen spürt er sie aber wieder. Das lässt hoffen. Er wird jetzt lange im Krankenhaus liegen müssen, wie ich gehört habe.“

„Das ist ja furchtbar!“

„Er kann natürlich nicht mehr arbeiten“, fuhr Birte fort. „Vielleicht sogar nie wieder, jedenfalls keine schwere Hofarbeit mehr. Margarete, Svens Mutter, ist fix und fertig. Die ganze Arbeit wird jetzt an ihr hängenbleiben. Und sie ist auch nicht mehr ganz gesund. Ihr Blutdruck ist viel zu hoch, und der Arzt meint schon länger, dass sie dringend kürzertreten müsste. Tja, das wird wohl jetzt vorerst nichts. Sie hat den Hof und den Haushalt und jetzt noch die Sorge um ihren kranken Mann. Und ihr Schwiegervater, der alte Heinz, ist ja auch noch da, um den sie sich kümmern muss.“

„Du lieber Himmel! Aber sie muss doch nicht alles alleine machen. Sven und Emma sind da, und Svens Bruder Torben. Die können sie doch alle unterstützen.“

„Torben fährt immer noch als Koch zur See, auf irgend so einem riesigen Kreuzfahrtschiff. Gerade ist er irgendwo bei Kuba oder so. Der kann also nicht mal eben schnell herkommen und helfen.“

Fieberhaft grübelte Sophie über den Möglichkeiten, die diese Neuigkeit bot. „Was ist mit Sven und Emma?“, wiederholte sie ihre Frage. Je mehr Birte erzählte, desto aufgeregter wurde sie selbst. Eine vage Idee begann sich in ihrem Kopf zu formen.

„Die beiden haben doch auch ihre Jobs, ihr Haus mit Garten und zudem Thies. Und Emma ist schwanger und muss sich aufgrund ihrer Vorgeschichte schonen. Eigentlich dürfte sie nicht mal mehr im Kindergarten arbeiten.“

„Puh, das sind echt krasse Neuigkeiten.“ Sophie machte eine kurze Pause, um ihren Mut zusammenzusammeln. „Ich glaube, ich wüsste eine Lösung.“

„Denkst du dasselbe wie ich? Dass sie dringend Hilfe benötigen und du auf der Suche nach einer Möglichkeit bist, nach Coppum zurückzukehren?“

„Genau!“ Helle Aufregung stieg in Sophie auf, ihr Herz begann zu rasen, und ein Lächeln glitt über ihr Gesicht. „Damit wäre doch uns allen geholfen, oder?“

„Klar! He, wenn das klappt, wäre das doch der Hammer! Was meinst du, wie sich Kati freuen würde.“

„Es gibt nur noch ein Problem. Nee, im Grunde gibts diverse Probleme. Ich müsste meinen Job kündigen sowie Katis Kindergartenplatz und natürlich meinen Mietvertrag, aber ich weiß ja noch gar nicht, wo ich wohnen würde.“

„Oh. Stimmt. Pass auf, ich rede mit Michi, okay? Wir haben doch vor einiger Zeit unseren Dachboden ausgebaut. Jetzt haben wir dort zwei Zimmer und ein Gästebad. Ich kann mir nicht vorstellen, dass er etwas dagegen hätte.“ Birte seufzte schwer. „Wer weiß, ob es jemals Kinderzimmer werden. Und bevor es völlig ungenutzt bleibt ...“

„Das wäre großartig! Sag mir einfach, wie viel Miete ihr dafür verlangt, okay? Ich bin so aufgeregt! Allerdings kann natürlich alles noch scheitern. Höchstwahrscheinlich wird es das. Emma wird dagegen sein.“

Sophie sah ihr verkniffenes Gesicht vor sich, als sie sie auf dem Markt getroffen hatte. Und sie konnte es ihr nicht verdenken. Emma hatte alles Recht dazu, böse auf sie zu sein.

„Warten wir es ab. Ihre Familie ist in einer Notlage, vergiss das nicht. Am Ende wird nicht allein ihre Meinung Gewicht haben."

„Hach, das wäre so toll. Ich meine, das mit Horst ist natürlich wirklich schrecklich, und ich wünschte, es wäre nicht passiert. Aber abgesehen davon ... allein der Gedanke, vielleicht bald wieder bei euch sein zu können ... Ich fühle mich, als könnte ich abheben."

Birte lachte. „Ja, das wäre wirklich großartig. Aber wie gesagt, es kann nur klappen, wenn Emma und Sven einverstanden sind, und Margarete natürlich auch."

„Und das macht mir wirklich Angst. Ich weiß, dass sie alle nicht gut auf mich zu sprechen sind. Verständlicherweise. Ich hab damals echt Scheiße gebaut."

„Warten wir es ab. Soll ich erst mal bei Emma vorsichtig vorfühlen, ehe du anrufst und nachfragst?"

„Das würdest du machen? Mir rutscht beim Gedanken daran jetzt schon das Herz in die Hose."

„Klar. Ich mach das gleich, okay?"

„In Ordnung." Sophie lachte nervös. „Ich kriege ganz schwitzige Hände. So eine Angst hab ich zuletzt beim Unfall gehabt."

„Den Kopf wird dir schon keiner abreißen. Im schlimmsten Fall lehnen sie es ab. Aber pass auf, ich rede trotzdem mit Michi wegen der Dachwohnung, ja? Du musst endlich da raus und wieder nach Hause kommen. Und da ist es erst einmal egal, ob du hier schon arbeiten kannst oder nicht."

Sophie fühlte sich, als würde eine riesige Last von ihren Schultern fallen. Auch wenn alles nichts werden sollte, tat es unsagbar gut, eine Freundin zu haben, auf die sie sich verlassen konnte.

„Danke."

„Ich ruf dich an, sobald ich mehr weiß."

Sobald Birte aufgelegt hatte, wählte Sophie Markus' Nummer und atmete auf, als er bereits beim dritten Klingeln dranging. Unvermittelt spürte sie, wie wichtig er bereits für sie geworden war. Er war wie ein Fels in der Brandung. Was sollte sie nur ohne ihn machen? Klar, einen neuen Job konnte auch er ihr bisher noch nicht verschaffen, aber allein zu wissen, wie er sich überall für sie umhörte und ein gutes Wort für sie einlegte, half ihr ungemein und tat unglaublich gut. Nun konnte sie es kaum erwarten, ihm von den Neuigkeiten zu erzählen.

„Hallo, Sophie", meldete er sich. „Schön, dass du anrufst. Falls du fragen willst ... Gerade ist im Hotel immer noch keine Stelle frei, tut mir leid. Das kann sich allerdings jederzeit ändern, und ich sag dir natürlich sofort Bescheid."

„Super, danke. Aber deswegen ruf ich nicht an."

„Nicht? Oh. Ist was passiert? Du klingst so komisch."

Er besaß wirklich wahnsinnig feine Antennen. Oder besonders gute Ohren.

Sophie grinste vor Glück, endlich die Worte aussprechen zu können, nach denen sie sich so lange gesehnt hatte.

„Stell dir nur vor, wenn alles klappt, komme ich schon bald zurück nach Coppum."

„Was sagst du da?", schrie er. „Das ist ja großartig! Hast du eine Wohnung gefunden? Ach, das freut mich. Ich ..."

„Meine Freundin Birte möchte mir ihre beiden Zimmer im Dachgeschoss anbieten, falls auch ihr Mann damit einverstanden ist, und da ist sie ziemlich zuversichtlich. Eigentlich sollten es Kinderzimmer werden, nur scheint der Nachwuchs auf sich warten zu lassen, und so stehen sie leer. Ach, ich hoffe so sehr, dass Michi zusagt."

„Das wäre einfach super! Und Kati wird sich freuen wie verrückt."

„Das hoffe ich doch. Die Zeit drängt sowieso, Carsten muss sicher bald wieder los. Ich muss ihm dankbar sein, dass er sich so lange freinehmen konnte."

„Na ja, dankbar ... Immerhin ist sie auch seine Tochter, da sollte so etwas selbstverständlich sein."

Sophie lachte. „Auch wieder wahr. Also, was ich dich fragen wollte ... Hättest du demnächst mal Zeit und Lust, falls denn wirklich alles hinhaut, mir ein wenig beim Umzug zu helfen? Klar kann es noch scheitern, aber ich möchte schon mal vorfühlen, du hast ja auch immer viel Arbeit. Viel zu schleppen gibts nicht, weil ich die meisten meiner Möbel vorerst noch hierlasse. Ich weiß nicht, wie groß die Zimmer in der Dachwohnung und wie schräg die Wände sind. Ist nicht schlimm, ich hole sie später nach. Momentan kann ich ohnehin noch nicht schwer tragen. Meine persönlichen Dinge, Bücher, Kleidung und so weiter muss ich natürlich einpacken. Und so ganz fit bin ich leider noch nicht wieder; zumindest meine Schulter nimmt es mir noch übel, wenn ich zu schwer hebe."

„He, du sollst dich nicht überanstrengen, hörst du? Natürlich helfe ich dir. Sag mir nur, wann, und ich bin da. Also falls mein Schichtplan es zulässt.“

„Danke, das ist großartig.“ *Du* bist großartig, hatte sie sagen wollen, und es war die Wahrheit. Aber sie traute sich nicht. Er könnte es missverstehen. „Für den Fall, dass Michi zusagt, wie sieht es denn am kommenden Samstag bei dir aus? Falls nicht, sage ich dir natürlich sofort Bescheid.“

Er lachte. „Ich sehe schon, du verlierst keine Zeit. Und du scheinst ein Näschen für meine Arbeitszeiten zu haben. Sonntag muss ich arbeiten, aber Samstag habe ich tatsächlich frei.“

„Und du hast auch nichts anderes geplant? Ich weiß, dass das sehr kurzfristig ist, und will dich von nichts abhalten.“

„Höchstens vom Strandspaziergang mit Odin. Wenn ich ihn mitbringen darf, stehe ich Samstag bei dir auf der Matte.“

„Er darf sogar mit, wenn er noch Nordseesand unter den Pfoten hat.“

Als Sophie auflegte, fühlte sie sich so beflügelt, dass sie am liebsten auch gleich bei Sven angerufen hätte. Doch Birte hatte recht, es war besser, noch etwas zu warten. Bestimmt hatte Emma ihm gleich alles erzählt, und er würde erst einmal über alles nachdenken wollen.

***

Birte meldete sich an diesem Abend nicht mehr.

Am folgenden Tag war Sophie bei der Arbeit zerstreut und unkonzentriert, und sobald sie zu Hause war, lief sie wie ein gefangener Tiger durch die Wohnung, ruhelos und so nervös, als hätte sie einen mehrstündigen Zahnarzttermin vor sich. Als am Abend das Telefon klingelte, hatte sie sich bereits so in ihre Unruhe hineingesteigert, dass sie erschrocken zusammenfuhr. Birtes Nummer leuchtete auf. Mehrere Male ließ Sophie es klingeln, vor lauter Angst unfähig, das Gespräch anzunehmen. Schließlich atmete sie tief durch.

„Hi, Birte." Konnte man vor Anspannung ohnmächtig werden?

„Moin, Sophie. Die gute Nachricht zuerst: Michi ist damit einverstanden, dass du in unsere Dachwohnung ziehst. Du kannst also deinen Mietvertrag sofort kündigen, wenn du willst. Und falls du mit dreihundert Euro monatlich einverstanden wärst. Warm natürlich."

„He, das ist großartig, ich freu mich riesig!" Eine Zentnerlast fiel Sophie von den Schultern. „Vielen Dank, auch an Michi."

„Super, das freut mich." Birte klang angespannt, und Sophie rutschte das Herz in die Hose.

„Hast du mit ihnen gesprochen?"

„Ja. Mit Emma. Sie hat abgelehnt. Sie meinte, irgendwie würden sie das schon hinkriegen."

„Das war ja klar. Wundert mich nicht. An ihrer Stelle hätte ich auch abgelehnt."

„Ich werde zusehen, Sven zu erwischen, am besten, wenn Emma mal nicht dabei ist. Vielleicht sieht er die Sache ja ganz anders. Emma kann doch noch gar nicht abschätzen, was da an Arbeit auf sie zukommt. Das schaffen sie niemals allein."

„Nein, lass mal. Du hast mir schon genug geholfen, Birte. Das kann ich ja nie wieder alles gutmachen. Mal sehen, vielleicht rufe ich ihn selbst mal an.“

„Das kannst du natürlich auch machen. Warte am besten ein paar Tage, bis Emma sicher mit ihm darüber gesprochen hat.“

„Mach ich. Was meinst du denn, wann ich zu euch ...?“

Birte lachte, und ein großer Teil ihrer Anspannung fiel von Sophie ab. „Wenn du willst, sofort.“

„Weißt du was? Das mache ich auch. Gleich morgen werde ich hier alles kündigen, die Wohnung, Katis Kindergartenplatz und meinen Job. Ich muss dir gestehen, vorsichtshalber bereits einen Umzugshelfer organisiert zu haben.“

Birtes Grinsen war selbst durchs Telefon zu hören.

„Lass mich raten ... Er geht gern mit seinem Hund am Strand spazieren ...“

„Da hast du wohl recht. Ach, ich kann dir nicht sagen, wie froh ich bin! Ich zahle mit Vergnügen die Miete noch, solange der Vertrag läuft, obwohl ich nicht mehr hier wohne. Zum Glück habe ich etwas gespart. Aber ich halte es ohne Kati einfach nicht mehr aus. Und ohne dich.“

Birte lachte. „Danke. Geht mir ebenso.“

„Was mir gerade einfällt ... Eure Dachwohnung hat bestimmt Schrägen, oder?“

„Ja.“

„Das hab ich mir schon gedacht. Dann werde ich meine Möbel nicht alle unterbringen können. Macht nichts. Ich hab Markus schon darauf vorbereitet, dass es beim ersten Mal nicht besonders viel zu schleppen geben wird. Noch ist die Wohnung hier in Lüneburg ja von mir gemietet, die restlichen Möbel können also vorerst hierbleiben. Meine Schulter wird es mir danken. Ich sehe mir an, wie viel Platz Kati und ich bei euch haben, und dann können wir den Rest immer noch nachholen." Sie lachte, und das tat so gut.

***

Am nächsten Tag reichte Sophie im Kindergarten die Kündigung ein. Ihre Chefin reagierte verständnisvoll, auch wenn sie ihr Ausscheiden bedauerte. Zwar hatte Sophie nur noch eine Woche Anspruch auf Urlaub, durfte jedoch noch unbezahlten Urlaub nehmen, sodass sie ihre Umzugspläne schnell würde verwirklichen können.

Auch die Kündigung von Katis Kindergartenplatz bereitete keine Probleme, denn die Warteliste war lang und der Andrang groß. Was die Kündigung ihrer Wohnung betraf, so würde sie die Miete für weitere drei Monate aufbringen müssen. Das tat Sophie jedoch gern, brachte es sie doch ihrer Rückkehr in die Heimat ein gutes Stück näher. Trotzdem hämmerte ihr Herz vor Aufregung in ihrer Brust, als sie das Schriftstück unterschrieb.

Nach Feierabend hielt Sophie die Ungewissheit einfach nicht mehr aus. Ihr war ganz schlecht vor Aufregung, sie wollte es so schnell wie möglich hinter sich bringen und wissen, wie Sven die Sache sah.

Sie atmete tief durch, um sich zu beruhigen, und rief die Nummer auf, doch als das Freizeichen erklang, erschrak sie zutiefst. Was, wenn er gar nicht ranging – sondern *sie?* Dann würde sie sofort wieder auflegen.

Während sie wartete, wurde ihr regelrecht übel, und sie war versucht, doch vorher noch schnell aufzulegen, ehe ...

„Jansen.“

Erleichtert atmete Sophie auf. Nicht Emma war ans Telefon gegangen.

„Hallo, Sven, hier ist Sophie.“ Konnte ein Herz vor Aufregung aus der Brust springen? Von dem, was er ihr gleich sagen würde, hing zumindest ihre nähere Zukunft ab. Könnte sie sich gleich über eine Chance auf einen Job freuen, oder würde alles wirklich scheitern?

„Hallo. Mit dir hätte ich ja nicht gerechnet. Was gibts denn? Ist irgendwas passiert?“

Klang er ablehnend, unwillig? Nein, Sophie konnte nichts dergleichen heraushören. Er hörte sich völlig neutral an.

„Ich hab das von deinem Vater gehört. Es tut mir sehr leid, Sven. Wie geht es ihm denn inzwischen?“

Sven seufzte. „Von Birte, oder? Na, ist ja auch egal, es ist ja kein Geheimnis. Tja, nicht gut, würde ich sagen. Zwei Wirbel sind gebrochen, er hat trotz der Medikamente starke Schmerzen und muss die ganze Zeit liegen, darf sich nicht bewegen und schon gar nicht aufstehen. Und noch kann keiner sagen, wie lange das dauert oder ob er Folgeschäden davonträgt. Wir können von Glück sagen, wenn er nicht gelähmt bleibt.“

„Herrje, tut mir leid, wirklich. Bitte richte ihm gute Besserung von mir aus.“

„Mach ich, danke. Ja, ich muss dann ...“

„Warte noch kurz, bitte.“ Sie schluckte, ihr Mund war vor lauter Nervosität ganz trocken. Sie hatte ja nicht geahnt, dass es *so* schwer werden würde. Es war, als müsste sie jedes Wort wie ein schweres Gewicht erst an einem Seil aus der Tiefe heraufziehen. „Äh, kommt ihr denn jetzt klar mit der ganzen Arbeit? Er fehlt doch sicher an allen Ecken und Enden.“

„Sophie, ich weiß, was du fragen willst. Birte hat schon Emma gefragt, und Emma hat abgelehnt. Es tut mir leid, wirklich. Aber du weißt ja selbst am besten, was der Grund dafür ist.“

„Klar. Sorry. Ich dachte nur ...“

„Wir müssen uns erst mal einrichten und sehen, wie wir ohne Horst klarkommen. Meine Mutter steht immer noch unter Schock, sie dürfte im Grunde erst einmal gar nichts tun, aber ... Ich kann dir nicht helfen, Sophie.“

„Verstehe ich. Obwohl es ja genau andersrum wäre, *ich* wollte *euch* helfen.“

„Ich kann da nichts machen, tut mir leid.“

„Okay. Trotzdem danke, dass du mich angehört hast.“ Sie holte tief Luft. „Mir tut es leid, Sven. Ich war letztes Jahr so eine doofe Pute. Ich wünschte, ich könnte alles ungeschehen machen.“

„Tja ... geht ja leider nicht. Also gut, ich muss dann hier mal weitermachen. Tschüss.“ Damit legte er auf.

Nachdenklich legte Sophie das Telefon weg. Obwohl sie damit gerechnet hatte, dass aus ihrem Plan, auf dem Hof zu helfen, nichts wurde, war die Enttäuschung größer als erwartet. Aber er hatte recht, sie konnte die Zeit nicht zurückdrehen. Sie ganz allein hatte es sich mit Emma verdorben und sich diese Chance verbaut.

Kapitel 9

Als Markus am Morgen des Umzugs an ihrer Tür klingelte, fühlte sich Sophie plötzlich so aufgeregt wie vor einem großartigen Date. Aber wahrscheinlich lag das nur daran, dass es endlich losging. Zurück in ihre Heimat.

Als sie Markus sah, der voller Tatendrang die Treppe zu ihrer Wohnung hinaufsprang, schlug ihr Herz noch schneller, und ihr fiel auf, wie gut er aussah. Nun, im Juni, trug er keine Mütze mehr, sondern nur ein graues T-Shirt, unter dem sich seine Muskeln abzeichneten und sein kräftiger Bizeps hervorblitzte. Sein volles braunes Haar war leicht verwuschelt, und um seine Augen blitzten die schon so vertrauten Lachfältchen. Seine Haut war von der Sonne gebräunt, und er wirkte unglaublich gesund. Neben ihm erschien Odin und wedelte so wild mit dem Schwanz, als wollte er abheben.

„Kann losgehen", rief Markus, noch ehe er oben ankam, und rieb unternehmungslustig seine Hände aneinander.

Er wirkte so anziehend, dass Sophie nicht zögerte, sondern ihn zur Begrüßung spontan an sich zog und ihn auf die Wange küsste. Überrascht erwiderte er ihre Geste. Bisher hatten sie sich immer nur die Hand gegeben.

„Schön, dass du da bist", sagte sie und löste sich fast mädchenhaft schüchtern von ihm. Sein Körper hatte sich gut angefühlt, so fest und kräftig. Sie hätte ihn gern noch länger gespürt. Und was zum Teufel dachte sie denn da? Markus war inzwischen vom lockeren Bekannten zu einem guten Freund geworden. Aber das war auch schon alles.

Er sah sie an, seine Hände lagen immer noch auf ihren Hüften. „Ich freu mich auch." Klang seine Stimme nicht tiefer als sonst, rauer? Auch der Ausdruck seiner Augen hatte sich verändert. Mit einem Mal waren sie so tief, dass Sophie meinte, darin versinken zu können.

Schnell trat sie zur Seite, damit er an ihr vorbeigehen konnte, und wich seinem Blick aus. Stattdessen beugte sie sich zu Odin hinunter und strich ihm über den Kopf. Der Hund sah sie an, und es wirkte, als würde er lächeln.

„Komm rein. Willst du einen Kaffee?", bot Sophie an.

„Oh, den nehme ich gern. Es war doch mehr Verkehr, als ich dachte."

„Oh je, du Armer."

Er setzte sich auf einen Küchenstuhl. „Das mache ich nur für dich."

Sophie brach der Schweiß aus, und die Hitze schoss ihr ins Gesicht. Rasch schenkte sie ihm Kaffee ein, um sich abzulenken.

„Danke." Markus sah zu ihr auf, und sein intensiver Blick jagte Sophie erneut einen Schauer über den Rücken. Plötzlich wünschte sie sich, ihre Hände in seinem dichten Haar zu vergraben, und sah auf seine Lippen, die sie zu locken schienen ... Was war bloß los mit ihr? Lag es am beginnenden Sommer, daran, dass draußen alles grünte und blühte und die Sonne schien? Bekam sie verspätete Frühlingsgefühle?

„Ich weiß das wirklich zu schätzen“, erwiderte sie, stellte für Odin eine Schüssel mit Wasser auf den Fußboden und setzte sich Markus gegenüber. „Du bist ein guter Freund, Markus. Ohne dich hätte ich mir wirklich schwergetan, auch wenn ich erst einmal nur Kleinigkeiten mitnehme. Aber die haben auch Gewicht. Ich will nicht jammern, aber mein Kopf und meine Schulter haben mir die Packerei ganz schön übel genommen. Vor allem müsste ich mehrmals fahren, weil in mein kleines Auto nicht viel hineinpasst.“

Markus lächelte. „Ich kann doch eine Dame in Not nicht im Stich lassen. Nee, wirklich, ich mache das gerne, Sophie. Du hattest in letzter Zeit schon genug Schwierigkeiten.“

Sie spürte, wie sie errötete. „Vielen Dank. Dafür werde ich mich revanchieren, versprochen.“

„Mach ich wirklich gern. Und du ziehst jetzt also in die Wohnung bei deiner Freundin?“

Sophie nickte und trank einen Schluck Kaffee. „Ich freu mich riesig darauf. Leider gibt es dort viele Schrägen, sodass ich einen guten Teil meiner Möbel erst mal hierlasse, bis ich sehe, ob ich sie dort stellen kann. Das hab ich dir ja schon erzählt. Solange mein Mietvertrag hier in Lüneburg noch läuft, habe ich deswegen ja kein Problem. Und bis dahin wird sich schon eine Lösung finden.“ Sie lächelte zuversichtlich. „Darüber will ich mir jetzt noch nicht den Kopf zerbrechen. Ebenso über die Frage, wie lange es dauern wird, bis Kati wieder in den Kindergarten gehen kann. Ich habe sie sofort im Kindergarten in Coppum vormerken lassen, nachdem ich ihren Platz hier in Lüneburg gekündigt hatte, doch so schnell geht das alles nicht, zudem brauche ich Carstens Unterschrift, um sie anzumelden."

„Sorry, dass ich das frage, im Grunde steht mir so eine Frage gar nicht zu, aber ich mache mir eben Gedanken. Kriegst du das denn finanziell alles hin? Ich meine, du zahlst Miete, ohne die Wohnung zu nutzen, und hast im Moment keinen Job ..."

„Ja, das kriege ich locker hin. Mein letztes Gehalt steht ja noch aus. Außerdem habe ich zum Glück immer etwas gespart, für einen Notfall sozusagen. Und dies ist ein Notfall. Trotzdem muss ich natürlich so schnell wie möglich einen Job finden."

„Am liebsten würde ich dich sofort ins Hotel mitnehmen. Es ist aber auch zu blöd, dass ausgerechnet jetzt alle Stellen besetzt sind. Dabei haben wir so viel Arbeit."

„Vielleicht wird es ja noch was. Ich hatte gehofft, noch eine andere Möglichkeit zu haben, doch das ..." Sie verstummte. Mit ihren diesbezüglichen Problemen wollte sie Markus nicht belasten. Er tat so bereits genug für sie.

„Ja?", hakte er nach. „Was denn?"

Sophie schüttelte den Kopf. „Ach, vergiss es wieder. Das wird sowieso nichts, ich habe schon nachgefragt."

„Jetzt hast du mich aber neugierig gemacht." Mit großen Augen sah er sie an, und er wirkte so interessiert und offen.

„Ach, was solls", sagte sie. „Ich bin selbst schuld daran, dass es nicht klappt. Du musst wissen, dass ich ein richtig blödes Huhn sein kann."

„Was? Du? Nee, das glaub ich nicht. Was ist denn passiert?"

Sophie zögerte. Wenn es richtig dumm kam, würde Markus gleich verschwinden, und womöglich würde sie ihn nie wiedersehen. Andererseits war er ein guter Freund geworden. Sie hatte nicht den Eindruck, dass er jemanden vorschnell verurteilte, nur weil derjenige einen Fehler begangen hatte. Und würde es ihr nicht guttun, diese Geschichte jemandem anzuvertrauen, der unvoreingenommen war?

Schließlich atmete sie tief durch. „Also gut. Ich hatte eine sehr gute Freundin, Emma. Sie kommt auch aus Coppum, wir kannten uns schon als Kinder und waren als Teenager in einer Clique. Zu unserem Freundeskreis gehörte auch Sven. Später heiratete er seine große Liebe Sandra. Emma ging nach Berlin, hatte dort einen Freund. Ich blieb in Coppum, heiratete Carsten und arbeitete im dortigen Kindergarten. Bis zum vergangenen Jahr war bis auf meine kriselnde Ehe alles gut. Doch dann starb Sandra, und Sven blieb mit seinem kleinen Sohn Thies allein zurück.“

„Um Himmels willen, das ist ja furchtbar! Das tut mir sehr leid für Sven und den Kleinen.“

Sophie nickte. „Sie taten uns allen furchtbar leid. Meine Freundinnen und ich taten alles, um Sven und den Lütten auf andere Gedanken zu bringen. Zu dem Zeitpunkt kehrte Emma aus Berlin zurück. Sie backte Kuchen und half uns, Sven wieder Mut zu machen.“ Mit einem Mal spürte sie wieder den Schmerz, den sie gefühlt hatte, als ihr aufgegangen war, wie sehr Emma ihre Freundschaft verraten hatte. Doch das würde sie Markus nicht anvertrauen. Dies war eine Sache nur zwischen Emma und ihr. Unter dem Tisch ballte sie heimlich die Fäuste, als der Zorn wieder aufwallte.

Aufmerksam sah Markus sie an, lauschte jedem Wort und war voller Interesse. Sie musste aufpassen, sich nicht zu verraten. Auf keinen Fall wollte sie ihn verlieren, dafür war er ihr schon zu wichtig geworden. Sie atmete tief durch.

„Emma und Sven verliebten sich ineinander", fuhr sie fort. „Dabei war Sandra noch nicht allzu lange tot. Wir regten uns alle furchtbar darüber auf." Verschämt schlug Sophie die Augen nieder. „Am meisten ich. Kurz zuvor hatte ich Emma nichts ahnend einen Praktikumsplatz im Kindergarten besorgt, in dem ich arbeitete. Und plötzlich kam Thies an und nannte sie ‚Mami'. Dabei hatte er doch eine Mutter, und die war gerade erst gestorben. Ich fiel aus allen Wolken, war völlig schockiert und begann, gemeine Dinge über Emma zu verbreiten. Ich nahm es ihr übel, die verzweifelte Lage des Kindes auszunutzen, warf ihr vor, sich ins gemachte Nest zu setzen, und brachte auch viele andere Leute gegen sie auf. Es war damals sehr schwer für sie."

„Uff." Markus keuchte schockiert. „Das ist harter Tobak."

Sophie nickte beklommen. „Es war grässlich von mir. Ich kann dir gar nicht sagen, wie sehr ich mich jetzt dafür schäme. Es tut mir alles unsagbar leid."

„Und weiß Emma das? Hast du dich dafür entschuldigt?"

Beschämt senkte Sophie den Kopf und blickte auf ihre im Schoß verknoteten Hände. „Nein. Kurz danach bin ich mit Kati nach Lüneburg gegangen. Ich ... ich schämte mich zu sehr. Zudem war zu dem Zeitpunkt meine Ehe mit Carsten am Ende. Unser Umzug nach Lüneburg war also mehr oder weniger eine Flucht."

Nachdenklich spielte Markus mit seiner Kaffeetasse. „Ich verstehe", murmelte er. Sophie meinte, die Gedanken in seinem Kopf förmlich herumrattern zu hören. „Aber eins verstehe ich nicht: Was hat diese Geschichte damit zu tun, dass du den Job nicht bekommen wirst, von dem du gesprochen hast?"

„Emma und Sven wären meine Arbeitgeber."

Markus starrte sie an. „Oh", machte er schließlich.

„Svens Eltern bewirtschaften einen kleinen Bauernhof", erklärte Sophie. „Er und Emma sind allerdings berufstätig. Und nun hatte sein Vater einen Unfall und kann für lange Zeit, wenn nicht sogar für immer, nicht mehr arbeiten."

„Herrje!"

„Die ganze Arbeit bleibt nun also an Svens Mutter hängen, doch die ist auch nicht mehr ganz gesund. Sie brauchen also dringend Hilfe."

„Und die hast du angeboten."

Sie nickte. „Es wäre ideal, zumindest für die erste Zeit, bis ich etwas anderes gefunden habe. Uns allen wäre damit geholfen. Aber Emma lehnte ab."

„Was nicht verwunderlich ist", sagte Markus unerwartet hart.

Gewiss würde er gleich aufstehen und gehen. Warum verspürte Sophie so eine große Traurigkeit beim Gedanken daran? Hatte sie sich schon so sehr an ihn gewöhnt, an seine Zuverlässigkeit, sein Interesse? An seine offenen braunen Augen, die Grübchen in seinen Wangen? Würde sie jetzt niemals erfahren, wie sich sein Haar anfühlte? Und warum bedauerte sie das so sehr? Er war doch bloß ein guter Freund. Oder?

„Ich hätte mich längst entschuldigen müssen. Erklären, warum ich damals so gehandelt habe. Das weiß ich natürlich. Aber nachdem ich gegangen war – nein, geflohen – dachte ich, mit dem Thema Coppum durch zu sein. Ich wollte das alles einfach nur noch hinter mir lassen und nicht mehr darüber nachdenken müssen. Ich dachte, nie wieder etwas mit Emma zu tun zu haben."

„Und dann kam Katis Heimweh dazwischen."

„Genau. Wie konnte ich das ahnen? Trotzdem hast du natürlich recht, ich hätte mich bei Emma entschuldigen müssen, schon lange."

Er sah sie ganz seltsam an, seine Gedanken schienen wie Röntgenstrahlen bis in ihr Inneres vorzudringen. „Oder liegt es nicht eher daran, dass du immer noch sauer auf sie bist?"

Sophie errötete, der Schweiß brach ihr aus, und sie starrte Markus schockiert an.

„Quatsch", sagte sie und hörte selbst, wie unglaubwürdig sie klang.

„Ist ja auch egal", sagte er und schob seine leere Tasse fort. „Das ist allein deine Sache. Trotzdem, wenn du einen Rat von mir als *Freund* willst ..." Warum betonte er das Wort so seltsam? „Geh zu ihr und sprich mit ihr. Erkläre ihr, was du damals gedacht und gefühlt hast. Und vor allem entschuldige dich bei ihr. Hinterher wird es dir besser gehen und ihr wahrscheinlich auch. Selbst wenn du den Job nicht bekommst. Aber das bist du ihr schuldig."

Er hatte eine Mauer zwischen ihnen errichtet, Sophie spürte es deutlich. Er sah sie auch nicht mehr direkt an, sondern leicht an ihr vorbei. Sie hatte ihn schockiert, damit hätte sie ja rechnen müssen. Was sie getan hatte, war wirklich unverzeihlich gewesen. Sie konnte es bei allem Ärger, den sie damals empfunden hatte, ja selbst nicht mehr verstehen.

Er stand so plötzlich auf, dass sie erschrocken zusammenzuckte. Odin hatte bisher zu seinen Füßen gedöst, doch jetzt ruckte auch sein Kopf hoch.

„Wir sollten anfangen, bevor wir gar nicht mehr fertig werden", sagte er kühl.

„Du hast recht." Er konnte es nicht wissen, aber sie meinte damit, dass er mit jedem einzelnen Wort, das er zuvor sagte, recht hatte. Sie ging ins Schlafzimmer, wo die ersten Kartons warteten, und während sie zusah, wie er den ersten davon schweigend hochhob, überschwemmte sie Traurigkeit. Auch wenn sie sich noch nicht lange kannten, hätte sie eine Sache bereits genau wissen müssen: wie wichtig ihm Ehrlichkeit und Offenheit waren. Sie brauchte ihm nur in die Augen zu sehen, um es zu wissen. Es war kein Wunder, dass er schockiert von ihrem Geständnis war, und vor allem darüber, dass sie seither noch nicht mit Emma gesprochen, geschweige denn sich entschuldigt hatte.

Die folgende Stunde verging mit dem Schleppen und Verstauen der Kisten, Tüten und Kartons mit Sophies Habseligkeiten. In erster Linie waren es Bücher, Ordner mit wichtigen Unterlagen, Fotoalben und persönliche Gegenstände, die sie brauchte. Das meiste davon würde sie in der nächsten Zeit gar nicht auspacken, denn auf lange Sicht wollte sie wieder in eine vollständige Wohnung mit Küche und allem ziehen, aber sie hatte diese Dinge gern in ihrer Nähe und wollte sie nicht in der unbewohnten Wohnung zurücklassen. Zu ihrer Erleichterung passte alles, was sie mitnehmen wollte, in ihre beiden Autos, sogar ihr Bett sowie Katis Bettchen konnten sie mitnehmen. Katis altes stand noch in Carstens Haus. Für Lüneburg hatte sie ihr ein neues gekauft.

Ein letztes Mal ging sie durch die Wohnung. Markus blieb in der Eingangstür stehen. Mit den Fingerspitzen strich sie über das glatte Holz der Kommode in der Stube, die nun leer geräumt war.

„Bedauerst du es?", fragte Markus von der Tür her. „Dass du weggehst? Meinst du, dass es doch ein Fehler ist? Ich meine, deine Wohnung ist wirklich schön, du hast alles hübsch eingerichtet, und ihr habt genug Platz. Nicht zu vergessen dein Job."

„Ich werde gar nichts vermissen", erklärte sie. „Ich bereue nur, dass ich überhaupt hierhergezogen bin und wie es dazu gekommen ist."

„Es tut dir wirklich leid, oder? Ich meine, so richtig ..."

Sie sah ihm in die Augen. Es war ihr unglaublich wichtig, dass er ihr ihre Reue und Scham glaubte. „Ja. Ich würde alles tun, um es ungeschehen zu machen. Wir hatten es damals so schön zusammen. Und ich habe alles kaputtgemacht. Es tut mir unsagbar leid, wie blöd ich gewesen bin."

Er nickte und wirkte nicht mehr ganz so abweisend wie vorhin. „Du bist mutig. Ich meine, du fängst quasi bei Null an, hast weder eine Wohnung noch eine Arbeit, deine Tochter lebt bei ihrem Vater, dich erwarten Leute, die dir nicht wohlgesonnen sind – und doch tust du es, konfrontierst dich damit."

„Natürlich. Allein schon wegen Kati. Ich schulde es ihr. Sie hat für meine Fehler büßen müssen, ich wollte meine Probleme auf dem Rücken meiner kleinen Tochter klären. Das ist noch so eine Sache, für die ich mich schäme. Es wird Zeit, dass ich für meine Fehler geradestehe."

Sie verließ die Wohnung und schloss die Tür ab. Als sie an Markus vorbeiging, wich er nicht mehr zurück, wie er es während der Packarbeiten zuvor noch getan hatte. Dennoch spürte sie immer noch die Distanz zwischen ihnen, und es tat ihr leid darum. Die Nähe zu ihm vorhin war wunderschön gewesen, und gern hätte sie sie noch einmal gespürt. Aber wie es schien, hatte ihr Geständnis sie zerstört.

Er ließ Odin in sein Auto springen und setzte sich hinters Steuer. Schlanke Finger umfassten das Lenkrad. Seine Hände waren gepflegt und wirkten kräftig, waren wie seine Unterarme braun gebrannt. Wie gern hätte sie ihre Hände auf seinen Arm gelegt, wäre mit den Fingerspitzen über seine Haut gestrichen. Vorhin war da etwas zwischen ihnen gewesen, etwas, das größer hätte werden können, etwas, das schön hätte werden können. Da war diese innige Nähe zwischen ihnen gewesen, etwas, das sie zu ihm gezogen hatte wie ein Magnet. Doch sie hatte es kaputtgemacht. Er war zu ehrlich, um so ein Verhalten akzeptieren zu können. Und gerade dafür mochte sie ihn ja so.

So sehr sich Sophie auf ihren Neuanfang freute, auf das Wiedersehen mit Kati und auf all das, was noch vor ihr lag, so traurig war sie über die Distanz, die Markus zwischen ihnen aufbaute wie eine trennende Mauer.

„Ich fahre vor dir her, in Ordnung?", sagte sie traurig. Sie hatte wirklich ein großes Talent dafür, es sich mit den Menschen, die ihr etwas bedeuteten, zu verderben.

Er nickte. „Willst du gleich zu deiner Wohnung fahren und ausladen oder erst noch woanders hin?"

„Ich würde gern als Erstes zu Kati fahren, wenn es dir nichts ausmacht", bat sie. „Ich habe sie so lange nicht gesehen."

„Natürlich, gar kein Problem." Zum ersten Mal lächelte er wieder. „Ich möchte selbst gern sehen, wie sie sich freut."

Zaghaft erwiderte sie sein Lächeln. „In Ordnung. Also dann bis später." Sie stieg in ihr Auto und startete den Motor.

***

Zügig fuhr sie los, und er folgte ihr. Je weiter sie vorankamen, desto vertrauter wurde ihr die Umgebung. Bald erstreckten sich zu beiden Seiten der Landstraße grüne Wiesen, auf denen Kühe und Pferde grasten. In den Gräben dazwischen glitzerte die Sonne, und Schwalben jagten über dem Wasser dahin. Mit jedem Kilometer, den sie zurücklegten, ging es Sophie besser. Es war, als hätte sie mit ihrem Leben in Lüneburg eine schwere, kratzige Decke abgelegt, deren Last jetzt von ihren Schultern fiel. Plötzlich konnte sie wieder freier atmen und spürte, wie sich ein Lächeln auf ihr Gesicht legte.

Kurz vor ihrer Ankunft hielt sie noch bei einer Gärtnerei und kaufte einen hübschen Blumenstrauß für Birte.

Als sie schließlich vor ihrem ehemaligen Wohnhaus ausstieg, hämmerte Sophies Herz vor Aufregung wie ein Vorschlaghammer gegen ihre Brust. So viele Jahre hatte sie hier gemeinsam mit Carsten gelebt.

Markus war ebenfalls ausgestiegen und sah ihr entgegen. „Nervös?"

Sie nickte stumm.

„Ich warte hier, in Ordnung?"

Still musterte sie ihn. Wie vertraut ihr sein Gesicht doch schon war, die Linien um seine Augen herum, sein kantiges Kinn, die bernsteinfarbenen Funken in seinen Augen.

Odin schnüffelte neugierig am Zaun herum, lief weiter und schnupperte an einem Baum, einem Strauch.

„Wenn du möchtest, könnt ihr gern mitkommen. Kati wird sich bestimmt freuen." Sie schmunzelte. „Besonders natürlich über Odin."

Plötzlich hellte sich Markus' Gesicht auf, und es war, als würde die Sonne hinter dichten Wolken hervorschauen.

Sophie ging den schmalen Weg durch den Garten zur Haustür entlang, und alles erschien ihr völlig fremd. Unglaublich, dass sie vor einem Jahr noch selbst hier gewohnt hatte. Noch bevor sie klingeln konnte, wurde die Haustür aufgerissen, und Kati starrte sie an. Im gleichen Moment flog sie ihr auch schon in die Arme und klammerte sich an ihr fest wie ein Äffchen.

„Mama", rief Kati wieder und wieder. „Du bist wieder da! Papa, Mama ist zurück. Markus ist auch da. Und Odin. Komm schnell her."

Schon erschien er im Flur und nickte ihr zu, ehe sein Blick auf Markus fiel. Sein Lächeln erstarrte.

„Hallo", grüßte Sophie, während sie voller Glück die weiche Haut ihrer Tochter an ihrer Wange und um ihren Hals spürte. Ach, wie sehr sie sie doch vermisst hatte!

„Du bist zurück", stellte Carsten fest und musterte ernst Markus' Gesicht.

„Ja. Endlich. Das ist übrigens Markus", stellte sie vor. „Ein guter Freund. Markus, das ist Carsten."

Die beiden Männer starrten sich an wie zwei Hähne.

„Hi", sagte Carsten und wandte sich wieder Sophie zu. „Und du willst also bei Birte ins Dachgeschoss ziehen?"

Täuschte sie sich, oder wirkte er erleichtert?

„Ja. Es ist genug Platz da für Kati und mich."

„Gut. Es ist so, dass ... Na ja, du weißt ja, dass Nina gerade bei mir eingezogen ist. Die letzte Zeit war reichlich stressig, und Katis Gegenwart hat es nicht gerade einfacher gemacht."

„Willst du sie etwa schon wieder loswerden?" Sophie konnte sich diese Bemerkung einfach nicht verkneifen.

„So würde ich es nicht gerade ausdrücken. Sagen wir mal so ... Nina wurde am Ende alles zu viel. Sie hat keine Ahnung von Kindern und möchte auch keine, deshalb ..."

„Eigentlich wollte ich dich bitten, dass Kati noch ein, zwei Tage bei dir bleiben kann, bis ich unsere neue Wohnung eingerichtet habe. Unter diesen Umständen ist es wohl besser, wenn ich sie sofort mitnehme."

Carsten sah sie mit einem Blick an, den sie nicht deuten konnte, und erwiderte nichts darauf.

„Ich nehme sie mit, ja?", vergewisserte sich Sophie schließlich. „Schätzchen, wir fahren jetzt zu Melissa", erklärte sie.

Kati jubelte auf ihrem Arm. Dann fiel ihr Blick auf den Hund, der vor ihnen stand und zu ihnen aufsah.

„Erst muss ich Odin streicheln", rief sie, sprang von Sophies Arm, kniete vor ihm nieder und strich ihm glückstrahlend über den Kopf.

„Okay, nimm sie mit", sagte Carsten. „Das heißt aber nicht, dass ich jetzt außen vor bin."

„Natürlich nicht."

Die Gardine bewegte sich, und schemenhaft erkannte Sophie eine Person dahinter. Das konnte nur Nina sein. Die keine Kinder mochte.

„Es war ein langer Tag", sagte Sophie. „Ich gehe dann mal mit Kati und lade unsere Sachen aus." Sie wandte sich zum Gehen.

„Vergiss nicht, dass sie auch noch einen Vater hat", rief Carsten ihr hinterher, wirkte jedoch nicht sonderlich betrübt.

Sophie nickte, öffnete die Autotür, wartete, bis Kati hineingeklettert war, und schnallte sie an. Sie konnte sich nicht sattsehen am Anblick ihrer vor Freude strahlenden Kleinen.

„Hat es dir bei Papa und Nina gefallen?", fragte Sophie.

Katis Strahlen verging, es wirkte, als schöbe sich eine schwarze Wolke vor die Sonne. Sie schüttelte den Kopf und blickte finster.

„Warum denn nicht?"

„Nina ist blöd."

„Was hat sie denn gemacht?"

„Immer nur geschimpft. Und mich weggeschickt. Ich durfte nicht im Haus toben. *Sei nicht so laut*, sagt sie immer."

„Und Papa? Was hat der dazu gesagt?"

„Der war auch blöd. *Hör auf Nina*, sagte er. Und dann war er schon wieder weg."

„Wo denn?"

„Weiß nicht." Kati hob die schmalen Schultern.

Sophie wechselte einen besorgten Blick mit Markus.

„Das ist ja unglaublich", sagte er leise.

„Jetzt fahren wir zu Melissa", erklärte Sophie. „Und was besonders toll ist: Wir werden dort wohnen."

Schon hellte sich Katis Gesicht wieder auf.

„Hurra!", rief sie begeistert.

Die Fahrt zu Birte dauerte keine zwei Minuten. Dort sprang Kati aus dem Wagen und rannte zur Tür, wo Melissa bereits mit ihren Eltern wartete.

„Herzlich willkommen bei uns", rief Birte und umarmte Sophie.

Gerührt entdeckte sie die farbenfrohe Girlande, die über der Haustür angebracht war und auf der „Willkommen" stand.

„Danke! Ich bin so froh, hier zu sein." Sophie reichte ihrer Freundin die Blumen, ehe sie Markus, Birte und Michael einander vorstellte. Natürlich hatte sie ihrer Freundin schon von Markus erzählt, aber kennengelernt hatten die beiden sich noch nicht.

„Ihr hattet bestimmt viel Arbeit, oder?", fragte Birte schließlich. „Ich hab uns ein paar Sandwiches gemacht. Kommt erst mal rein und lasst uns was essen."

„Das ist ja lieb, danke."

Sophie betrat das Esszimmer und blieb gleich darauf wie angewurzelt stehen. *Ein paar Sandwiches* war eine glatte Untertreibung. Der Tisch bog sich förmlich vor belegten Broten mit verschiedener Wurst, Käse, Ei oder

Heringssalat. Außerdem gab es Schüsseln mit Nudelsalat sowie Gurken- und Tomatensalat, einen Teller mit Frikadellen und – als Krönung – eine Marzipantorte, dekoriert mit Möwen und Seehunden und dem Schriftzug *Herzlich willkommen zurück.*

Überwältigt schlug Sophie die Hände vor den Mund. „Ich weiß gar nicht, was ich sagen soll. Du bist ja vollkommen verrückt, Birte. All die Arbeit und Mühe, die du damit hattest."

„Unsinn. Du weißt doch, dass ich gern backe, es ist mein Hobby und macht mir Freude. Jetzt setzt euch aber erst mal. Das ist alles zum Essen und nicht bloß zum Ansehen."

Die nächste Stunde verging mit gutem Essen und lockeren Gesprächen, und Sophie genoss jede einzelne Sekunde. Kati wirkte so glücklich und unbeschwert, wie sie sie lange nicht erlebt hatte. Sie kicherte mit Melissa herum und aß mit gutem Appetit.

Immer wieder sah Sophie zu Markus, der neben ihr saß und sich angeregt mit Michi unterhielt. Dabei erfuhr sie sogar noch etwas Neues über ihn.

„Du hast mir noch gar nicht erzählt, dass du angelst", sagte sie überrascht.

Lächelnd hob er die Schultern. „Na ja, das ist nicht gerade ein Hobby zum Angeben, oder?"

„Nee, das nicht, aber ..." Sie verstummte und starrte ihn an. Konnte es sein, dass er vor ihr wirklich hatte angeben wollen? Hatte sie sich den Augenblick der Nähe vorhin, vor ihrem Geständnis, nicht bloß eingebildet? Wollte er ihr imponieren, weil ihm etwas an ihr lag? Etwas, das über Freundschaft hinausging?

Als er sie nun anlächelte, war sein Blick wieder so warm, wie sie ihn kannte, und eine große Last fiel von ihrer Seele.

Später trug er gemeinsam mit Michi ihre Habseligkeiten in das Dachgeschoss. Es bestand aus zwei weiß gestrichenen Zimmern, nicht besonders groß, aber für eine Weile würden sie gut darin zurechtkommen. Das kleine Gästebad war hellblau gefliest und bot eine Dusche, Waschbecken und Toilette.

„Das ist total gemütlich", sagte Sophie und sah Birte an. „Wirklich, ich bin euch so dankbar. Ohne euch müsste ich weiterhin in Lüneburg hocken und ..."

Spontan umarmte Birte sie. „Das ist alles völlig egoistisch. Die Mieteinnahmen können wir gut gebrauchen, und was noch viel wichtiger ist, ich bin froh, dass du wieder hier bist. Du hast mir gefehlt."

Sophie starrte von ihr zu Markus und hätte vor Freude fast geweint.

Michi kam mit dem Mietvertrag und lächelte. „Das Wichtigste hätten wir fast vergessen. Hier, wenn es dir gefällt und du nicht sofort wieder verschwinden möchtest, kannst du hier unterschreiben." Erwartungsvoll hielt er ihr einen Kugelschreiber hin.

„Das ist großartig von euch." Sophie unterschrieb und erhielt von Michi einen gegengezeichneten Vertrag. „Um das Geld müsst ihr euch keine Sorgen machen. Ich habe gespart und ..."

„He, schon gut, okay? Wir wissen doch, dass wir uns auf dich verlassen können."

Kati sah sich währenddessen überall neugierig um, gefolgt von Melissa, die ihr einiges erklärte.

„Hier wohnen wir jetzt, Mama?", fragte Kati schließlich.

„Ja, ab sofort. Gefällt dir das?"

„Klar! Hurra, wir wohnen bei Melissa!" Sie begann, diesen Satz zu singen, wieder und wieder, und fröhlich stimmte Melissa mit ein.

Birte beobachtete die Kinder und lächelte. „Das sind aufregende Zeiten für Kati. Ich freu mich so, dass sie wieder so glücklich ist."

„Und ich mich erst. Ohne eure Hilfe hätten wir das nie hinbekommen. Ich kann euch gar nicht genug danken."

„Unsinn, da gibts nichts zu danken. Es ist doch klasse, dass du wieder zurück bist. Und besonders für Kati ist es wirklich wichtig."

„Ist etwas passiert?", fragte Sophie misstrauisch.

„Ich erinnere mich ja selbst noch daran, dass Carsten bisher nicht gerade ein fürsorglicher Traumvater gewesen ist. Im Gegenteil, alles blieb immer an dir hängen. Es ist gut, dass du wieder zurück und bei Kati bist."

„Was meinst du, wie froh ich bin, wieder hier zu sein!" Sophie strahlte.

Birte grinste. Ihre Blicke wanderten zwischen Sophie und Markus hin und her. „Geht mir genauso. Sag, wenn du etwas brauchst, okay? Fühl dich hier einfach wie zu Hause. Ach, was sage ich? Das ist jetzt dein Zuhause!"

„Danke. Du ahnst nicht, wie glücklich ich darüber bin."

„Ich glaube doch. Okay, jetzt komm erst mal an und richte dich in Ruhe ein. Und lasst euch ruhig Zeit. Ich glaube, unsere Mädels haben sich erst einmal viel zu erzählen." Sie nickte ihr zu, lächelte und verließ das Zimmer, gefolgt von den beiden Mädchen.

Als Sophie plötzlich mit Markus allein war, fühlte sie sich beklommen. Unsicher sah sie ihn an.

„Das war ja ein aufregender Tag", sagte er.

„Und wie. Heute werde ich bestimmt nicht schlafen können. Und Kati erst! Sie ist so hibbelig vor Freude, das ist so schön zu sehen."

„Ich freu mich auch sehr für euch beide." Markus schmunzelte. „Und für mich."

Sophie forschte in seinem Gesicht. Sie wagte es nicht, zu fragen, aber war wieder alles in Ordnung zwischen ihnen? Markus sah sie an, seine Augen blickten warm.

„Entschuldigst du dich bei Emma?", fragte er unvermittelt.

Sie nickte. „Ja. Wie ich schon sagte, hätte ich es längst machen sollen."

„Das ist gut. Weißt du, vorhin war ich schockiert darüber, was du mir erzählt hast. Wahrscheinlich deshalb, weil ich so etwas einfach nicht von dir gedacht hätte. Bisher habe ich dich immer nur als liebevolle Mutter und humorvolle Frau erlebt. Und plötzlich höre ich, zu was du imstande gewesen bist. Das hatte mich erst mal umgehauen."

„Ja, verstehe ich. Ich bin ja selbst erschrocken, wie ich letztes Jahr drauf war."

„Ich merke, wie du dich bemühst, deine Fehler wiedergutzumachen. Kati könnte sich jedenfalls keine bessere Mutter wünschen als dich."

Sophie zuckte zusammen, und plötzlich standen ihr wieder die schrecklichen Bilder vom letzten Herbst vor

Augen. Markus hielt sie für eine tolle Mutter? Was würde er von ihr denken, wenn er von diesem Vorfall erfuhr, wenn er bereits so schockiert über die Sache mit Emma war? Es war wohl das Beste, wenn er es nicht erfuhr. Rasch lächelte sie, damit er nichts merkte.

„Danke, das ist lieb von dir.“

„Wir sind alle nur Menschen, oder?“

„Ja, so ist das wohl.“

Sein Blick ruhte auf ihr, suchte ihre Augen, und als sie hineinsah, war da wieder diese Tiefe, die sie wie magisch anzog. Ohne eigenes Zutun ging sie näher an ihn heran, und er trat einen Schritt auf sie zu, bis sie so nah voreinander standen, dass sie sein Aftershave roch und seinen leichten Bartschatten erkennen konnte.

Er sah sie an und schien in ihr zu lesen wie in einem Buch, bis er die Hände hob und um sie legte.

Sophie spürte, wie er sie an sich zog. Seine Hände strichen über ihre Schulter und ihr Haar, und sein Blick war so sanft und tief. Ihre Lider schlossen sich, und gleich darauf fühlte sie seine Lippen auf ihrem Mund. Wärme durchströmte sie, und sie drückte sich näher an ihn heran und erwiderte seinen Kuss. Es war, als hätte sie schon lange darauf gewartet, als hätte sie längst gewusst, dass es dazu kommen würde.

Er war nicht einfach ein guter Freund für sie. Sie mochte ihn, sie vertraute ihm. Aber da war noch mehr. Das hatte sie sich bisher nicht eingestehen wollen, weil sie Angst vor einer erneuten Enttäuschung hatte.

Doch war es nicht so, dass sie von Tag zu Tag häufiger an Markus dachte? An sein im Wind wehendes Haar, seinen muskulösen Körper, seinen Humor? War es nicht so, dass sie sich nach ihm sehnte, sobald er nicht bei ihr war?

Ihre Lippen öffneten sich, ihre Zunge kam hervor und traf auf seine, lockte sie in ihren Mund. Es gab nur noch Markus, seine Hände auf ihrer Haut, seinen Körper nah an ihrem, so nah, dass sie meinte, seinen Herzschlag zu spüren, so nah, dass sein Atem ihr Gesicht wärmte.

Er öffnete die Augen und umfasste ihr Gesicht mit den Händen. Ganz tief war sein Blick, endlos und so warm wie ein lauer Sommerabend.

„Sophie", flüsterte er.

Mehr nicht. Doch in diesem Wort lagen all seine Gefühle.

Kapitel 10

Als sie am nächsten Morgen erwachte, war sie für einen Moment desorientiert. Sie schlug die Augen auf und erblickte ein fremdes Zimmer. Dann fiel ihr alles wieder ein – besonders Markus' Kuss. Lächelnd lag sie da und dachte zurück an seine Zärtlichkeit, und im gleichen Moment sehnte sie sich nach ihm. Ihr nächster Gedanke galt Kati. Leise schlich sie hinüber ins Kinderzimmer. Fest schlafend lag ihre Kleine im Bett. Trotz ihrer Aufregung war sie gestern Abend sofort eingeschlafen, sobald ihr Kopf das Kissen berührte. Sophie beschloss, sie nicht zu wecken, sondern weiterschlafen zu lassen.

Dann dachte sie an die Aufgabe, die sie für heute geplant hatte. Sie war sehr zuversichtlich, dass Birte sie dabei unterstützen würde und auf Kati aufpasste. Der bevorstehende Gang würde alles andere als leicht werden, doch sie wollte es gleich heute in Angriff nehmen. Das hatte sie Markus versprochen.

Nachdem sie sich gewaschen hatte, ging sie nach unten in die Küche. Die Mahlzeiten würden sie gemeinsam einnehmen und natürlich auch zusammen zubereiten.

„Na, hast du gut geschlafen?", erkundigte sich ihre Freundin und holte die Butter aus dem Kühlschrank.

„Ja, sehr gut, danke."

„Was hast du geträumt? Du weißt ja, dass der Traum der ersten Nacht in einem neuen Bett in Erfüllung geht."

„Puh, wenn ich das noch wüsste ... Ich glaube, ich habe gar nichts geträumt." Sophie öffnete einen Schrank, fand Teller und Tassen, holte sie heraus und begann, den Tisch zu decken.

Birte lachte, während sie die Kaffeemaschine anstellte.

„Auch gut. Dann wird alles eine große Überraschung. Melissa schläft übrigens noch, kannst du dir das vorstellen?"

„Kati auch. Ich glaube, die beiden sind völlig fertig von dem aufregenden Tag gestern."

Nachdem Brot und Brötchen, Käse, Wurst, Marmelade und Honig auf dem Tisch standen, stellte Birte Sophies Blumenstrauß in die Mitte.

„So feierlich haben wir ja schon lange nicht mehr gefrühstückt", rief Michi, der gerade die Küche betrat.

„Und ich schon lange nicht mehr so glücklich", erwiderte Sophie.

Wenig später stürmten die beiden Mädchen in die Küche.

„Mama, Melissa hat mich geweckt, ist das nicht toll?", jubelte Kati. „Hurra, ich wohne bei Melissa", sang sie erneut, und ihre Freundin fiel mit ein.

Sophie schenkte Birte und Michi ein strahlendes Lächeln.

„Danke", sagte sie. „Ohne euch wäre das nicht möglich gewesen."

„Sehr gern. Ihr seid uns immer willkommen." Birte grinste. „Und wir haben ja auch etwas davon."

Während des Frühstücks drehte sich die Unterhaltung um allgemeine Themen.

„Tut mir total leid, dass ich dir heute noch nicht beim Kochen helfen kann", sagte Sophie kleinlaut. „Es gibt etwas, das mir schon lange auf der Seele liegt und das ich heute gleich als Erstes in Angriff nehmen möchte. Ich verspreche auch, dich danach nach Kräften im Haushalt zu unterstützen. Und mindestens jeden zweiten Einkauf übernehme ebenfalls ich, das hatten wir ja besprochen."

„He, immer langsam. Das kriegen wir alles hin, kein Grund, sich Sorgen zu machen." Birte sah sie forschend an. „Was ist denn los? Du guckst so ernst."

Sophie nickte beklommen. „Ich weiß nicht, ob ich den heutigen Tag überlebe."

Birte verstand sofort. „Willst du mit Emma reden?"

„Ja. Es wird höchste Zeit. Ich hätte es längst tun sollen."

„Finde ich gut, sehr gut sogar. Sieh zu, dass ihr diese Sache endlich aus der Welt schafft. Das ist doch für uns alle blöd."

Sophie verstand, was Birte damit meinte. Als gemeinsame Freundin saß sie quasi zwischen den Stühlen.

„Sorry, dass ich dich gleich am ersten Tag darum bitten muss: Könnte ich Kati bei euch lassen, während ich mit Emma spreche? Ich würde sie ungern dorthin mitnehmen."

„Klar, kein Problem. Ich glaube, die Mädchen werden wir so schnell ohnehin nicht zu Gesicht bekommen, so viel, wie sie sich zu erzählen haben."

„Danke."

***

Kurz darauf war sie unterwegs zu Emma. Am Telefon wollte sie die Sache nicht klären, dafür war sie zu wichtig. Sie ging zu Fuß in der Hoffnung, durch die Bewegung etwas runterkommen zu können, doch es half nichts. Vor Aufregung schlug ihr das Herz bis zum Hals, und als das Wohnhaus von Svens Eltern in Sicht kam, war ihr ganz übel.

Auf dem Hof war keiner zu sehen, als sie daran vorbeiging, um zu Emmas Wohnhaus zu gelangen. Damals hatten Sven und seine verstorbene Frau Sandra ihr Haus neben dem seiner Eltern gebaut.

Im offenen Kuhstall sah Sophie jemanden arbeiten, und als sie genauer hinsah, erkannte sie Sven und seine Mutter Margarete. Beide sahen auf, als sie sie erkannten, riefen jedoch nichts. Sophie winkte zu ihnen hinüber, aber keiner der beiden winkte zurück.

Ihr Mut sank, als sie vor die Haustür trat. *„Sven und Thies Jansen"* stand auf einem Holzschild neben der Klingel, darunter der Name *„Emma Hoffmann"*. Ihre Nervosität nahm noch mehr zu. Zwei Kübel mit roten Geranien standen links und rechts davon. Auch der Garten wirkte sauber und aufgeräumt, in den Beeten blühte es üppig. Man sah, dass sich hier jemand viel Mühe mit allem machte. Ach, wie dumm war sie bloß gewesen, als sie es sich mit Emma verdorben hatte. Sie waren immer so gute Freundinnen gewesen.

Schließlich holte sie tief Luft und drückte den Klingelknopf. Sie hörte drinnen eine Glocke anschlagen. Gleich darauf bellte ein Hund, dem Klang nach ein Kleiner.

„Ich geh schon, Mami", hörte sie Thies rufen.

Gleich darauf öffnete der blonde Junge die Tür, dessen Mutterrolle sie sich einst gewünscht hatte. Sobald Gras über die Sache gewachsen war, sobald sich Sven und Thies in aller Ruhe von Sandras Verlust erholt hätten. Und dann war ihr Emma zuvorgekommen. Zu ihrem eigenen Erstaunen verspürte Sophie bei diesem Gedanken jetzt jedoch keinen Zorn mehr.

„Sophie“, rief Thies erstaunt. Der kleine Hund erschien neben ihm, weiß und flauschig, und bellte mehrere Male kurz und laut. „Sei ruhig, Timmi“, sagte Thies zu ihm. „Das ist nur Sophie.“

Ihr Herz machte vor Aufregung einen Satz.

„Hallo, Thies, hallo, Timmi.“

„Hast du Kati gar nicht mitgebracht?“, erkundigte sich Thies und sah hinter ihr vorbei.

Sie schüttelte den Kopf. „Heute leider nicht. Ich muss mit deiner Mami sprechen.“ Seltsamerweise ging ihr das Wort ganz leicht über die Lippen. Thies hatte seine leibliche Mutter *Mama* genannt, deshalb nannte er Emma *Mami*.

Sophie verstand selbst nicht, wohin ihr Ärger der letzten Monate so plötzlich verschwunden war. Doch es war ein gutes Gefühl. Ein sehr gutes sogar. Thies war wieder glücklich und unbeschwert, das war doch die Hauptsache. „Ist sie da?“

Er nickte, wies in die Wohnung hinein und trat von der Tür zurück.

„Komm rein. Mami“, rief er laut. „Sophie ist hier.“

„Danke.“ Beklommen betrat Sophie das Haus. Essensdüfte wehten ihr entgegen. Wie es schien, war Emma am Kochen. Mist, sie hätte doch vorher anrufen sollen. Auf keinen Fall wollte sie stören und damit von Anfang an schlechte Karten haben. Mit einem Mal fühlte sie sich noch beklommener als ohnehin schon.

Emmas Augen weiteten sich erstaunt, als sie aus der Küche kam, ein Handtuch in der Hand, an dem sie sich ihre Hände abtrocknete. Sie sah zu Thies.

„Geh doch bisschen mit Timmi in den Garten und spiel mit ihm, ja?", schlug sie vor.

„Okay. Komm, Timmi." Damit gingen der Junge und der Hund an ihr vorbei und verschwanden draußen.

„Danke, dass du mich reinlässt", begann Sophie.

Emma zuckte die Schultern. „Du bist ja schon drin. Bedank dich bei Thies."

„Ich möchte gern mit dir sprechen. Hast du kurz Zeit?"

Mit einer Handbewegung wies Emma zur Küche. „Ich koche gerade, das riechst du ja sicherlich. Mach schnell, ja?" Damit ging sie in die Küche und schien zu erwarten, dass Sophie ihr folgte.

Als sie ebenfalls die Küche betrat, rührte Emma in einem Topf. Er war so groß, dass Sophie vermutete, dass Emma nicht nur für ihre eigene kleine Familie kochte, sondern auch für Margarete und den alten Heinz.

„Also, was gibts?", fragte Emma ungeduldig, ohne sie anzusehen, sondern weiterhin hektisch rührend.

„Ich weiß, dass ich viel zu lange damit gewartet habe", begann Sophie. „Ich möchte mich bei dir entschuldigen, Emma. Für alles, was ich dir angetan habe. Es tut mir unfassbar leid."

Erstaunt warf Emma einen kurzen Blick über ihre Schulter und wandte sich gleich wieder ihren Töpfen zu. Diesmal streute sie Salz in einen anderen, der bis obenhin mit Kartoffeln gefüllt war.

„Woher kommt der plötzliche Sinneswandel?", fragte Emma kalt.

„Er kommt nicht plötzlich. Ich hatte es schon lange vor. Aber ich hab mich bisher nicht getraut. Wirklich, Emma, das alles tut mir unfassbar leid."

Sophie hörte ein Geräusch vom Flur her, das Klappen einer Tür, Schritte. Plötzlich stand Sven in der Küchentür, brachte Stallgeruch mit und sah sie an. Neugierig? Nein, eher unbewegt, finster.

„Ich sah dich vorbeigehen. Und Thies sagte mir, dass du hier bist. Was willst du?", fragte er. Kühl? Oder einfach nur unsicher?

„Sie will sich entschuldigen", höhnte Emma vom Herd her. „Was für ein Wunder, nicht wahr? Nach fast einem Jahr fällt ihr plötzlich ein, wie leid ihr alles tut."

Unsicher sah Sophie zwischen ihr und Sven hin und her. Wieder fragte sie sich, wohin die Anziehung verschwunden war, die er so lange auf sie ausgeübt hatte. Oder lag es an der Unnahbarkeit, die er ausströmte? Da war nichts mehr, er könnte auch ein Fremder sein.

„Nicht plötzlich", erklärte sie noch einmal. „Ich sage es gern noch einmal, so oft ihr es auch hören wollt. Ich bereue schon lange, was ich dir angetan habe, Emma. Was ich *euch allen* angetan habe. Alles, was ich gesagt und getan habe. Wenn ich könnte, würde ich es ungeschehen machen."

„Das kannst du aber nicht", rief Emma zornig. „Du wolltest meinen Ruf zerstören, hast mir unfassbar gemeine Dinge nachgesagt. Beinahe hätte ich deinetwegen meinen Job verloren." Nun drehte sie sich doch zu ihr um, und jetzt erst erkannte Sophie das kleine Bäuchlein, das sie bereits vor sich hertrug.

„Und ich würde so gern die Zeit zurückdrehen. Du warst eine meiner besten Freundinnen, Emma. Ich verstehe doch selbst nicht mehr, was damals in mich gefahren war. Ich war verzweifelt, verstehst du? Meine Ehe mit Carsten war am Ende, und ...“

„Und da dachtest du, jetzt schnappst du dir einfach Sven, nicht wahr? Sophie, ich weiß, dass du damals in ihn verliebt warst.“

Erschrocken zuckte Sophie zusammen und fühlte, wie ihr die Farbe aus dem Gesicht wich. Sie wusste es? Aber woher ...? Birte. Oder Verena oder eine andere Freundin. Sie alle wussten damals um ihre Gefühle und ihre Hoffnungen. Ihre Freundinnen waren auch Emmas Freundinnen. Klar, dass sie es ihr erzählten, spätestens, nachdem sie es sich mit ihrer Intrige mit allen hier verdorben hatte.

„Das ist lange her“, flüsterte Sophie und schüttelte den Kopf. „Es tut mir so leid, Emma, ich kann es nur immer wiederholen. Ich war so blöd damals.“

„Ja, das warst du“, zischte Emma.

Sven sah die ganze Zeit von einer zur anderen, während seine Lippen immer schmaler wurden und sich zwischen seinen Augenbrauen eine steile Falte bildete.

„Sophie, ich glaube, es ist besser, du gehst jetzt wieder. Emma darf sich auf keinen Fall aufregen, und das tut sie gerade mehr, als gut für sie ist.“

„Entschuldigung. Ich bin schon so gut wie weg.“ Noch nie in ihrem ganzen Leben hatte sich Sophie so gedemütigt gefühlt wie jetzt. Zutiefst verschämt, verjagt, unerwünscht. Nun sogar noch als potenzielle Gefahr für das Ungeborene. Natürlich wusste sie, dass Emma bereits drei Fehlgeburten hinter sich hatte und diese Schwangerschaft mit hohen Risiken belastet war.

Sie konnte nicht anders, als auf Emmas Bauch zu starren. „Ich wünsche dir alles Gute", sagte sie leise und wies mit einer Kopfbewegung auf die Wölbung. „Ganz viel Glück."

Emma starrte zurück, während es in ihrem Gesicht arbeitete. Die Härte war daraus verschwunden, vielmehr wechselten sich die Emotionen jetzt so schnell ab, dass Sophie nicht sagen konnte, welche die vorherrschende war.

Sophie wandte sich ab und ging mit gesenktem Kopf an Sven vorbei, der immer noch in der Küchentür stand. Doch im Flur blieb sie noch einmal stehen.

„Wenn ihr es euch anders überlegt und Hilfe braucht – ich bin jederzeit für euch da. Ich würde euch so gern beweisen, dass es mir wirklich von Herzen leidtut."

„Danke, Sophie", sagte Sven. Seine Mimik war nicht mehr so verkrampft wie noch gerade eben, trotzdem sah er noch sehr ernst aus.

Als nichts weiter kam, ging Sophie die wenigen Schritte bis zur Haustür, trat hinaus und schloss sie wieder. Mehrmals atmete sie tief ein und aus, um ihren rasenden Herzschlag wieder zu beruhigen. Sie hatte getan, was sie konnte. Mehr war nicht möglich, wenn Emma und Sven sie nicht ließen. Als sie den Garten durchquerte und über den Hof von Svens Eltern zur Straße ging, entdeckte sie Thies. Der Kleine stand mit Timmi vor dem Kuhstall, in dem immer noch seine Großmutter arbeitete. Er lächelte ihr zu und winkte.

Sophie winkte zurück. Plötzlich fühlte sie sich besser. Sie hatte etwas getan, was längst überfällig gewesen war. Auch wenn Emma nach wie vor unversöhnlich war, fiel ihr eine Last von der Seele. Mit einem Mal erschien ihr der Himmel noch blauer, die Luft noch weicher, die Blumen entlang der Gräben bunter.

Die frische Luft und die Bewegung taten ihr gut, und sie machte einen Spaziergang durch ihr Heimatdorf. Hin und wieder begegneten ihr Menschen, von denen sie die meisten kannte. Sie begrüßte jeden Einzelnen mit einem freundlichen Lächeln und einem netten Wort. Einige reagierten erstaunt, andere überrascht. Frau Matthies, die im Garten herumwerkelte, wandte sich ab und verschwand ohne ein Wort im Haus. Andere jedoch, die meisten sogar, erwiderten ihren Gruß, und mit jedem Lächeln, das ihr geschenkt wurde, ging es Sophie besser und verfestigte sich ihr Wunsch, bei ihrem Neuanfang in ihrer Heimat endlich alles richtig zu machen.

***

Zum Mittagessen gab es Gulasch mit Kartoffeln und grünen Bohnen. Kati und Melissa saßen fröhlich plappernd nebeneinander und kicherten, während sie sich gegenseitig etwas ins Ohr flüsterten. Sophie ging das Herz auf vor Freude, ihre Tochter so unbeschwert zu sehen.

„Köstlich", lobte sie Birte. „Deine Soße schmeckt viel besser als meine. Das nächste Gulasch kochen wir zusammen, ja? Ich kann mir bei dir bestimmt noch paar Tricks abgucken."

„Wenn du das Kartoffelschälen übernimmst, verrate ich dir gern das ein oder andere." Birte lachte. „Hast du etwas bei Emma erreichen können?", fragte sie neugierig und spießte eine Kartoffel auf ihre Gabel.

„Nein. Ich habe mich mehrmals entschuldigt, aber es scheint nicht zu ihr durchzudringen. Als ich versuchte, ihr alles zu erklären, blockte sie sofort ab. Aber ich kann sie ja verstehen. Da stehe ich nach all der Zeit plötzlich vor ihr, nachdem ich zuvor einfach ohne ein Wort verschwunden war. Was soll sie denn da sagen?"

„Gib ihr Zeit. Sie hat fast ein Jahr lang in dem Glauben leben müssen, dass dir gar nichts leidtut, dass sie dir nichts mehr bedeutet. Solche Narben vergehen nicht mit ein paar netten Worten."

„Ich weiß. Immerhin weiß sie, dass ich für sie da bin. Ich habe ihnen meine Hilfe angeboten."

„Das ist gut. Seit sie mitbekommen hat, dass ich dir unsere Dachwohnung angeboten habe, erzählt sie mir nichts mehr. Ich weiß also leider auch nicht, wie der Stand auf dem Hof gerade ist."

Michael, der dem Dialog kauend zugehört hatte, brummte etwas in sich hinein und spießte einige Bohnen auf.

Erschrocken griff Sophie über den Tisch hinweg nach Birtes Hand. „Oh, nein, jetzt ziehe ich dich auch noch mit hinein. Das tut mir so leid." Sie lächelte bitter. „Ich habe das Gefühl, mein Leben besteht nur noch aus Entschuldigungen."

„He, kein Grund zur Beunruhigung. Ich war damals nicht ganz unschuldig an der ganzen Misere, war auch gemein zu Emma gewesen. Das sollte kein Vorwurf sein, okay?"

Trotzdem hatte Sophie ein schlechtes Gewissen. Wieder mal. Ob ihr Leben wohl jemals wieder normal werden würde? Unbelastet und unbeschwert von irgendwelchen Problemen, die sie verfolgten?

„Können wir Thies besuchen?", fragte Kati nach dem Mittagessen.

„Äh, heute ist es schlecht. Vielleicht ein anderes Mal."

„Besuchen wir dann Odin?"

„Das geht leider auch nicht, Schätzchen, Markus muss heute arbeiten. Was hältst du von einem leckeren Eis?"

„Oh, ja!"

Birte und Melissa schlossen sich ihnen an, und sie verbrachten einen schönen Nachmittag in Otterndorf, saßen in der Eisdiele und gingen auf den großen Spielplatz. Während die Mädchen herumtobten, machten es sich Sophie und Birte auf einer Bank gemütlich. Über ihnen rauschten Pappeln und Weiden im leichten Juniwind.

Seufzend sah Sophie zu den in der Brise tanzenden Blättern hinauf.

„Es tut so gut, wieder hier zu sein."

„Das kann ich mir vorstellen."

„Sieh dir Kati an, wie glücklich sie ist. Sie hat Melissa so vermisst, und ihre anderen Freundinnen und all das. In Lüneburg hätte es mir schon wieder vor dem morgigen Tag gegraut. Sie hätte in den Kindergarten gemusst, den sie so hasste, und ich hätte die ganze Zeit vor dem Klingeln des Telefons gezittert, was sie jetzt wieder angestellt hat."

Birte sah sie erschrocken an. „So schlimm?"

Sophie nickte. „Sie war ganz krank vor Kummer. Ich weiß nicht, ob ich mir das selbst jemals verzeihen kann, was ich ihr angetan habe."

„He, sei nicht so streng zu dir selbst. Du konntest das doch nicht ahnen, und du hast alles getan, um es wiedergutzumachen. Guck doch, wie sie strahlt." Gerade lief Kati über das Gras zu einer gewaltigen Rutsche und begann, die Leiter hinaufzuklettern. „Sie denkt schon gar nicht mehr daran. Nimm dir ein Beispiel an deiner Tochter."

„Du hast ja recht. Ab jetzt sehe ich nur noch nach vorne."

„Das wollte ich hören. Übrigens ist es in doppelter Hinsicht gut, dass du wieder hier bist." Birte sah sie ganz merkwürdig an.

„Wie meinst du das?"

„Ich hab es dir noch nicht erzählt, weil ich wollte, dass du erst mal in Ruhe ankommst. Es ist so, dass Carsten Kati nie zu ihren Freundinnen gebracht oder die anderen Kinder mal eingeladen hat. Melissa hat so oft gebettelt, ob sie zum Spielen kommen oder Kati zu uns einladen darf. Carsten hat immer irgendwelche Ausreden vorgeschoben. Verena erzählte mir dasselbe, als Anna-Lena mit Kati spielen wollte. Ich finde das unmöglich. Kati hat ihre Freundinnen doch so vermisst. Es kam mir vor, als wollte er sie von den anderen abschotten."

Verärgert schüttelte Sophie den Kopf. „Das ist echt unglaublich! Er hat sich all die Jahre kaum für sie interessiert. Als er sie holte, während ich im Krankenhaus lag, dachte ich, er würde sich bessern. Das war wohl ein Trugschluss. Er war nie ein richtiger Vater und wird auch keiner werden. Es passt dann ja super, dass seine Neue keine Kinder mag.“

Birte beugte sich näher zu Sophie, um leiser sprechen zu können.

„Okay, dann sag ich dir jetzt mal was. Als du im Krankenhaus gelegen hast, hab ich diese Nina zufällig im Wartezimmer beim Gynäkologen getroffen. Vor uns auf dem Tisch lagen diverse Zeitschriften über Babys und Eltern und so weiter, das kennst du ja. Irgendwie kamen wir ins Gespräch. Sie erzählte, dass sie zum ersten Mal in dieser Praxis ist, weil sie neu hergezogen ist, und dann warf sie einen Blick auf das Baby auf dem Titelblatt und lächelte ganz verträumt. Ich fragte sie, ob sie auch Kinder hat. Nein, noch nicht, meinte sie, aber hoffentlich bald.“

„Wie bitte?“ Schockiert riss Sophie die Augen auf.

Birte nickte. „Weißt du, ich denke, sie wünscht sich ein eigenes Kind. Aber für solche *Altlasten* wie Kati hat sie nichts übrig.“

„Danke, dass du mir das erzählt hast. Ich werde ihn mir mal vorknöpfen müssen.“

Nach dem Spielplatzbesuch ging Sophie zu Carsten. Birte hatte Melissa und Kati mitgenommen. Als sie vor der Haustür stand und klingelte, musste sie tief durchatmen, um ihren Ärger in den Griff zu bekommen.

„Sag mal, warum durfte Kati eigentlich in all der Zeit bei dir ihre Freundinnen nicht sehen?“, fiel sie mit der Tür ins Haus, sobald er öffnete.

Er bedachte sie mit einem finsteren Blick.

„Weil sie sich erst mal an die neuen Gegebenheiten gewöhnen sollte“, erklärte er. „Du weißt doch selbst am besten, wie schwer sie es in letzter Zeit hatte." Sein düsterer Blick war ein einziger Vorwurf.

„Und deshalb verbietest du ihr den Umgang mit ihren Freundinnen?" Sophie war fassungslos.

„Kati hatte hier alles, was sie brauchte, und sie konnte im Garten spielen, wann immer sie wollte."

„Allein."

„Mit uns, Herrgott noch mal!"

„Das ist doch nicht dasselbe, als wenn sie mit anderen Kindern herumtoben kann. Kati war mit der Situation nicht glücklich."

Er ließ den Kopf hängen. „Ja, es stimmt schon, Nina ist etwas ungeduldig, und vielleicht wurde sie auch mal etwas lauter. Trotzdem ... Kati musste zur Ruhe kommen. Wenn sie ständig mit anderen Kindern herumgetobt hätte, hätte sie das doch nur wieder aus der Fassung gebracht."

„Was ist das denn für ein Unsinn? Es sind ihre Freunde, sie tun ihr gut." Plötzliche Erkenntnis überspülte Sophie wie Flutwellen das Watt. „Es ging dir gar nicht um ihre Freundinnen. Es ging dir darum, dass ihre Freundinnen die Töchter *meiner* Freundinnen sind, stimmt's? Du wolltest nicht, dass sie wieder in ihrem alten Umfeld Fuß fasst, sondern wolltest sie davon entfremden. Damit auch ich, sollte ich zurückkehren, hier keinen Fuß mehr in die Tür kriegen würde. Ist es nicht so?"

Sein Blick zeigte ihr, dass sie ins Schwarze getroffen hatte.

„Wir müssen dringend besprechen, wie jetzt alles weitergehen soll", fuhr sie fort. „Dein großes Glück ist, dass ich gerade auf deine Hilfe angewiesen bin, wegen Kati und wegen des Unterhalts. Wie lange hast du eigentlich noch Urlaub, Carsten? Wann musst du wieder los?"

Plötzlich grinste er von einem Ohr zum anderen. „Gar nicht mehr."

Verwirrt starrte sie ihn an. „Was sagst du da?"

„Ich habe gekündigt. Vor einigen Wochen schon. In Kürze beginne ich einen neuen Job in Cuxhaven beim Fischereihafen. Nina hat es nicht gefallen, dass ich ständig so lange unterwegs war. Und jetzt, wo Nina bei mir eingezogen ist, ist es das Vernünftigste, wenn ich hier in der Nähe arbeite."

Entgeistert starrte Sophie ihn an. „Wie viele Jahre hatte ich dich vergebens angebettelt, dir eine andere Arbeit zu suchen, damit wir mehr Zeit miteinander haben?"

„Jetzt hab ich es ja gemacht. Vielleicht war ich damals wirklich etwas stur, als ich weiter zur See fahren wollte. Bei Nina mache ich es anders. Ihr zuliebe helfe ich, die Fischkutter zu reinigen oder kleinere Reparaturen vorzunehmen. Keine Panik, nur für die erste Zeit. Der Chef ist sicher, dass wir bald was Besseres für mich finden."

„Na, das ist ja schön für dich. Pass auf, ich habe Kati bereits in Coppum im Kindergarten vormerken lassen. Du weißt, dass ich für die Anmeldung dein Einverständnis brauche. Und ich muss sie noch im Bürgerbüro ummelden." Sie holte einen Zettel aus ihrer Tasche und hielt ihn Carsten hin. „Hier, ich habe eine Vollmacht verfasst, dass du mit beidem einverstanden bist. Würdest du sie bitte unterschreiben?"

Achtlos nahm er das Blatt entgegen.

„Wenn es weiter nichts ist."

Rasch gab Sophie ihm einen Kugelschreiber und atmete auf, als er seine Unterschrift daruntersetzte. Sorgfältig verstaute sie alles wieder in ihrer Tasche.

„Danke. Es geht Kati übrigens gut. Nur damit du das
weißt. Sie ist sehr glücklich in ihrem neuen Zuhause."

„Na, das ist doch wunderbar. Sind wir dann jetzt fertig?" Er warf einen Blick aufs Haus.

„Klar. Tschüss dann." Damit wandte sich Sophie um
und ging.

Sobald sie wieder bei Birte war, erzählte sie: „Er hat
seinen Job gekündigt, kannst du das glauben? All die
Jahre hab ich ihn darum gebeten, sich eine Arbeit hier
an Land zu suchen, aber nein, der Herr wollte weiterhin zur See fahren. Wahrscheinlich, weil ich ihn da
nicht unter Kontrolle hatte. Und was Kati betrifft, hat
er sich nicht von selbst erkundigt, wie es ihr geht."

„Wundert dich das? Er war schon immer ein Idiot."

Sophie sah Birte an, und plötzlich brachen sie in Lachen aus. Der Ärger fiel von Sophie ab wie reife Äpfel
von einem Baum.

Kapitel 11

Sophies Telefon klingelte, als sie es sich gerade mit ihrem Buch gemütlich machen wollte. Melissa und Kati schliefen bereits, und Birte und Michi sahen sich ihren Sonntagabend-Krimi an.

Wer rief um diese Zeit noch an? Verwundert nahm sie das Gespräch an.

„Hier spricht Margarete Jansen."

Überrascht schnappte Sophie nach Luft. „Guten Abend, Frau Jansen. Wie geht es Ihnen?"

„Das ist schon der springende Punkt. Du wunderst dich sicher, dass ich anrufe."

Plötzlich raste Sophies Herz wie ein Presslufthammer. „Ja." Mehr bekam sie vor Aufregung nicht heraus. War etwas geschehen? Etwa mit Emma und dem Kind? Hatte sie sich zu sehr über ihren Besuch aufgeregt? Ihr wurde ganz übel. Hatte sie schon wieder eine Katastrophe heraufbeschworen? Was, wenn Emma ihretwegen eine Fehlgeburt erlitten hatte? Die Vierte. Das würde ihre ehemalige Freundin womöglich nicht überleben. Und das würde sie sich selbst niemals verzeihen. Oh, bitte ...

Sie presste das Telefon ans Ohr und wartete, dass Frau Jansen weitersprach, doch zwei, drei Sekunden lang blieb es still. Vier Sekunden.

Warum zögerte Frau Jansen so lange, ehe sie weitersprach? Das konnte nur einen Grund haben. Es war wirklich etwas Schreckliches geschehen. Sophies Magen ballte sich zu einem schmerzhaften Knoten zusammen, und der Schweiß brach ihr aus.

„Dieser Anruf fällt mir nicht leicht", sprach sie endlich weiter. „Das kannst du dir bestimmt denken."

Nein, konnte sie nicht. Vor lauter Angst war Sophie nah daran, die Frau anzufahren, ihr endlich den Grund ihres Anrufs zu nennen. Doch natürlich tat sie das nicht.

„Worum geht es denn?", brachte sie heraus. Ihre Stimme kratzte, als müssten die Worte sich zwischen Stacheldraht hindurchkämpfen.

„Um Emma. Um Sven. Um uns alle."

Himmel noch mal, machte die Frau das mit Absicht? War das ihre Art, sie dafür zu bestrafen, was sie getan hatte? Nun, dann gelang es ihr bestens. Das Warten war die Hölle.

„Ich habe ja mitbekommen, dass du hier warst, also bei Sven und Emma."

„Ja, das stimmt ..." Sophie fasste das Telefon fester, damit es ihr nicht aus den schweißnassen Händen glitt.

„Du hast deine Hilfe angeboten, stimmt das?"

„Ja. Ich habe gehört, was mit Ihrem Mann passiert ist. Es tut mir sehr leid, Frau Jansen. Ich wünsche ihm gute Besserung." Sophie war ganz atemlos vor Aufregung. Das klang jetzt doch nicht so, als wäre etwas Schlimmes mit Emma geschehen. Im Gegenteil, es klang ...

„Danke. Kannst du herkommen, Sophie? Jetzt gleich?"

„Was?" Überrascht schnappte Sophie nach Luft.

„Ich kann so etwas am Telefon nicht besprechen. Dafür muss ich die Menschen, die es betrifft, sehen können. Also, kannst du kommen? Zum Haus von Sven."

„Klar. Ich ...“

„Gut. Dann warten wir auf dich. Bis gleich.“ Damit legte sie auf, ehe Sophie noch etwas sagen konnte.

Was hatte das alles zu bedeuten? Nahmen die Aufregungen heute denn gar kein Ende? Das war ja das reinste Wechselbad der Gefühle. Schnell zog sie sich um und lief hinunter, um Birte Bescheid zu geben.

Der Krimi war gerade sehr spannend, und um Michael nicht zu stören, kam Birte an die Tür, wo Sophie ihr rasch alles erklärte.

„Kati schläft fest. Könntest du vielleicht trotzdem kurz nach ihr sehen, ehe du dich hinlegst?“

„Klar, kein Problem. Ich drück dir die Daumen“, flüsterte Birte. Sie schien selbst ganz aufgeregt zu sein.

„Danke. Darf ich mir dein Fahrrad leihen?“

„Klar.“

„Danke. Bis später.“

Auf dem Weg zum Haus der Jansens dachte Sophie fieberhaft darüber nach, was dieser Anruf zu bedeuten hatte. Die wenigen Minuten Fahrt mit dem Rad erschienen ihr mit einem Mal endlos lang. Würde doch noch alles gut werden? Oder würde Frau Jansen ihr den Kopf abreißen, weil sie Emma so in Unruhe versetzt hatte? Würde sie ihr mitteilen, dass sie sich von ihnen fernhalten sollte? Nun, gleich würde sie es wissen.

War es wirklich erst heute Morgen gewesen, dass sie schon einmal vor dieser Tür gestanden hatte? Mit zitternden Fingern drückte Sophie den Klingelknopf. Noch ehe der Gong verklungen war, öffnete sich die Tür, und Sven stand vor ihr.

Er hatte sich umgezogen und war frisch geduscht. Auch sein Gesicht wirkte weicher, die Härte des Morgens war daraus verschwunden. Allerdings erkannte Sophie trotzdem seine Anspannung.

„Hallo, Sophie. Komm rein.“ Damit gab er die Tür frei.

Zögernd trat sie ein. Diesmal gab es keinen Thies, keinen Timmi und keine Essensdüfte.

„Hier entlang“, sagte Sven und wies ihr den Weg in die Stube.

Dort saßen Emma und Margarete und sahen ihr entgegen wie Richter einem Angeklagten.

„Guten Abend“, grüßte Sophie unsicher.

„Setz dich doch“, lud Sven sie ein und wies auf einen Sessel. „Möchtest du etwas trinken?“

„Äh, ja, gern.“

Er holte ein Glas aus dem Schrank und stellte eine Flasche Mineralwasser daneben, die er sogar für sie öffnete.

„Danke.“ Sie schenkte sich etwas ein, denn ihr Hals war ganz trocken.

„Danke, dass du so schnell kommen konntest“, begann Margarete Jansen. „Ich will auch gar nicht lange um den heißen Brei herumreden. Wir alle wissen um die Schwierigkeiten, die du mit Emma hattest. Ich habe gehört, dass du dich dafür entschuldigt hast. Nun, wie es zwischen euch weitergeht, müsst ihr wissen, das geht mich auch gar nichts an.“

Sophie versuchte, Emmas Blick aufzufangen, doch die betrachtete angestrengt einen Punkt irgendwo auf dem Tisch. Passte es ihr nicht, dass sie hier war?

„Ebenfalls habe ich gehört, dass du deine Hilfe angeboten hast“, fuhr Frau Jansen fort.

Sophie nickte. „Das stimmt. Wenn ich kann, helfe ich gern.“

„Nun, Tatsache ist, dass wir Hilfe in der Tat dringend nötig haben. Horst, mein Mann, kann auf nicht absehbare Zeit nicht mehr arbeiten. Es ist fraglich, ob er überhaupt jemals wieder wird arbeiten können. Die schweren Aufgaben auf dem Hof wird er wahrscheinlich nie wieder bewältigen können. Wir haben bisher die Arbeit im Stall und auf den Feldern unter uns aufgeteilt, wobei er natürlich wesentlich mehr gemacht hat als ich, weil ich ja noch den Haushalt hatte. Weißt du, wir haben Milchkühe und ein paar Hühner, dazu einige Maisfelder und Wiesen, vom Garten hinterm Haus ganz zu schweigen. Das muss ich alles allein bewältigen.“

„Nicht ganz allein“, mischte sich Sven ein. „An den Wochenenden und wenn ich Feierabend habe, gehe ich dir natürlich zur Hand. Und Johann Harms und seine Söhne waren auch schon hier und haben ausgeholfen.“

„Das weiß ich doch. Trotzdem ist es klar, dass auf Dauer alles für mich allein nicht zu schaffen ist. Du weißt, was der Arzt gesagt hat.“

Emma senkte den Kopf und betrachtete nun ihre im Schoß liegenden Hände. Schließlich sah sie doch wieder auf.

„Ich habe dir doch gesagt, dass ich dir im Haushalt gern helfe, Margarete.“ Ein kurzer Seitenblick traf Sophie, in dem alles zu lesen war: dass sie ihre Hilfe ablehnte. Dass sie nicht wollte, dass sie hier war.

Margarete lächelte. „Das weiß ich doch. Danke, Emma. Ich würde dein Angebot auch zu gern annehmen. Aber wenn du ehrlich zu dir bist, weißt du, dass dich das völlig überfordern würde. Du arbeitest im Kindergarten, hast deinen eigenen Haushalt und kümmerst dich um Thies. Das ist mehr als genug Arbeit für eine Frau."

„Zudem bist du schwanger", warf Sven ein. „Und du weißt, dass du dich schonen und extrem auf dich aufpassen musst."

Emma zuckte zusammen und sah wieder zu Sophie hinüber. Es passte ihr nicht, dieses Thema in ihrer Gegenwart zu erörtern, das konnte Sophie deutlich erkennen.

„Ich würde den Hof ungern aufgeben müssen", sagte Frau Jansen. „Doch ohne Hilfe werden wir nicht darum herumkommen. Wir haben es probiert, aber es ist allein nicht zu schaffen. Der Doktor hat bereits mit mir geschimpft. Mein Blutdruck ist zu hoch, weißt du? Ich müsste im Grunde kürzertreten. Stattdessen arbeite ich jetzt beinahe doppelt so viel. Das kann so nicht lange gut gehen."

„Thies soll den Hof eines Tages übernehmen", sprang Sven seiner Mutter bei. „Er liebt das Leben mit den Tieren und all dem. Es wäre jammerschade, wenn wir den Hof verkaufen müssten. Bisher konnten meine Eltern gut davon leben. Schon allein für Thies wäre es wünschenswert, wenn es auch so bleiben könnte."

Sophie sah von seiner Mutter zu ihm und wieder zurück, während sich leise Hoffnung in ihr regte.

„Du sagtest, du würdest uns gern helfen", kam Margarete Jansen wieder auf den Punkt. „Was meinst du denn genau damit, Sophie? Was könntest du machen? Du bist keine Bäuerin, von den Aufgaben eines Landwirts hast du keine Ahnung."

„Nein, stimmt. Ich würde alles machen, was anfällt, was ich eben kann. Den Haushalt zum Beispiel könnte ich übernehmen. Kochen, putzen, spülen, Wäsche waschen und so weiter.“

„Es würde dir nichts ausmachen, für uns sauber zu machen? Überleg dir das gut, Sophie. Ich meine, wenn ich darüber nachdenke, würde mir das wirklich helfen. Sehr sogar. Gerade all diese Aufgaben benötigen so viel Zeit, auch wenn Emma zumindest an den Wochenenden für Heinz und mich mitkocht.“

Freude stieg in Sophie auf, doch sie wagte noch nicht, sie zuzulassen.

„Ich würde das gern tun. Dies ist mein Neuanfang hier. Ich weiß, dass ich viel falsch gemacht habe, und versuche gerade, es so gut wie möglich wieder auszubügeln. Doch dafür brauche ich auch einen Job. Ich muss Geld verdienen für meine Tochter und mich, damit ich uns hier ein neues Leben aufbauen kann.“

„Furchtbar viel könnten wir dir nicht zahlen, Sophie. Wir könnten dich auf Minijobbasis einstellen, wenn dir das recht wäre.“

„Damit wäre ich einverstanden.“ Blitzschnell fasste Sophie diesen Entschluss. Damit würde sie ihre Mietkosten wieder reinholen können, und nebenbei hatte sie ihre Ersparnisse.

„Überleg dir das gut. Es ist nicht gerade viel Geld, und du möchtest dir ein neues Leben aufbauen.“

„Ich komme zurecht. Abgesehen davon ist dies eine Ausnahmesituation für uns alle, und da sollten wir zusammenhalten. Ich habe so viele Fehler gemacht. Nun möchte ich euch gern unterstützen, so wie auch ich hier unterstützt werde.“

Sophie sah einen nach dem anderen an. Margarete, die ihren Blick offen erwiderte, Sven, der noch ein wenig misstrauisch, aber nicht mehr feindselig erschien, und Emma, die nach wie vor gegen alles war, was sie sagte.

„Ich weiß, dass ich viel wiedergutzumachen habe", fuhr Sophie fort. „Und ich glaube, wenn ich bei euch arbeiten würde, wäre uns allen damit geholfen."

„Sophie hat recht", sagte Sven.

Emmas Kopf ruckte zu ihm herum, Feuer loderte aus ihren Augen.

„Es wäre nichts für die Ewigkeit", wandte er sich direkt an Emma, sprach aber laut genug, dass alle ihn verstanden. „Es wäre eine Möglichkeit für die Übergangszeit, bis uns eine bessere Lösung eingefallen ist. Sophie könnte dich und vor allem meine Mutter unterstützen. Es hilft mir nichts, wenn ihr beide vor lauter Arbeit zusammenbrecht. Ich mache mir Sorgen um dich, Emma." Sein Blick strich über ihren Bauch. „Das ist doch alles gerade viel zu viel für dich. Und auch um Mama mache ich mir Sorgen. Mit Sophies Hilfe könnte ich ruhiger schlafen. Und nein, ich habe nicht vergessen, was sie getan hat", setzte er auf einen wilden Blick Emmas hinzu. „Aber sie hat sich entschuldigt, und sie scheint entschlossen, ihre Fehler wiedergutmachen zu wollen. So etwas würdige ich. Vor allem geht es mir aber um eure Entlastung. Und um Thies, um seine Zukunft. Wir müssen jede Chance nutzen, die sich uns bietet, den Hof zu erhalten. Und natürlich müssen wir uns überlegen, wie es langfristig weitergehen soll. Doch für die erste, akute Zeit, kann uns Sophie wirklich helfen. Falls es ihr nichts ausmacht, dass sie nur so wenig Geld dafür bekommt und zudem ihre Hilfe hier auch schnell wieder zu Ende sein könnte, sobald wir eine dauerhafte Lösung finden."

„Nein, natürlich nicht. Ich suche ja selbst nach einer anderen Arbeit. Und ..."

„Wo ist dann das Problem?", fragte Frau Jansen. „Wann kannst du anfangen, Sophie?"

Sie fühlte, wie sich ein glückliches Strahlen auf ihrem Gesicht ausbreitete. „Sofort!"

„Wir wollen es mal nicht übertreiben." Auch Frau Jansen lächelte jetzt und wirkte plötzlich einige Jahre jünger. „Aber mit morgen früh wäre mir schon sehr geholfen."

„Natürlich, liebend gern."

„Gut, dann sehen wir uns morgen um vier Uhr bei mir drüben in der Küche. Ich werde dich gleich bei der Minijob-Zentrale anmelden, damit alles seine Richtigkeit hat."

„Ich freue mich."

***

Als Sophie nach Hause ging, konnte sie ihr Glück kaum fassen. Svens Familie gab ihr eine Chance. Der Beginn ihres Neuanfangs war gemacht. Alles andere würde sich nach und nach ergeben.

Es war schon spät, doch sie musste es unbedingt sofort Markus erzählen.

„Morgen fange ich bei den Jansens auf dem Hof an", schrie sie ins Telefon, sobald er abnahm.

„Was? Das ist ja großartig! Äh, warte ... Sie haben dich eingestellt?"

„Ja, auf Minijobbasis. Das ist natürlich nicht viel Geld, aber ich habe es durchgerechnet. Für eine Weile komme ich gut klar. Und auf diese Weise kann ich vielleicht einen Teil meiner Fehler wiedergutmachen.“

„Herzlichen Glückwunsch. Wie hast du das gemacht? Ich meine, du hast ja erzählt, dass die Fronten zwischen euch ziemlich verhärtet sind, oder?“

„Das sind sie immer noch. Heute Morgen bin ich zu Emma gegangen, um mich zu entschuldigen.“

„Du hast es gemacht? Das finde ich großartig, Sophie.“

Seine Worte wärmten sie. „Danke, das ist lieb von dir. So großartig war es aber gar nicht. Emma ließ sich nicht darauf ein.“

„Oh. Dann ist die Sache ja noch komplizierter, als ich angenommen habe.“

„Scheint so. Ich hätte aber damit rechnen müssen. Vor allem bin ich selbst schuld. Jetzt plötzlich, nach der langen Zeit, komme ich an, und dann möchte ich auch noch bei ihr und ihrer Familie aushelfen ... Im Grunde wundert es mich nicht, dass sie nicht darauf einging.“

„Und wie hast du es trotzdem geschafft?“

„Svens Mutter hat mit ihr und ihm geredet. Die Not muss wirklich groß sein, denn natürlich war auch sie nicht gut auf mich zu sprechen. Aber sie wissen sich gerade keinen anderen Rat. Es geht um Thies, verstehst du? Um Svens kleinen Sohn. Der soll eines Tages den Hof übernehmen. Und wenn es jetzt dazu kommt, dass sie ihn durch Horsts Ausfall nicht mehr halten können ...“

„Das wäre eine Tragödie“, vervollständigte Markus den Satz.

„Genau. Um es kurz zu machen, gelang es ihr, die beiden davon zu überzeugen, dass es zumindest jetzt am Anfang keine andere Lösung gibt. Sie selbst ist auch nicht mehr ganz gesund, und Emma hat eine Risikoschwangerschaft, sie dürfte im Grunde gar nicht arbeiten.“

„Oh. Dann wünsche ich dir viel Glück. Klingt nicht gerade nach einem angenehmen Arbeitsklima. Von der Arbeit an sich einmal abgesehen. Das wird bestimmt anstrengend und nicht einfach.“

„Das ist mir egal. Die Hauptsache ist, dass ich wieder eine Aufgabe habe und sie unterstützen kann. Ein erster Schritt in meinem neuen Leben.“

„Soll ich mich trotzdem weiterhin umhören, falls etwas im Hotel frei wird?“

„Klar, gern, das wäre super. Auf Dauer müssen die Jansens sich etwas einfallen lassen, wie es bei ihnen weitergehen soll. Und ich brauche ja wieder eine geregelte Arbeit und ein Einkommen. Das jetzt ist erst einmal eine Notlösung.“

„Alles klar, ich halte weiterhin Augen und Ohren offen. Ja, dann hoffe ich, dass ich dich trotzdem bald wiedersehe. Du wirst ja jetzt wahrscheinlich noch mehr beschäftigt sein als ich.“

Sophie lachte glücklich. „Warten wir es mal ab. Ich bin so froh, wieder etwas tun zu können.“

„Das glaube ich dir. Aber es wäre doch nett von deinen neuen Chefs, wenn sie mir auch noch etwas Zeit mit dir übrig ließen.“

Seine Worte und der Klang seiner Stimme ließen einen Schauer über Sophies Rücken laufen. Sie erinnerte sich wieder an das Gefühl, als Markus sie küsste, als seine Hände über ihre Taille strichen …

„Dafür sorge ich schon", erwiderte sie sehnsüchtig.

An diesem Abend konnte sie nur schwer einschlafen. Für einen einzigen Tag war enorm viel geschehen. Schon wieder gab es eine Änderung in ihrem Leben. Doch wie es schien, fügte sich alles zum Guten, und die paar restlichen Probleme würde sie auch noch aus der Welt schaffen. Es war, als hätten sich die dunklen Sturmwolken über dem Meer aufgelöst, und nun glitzerten wieder die Sonnenstrahlen auf den friedlichen Wellen.

Kapitel 12

Der nächste Tag war ein Montag. Es war noch dunkel, als ihr Wecker klingelte, und rasch schaltete Sophie ihn aus, damit Kati nicht wach wurde. Für einen Moment blieb sie noch liegen und versuchte, sich zu erinnern, was sie geträumt hatte. Doch da war nichts mehr. Vielleicht war sie so erschöpft gewesen, dass sie wirklich einfach nur fest und traumlos geschlafen hatte. Schlaftrunken setzte sie sich auf und rieb sich die Augen, und während sie langsam wacher wurde, breitete sich eine Mischung aus Aufregung und Glücksgefühl in ihr aus.

Schließlich stand sie auf und ging leise in Katis Zimmer, um nach ihr zu sehen. Friedlich schlafend lag sie da, die Bettdecke zur Seite gestrampelt. Vorsichtig deckte Sophie ihre Tochter wieder zu und lächelte zärtlich.

Dann schlich sie ins Bad. Nachdem sie sich gewaschen und die Zähne geputzt hatte, schlüpfte sie in ein bequemes Shirt und eine Jogginghose. Ihr erster Arbeitstag bei den Jansens begann. Und nicht nur das: Ihr neues Leben begann. Was mochte es bringen? Das erhoffte Glück? Oder die Erkenntnis, erneut einen Fehler begangen zu haben?

Als sie sich auf den Weg zu den Jansens machte, schwankte ihre frisch gewonnene Zuversicht ein wenig. Es war dunkel, und alle schliefen noch, als sie das Haus verließ. Birte würde ihr Kati nachher auf dem

Weg zum Schulbus für Melissa auf dem Hof vorbeibringen.

Plötzlich ging Sophie auf, worauf sie sich eingelassen hatte. Die Jansens waren eine Einheit, durch familiäre Bande und Heirat miteinander verbunden. Sie jedoch war eine Außenstehende, noch dazu eine, die den Zusammenhalt dieser Familie beinahe zerstört hatte. Würden sie sie wirklich so freundlich aufnehmen, wie sie hoffte? Nun, wenn nicht, müsste sie da eben trotzdem durch. Dies war ihre große Chance, ihren Neuanfang zu beginnen und vielleicht sogar einige Fehler der Vergangenheit auszumerzen.

Als sie den Hof betrat, brannte im Haus von Margarete bereits Licht in einem Fenster. Dahinter, bei Emma und Sven, war noch alles dunkel. Sophie atmete noch einmal durch, ehe sie auf die Klingel drückte.

Gleich darauf öffnete ihr Margarete Jansen. Die Frau hatte tiefe Linien in der Stirn und um den Mund herum, an die sich Sophie nicht erinnern konnte. Wahrscheinlich lag es am grellen Licht im Flur.

„Moin. Die Tür ist offen, du brauchst nicht zu klingeln, wenn du die nächsten Tage kommst. Ich schließe kurz vorher auf."

„Guten Morgen. Ist gut." Zögernd betrat sie hinter der Frau das große Bauernhaus. Außer ihnen war noch niemand wach. Fast ein Jahr lang war sie nicht hier gewesen, aber es schien sich nichts verändert zu haben.

Doch, etwas Neues entdeckte sie. Das Bild, das im Flur hing, kannte sie noch nicht. Es war gemalt und zeigte die wilde Dünenlandschaft der Nordsee mit einem grauen Himmel darüber. Fast meinte Sophie den Wind zu spüren, der darüber hinwegrauschte. Inmitten der

Weite saß ein kleines Kind. Man erkannte nur seinen blonden Schopf und seinen Rücken. Über etwas gebeugt saß es im Sand, und Sophie vermutete, dass es Thies darstellte. Er saß dort so selbstverständlich, als würde er eins sein mit der Natur um ihn herum, wäre mit ihr verwachsen und würde in ihr aufgehen.

Frau Jansen folgte ihrem Blick. Ihr Ausdruck wurde ganz weich.

„Das ist Thies. Emma hat es gemalt."

„Wirklich? Das Bild ist wunderschön." Natürlich wusste Sophie, dass Emma gern malte, doch seit den ganzen Vorfällen hatte sie es fast vergessen.

„Ja, sie hat großes Talent. Leider hat sie keine Zeit mehr dafür. Komm mit in die Küche. Ich hab schon Kaffee gekocht und erkläre dir gleich deine Aufgaben."

Sophie folgte Frau Jansen in die Küche. Es duftete nach frisch gebrühtem Kaffee. Der große Raum war weiß gestrichen und mit einer blau-bedruckten Borte dekoriert. Auch die Fliesen bei der Küchenzeile waren in diesen Farben gemustert. Dominiert wurde der Raum von einem gewaltigen Holztisch, der so schwer wirkte, dass ihn kein Sturm würde umwehen können, und an dem mindestens acht Menschen Platz fanden. Das Milchkännchen und die Zuckerdose, die darauf standen, wirkten beinahe verloren.

„Setz dich doch", bot Frau Jansen an und wies auf die breite Holzbank dahinter. „Zuallererst einmal: Ich heiße Margarete. Wir kennen uns schon dein ganzes Leben lang, Sophie. Und das ‚Sie' können wir ab sofort auch lassen, damit arbeitet es sich nicht gut."

Überrascht und erfreut hob Sophie die Augenbrauen. „Gern, danke."

Sie betrachtete die ältere Frau, während sie Kaffeetassen aus dem Schrank holte. War Margarete schon immer so schlank gewesen, fast schon dünn? Sie wirkte zerbrechlich in ihrer verschlissenen Strickjacke und der weiten Hose. Wie schaffte sie bloß das harte tägliche Arbeitspensum?

Die Bäuerin schenkte ihnen beiden Kaffee ein.

„Bevor ich dir alles erkläre, will ich dir noch etwas sagen, Sophie. Ich wollte dazu allein mit dir sein, deshalb habe ich gestern Abend nichts weiter dazu gesagt."

Beklommen sah Sophie ihr ins Gesicht. Sie hatte ja geahnt, dass es nicht so einfach werden würde.

„Um ehrlich zu sein, war ich anfangs überhaupt nicht begeistert, als Sven erzählte, dass du uns deine Hilfe angeboten hast", begann sie. „Weißt du, ich hab dich immer gern gemocht, Sophie. Ich kannte dich schon als Säugling, hab dich aufwachsen sehen. Ich konnte nie verstehen, warum du einen Seemann geheiratet hast, aber das muss ja jeder selbst wissen. Und eure Kati ist ein wunderbares Kind. Aber was du dann mit Emma abgezogen hast, also, das war wirklich unmöglich von dir." Erbost trank sie einen Schluck Kaffee, doch der war noch zu heiß, und rasch ließ sie die Tasse wieder sinken.

„Ich weiß." Sophie schluckte. Sie hatte geahnt, dass sie noch ein Unwetter über sich würde ergehen lassen müssen. Doch wie heftig mochte es ausfallen? Würde ihr Kopf hinterher noch auf ihren Schultern sitzen? „Und es tut mir irrsinnig leid. Ich war wirklich sehr, sehr dumm."

„Lange Zeit habe ich gedacht, dass du nie wieder herkommen brauchst. Emma war damals so fertig, hat oft geweint und wusste nicht, wie alles weitergehen soll.“

Beschämt ließ Sophie den Kopf sinken. Sie wusste nicht mehr, was sie noch sagen sollte.

„Ja, wir waren damals alle sehr schlecht auf dich zu sprechen. Und als du weggegangen bist, hab ich gedacht, dass das gut und richtig ist. Jetzt konnte Gras über die Sache wachsen. Du weißt ja selbst, wie es ist, eine Mutter zu sein. Man will immer nur das Beste für sein Kind, möchte jedes Leid von ihm fernhalten. Leider geht das nicht immer. Als Sandra starb, fürchtete ich, auch meinen Sohn zu verlieren. Sven litt so furchtbar unter ihrem Tod. Ich ... ich hatte Angst, er könnte sich etwas antun.“

Sophie erinnerte sich nur zu gut an die schreckliche Zeit. Wann immer sich die Gelegenheit bot, hatte sie versucht, für Sven da zu sein, ihn zu trösten, sein Leben zu erleichtern. Und je öfter sie das tat, desto mehr verliebte sie sich in ihn, wuchs ihr Entschluss, ihn für sich zu gewinnen, sobald er den Tod seiner Frau überwunden hatte.

Bis Emma zurückkehrte.

Es war, als hätte Margarete ihre Gedanken gelesen. „Dann tauchte Emma auf. Als ich erfuhr, dass sie und Sven ein Paar sind ... ich hätte sie am liebsten geohrfeigt. Es kam mir damals vor, als wäre Sandra gerade erst gestorben. Alles war noch so frisch. Doch tatsächlich war bereits eine gewisse Zeit vergangen, und inzwischen weiß ich, dass die beiden es sich nicht leicht gemacht hatten. Und für seine Gefühle kann man nichts, nicht wahr? Horst und ich verstanden bald, wie es um die beiden stand und dass sie einander Trost und Stütze waren. Emma tat Sven gut, holte ihn aus seinem Loch heraus und war auch für Thies das Beste, was ihm hätte passieren können."

Sophie hätte so gern etwas dazu gesagt, aber sie wusste nicht, was. Sie konnte ja selbst nicht mehr verstehen, warum sie sich damals so verhalten hatte. Klar, sie war gekränkt gewesen, enttäuscht, sauer. Aber das war kein Grund, zu tun, was sie getan hatte.

„Und kaum wandte sich alles zum Guten, begannen die Probleme", fuhr Margarete fort. Sie spielte so heftig mit ihrer Kaffeetasse, dass ein wenig auf den Unterteller schwappte, schien es jedoch gar nicht zu merken. „Du weißt ja selbst am besten, was du Emma angetan hast, ich will das hier gar nicht wiederholen. Und nicht nur ihr, sondern auch Sven. Wir alle haben unter der Situation gelitten."

Zutiefst beschämt senkte Sophie den Kopf. Sie wusste, dass sie da jetzt durch musste. Ohne reinigendes Gewitter konnte die Luft nicht wieder klar und frisch werden.

„Als Sven uns von deinem Angebot erzählte, war ich verwundert über deine Dreistigkeit. Natürlich weiß ich, was du für ihn empfunden hast. Oder vielleicht auch noch empfindest." Margaretes Blick bohrte sich wie ein Dolch in Sophies Seele. „Damals war ich froh, als du fortgegangen bist. Vor allem nach der Sache mit Kati. Kaum auszudenken, was geschehen wäre, wäre Emma nicht gewesen."

„Es tut mir so leid", flüsterte Sophie. Wie oft hatte sie diese Worte in letzter Zeit sagen müssen? Doch konnte sie spüren, dass sie sie jedes Mal der Heilung ein wenig näherbrachten, wie eine wohltuende Salbe, die man wieder und wieder auf eine Wunde strich.

Margarete starrte sie an, als bemerkte sie erst jetzt, wer ihr gegenübersaß, und unvermittelt wurde ihr Blick ganz weich. Sie lächelte sogar, ein leichtes Lächeln, wie ein erster zaghafter Sonnenstrahl über einer mit Frost überzogenen Wiese.

„Ich weiß." Das Lächeln erreichte ihre Augen. „Sonst hätte ich niemals zugestimmt, dass du zu uns kommst. Gerade Thies hat am meisten von uns allen gelitten. Keinesfalls hätte ich riskiert, sein Glück erneut in Gefahr zu bringen. Aber nun geht es ihm ja wieder gut, und er hängt doch so an Kati. Es tut ihm gut, dass er sie wieder sehen kann. Und ich denke, dass es auch für sie ein Segen ist, dass sie wieder hier ist, oder?"

Erleichtert nickte Sophie, und plötzlich hätte sie die Frau am liebsten in die Arme geschlossen.

„Es geht ihr viel besser, seit wir wieder zusammen sind und bei Birte wohnen", stimmte sie zu. „Du hättest sie in Lüneburg sehen sollen. Sie war wie ein in einen Käfig gesperrtes kleines Tier. Ängstlich und verzweifelt und dadurch voller Zorn."

Margarete nickte. „Das freut mich. Aber etwas liegt mir noch auf dem Herzen, Sophie." Ihr Blick wurde prüfend. „Was ist mit deinen Gefühlen gegenüber Sven? Ist da noch etwas? Und bitte sei ehrlich. Ich merke es sowieso, wenn du mich anlügst."

Die Bäuerin betrachtete sie so prüfend, dass Sophie sich fühlte wie bei einem Verhör, doch sie wusste, dass sie dieser Frau, Svens Mutter, die Antwort schuldete.

„Weißt du", fuhr Margarete fort, ohne ihre Antwort abzuwarten, „als ich damals den Grund für dein Verhalten Emma gegenüber erfuhr, konnte ich dich im ersten Moment sogar verstehen. Du warst immer hier in Coppum, bist nie fortgegangen wie sie. Du warst von Anfang an für Sven da, nachdem Sandra gestorben war, hast ihm geholfen und ihn unterstützt. Zu der Zeit war Emma noch in der Großstadt. Und dann kam sie plötzlich zurück und verdrängte dich. Kein Wunder, dass du dich irgendwie, nun ja, abgeschoben gefühlt haben musst."

Sophie klappte den Mund auf, um etwas zu entgegnen, doch ihr fiel keine Antwort ein. Mit Vorwürfen hatte sie gerechnet, mit Anschuldigungen, jedoch nicht mit Verständnis.

„Und dann hast du all diese Dinge getan", erzählte Margarete weiter. „Dennoch hast du es nicht geschafft, Sven und Emma auseinanderzubringen. Die beiden sind sehr glücklich miteinander."

Die letzten Worte klangen wie eine Kampfansage, wie Faustschläge auf die dicke Tischplatte vor ihr, wie der Hieb des Schwerts eines mittelalterlichen Kriegers gegen einen Schild.

„Das weiß ich", sagte Sophie leise. „Ja, damals war ich in Sven verliebt und wäre gern mit ihm zusammengekommen. Und das war der Grund dafür, dass ich so gemein zu Emma gewesen bin. Damals sah ich es so, dass sie meine Zukunft mit Sven zerstört hatte. Aber seitdem ist viel Zeit vergangen, und ich habe sehr viel nachgedacht. Ich möchte meine Fehler wiedergutmachen und nicht neue hinzufügen. Was Sven betrifft ... Ich liebe ihn nicht mehr. Das ist mir erst richtig bewusst geworden, als ich ihn während meines letzten Urlaubs zusammen mit Emma gesehen habe. Er gehört zu ihr." Zum ersten Mal lächelte sie. „Es gibt einen neuen Mann. Er heißt Markus und wohnt in Cuxhaven. Er hat einen Hund, Odin, und wenn ich jetzt so zurückdenke, glaube ich, dass es bei uns vieren Sympathie auf den ersten Blick war."

„Bei euch vieren?", fragte Margarete erstaunt.

Sophie nickte. „Bei Markus und mir, aber auch bei Kati und Odin. Der Blitz hatte sofort eingeschlagen, auch wenn uns das damals wohl noch gar nicht bewusst gewesen war. Außer bei Kati und Odin, die beiden wussten es sofort."

Mit einem Mal wirkte die Bäuerin wie ausgewechselt. Die Müdigkeit in ihrem Gesicht war verflogen, in ihren Augen funkelte es, und sogar die Linien um ihren Mund herum wurden weicher.

„Ach, das freut mich aber", rief sie.

Sophie wusste nicht, ob sie sich wirklich über ihr neues Glück freute oder nicht vielmehr darüber, dass sie nun keine Gefahr mehr für Sven und Emma darstellte, aber das war ja auch egal.

„Mich auch", sagte sie und strahlte.

„Dann steht einer angenehmen Zeit miteinander nichts im Wege, denke ich. Verbunden mit sehr viel Arbeit natürlich." Margarete warf einen Blick auf die Wanduhr. „Oh je, jetzt haben wir so lange geplaudert, dass ich fast die Zeit vergessen habe. Ich muss in den Stall, und danach muss ich mich um Heinz kümmern. Es wird zunehmend schwerer mit ihm. In letzter Zeit hat er sehr abgebaut. Na ja, er ist weit über achtzig, und dann der Schock mit Horsts Unfall ... Er verwindet solche Sachen nicht mehr so leicht wie damals. Ich mache mir Sorgen um ihn. Aber nun komm, ich helfe dir schnell beim Frühstück. Holst du das Brot aus dem Schrank und die Butter?“ Sie wies mit der Hand, wo die Dinge zu finden waren, und machte sich am Schrank zu schaffen, um Teller und Besteck zu holen. „Ab morgen reicht es, wenn du rechtzeitig hier bist, um das zweite Frühstück zuzubereiten“, erklärte Margarete, während sie arbeiteten. „Nur heute wollte ich dich gern früh genug hier haben, damit wir uns allein unterhalten können. Das erste Frühstück früh um vier ist nur eine Kleinigkeit, das mache ich allein. Beim Größeren um sieben brauche ich dann deine Hilfe. Emma kommt immer erst zum zweiten Frühstück, Thies ebenfalls, Sven je nach Schicht zum ersten oder zweiten. Tja, Horst ist ja erst einmal nicht hier, und Heinz schläft in letzter Zeit länger.“ Sie lächelte. „Aber es gibt ja noch wesentlich mehr zu tun.“

Nach dem ersten Frühstück wusch Sophie ab und widmete sich dem Wäschewaschen, während Margarete im Stall verschwand. Sobald Kati hier war, würde sie sich zusätzlich um sie kümmern. Außerdem war sie für die Einkäufe verantwortlich, auch damit würde sie morgen beginnen, und natürlich würde sie putzen und alles sauber halten. Ihr Arbeitstag endete mit dem Kochen des Mittagessens. Langweilig würde es ihr wohl nicht werden.

Schon wurde es Zeit für das Herrichten des zweiten Frühstücks. Sie deckte den Tisch und kochte frischen Kaffee. Als die Haustür klappte, zuckte sie zusammen.

Thies lief voraus, ihm folgten Sven und Emma.

„Moin", grüßte Sven und nahm auf einem Stuhl Platz. Emma schenkte ihr nur einen finsteren Blick und setzte sich neben ihn.

„Ich sehe, du bist schon fleißig bei der Arbeit", stellte er fest und nahm eine Scheibe Brot aus dem Korb. Für Emma holte er ein Brötchen und legte es auf ihren Teller, und sie bedankte sich bei ihm mit einem demonstrativen Kuss.

„Thies, hol doch mal die Oma", wies Sven ihn an. „Wie es scheint, hat sie bei der Arbeit schon wieder die Zeit vergessen."

Kurz darauf erschien der Junge mit seiner Großmutter im Schlepptau.

„Du musst mehr auf dich achten", mahnte Sven.

„Das mach ich doch. Vorhin haben Sophie und ich so viel geklönt, dass ich fast zu spät in den Stall gekommen bin. Aber das war ja eine Ausnahme. Es wird sich jetzt alles einspielen. Und ich bin jetzt schon froh, dass sie hier ist. Es tut gut, zu wissen, dass im Haus alles seinen Gang geht, während ich draußen arbeite."

Sophie errötete vor Freude über das Lob, doch zugleich sah sie, wie Emma ärgerlich ihre Lippen zusammenpresste. Selbst Sven wirkte erstaunt, als er Emma einen Seitenblick zuwarf. Fast konnte er Sophie leidtun, saß er doch gerade zwischen zwei Stühlen.

„Ach so, Sophie", warf Margarete zwischen zwei Happen ein, während sie ihren Enkel betrachtete. „Thies trinkt zum Frühstück immer ein großes Glas Milch, und sein Ei mag er am liebsten halbweich."

Rasch sah Sophie zu Emma hinüber. Würde sie Einspruch erheben? Sie wusste, dass Sophie nun für die

Mahlzeiten zuständig war, und dazu gehörte auch das Essen für den Kleinen.

Zu ihrem Erstaunen gab es keine Widerworte.

„Gib ihm bitte keine Sachen direkt aus dem Kühlschrank", sagte sie stattdessen. „Das verträgt er nicht, davon bekommt er Bauchweh."

„Kati auch." Erleichtert lächelte Sophie Emma an, doch sie lächelte nicht zurück.

Sophie strich Butter auf ihr Brot und belegte es mit zwei Scheiben Schinken. Um sie herum griffen alle hungrig zu, und sie dachte zurück an ihr stilles Leben in Lüneburg allein mit Kati. Was für ein Kontrast zu dem Gewusel hier.

„Wie geht es Kati?", erkundigte sich Margarete, als hätte sie ihre Gedanken gelesen.

„Gut so weit. Ach je, das hatte ich vorhin ganz vergessen, zu fragen, Margarete: Birte bringt Kati gleich her. Noch geht sie ja nicht wieder in den Kindergarten, wobei das hoffentlich nicht mehr allzu lange dauert. Wäre es möglich, dass ich sie in den nächsten Tagen morgens mitbringe? Heute frühstückt sie bei Birte, weil ich sie nicht so früh wecken wollte, aber das möchte ich Birte nicht täglich zumuten."

„Natürlich", sagte Margarete. „Bring sie ruhig mit. Sie isst doch ohnehin bloß wie ein Vögelchen, oder?" Sie sah zu Thies, der sein Ei löffelte. „Wie würde es dir gefallen, wenn Kati ab morgen mit uns frühstückt?"

Er sah auf und begann zu strahlen. „Super", rief er.

„Danke." Sophie war erleichtert.

„Kati wird sich bestimmt auch freuen", sagte Margarete.

„Auf jeden Fall. Sehr sogar. Sie ist doch so gerne mit Thies zusammen. Ohnehin merkt man ihr an, wie glücklich sie ist, dass sie wieder bei mir wohnen kann. Und ich bin darüber ebenfalls mehr als froh."

„Verstehe ich", sagte Sven und biss von seinem Brot ab. „Ich möchte auch keinen einzigen Tag ohne Thies sein."

Emma trank stumm ihren Tee, doch es kam Sophie vor, als würde durch die Eiseskälte, die sie ausstrahlte, die Temperatur im Raum um einige Grade fallen. Wahrscheinlich würde sie sich bei jedem Arbeitstag jetzt fühlen wie auf einem Minenfeld. Aber das nahm sie gern in Kauf, und vielleicht – hoffentlich – würde es mit der Zeit besser werden.

„Ich kann Thies gerne mal abholen und mit ihm und Kati zum Eisessen fahren, oder zum Baden an den Strand", schlug sie vor.

Die plötzliche Stille am Tisch war ohrenbetäubend. Emma senkte schnell den Kopf und betrachtete ihre im Schoß liegenden Hände, und Sven griff nach seiner Kaffeetasse und wirkte, als wäre er in diesem Augenblick überall lieber als hier. Sophie erschrak, denn sie meinte, förmlich ihre Gedanken lesen zu können. Sie wollten ihr die Aufsicht über Thies nicht anvertrauen. Sie vertrauten ihr nicht. Und das war nach dem, was ihrer eigenen Tochter damals in Otterndorf zugestoßen war, nicht einmal ein Wunder.

„Ich fürchte, das sollten wir vorerst lassen", erklärte Margarete und fühlte sich sichtlich unwohl.

„Schon okay", erwiderte Sophie leise und wünschte sich, im Boden versinken zu können.

„Sag besser gleich, wenn du das Gefühl hast, dass es ein Fehler war, dich auf diese Sache eingelassen zu haben", fügte Margarete hinzu. „Ich bin dir wirklich dankbar für deine Hilfe, und ich weiß, es ist viel Arbeit dafür, dass wir dir abgesehen von einem Minijobgehalt und gemeinsamen Mahlzeiten mit uns nichts zahlen können."

„Ich sagte ja bereits, dass ich das gern mache. Und an den Nachmittagen habe ich reichlich Zeit für Kati."

Sophie hütete sich, ihr Angebot bezüglich Thies zu wiederholen. Und sie wusste, dass sie ganz allein die Schuld an der Reaktion der Familie trug.

„Mama!", kam es in diesem Moment von der Haustür, und lachend vor Freude stürmte Kati in die Küche. Sie flog in Sophies Arme, und Sophie hob sie hoch und drückte sie fest an ihre Brust. Oh, wie gut es tat, die Ärmchen ihrer Tochter um den Hals zu spüren und ihr Gesicht in ihrem duftenden Haar vergraben zu können. Selig schloss sie die Augen und gab sich für ein paar Sekunden ganz ihrem Glücksgefühl hin.

Birte grüßte kurz, winkte und verschwand wieder.

Bald darauf brachen Sven und Emma zur Arbeit auf und nahmen Thies mit, Margarete verschwand danach gleich wieder im Stall, und Sophie widmete sich ihren neuen Aufgaben. Der Rest des Arbeitstages verlief ohne weitere Vorkommnisse.

Kapitel 13

Als sie wieder zu Hause war, nahm Sophie mit Birte am Küchentisch Platz, während Kati gleich nachsah, wo Melissa steckte.

„Ich bin echt erstaunt, wie Sven und seine Mutter dieses Pensum jeden Tag schaffen. Meine Güte, haben sie viel Arbeit auf dem Hof."

„Kann ich mir vorstellen. Ein Glück, dass du ihnen jetzt hilfst." Birte schenkte Sophie ein Glas Apfelsaft ein und grinste unvermittelt. „Oder bekommst du schon Angst, dass du dir zu viel zugemutet hast?"

„Nein, Quatsch." Sophie grinste ebenfalls. „Wenn die das können, kann ich das auch."

„Das wollte ich hören. Und sonst? Wie haben sich alle dir gegenüber verhalten?"

„Mit Margarete habe ich mich ausgesprochen. Sie ist wirklich in Ordnung. Und sie hat es jetzt unfassbar schwer. Ich bin froh, dass ich sie unterstützen kann."

„Und Sven? Und Emma?"

„Er verhielt sich relativ neutral. Weder freundschaftlich noch feindselig. Tja, und Emma ... Bei ihr beiße ich wohl auf Granit."

„Das wird schon wieder. Du musst nur Geduld haben."

„Ja, mal sehen." Damit stand Sophie auf. „Vielen Dank für die Erfrischung. Übrigens hab ich eine gute Nachricht. Ich koche ja auf dem Hof das Mittagessen, und Margarete hat gesagt, wenn ich etwas mehr koche, darf ich genug für Kati und mich und für euch mitbringen. Sie hat ein schlechtes Gewissen, weil sie mir nicht viel zahlen kann, und möchte es auf diese Art wettmachen. Wenn du möchtest, kann ich gleich morgen damit anfangen."

„Das wäre großartig." Birte strahlte. „Wir würden uns viel Arbeit sparen. Und Geld. Bitte richte den Jansens meinen Dank aus, ja?"

„Mach ich gern. So, der Tag ist noch nicht zu Ende. Ich werde mich gleich auf den Weg zu Carsten machen, um einige von Katis Sachen abzuholen." Sophie seufzte.

„Du meinst, dass er Ärger machen könnte?"

„Nein. Er ist froh, wieder seine Ruhe zu haben. Nur allein, überhaupt zu ihm gehen zu müssen, gefällt mir nicht besonders."

„Verstehe ich gut. Sag Bescheid, wenn du Hilfe brauchst, ja?"

„Äh, Bescheid." Sophie lachte leise. „Ich weiß, du tust schon so unglaublich viel für mich, aber könnte ich Kati so lange bei euch lassen? Ich würde sie wirklich ungern mitnehmen."

„Natürlich, lass sie nur hier, gar kein Problem. Hattet ihr heute schon ein Mittagessen?"

„Nein. Wir sind vorher aufgebrochen, weil ich das mit Carsten so schnell wie möglich erledigen wollte."

„Dann kann Kati gern bei uns mitessen."

„Danke! Du bist die Beste."

Sophie lief in ihr Zimmer und rief Markus an. Ehe sie ihrem Noch-Mann gegenübertrat, wollte sie seine Stimme hören und sich eine Portion positiver Vibes abholen.

„Hallo", rief er. „Wie schön, dass du anrufst. Du hast wohl geahnt, dass ich gerade Feierabend habe. Diese Woche habe ich Frühschicht. He, wie war dein erster Arbeitstag?"

Rasch erzählte Sophie von ihren Erlebnissen. „Im Ganzen gesehen war es sehr angenehm. Klar, es gab noch ein paar Reibungspunkte. Ich versuche einfach, sie bestmöglich zu ignorieren, und konzentriere mich auf meine Arbeit, dann geht das schon."

„Das klingt doch super, ich freu mich für dich."

„Ich werde mich jetzt auf den Weg zu Carsten machen, um einige von Katis Sachen zu holen."

„Soll ich dir helfen?"

„Das musst du nicht, Markus. Ich hole nur ihre Kleidung, Spielzeug und ein paar Bücher. Ein Großteil ihrer Möbel steht noch bei ihrem Vater, und da sollen sie auch bleiben. Immerhin soll sie ja ihr Zimmer bei ihm trotzdem behalten."

„Sag Bescheid, wenn du mehr holen willst. Und was den Kleinkram angeht ... Der hat auch Gewicht. Zudem passt in mein Auto mehr hinein als in deins. Ich helfe dir gern, Sophie."

Ihr wurde ganz warm ums Herz. „Danke. Wie es scheint, kann ich dich nicht davon abhalten, oder?"

„Keine Chance."

„Okay, dann freue ich mich auf dich."

„Das hör ich doch gern." Er lachte, und von dem Klang rannen Sophie angenehme Schauer über den Rücken. „Ich fahre gleich los." Er gab ihr einen Kuss durchs Telefon.

Sophie erwiderte ihn und legte auf. Sie stellte sich unter die Dusche und zog sich anschließend eine geblümte Bluse und eine enge Jeans an. Hübsche Sandaletten mit einem Keilabsatz vervollständigten ihr Outfit. Dann bürstete sie ihr kastanienbraunes Haar, bis es seidig über ihre Schultern fiel, und zog Kajal und Mascara nach. Als sie sich im Spiegel musterte, stellte sie fest, wie ihre Augen strahlten. Da war keine Ähnlichkeit mehr mit der vergrämten Frau und Mutter einer traurigen Tochter aus Lüneburg.

Sie verließ das Haus und bewunderte die Blumen, während sie den Garten durchquerte. Sie erschienen ihr heute besonders farbenfroh. Oder lag das am Sonnenschein? Was für ein wunderbarer Tag es doch war.

Wenige Minuten später fuhr Markus vor. Er lächelte, als er ausstieg und auf sie zukam.

Plötzlich fühlte sich Sophie ganz aufgeregt. Sah er nicht heute besonders gut aus? Sein Haar leuchtete in der Sonne, und er strahlte sie an, ehe er sie in die Arme schloss. Sie roch seinen Duft und spürte seinen Körper, als er sie an sich drückte.

„Hi", sagte er leise in ihr Haar hinein. „Ich freu mich, dich zu sehen." Er löste sich von ihr und sah sie an. „Du siehst einfach super aus." Und dann beugte er sich vor und küsste sie.

Glücklich erwiderte Sophie seinen Kuss, genoss seine Nähe und seine Hände an ihrem Rücken. Mehrere Autos fuhren an ihnen vorbei, während sie sich küssten, doch das störte sie nicht. Es gab nur noch ihn, seine Lippen, seinen Atem auf ihrem Gesicht.

Als er sich von ihr löste und sie anstrahlte, fühlte sich Sophie atemlos.

„So eine Begrüßung möchte ich ab sofort jedes Mal“, sagte sie.

Er lachte sie an, und seine leuchtenden Augen verliehen ihm einen so anziehenden Ausdruck, dass sich Sophie erneut an ihn schmiegte.

„Ich glaube, das lässt sich machen.“

Sie umschlang seine Taille. „Wo hast du deinen Hund heute eigentlich gelassen?“, erkundigte sie sich. „Er ist hoffentlich nicht den ganzen Tag allein, oder?“

„Nein. Das würde er gar nicht aushalten. Wenn ich arbeite, kann er es einige Stunden lang schaffen. Aber in meiner Pause fahre ich immer nach Hause und gehe eine Runde mit ihm, damit er Bewegung und Ablenkung bekommt. Gerade passt Rainer auf ihn auf, ein Freund aus dem Hotel. Er hat heute ausnahmsweise auch schon Feierabend.“

„Ausnahmsweise?“

Markus nickte. „Er ist zugleich mein Chef. Und hat natürlich immer irre viel zu tun.“

Erstaunt sah Sophie ihn an. „Du bist mit deinem Chef befreundet?“

Er nickte. „Ja. Warum nicht? Wir kennen uns schon ewig. Als er die Leitung des Hotels übernahm, fuhr ich zur See. Und als ich bei der Reederei gekündigt habe, bot er mir einen Job als Küchenchef an.“

„Das klingt großartig.“

„Ja, es ist ein sehr angenehmes Arbeitsklima. Ich halte weiterhin Augen und Ohren für dich offen, wenn du magst.“

„Gern. Das ist lieb von dir. Tja, dann lass uns jetzt erst mal das Unangenehme erledigen, in Ordnung? Und danach möchte ich dich gern zum Essen einladen. Hast du Hunger?“

„Kannst du Gedanken lesen?“ Er strich über seinen muskulösen Bauch. „Der rumort schon seit Stunden.“

„Dann lass uns schnell fertig werden. Ich kann nicht riskieren, dass du unseretwegen noch verhungerst.“

Er schenkte ihr einen verschmitzten Blick, der ihr die Röte ins Gesicht trieb, und griff nach ihrer Hand. Als sie losgingen, hatte sie das Gefühl, der halbe Ort würde sie anstarren. Stolz warf sie den Kopf in den Nacken. Sollten es ruhig alle wissen.

Als Carstens Haus in Sicht kam, sah sie ihn und Nina gerade aus dem Auto steigen.

Carsten drehte sich zu ihnen um und sah sie mit unbewegter Miene an. Auch Nina wandte den Kopf und blickte ihnen entgegen. Sophie sah sie zum ersten Mal. Sie war einige Jahre jünger als sie, vielleicht vierundzwanzig, blond und schlank. Und irgendwie machte sie einen mürrischen und schlecht gelaunten Eindruck. Fing Carsten schon an, auch sie kleinzumachen? Ihr nicht zuzuhören, wenn sie etwas sagte, und ihre Meinung nicht für voll zu nehmen? Ihr einzureden, dass sie ohne ihn nichts bewerkstelligen könnte? Oder war es genau umgekehrt, und etwas lief nicht nach ihren Vorstellungen?

Ach, egal, was sollte sie sich darüber noch den Kopf zerbrechen. Sie nahm ein paar Umzugskartons, Markus schnappte sich weitere, und sie gingen aufs Haus zu.

Carsten schloss die Haustür auf, blieb wartend stehen und sah ihnen entgegen.

„Sieh an", sagte Carsten mit zusammengekniffenen Augen, was ihm ein finsteres Aussehen verlieh. „Ein *guter Freund*, ja? So sagtest du doch beim letzten Mal."

„Ich wüsste nicht, was dich das angeht", erwiderte Sophie und schenkte Nina einen so intensiven Blick, dass die rasch wegsah.

„Sogar sehr viel. Wir sind an euch vorbeigefahren, weißt du? Gerade eben, als du mit deinem *Freund* knutschend mitten auf der Straße gestanden hast. Macht ihr das auch, wenn Kati dabei ist?"

„Seit wann bist du so besorgt um sie? Es war ein harmloser Begrüßungskuss, Carsten. Im Übrigen muss ich mich vor dir nicht rechtfertigen." Sophie warf einen scharfen Blick in Ninas Richtung. „Ich möchte einige von Katis Sachen abholen."

„Und da hast du dir gleich Verstärkung mitgebracht."

„So ist es."

„Ich hätte dir auch geholfen, Katis Sachen in dein Auto zu laden."

„Das glaube ich dir sofort."

Abwehrend verschränkte er die Arme vor der Brust. Nina warf ihm einen Seitenblick zu und stolzierte an ihm vorbei ins Haus.

„Lässt du uns jetzt rein?", forderte Sophie.

Unvermittelt seufzte Carsten und ließ die Schultern sinken.

„Ja, kommt rein. Nehmt am besten gleich alles mit, dann haben wir wieder mehr Platz."

Es war ein seltsames Gefühl, nach all der Zeit das Haus zu betreten, in dem sie selbst so lange gelebt hatte.

Nun hatte eine andere Frau Hand angelegt, und Sophie erkannte, wie viel sich inzwischen verändert hatte.

Nur Katis Zimmer wirkte noch beinahe unverändert. Rasch begann Sophie, mit Markus' Hilfe Bücher und Spielzeug in die Kartons zu füllen. Anschließend öffnete sie die Kommode und nahm Katis restliche Kleidung heraus. Ihr Kleiderschrank stand noch in Lüneburg.

Als sie beinahe fertig waren, stand Carsten in der Tür.

„Wollt ihr die Kommode mitnehmen?"

„Möchtest du sie nicht behalten?"

„Nein. Kati wohnt hier nicht mehr, ich brauche sie nicht mehr."

„Sie wird dich aber bestimmt mal besuchen kommen."

„Da braucht sie keine Kommode. Du gibst ihr bestimmt einen Koffer mit dem Notwendigen mit." Er hielt einen Akkuschrauber hoch. „Damit ist sie in Nullkommanichts zerlegt, und ihr könnt sie gleich mitnehmen."

„Du hast es ja richtig eilig."

„Wer weiß, vielleicht brauchen wir das Zimmer bald für etwas anderes."

Carsten führte nicht aus, was er damit meinte, aber sein trotziger Blick und die Erinnerung an Birtes Begegnung mit Nina sagten Sophie genug. Nun, sollte er machen, was er wollte. Sie war durch mit ihm.

„Was ist, wenn Kati mal wieder zu euch zu Besuch kommen möchte?", hakte sie nach.

„Darüber zerbrich dir mal nicht den Kopf. Ihr Bett ist ja noch hier, wie gesagt braucht sie für einen Besuch nicht viel, und davon abgesehen fällt uns schon etwas ein." Seinem distanzierten Gesichtsausdruck nach zu urteilen, würde das ohnehin nicht so schnell der Fall sein.

Rasch war die Kommode in ihre Einzelteile zerlegt, und Carsten half sogar, die Bretter sowie Kartons zu Markus' Auto zu tragen.

Erleichtert atmete Sophie auf, als sie neben Markus im Auto saß.

„Das ging ja schneller als gedacht", sagte Sophie.

„Weil dein Noch-Mann uns so gut geholfen hat. Ich muss schon sagen, ich war sehr erstaunt, als er plötzlich mit dem Werkzeug in der Tür stand."

„Frag mich mal."

„Es kam mir vor, als wollte er alles, was an Kati erinnert, möglichst schnell loswerden."

„So traurig es ist, damit dürftest du recht haben. Ich bin mir sicher, dass er seine Tochter liebt – auf seine Weise. Neulich erzählte mir Birte etwas sehr Interessantes."

Mit knappen Worten berichtete Sophie Markus von deren Gespräch mit Nina.

Markus holte tief Luft. „Er scheint das mit dem Neuanfang allzu wörtlich zu nehmen. Als ob eure Tochter ein Möbelstück wäre, das man mal eben entrümpeln kann, um Platz für Neues zu schaffen."

„Ich hoffe, er überlegt es sich gut. Klar, ihrem eigenen Kind wird Nina bestimmt eine gute Mutter sein. Trotzdem gibt mir ihr Verhalten zu denken."

„Es ist unbegreiflich. Kati ist so ein süßes kleines Mädchen. Man muss sie doch einfach ins Herz schließen."

Sophie sah Markus an, und sein liebevoller Gesichtsausdruck ließ Wärme und Glück in ihr aufsteigen. Sie beugte sich vor und küsste ihn – völlig egal, was Carsten wieder darüber denken würde, sollte er es sehen.

„Und jetzt lass uns schnell zurückfahren“, bat Sophie, als sie sich voneinander lösten.

Kurz darauf hielten sie vor Birtes Wohnhaus. Kati und Melissa spielten im Garten und kamen angerannt, sobald sie sie entdeckten. Gespannt sah Kati Markus an und suchte mit den Blicken den Weg hinter ihm ab.

„Wo ist denn Odin?“, fragte sie schließlich enttäuscht.

Markus trat neben Sophie, ging in die Hocke und sah Kati an.

„Er ist bei meinem Freund Rainer. Der mag Odin ebenfalls sehr und wollte heute mal Zeit mit ihm verbringen.“

„Okay. Aber nächstes Mal bringst du ihn wieder mit, ja? Ich will wieder mit ihm spielen.“

„Klar.“

Sophie wechselte einen Blick mit Markus.

„Dann bringen wir mal alles rein, was?“

Birte half ihnen, und sogar die Kinder trugen leichte Dinge nach oben ins Dachgeschoss. Rasch waren sie fertig, und Markus machte sich gleich daran, die Kommode zusammenzubauen. Bald war er fertig, und er richtete sich auf und streckte seinen Rücken.

„Jetzt müsst ihr nur noch alles einräumen.“

„Ich fange gleich an“, rief Kati, kniete sich hin und öffnete den ersten Karton.

„Warte noch, Mäuschen“, sagte Sophie. „Markus und ich haben nämlich großen Hunger, stimmt's?“ Sie sah ihn an, und er nickte erfreut. „Und deshalb fahren wir jetzt zu einem Restaurant, ja?“

„Ja“, rief Kati begeistert. „Krieg ich auch ein Eis?“

„Ich bin mir sicher, dass wir eins auftreiben werden."
Sophie wandte sich an Birte. „Wollt ihr uns begleiten?
Als Dankeschön für eure Hilfe."

„Oh, beim nächsten Mal gern", wehrte Birte ab. „Ich
habe meinen Eltern versprochen, dass wir noch auf einen Sprung bei ihnen vorbeischauen."

„Dann beim nächsten Mal."

Sie verließen das Haus, winkten noch einmal, und Sophie schnallte Kati im Kindersitz an. Markus stand neben ihr und sah ihr dabei zu, und als sie die Tür schloss
und ihn ansah, änderte sich etwas in seinen Augen.

Plötzlich wurde sein Blick so intensiv, dass Sophie
spürte, wie ihr die Röte ins Gesicht schoss.

Er trat hinter das Auto, aus Katis Sichtweite, zog sie
zu sich heran und legte seinen Mund an ihr Ohr. „Sorry,
aber für einen winzigen Augenblick muss ich unbedingt allein mit dir sein. Wie du mit Kati umgehst, das
ist nämlich sehr ... niedlich."

„Ich bin niedlich?", flüsterte sie und sah ihn an. Das
Leuchten in seinen Augen faszinierte sie. Es wirkte wie
Sonnenstrahlen auf glitzernden Wellen.

Er nickte. „Und ausnehmend hübsch. Sehr interes-
sant. Und aufregend."

Das Glitzern wirkte hypnotisierend. Sie konnte ihren
Blick nicht mehr davon wenden.

„Was noch?", wisperte sie.

Erneut verbarg er sein Gesicht in ihrem Haar. „Sexy",
hauchte er. Sein warmer Atem kitzelte, und ein
Schauer überlief sie. Sie spürte, wie sie errötete.

Als sie ihn ansah, war das Blinken der Sonne auf dem
Wasser gewichen. Seine Augen glichen nun unendlich

tiefen stillen Seen, in denen sie untergehen würde, wenn sie zu lange hineinsah ...

Bis sie Katis gedämpften Ruf hörte. „Mama! Markus! Kommt ihr endlich?"

Atemlos tauchte Sophie wieder auf.

***

Wenig später saßen sie in Otterndorf beim Griechen, eine brennende Kerze zwischen sich und köstliches Bifteki auf dem Teller. Kati bekam einen großen Teller Pommes frites und hinterher das versprochene Eis. In Sophies Glas glitzerte goldener Samos, und es klirrte leise, als sie mit Markus' Wasserglas anstieß.

„Auf deinen Neuanfang", sagte er. Im warmen Schein der Kerze leuchteten seine Augen wie flüssiger Bernstein.

„Auf deine Hilfe. Nochmals vielen Dank."

„Immer wieder gern. Soll ich dir was sagen?"

„Na klar."

Er beugte sich über den Tisch nah zu ihr heran, sodass er ihr ins Ohr flüstern konnte. „Verrate es Kati nicht, aber ich bin Odin wirklich dankbar, dass er ihre Kanäle zerstört hat. Ohne dieses Trampeltier hätte ich dich womöglich nie angesprochen."

„Und ohne dieses Trampeltier würde ich wahrscheinlich immer noch mit einer traurigen Tochter in Lüneburg sitzen."

Sie warf einen Blick auf Kati, die glücklich ihre Pommes mümmelte. Markus sah sie an. Ihr wurde ganz warm von seinem Blick. Oder lag das am Wein?

188

„Du und Kati, ihr tut mir gut, Sophie. Ich hab gar nicht gewusst, wie allein ich war. Klar, ich habe Odin, er heitert mich oft auf, und ich habe Freunde. Aber ihr beide, ihr bringt so etwas Leichtes in mein Leben, etwas Helles.“

Seine Augen bannten sie. Wieder war sie nicht mehr in der Lage, den Blick von ihnen zu wenden, sondern sah unverwandt hinein. Das Licht der Kerzen spiegelte sich in ihnen und schien sie hineinzuziehen. Sie beugte sich vor und küsste ihn. Endlich wurde alles wieder gut. Sie lebte wieder in Coppum, hatte eine Arbeit und hatte Kati wieder bei sich. Und sie war auf dem besten Weg, sich wieder zu verlieben. Endlich durfte sie wieder glücklich sein.

Später, als Markus wieder nach Hause gefahren war, saß Sophie noch eine ganze Weile da und betrachtete ihre schlafende Tochter. Wie glücklich sie wirkte, wie entspannt ihr Gesicht war. In diesem Moment beneidete Sophie das Kind. In diesem Alter machten sie sich noch keine Gedanken über das Leben und die Probleme, die es mit sich brachte. Sie lebten im Hier und Jetzt, genossen den Augenblick, die Freundschaft, ihr Spiel. Wie leicht sie es hatten. Wann begann sich das zu ändern? In welchem Alter fingen Menschen an, ihr Leben zu komplizieren? Oder war es erst die Liebe, die die Schwierigkeiten brachte?

Nein, vielmehr war es die Liebe, die das Leben erst wertvoll und lebenswert machte.

***

Morgens klingelte ihr Wecker, und rasch stellte Sophie ihn aus, bevor er noch Kati weckte. Ein paar Minuten sollte ihre Kleine noch weiterschlafen können. Leise stand sie auf, ging ins Kinderzimmer und warf einen Blick auf ihre Tochter. Ein unbändiges Glücksgefühl durchströmte sie, vermischt mit Zärtlichkeit und dem Bedürfnis, sie vor allem zu beschützen. Dann schlich sie ins Bad, wusch sich und zog sich um.

Unten hörte sie Birte und ihre Familie, die ebenfalls in ihren Tag starteten. Dann weckte sie Kati.

„Steh auf, Mäuschen. Wir fahren gleich zu Thies", sagte sie sanft und strich über Katis weiches Haar.

Binnen weniger Augenblicke war das Kind hellwach und begann, sich sofort anzuziehen.

Bald darauf betrat Sophie gemeinsam mit Kati das Bauernhaus, machte ihr einen Kakao und ließ sie am großen Tisch sitzen und malen. Margarete sah kurz herein, begrüßte sie erfreut und verschwand nach einer weiteren Tasse Kaffee gleich wieder im Stall. Sophie machte sich daran, das zweite Frühstück vorzubereiten. Anschließend stellte sie die Waschmaschine an, machte das Badezimmer sauber und fing mit Staubwischen an. Zwischendurch sah sie immer wieder nach Kati, die konzentriert über ihr Malbuch gebeugt dasaß und ein buntes Bild ausmalte. Die Zeit verging währenddessen wie im Flug.

Als Sven und Emma die Küche betraten, bemerkte Sophie, dass Emma besitzergreifend ihren Arm um Svens Mitte gelegt hatte. Beide begrüßten Kati freundlich, doch Sophie wurde zumindest von Emma ignoriert. Sven jedoch nickte ihr grüßend zu. Bald darauf hatte auch der alte Heinz Platz genommen, und zum Schluss gesellte sich Margarete dazu.

„Nanu, wo bleibt denn Thies?“, fragte die Bäuerin verwundert.

„Der trödelt heute ziemlich herum“, erwiderte Emma und lächelte nun doch.

„Kati, magst du mal hinüberlaufen und nachsehen, wo Thies bleibt?“, bat die Bäuerin an das Mädchen gewandt.

Sofort sprang Kati auf und lief hinaus. Wenig später klappte die Haustür, und Thies tappte in die Küche, gefolgt von Kati. Hinter ihr trippelte Timmi heran. Selbst der lebhafte kleine Hund schien noch müde zu sein. Kati sah sich immer wieder zu ihm um und strahlte vor Glück.

„Ihr seid ja alle schon auf!“, rief Thies verwundert.

„Ja“, erklärte der alte Heinz. „Dat kann in elk Huus bloot en Slaapmütt geven. Und wie es scheint, bist du die Schlafmütze in unserem Haus.“

„Ich bin doch keine Schlafmütze“, erklärte er und rieb sich die Augen.

Kati kicherte und kletterte zu Sophie auf den Schoß. Wie es schien, war sie doch noch etwas müde. Sie brauchte morgens immer eine Weile, um richtig wach zu werden.

Sophie legte ihr halb aufgegessenes Brot auf den Teller und strich über Katis Haar, während sich die Kleine an sie schmiegte.

„Was hast du denn heute Nacht geträumt, Kati?“, erkundigte sich Sven. „Manchmal geht das, was man träumt, in Erfüllung.“

Kati starrte ihn an, dann zwirbelte sie nachdenklich eine Haarsträhne. „Von einem Hund", rief sie schließlich.

„Von Timmi?", fragte Thies neugierig.

Erneut dachte Kati nach. „Ich weiß nicht mehr genau. Nee, der war größer." Sie riss die Augen auf und strahlte Sophie an. „Es war Odin. Ich hab von Odin geträumt."

„Wer ist denn Odin?", fragte Sven und köpfte sein Frühstücksei.

„Das ist Markus' Hund."

„Markus?"

„Ja. Er ist doch Mamas Freund. Und Odin ist ein ganz toller Hund. Ich hab schon oft mit ihm gespielt."

„Toll", sagte Sven und wirkte etwas hilflos.

Emma wechselte einen raschen Blick mit ihm, doch er sah ebenso schnell wieder weg und rührte in seiner Kaffeetasse. Sophie war erleichtert, als die beiden zur Arbeit aufbrachen.

Und ihre Erleichterung wurde noch größer, als sie nachmittags einen Anruf des Kindergartens in Coppum erhielt.

„Hallo, Sophie", grüßte Martina, ihre ehemalige Chefin. „Du hast doch für Kati wegen eines Kindergartenplatzes bei uns angefragt, oder?"

„Ja", erwiderte Sophie aufgeregt.

„Dann wird es dich bestimmt freuen, dass Kati gleich morgen kommen kann, wenn es euch passt. Nachdem ihr damals hier weggegangen seid, ist ihr Platz nicht neu vergeben worden, also immer noch frei."

„Das ist ja großartig! Danke! Wirklich, mir fällt ein Stein vom Herzen."

„Das freut mich." Martina machte eine kurze Pause. „Damals hat es ja eine Menge Ärger gegeben, doch es ist einige Zeit vergangen."

„Ich möchte mich für alles entschuldigen, Martina. Mir ist bewusst, dass ich euch allen eine Menge Ärger bereitet habe. Das tut mir alles so leid."

„Vergessen wir die alten Geschichten. Wir freuen uns darauf, Kati wieder bei uns begrüßen zu können."

„Ich kann dir gar nicht sagen, wie froh ich darüber bin. Und Kati wird glücklich sein wie eine Schneekönigin."

Kapitel 14

Die ersten beiden Wochen auf dem Hof vergingen wie im Flug. Alles war neu für Sophie, sie hatte so viel zu tun, dass sie kaum mitbekam, wie die Tage verflogen.

Wenn alle gefrühstückt hatten, kümmerte sich Margarete wieder um das Vieh und die Arbeit in den Ställen, während Sophie einkaufte, putzte und anschließend das Mittagessen kochte. Meist gab es deftige Hausmannskost wie Rouladen, Gulasch, Schnitzel oder einen Eintopf, doch Sophie bemühte sich, alles mit viel Gemüse aufzuwerten. Das war nicht nur für die Kinder wichtig, sondern für alle, denn besonders fit schienen die beiden Älteren nicht zu sein. Mitunter kam Sophie der erschreckende Gedanke, was geschehen würde, sollte auch Margarete noch ausfallen. Neben der Hofarbeit kümmerte sie sich um ihren Schwiegervater, und irgendwann würde auch Horst aus dem Krankenhaus zurückkommen. Wann, das war allerdings noch nicht abzusehen, doch zumindest waren die Ärzte zuversichtlich, dass er wieder würde laufen können. Bis dahin war es allerdings ein weiter Weg. Immer noch musste er liegen und durfte sich nicht bewegen. Margarete, Sven und Emma besuchten ihn, so oft sie Zeit fanden. Es war bewundernswert, wie die ältere Frau das alles schaffte, und Sophie tat alles, um ihr das Leben so weit wie möglich zu erleichtern und leckere und zudem gesunde Gerichte zuzubereiten.

Bei Birte konnte sie sich für deren Hilfe revanchieren, indem sie jeden Tag etwas mehr kochte und es mitbrachte, sodass Birte kaum noch selbst kochen musste.

„Großartig", sagte Birte eines Tages begeistert. „Ich habe plötzlich so viel freie Zeit, dass ich kaum weiß, was ich damit anfangen soll. Und es schmeckt Michi und Melissa so gut, dass ich fast eifersüchtig werde." Sie lachte fröhlich.

„Das freut mich total."

Auch Kati war überglücklich, seit sie endlich wieder in ihren geliebten Kindergarten gehen konnte und all ihre Freunde täglich sah. Sophie nahm sie morgens zuerst mit auf den Hof, frühstückte mit ihr zusammen und fuhr sie anschließend rasch zum Kindergarten, wo sie bis mittags blieb. Sie hütete sich, Emma zu bitten, ob sie Kati mitnehmen könne, obwohl sie doch mit Thies dasselbe Ziel hatte.

Sophie war erleichtert und überaus dankbar für jeden Tag, der friedlich verlief. Die Tage waren zwar anstrengend, dennoch ging es Sophie so gut wie schon lange nicht mehr.

Sven wurde ihr gegenüber mit jedem Tag freundlicher. Sophie wusste nicht, ob Margarete mit ihm gesprochen hatte oder er genug vom Ärgern hatte. Das blieb natürlich Emma nicht verborgen. Sie war weiterhin distanziert und sprach kaum mit ihr, wobei Sophie allerdings den Eindruck hatte, dass die kalte Feindseligkeit sich ganz langsam erwärmte. Vielleicht war es auch die Schwangerschaft, die Emma milder stimmte. Von einem guten Verhältnis waren sie allerdings noch weit entfernt, und mitunter ertappte sie Emma dabei, wie sie sie heimlich anstarrte, als würde sie über irgendetwas nachdenken.

Markus rief jeden Abend an und erkundigte sich nach ihrem Tag und ihren Erlebnissen.

„Ich hoffe, es gefällt dir noch auf dem Hof", sagte er. „Es tut mir so leid, aber das Hotel ist personalmäßig immer noch voll belegt."

„Macht doch nichts. Ich bin ja gut beschäftigt."

Still lächelte Sophie in sich hinein, während sie seinen Ausführungen lauschte. Letzte Nacht hatte sie von ihm geträumt. Sie war aufgewacht und hatte immer noch das Paar warmer brauner Augen vor sich gesehen, umringt von fröhlichen Lachfältchen, und ihr ging auf, dass sie ihn mit jedem Tag mehr vermisste. Doch hatte er in letzter Zeit so viel Arbeit, dass er keinen Tag freinehmen konnte.

„Sophie", sagte Margarete in der Mitte der zweiten Woche. „Du hast dich ja schon wirklich gut eingearbeitet."

„Danke. Ich muss gestehen, dass die Arbeit mir Spaß bringt." Und das war die Wahrheit. Es tat so gut, wieder in Coppum sein und Katis Glück erleben zu dürfen. Und auch ihr eigenes.

„Das freut mich. Du hilfst uns wirklich sehr. Ich wüsste nicht, wie ich ohne dich klarkommen sollte. Natürlich machen wir uns Gedanken darüber, wie es langfristig weitergehen soll, aber noch haben wir keine Lösung gefunden. Ich hoffe, dass du uns noch für eine Weile erhalten bleibst."

„Sehr gern."

„Gut." Margarete lächelte. „Hör mal, Kati hat es geschafft, Thies so neugierig zu machen, dass er ständig nach dem Hund von Markus fragt, nach Odin. Er ist der Meinung, Odin und Timmi könnten gute Freunde werden."

Sophie lachte. „Ja, das hab ich schon mitbekommen."

„Hast du vielleicht Lust, ihn kommendes Wochenende mal hierher einzuladen?"

„Odin?" Sophie kicherte.

Margarete fiel ein und wirkte plötzlich viel jünger. „Ja. Und sein Herrchen natürlich auch. Natürlich nur, wenn er Zeit hat. Er arbeitet ja auch sehr viel, oder?"

„Ja. Das könnte klappen. Am Sonntag hat er tatsächlich endlich mal wieder frei. Ich frag ihn gern, ob er Lust hat."

„Das wäre schön. Thies könnte seine Neugier stillen, und, na ja ... Ich denke mir, es könnte die allgemeine Stimmung hier etwas heben."

Sophie wusste, was sie dachte. Emma, die immer noch nicht aufgetaut war und weiterhin unversöhnlich schien, würde vielleicht durch den Anblick von Sophies neuem Freund beruhigt werden.

Sie rief Markus gleich an, sobald er Feierabend hatte, und erzählte ihm von Margaretes Vorschlag.

„Ich komme gern", sagte er zu ihrer Freude. „Um die Wahrheit zu sagen, bin ich doch selbst schon ganz neugierig auf den Hof, auf dem du arbeitest, und die Leute, mit denen du zu tun hast. Besonders auf deine Freundin alias Feindin Emma."

„Das glaub ich dir gern. Sie ist wirklich ein harter Brocken. Aber natürlich verstehe ich sie." Sophie seufzte. „Thies wird sich jedenfalls riesig freuen, Odin endlich mal kennenzulernen. Kati redet dauernd von ihm."

„Dann muss ich Odin aber vorher gut füttern." Markus lachte, und der Klang verursachte einen angenehmen Schauer auf Sophies Rücken. „Nicht, dass er denkt, der kleine Timmi wäre ein leckerer Happen für zwischendurch."

Fröhlich fiel Sophie in das Lachen ein. Und sie spürte, wie sehr sie Markus vermisste. Sie konnte es kaum noch erwarten, ihn endlich wiederzusehen.

****

Als Markus am Sonntagnachmittag vor Birtes Haus hielt und aus dem Auto stieg, hielt Sophie die Luft an. Er bewegte sich geschmeidig und wirkte mit seinem leicht zerzausten Haar beinahe jugendlich. Sobald er den Kofferraum öffnete, sprang Odin heraus und lief schwanzwedelnd auf sie zu.

Sie streichelte seinen Kopf. „He, Odin, schön, dich wiederzusehen."

Markus erreichte sie und blieb stehen. „Ich werde fast neidisch, wenn ich sehe, wie du dich über ihn freust." Er grinste.

Spontan breitete sie die Arme aus. „Über dich freue ich mich natürlich genauso."

Schon trat er vor und umarmte sie. Sobald seine Wärme und sein Duft sie einhüllten, fühlte sich Sophie wunderbar geborgen.

„Das war gelogen", flüsterte sie an seinem Ohr. „Ich hab dich nicht genauso vermisst."

Er sah sie an, und seine Augen glichen dunklen Teichen, in denen sie versinken konnte.

„Nicht?", flüsterte er zurück und drückte sie fester an sich.

Sie schüttelte den Kopf. „Nicht so sehr wie deinen Hund.“

Er drückte sie fester. Und noch fester. Die Luft ging ihr aus.

„Noch viel mehr“, gestand sie schließlich, und endlich konnte sie wieder atmen, jedoch nur so lange, bis sie seine Lippen auf ihrem Mund spürte und seinen Kuss schmeckte.

Als er sie endlich freigab, war sie ganz atemlos.

Die Haustür öffnete sich, und Kati stürmte heraus.

„Odin!“, schrie sie, rannte zu ihm, schlang ihm stürmisch die Arme um den Hals und begann, seinen Kopf zu streicheln.

Lächelnd sah Markus dabei zu und zuckte schließlich die Schultern.

„Siehst du, das ist wirklich mein Los. Egal, wie oft wir kommen, immer wollen alle nur meinen Hund.“

„Du Armer.“ Zärtlich legte ihm Sophie die Arme um den Hals und küsste ihn, und ihr wurde ganz heiß, als er sie wiederum an sich presste und sie seinen harten Körper an ihrem spürte.

Als er sich von ihr löste, vermisste sie seine Nähe schon wieder.

„Ich glaube, wir sollten uns aufmachen in die Höhle des Löwen, oder?“, sagte er. „Oder sollte ich eher sagen, die Höhle der Löwin?“

„Das passt besser.“ Sophie kicherte, spürte jedoch, wie sie zunehmend nervös wurde.

Die kleine Strecke fuhren sie mit dem Auto, weil es zum Laufen für Kati doch zu weit wäre. Sie drückte sich die Nase an der Scheibe platt.

„Schau, Markus, da sind Thies und Timmi, siehst du?“, rief sie aufgeregt, sobald sie auf den Hof fuhren.

„Ja, ich sehe sie. Das ist aber ein niedlicher Hund.“ Dann beugte er sich zu Sophie. „Wie ich schon sagte, ein leckerer kleiner Happen zwischendurch für Odin.“

Sie riss gespielt schockiert die Augen auf. „Mach keine Witze. Ich hänge an meinem Job.“

Gerade trat Margarete aus dem Haus und winkte, Heinz, Sven und Emma folgten ihr. Kati winkte zurück und sprang aus dem Auto, sobald Markus den Motor abstellte. Sie rannte zu Thies und dem kleinen weißen Hund hinüber, und sofort begannen die beiden Kinder, sich etwas zu erzählen, während Timmi aufgeregt bellte und um sie herumhüpfte.

Sophie und Markus folgten etwas langsamer. Sie winkte den Jansens zu, während Markus den Kofferraum öffnete und Odin heraussprang.

Timmi fuhr zu ihm herum und blieb wie angewurzelt stehen. Dann stemmte er alle vier Beine in die Erde und begann zu bellen.

Hoheitsvoll wandte Odin den Kopf und sah ihm entgegen, als sich Timmi nun entschloss, den Eindringling näher unter die Lupe zu nehmen, und sich misstrauisch Schritt für Schritt näherte. Schließlich beschnupperten sich die beiden Hunde, sobald Timmi nah genug herangekommen war, und Kati klatschte begeistert in die Hände, als Odin mit dem Schwanz zu wedeln begann.

„Sie mögen sich, Thies, siehst du?“

Auch Timmis Schwänzchen begann zu zucken, was den ganzen kleinen Hundekörper in Bewegung brachte.

Lächelnd beobachtete Sophie das Schauspiel und grinste Markus an. „Ich sehe, du hast Odin vorher gut gefüttert."

„Um ehrlich zu sein, hab ich mir gerade mehr Sorgen um ihn gemacht als um Timmi. In dem kleinen Rabauken scheint ein echter Kampfhund zu stecken."

Thies nickte ernsthaft. „Er passt gut auf den Hof auf. Sobald einer kommt, bellt er. Und einen Einbrecher würde er bestimmt schlimm beißen."

„Ja, das glaube ich sofort." Markus grinste und blinzelte Sophie zu. „Dann brauche ich mir um eure Sicherheit ja keine Gedanken zu machen."

„Hallo", rief Margarete, kam ihnen entgegen und gab ihnen die Hand. „Schön, dass ihr es einrichten konntet. Seht euch nur die Kinder an, wie sie sich freuen."

„Ja, es war eine gute Idee." Sophie stellte Markus und die Jansens einander vor.

Sven reagierte freundlich und neugierig, und zu Sophies großer Überraschung gab sich sogar Emma interessiert und bedachte Markus mit einem langen, prüfenden, aber nicht unfreundlichen Blick.

„Schön ist es hier", stellte Markus anerkennend fest und warf einen Blick über den Hof, den Stall und die angrenzenden Wiesen.

„Ja, das ist es, aber es macht auch sehr viel Arbeit." Margarete schenkte Sophie einen anerkennenden Blick. „Deshalb sind wir wirklich froh über Sophies Hilfe."

„Vielen Dank."

„Kommt doch erst mal rein", lud Margarete ein. „Ich hab Kaffee gekocht, und wir haben reichlich Kuchen da. Sophie hat gestern gebacken, und Emma heute Morgen auch noch. Ihr könnt also ordentlich reinhauen."

„Hoffentlich bald", rief der alte Heinz. „Ich hab Hunger."

Alle lachten. Natürlich wusste Sophie, wie sehr Heinz Kuchen liebte. Damals, als Sven so sehr um Sandra getrauert hatte, hatte Emma regelmäßig für die beiden gebacken, um sie damit ein wenig zu trösten. Plötzlich meldete sich wieder ihr schlechtes Gewissen. Was hatte sie ihr bloß angetan.

Gemeinsam betraten sie das große Bauernhaus. Markus ging vor ihr und sah sich neugierig um. Sein Blick fiel auf das Bild von Thies inmitten der Dünen, das im Flur an der Wand hing und Emma gemalt hatte. Er blieb stehen, um es genauer zu betrachten.

„Donnerwetter", sagte er anerkennend. „Das ist hervorragend. Eine sehr gute Arbeit. Wo haben Sie das her?"

„Ich habe es gemalt." Emma, die vor ihm gegangen war, blieb stehen und drehte sich zu ihm um.

Seine Augen weiteten sich erstaunt. „Sie haben ... Sie können ... Ich meine, wow. Ich bin zutiefst beeindruckt."

„Danke. Das ist Thies, er sitzt da und malt. Damals wollte er es mir gleichtun, er ist weggelaufen, und dort haben wir ihn schließlich gefunden, er saß im Sand wie auf dem Bild. Es ist eine meiner besten Arbeiten." Bescheiden hob sie die Schultern. „Die anderen sind längst nicht so gut."

Erstaunt sah Sophie zwischen Emma und Markus hin und her. So viel hatte sie Emma nicht reden hören, seit sie sich zerstritten hatten.

„Sie haben noch mehr gemalt?“, erkundigte sich Markus staunend.

„Ja, ein paar. Ich ...“

„Wo bleevt ji denn?“, rief Heinz ungeduldig.

Unwillkürlich wechselte Sophie einen Blick mit Emma, und für einen winzigen Moment war die alte Vertrautheit zwischen ihnen wieder da, denn Sophie wusste, dass sie gerade dasselbe dachten: Der alte Heinz war verrückt nach Kuchen. Vielleicht war Emma auch einfach nur glücklich über Markus’ Lob und deshalb milder gestimmt. Sophie jedoch freute sich wahnsinnig.

„Gehen wir lieber in die Küche“, erklärte Emma, dieses Mal jedoch demonstrativ an Markus gewandt, und ging vor.

Der große Esstisch war zur Feier des Tages mit einer weißen Tischdecke und Margaretes bestem Geschirr gedeckt. Sogar ein kleiner Blumenstrauß stand in der Mitte. Sophie erkannte Wiesenschaumkraut und Butterblumen.

„Die hat Thies selbst gepflückt“, erklärte Sven, der ihrem Blick gefolgt war.

„Das ist wirklich lieb.“ Sophie war gerührt. „Und überhaupt die ganze Mühe.“

„Wi mok dat gern. Und jetzt setzt euch endlich hin“, befahl Heinz. Lachend nahmen alle Platz.

Der frischgebackene Butterkuchen von Emma duftete verführerisch, und Heinz bekam natürlich das erste Stück. Sophie hatte einen Apfelkuchen gebacken, und Margarete stellte eine Schüssel geschlagener Sahne auf den Tisch.

„Greift zu“, rief sie.

„Malen Sie schon lange?", wandte sich Markus nach den ersten Bissen erneut an Emma.

„Ja, schon seit Jahren. Es erfüllt mich und … tut mir gut."

„Dann haben Sie bestimmt schon viele Bilder gemalt."

„Oh ja", mischte sich Sven ein und lächelte Emma stolz an. „Eins ist schöner als das andere. Leider hat sie momentan keine Zeit mehr dafür. Das ist sehr schade."

„Das ist es wirklich", stimmte Markus zu. „Aber es geht bestimmt bald wieder bergauf, dann können Sie wieder durchstarten."

„Ich heiße Emma", sagte sie unvermittelt und lächelte ihn so freundlich an, wie Sophie sie seit einer Ewigkeit nicht gesehen hatte. „Lassen wir doch die Siezerei, das macht hier niemand."

„Mit Vergnügen. Markus."

Sie sprachen noch ein paar Minuten lang über Emmas Malerei, dann wandten sich die Gespräche anderen Themen zu, Horsts Gesundheitszustand, die viele Arbeit auf dem Hof und wie alles weitergehen sollte.

„Ich würde mir gern einmal alles ansehen", bat Markus, nachdem er wie alle anderen viel zu viel Kuchen gegessen hatte.

„Thies, möchtest du Markus mal alles zeigen?", fragte Sven.

„Klar." Der Junge sprang auf. „Hier kann man sich nämlich verlaufen", erklärte er.

„Echt?" Lächelnd stand auch Markus auf.

„Als er drei war, hat er sich mal im Maisfeld verirrt", erzählte Sven.

„Das war bestimmt ein ganz schöner Schreck."

„In der Tat. Seitdem ist ihm so was nie wieder passiert. Ich bin danach alle Wege, Wiesen und Felder mit ihm abgegangen und habe ihm alles erklärt.“

Alle standen auf und folgten Thies und Timmi, der neben ihm hersprang wie ein zweiter Schatten. Sogar Heinz begleitete sie an seinem Stock. Margarete hatte recht, der alte Mann schien nicht besonders gut drauf zu sein, er tat nur ein paar wackelige Schritte und blieb dann stehen. Er war auch ziemlich blass und trug Schatten um die Augen. Er tat Sophie furchtbar leid. Die Sorgen um seinen Sohn und nun um den Hof hatten ihm sehr zugesetzt, und das in seinem Alter.

Thies zerrte Markus an der Hand bereits ungeduldig zum Kuhstall hinüber, während Kati tatkräftig dessen andere Hand ergriff.

„Ich glaube, unser Sohn hat schon das Ruder übernommen.“ Lächelnd sah Sven Emma an und griff nach deren Hand.

„Je eher er damit anfängt, umso besser“, erwiderte sie.

Im Stall erklärte Thies fachmännisch, wie die Milchkühe gefüttert und gemolken wurden. Kati strich einer Kuh über den Kopf.

„Meine Güte, das ist aber viel Arbeit“, rief Markus.

„Oma arbeitet viel, aber ich helfe ihr“, erklärte der Junge.

Lächelnd drehte sich Markus zu Sophie um und schenkte ihr einen liebevollen Blick. Sie errötete vor Glück.

„Hier kommt das Futter hinein“, erklärte Thies und wies auf die breiten Raufen. „Hier können sie trinken, und da hinten sind die Schläuche, mit denen der Stall sauber gemacht wird. Bald holen wir das Heu herein.

Wir haben die Wiesen bereits gemäht, weißt du? Das fressen die Kühe dann im nächsten Winter."

Sophie erkannte, was die anderen meinten, wenn sie behaupteten, dass der Junge der geborene Landwirt sei. Sie erkannte nicht nur Interesse für diese Arbeit bei ihm, sondern regelrechte Begeisterung. Bestimmt könnte er Margarete tatsächlich schon bald bei der Arbeit unterstützen, zumindest ein wenig, soweit es die Schule zuließ.

„Wir haben auch ein paar Hühner", erklärte Sven. „Aber in erster Linie, weil Thies sie so liebt. Er trägt sie sogar mit sich herum."

Thies strahlte und lief zum Freigehege, in dem ungefähr fünf Hennen im Sand herumpickten. Schon kam er mit einem braunen Huhn zurück, das er sanft in den Händen hält.

„Das ist Helga. Meine Hühner haben alle eigene Namen."

„Oh, wie süß", rief Kati begeistert. „Mama, darf ich auch ein Huhn halten?"

„Wenn du möchtest."

„Ich gebe dir Ingeborg. Die ist weiß und total lieb."

Gleich darauf liefen die Kinder zu den Hühnern hinüber und blieben auch dort. Sophie sah ihnen hinterher und schmunzelte, allein schon wegen der Namen.

„Ich mach mal weiter mit der Führung", sagte Sven und grinste. „Thies ist zwar sehr interessiert an allem, aber es fehlt ihm noch an Ausdauer, um bei einem Thema zu bleiben."

„Er ist doch noch nicht mal fünf", warf Emma ein.

Sophie hatte den Eindruck, dass sie langsam auftaute. Sie wirkte nicht mehr so feindselig wie während ihrer ersten Zeit auf dem Hof, lächelte öfter und sagte hin und wieder etwas. Sie konnte sich des Eindrucks nicht erwehren, dass das unter anderem an Markus lag. Sie schien ihn zu mögen. Und Markus schien seine Rolle als Eisbrecher zu gefallen. Er war charmant, lachte viel, stellte kluge Fragen und warf witzige Sprüche ein. Eine Weile beobachtete Sophie ihn, wie er aufmerksam lauschte und sich für alles zu interessieren schien. Doch schließlich drehte er sich zu ihr um und streckte den Arm nach ihr aus. Sie ging zu ihm, und er legte ihr den Arm um die Taille und drückte sie an sich. Sie konnte nicht anders, als glücklich zu strahlen. Seine Nähe strahlte etwas Beruhigendes aus. Wie ein Fels in der Brandung. Zugleich löste sie etwas in ihr aus, ein Kribbeln, das sich von der Stelle, wo seine Hand sie berührte, durch ihren ganzen Körper ausbreitete. Er schien es zu spüren, denn er sah sie an, seine Augen weiteten sich, und seine Lippen öffneten sich ein wenig. Plötzlich fühlte sich Sophie ganz atemlos.

Und sie bemerkte, wie Emma und Sven wissende Blicke tauschten und lächelten.

Sven wies zu den Feldern und Äckern hinüber, auf denen es spross und grünte. „Wir bauen Futtermais an, der nicht nur für unsere eigenen Tiere reicht, sondern den wir zum Teil auch verkaufen können. Und wir haben einige Wiesen, die wir mähen, damit wir Heu für den Winter haben.“

„Nicht zu vergessen mein Gemüsebeet am Haus“, erklärte Margarete.

„Und die viele Arbeit habt ihr bisher allein geschafft?“, staunte Markus.

„Wenn ich so darüber nachdenke, wundert mich das selbst“, gab Margarete zu. „Allerdings haben wir auch tatsächlich fast rund um die Uhr gearbeitet, ohne freien Tag, ohne Urlaub. Jetzt ohne Horst ist das allerdings kaum noch zu schaffen. Wir müssen uns dringend eine Lösung einfallen lassen.“

„Das werden wir auch, aber nicht heute.“ Besänftigend strich Sven seiner Mutter über den Arm. „Heute genießen wir den Tag und machen uns keine Sorgen, hörst du? Und Sophie ist doch bei uns, dadurch ist alles viel leichter geworden.“

„Ja, das stimmt.“ Die Bäuerin schenkte Sophie ein warmes Lächeln. „Ich weiß nicht, wie ich ohne deine Hilfe klarkommen würde.“

Markus sah sie stolz an, und Wärme des Glücks durchströmte Sophie. Endlich wandte sich alles zum Guten.

Kapitel 15

Ungefähr anderthalb Stunden später zog sich Emma zurück, um sich auszuruhen, wie sie behauptete. Auch Heinz war schon gegangen.

Sophie und Markus erhoben sich, und Sophie rief Kati zu sich, die mit Thies, Timmi und Odin herumtollte, denn natürlich wusste Sophie, dass auf die Familie heute noch Arbeit wartete.

„Vielen Dank für den sehr schönen Nachmittag", sagte sie zu Margarete und Sven.

„Es war wirklich sehr nett. Wir sollten das mal wiederholen."

„Sehr gern. Also dann bis morgen." Damit gingen sie. Thies und Timmi begleiteten sie noch bis zum Auto.

Dort angekommen wandte sich Markus an Sophie. „Das Wetter ist so schön. Wollen wir nicht noch etwas an den Strand fahren?"

Kati, die Ohren wie ein Luchs hatte, strahlte. „Oh ja", schrie sie begeistert.

„Darf ich mitkommen?", fragte Thies.

Sophie zögerte. „Falls deine Eltern es erlauben, gern."

„Ich frag sie." Schon flitzte er um das Haus herum zur Terrasse.

Gespannt wartete Sophie. So gern sie Thies mitnehmen würde, war es ihr doch unangenehm, dass er seine Eltern jetzt fragen ging. Auf keinen Fall wollte sie, dass Emma dachte, sie wollte sich mithilfe des Jungen bei ihr einschleimen. Sie war froh, dass Emma heute ein wenig aufgetaut war, und wollte sie keinesfalls überfordern.

Als der Junge zurückkam, konnte Sophie ihm die Antwort schon am Gesicht ablesen. Betrübt ließ er den
Kopf sinken.

„Ich darf nicht", sagte er.

„Das tut mir leid. Beim nächsten Mal klappt es bestimmt, ja? Sei nicht traurig. Wir fahren sicher noch oft
an den Strand."

„Na gut." Damit trottete er von dannen, und selbst
Timmi wirkte bekümmert, als er ihm folgte.

„Schade." Kati sah den beiden hinterher. „Wir hätten
zusammen einen viel größeren Fluss bauen können."

„Beim nächsten Mal", tröstete Sophie auch sie.

Als sie bald darauf den Strand erreichten, war Katis
Kummer vergessen. Sofort lief sie zur Wasserkante, gefolgt von Odin, hockte sich hin und begann mit ihrer
Arbeit.

Sophie und Markus bezogen einen Strandkorb, von
dem aus sie einen guten Blick auf die beiden hatten.
Seufzend ließ sich Sophie in die blau-weiß-gestreiften
Polster sinken.

„So lässt es sich aushalten."

„Ja, oder? Ich komme selten in diesen Genuss, weil ich
sonst dank Odin am Strand immer etliche Kilometer
zurücklegen muss."

„Du Ärmster."

„Ja, lach mich nur aus. Ich trage ein schweres Los."

Sophie strahlte ihn an. Wie er dort in der Sonne saß,
gegen das helle Licht anblinzelte und ein vorgeblich beleidigtes Gesicht zog, sah er so süß aus, dass sie ihn auf
die Wange küsste und sich an ihn schmiegte.

„Ah, da hat jemand ein schlechtes Gewissen." Er legte den Arm um ihre Schulter und zog sie näher an sich. „So ist es recht. Warte nur ab, bis du uns mal begleitet hast. Dann weißt du, wovon ich rede." Er sah sie an, sein Gesichtsausdruck wechselte von gespielt gekränkt zu zärtlich. „Du siehst heute wunderschön aus, weißt du das?"

Die Freude ließ sie erröten. „Danke", flüsterte sie. Sie lehnte ihren Kopf an seine Schulter, genoss seine Nähe und sah für eine Weile ihrer Tochter und dem Hund zu, die eifrig im Sand buddelten. Auch Markus schien seinen Gedanken nachzuhängen.

„Es war nett bei den Jansens", sagte er schließlich. „Margarete hat alles gut im Griff, wie es scheint."

„Das hat sie. Kannst du dir diese schmale Frau auf einem großen Trecker vorstellen? Stundenlang fuhr sie gestern damit über die Wiesen und sammelte das Heu ein; die großen Ballen liegen noch dort, sie muss sie noch hereinholen. Ich kann sie nur bewundern."

„Wie gut, dass du sie unterstützen kannst. Es muss schwer für sie sein, so viel Arbeit zu haben und nebenbei noch die Sorgen um ihren kranken Mann."

Sie nickte. „Es ist nicht einfach für sie. Ihr Schwiegervater, der alte Heinz, wird auch immer klappriger. Heute war er ja ganz gut drauf, aber seit einiger Zeit steht er erst zum zweiten Frühstück auf. Margarete sagte, das gab es seit Jahrzehnten nicht. Wir machen uns große Sorgen um ihn."

„Das klingt alles gar nicht gut. Ich hoffe, dass du dich von all den Problemen nicht zu sehr mitreißen lässt. Du musst gut auf dich und Kati aufpassen, hörst du?" Markus nahm den Arm von ihrer Schulter, krempelte die

Hosenbeine seiner Jeans hoch und hielt seine Füße in die Sonne.

„Keine Sorge. Ich weiß, dass es nur eine vorübergehende Aufgabe und im Grunde deren Problem ist." Sophie zog eine Wasserflasche aus ihrem Rucksack, öffnete sie und trank einen Schluck.

„Dann ist es ja gut. Ich möchte nicht, dass dir noch einmal etwas zustößt wie dein Sturz in Lüneburg."

Sophie sah ihn an. In seinen Augen stand eine so große Zuneigung und Wärme, dass sie auf sie abströmte und sie sich sicher und geborgen fühlte. Sie hob die Hand und strich über seine glattrasierte Wange.

„Keine Angst. Ich bin so froh, dass du hier bist."

Die bernsteinfarbenen Sprenkel in seinen Augen leuchteten auf, und er beugte sich vor und küsste sie. Das Gefühl der Wärme verstärkte sich, Hitze stieg in Sophie auf.

Rasch löste sie sich von ihm und fuhr sich verlegen durchs Haar.

„Sieh dir die beiden an", rief sie. Sie musste sich dringend ablenken, um den plötzlichen Gefühlsaufruhr in ihrem Inneren herunterzukühlen. Das war schwierig, denn Markus zog sie an wie ein Magnet.

Kati hatte bereits einen großen Kanal ausgehoben und den Sand daneben zu einem Damm aufgehäuft. Odin stand neben ihr und sah neugierig zu – ohne gleich darüber hinwegzutrampeln.

„Er hat dazugelernt", stellte Markus fest, bevor er sich wieder Sophie zuwandte und sie prüfend von der Seite betrachtete. Ahnte er, was in ihr vorging? Ging es ihm ebenso? Sie spürte seine Blicke warm auf ihrer Haut wie die Sonnenstrahlen.

„Dein Verhältnis zu Emma hat sich immer noch nicht verbessert, oder?", fragte er schließlich. Wahrscheinlich musste auch er sich mit anderen Themen ablenken. „Ich habe sie beobachtet. Sie war liebevoll zu Sven und Thies, aufmerksam zu Margarete und Heinz, und sogar mir gegenüber war sie sehr freundlich. Aber sobald sie dich ansah ... puh, da konnte man es schon mit der Angst kriegen."

„Dabei war sie heute schon wesentlich zugänglicher. Du hättest sie bis vor Kurzem erleben müssen. Da herrschte eine Kälte wie am Nordpol."

„Herrje. Wenn das deine Freundin war, möchte ich nicht deine Feinde kennenlernen", versuchte Markus die Stimmung aufzuheitern.

Sophie lachte und sah ihn an, und der besorgte Ausdruck in seinen Augen tat ihr unheimlich gut. Sie spürte sein ernsthaftes Interesse an ihr und ihren Sorgen. Das war etwas, was sie an Carsten schon seit vielen Jahren vermisst hatte.

„Hast du Zeit?", fragte sie.

„So viel du willst und brauchst." Mit einer Kopfbewegung wies er zu ihrer Tochter und seinem Hund hinüber. „Die beiden kommen gut für eine Weile ohne uns klar. Kati ist bei Odin in guten Händen, will sagen, Pfoten." Sein Lächeln wärmte Sophies Herz.

Er bedeutete ihr etwas, das war ihr inzwischen vollkommen klar. Und zwar nicht nur als guter Freund, den sie anfangs in ihm gesehen hatte, sondern sie wünschte sich, möglichst viel Zeit mit ihm zu verbringen, bei ihm zu sein, seine Nähe zu spüren. Wenn sie ihm nun die Wahrheit über die Sache mit Emma anvertraute, würde sie auch von ihren Gefühlen zu Sven erzählen müssen. Die waren inzwischen längst vergangen, ausgelöscht durch Markus' Zuneigung, durch die Wärme in seinen Augen, sein offenkundiges Interesse.

Dennoch stieg Angst in ihr auf. Was, wenn es zu viel für ihn wäre? Wenn er ihr nicht glaubte, dass sie nichts mehr für Sven empfand? Wenn er Odin nehmen und verschwinden und sie ihn nie wiedersehen würde? Allein der Gedanke daran riss Fetzen aus ihrem Herz wie scharfe Krallen. Andererseits wusste sie, dass sie ihm alles offenbaren musste, was sie mit sich herumtrug. Gerade seine Ehrlichkeit war es ja, die sie so an ihm bewunderte. Sollte er das mit Sven irgendwann auf andere Weise herausfinden – und die Gefahr dafür war groß, wo er sich doch gut mit Emma zu verstehen schien –, würde er ihr das übel nehmen, das ahnte sie.

Schließlich atmete sie tief durch. „Ich fange von vorne an, damit du mich besser verstehen kannst, in Ordnung?"

Er lehnte sich mit hinter dem Kopf verschränkten Armen im Strandkorb zurück und lächelte sie an.

„Nimm dir die Zeit, die du brauchst. Ich habe es hier sehr gemütlich."

Doch trotz seiner vorgeblichen Gelassenheit spürte Sophie seine Anspannung. Er hatte Angst.

Nervös verknotete sie ihre Hände im Schoß.

„Das mit Carsten weißt du ja schon", begann sie. „Unsere Ehe war in der Krise, das begann schon vor Katis Geburt, ja sogar schon vor der Schwangerschaft. Mit einem Kind, so hoffte ich, würde sich die Situation verbessern, aber leider erfüllte sich dieser Wunsch nicht.

Entweder war er monatelang auf See und Kati und ich bekamen ihn gar nicht zu Gesicht, oder er war zu Hause, aber das war er dann eben auch wieder nicht, denn geistig war er oftmals gar nicht anwesend. Er interessierte sich weder für unsere Kleine noch für mich. Er bemerkte nicht mal, wenn ich beim Friseur gewesen war oder ein neues Kleid trug. Ich hätte auch aus Luft sein können."

Markus nickte verständnisvoll. „So etwas gibt es leider häufiger, als man glauben möchte. Man denkt, der andere gehört zum Inventar und ist einfach da. Dann ist es besser, sich zu trennen, auch wenn es wehtut."

„Es tat gar nicht so sehr weh. Dafür hatte es sich schon zu lange abgezeichnet, dass wir nicht zueinander passen. Etwa zur gleichen Zeit starb Svens Frau Sandra an Krebs. Thies war noch ganz klein. Es war ein Schock für uns alle, und ich vermag mir nicht vorzustellen, wie es in Sven damals ausgesehen haben mochte."

„Das tut mir sehr leid." Bildete sie es sich ein, oder versteifte sich Markus gerade etwas?

„Sven und ich haben uns schon immer gut verstanden", fuhr sie rasch fort, ehe sie der Mut verließ. „Wir waren zusammen zur Schule gegangen und gingen in eine Clique. Als es mit Carsten bröckelte, begann ich Sven mit anderen Augen zu sehen, und als er Witwer wurde, fing ich an, mir Hoffnungen auf ihn zu machen. Wir beide wären allein, sobald die Scheidung von Carsten durch war. Wir beide hatten ein Kind, das wir allein aufziehen mussten. Es war doch eine logische Schlussfolgerung, dass wir uns zusammentaten."

Nun war sie sich sicher, dass Markus angespannt war. „Aber es kam anders", riet er.

Sie nickte. „Emma. Auch wir waren seit der Schulzeit Freundinnen, sehr gute sogar. Dann zog sie nach Berlin. Wir rechneten nicht damit, dass sie je zurückkommen würde. Doch das tat sie. Eines Tages war sie wieder da, und das ausgerechnet zu dem Zeitpunkt, als ich hoffte, dass Svens schlimmster Schmerz vorüber war und ich langsam damit beginnen könnte, mich ihm anzunähern." Es tat weh, Markus diese Worte ins Gesicht zu sagen. Die Anspannung in seinem Gesicht, ja, in seinem ganzen Körper, verursachte ihr Magenschmerzen. Aber es musste sein, sie musste sich ihm offen und ehrlich offenbaren, wenn ihre beginnende Beziehung eine Chance haben wollte.

„Und er verliebte sich in sie statt in dich", vermutete Markus.

„Genau. Meine Freundin wurde zu meiner ärgsten Nebenbuhlerin. Und kurz zuvor hatte ich ihr noch einen Job in dem Kindergarten besorgt, in dem ich selbst arbeitete. Damals hielt ich es für einen Riesenfehler und ärgerte mich über mich selbst", setzte sie erklärend hinzu.

„Das muss bitter gewesen sein."

„Ja, das war es. Sehr sogar. Ich ... ich war damals extrem sauer auf Emma. Und ich tat die Dinge, von denen ich dir ja schon erzählt habe und für die ich mich heute sehr schäme." Sophie atmete tief durch. Sie spürte, dass vor lauter Anspannung und Sorge, wie Markus reagieren würde, ihre Hände zitterten.

Er sah es auch, und rasch griff er danach und hielt sie ganz fest. Dann sah er ihr in die Augen, und Sophie hielt den Atem an.

„Ich bin sehr froh, dass du mir das alles erzählt hast, Sophie“, begann er. „Erinnerst du dich an den Tag in Lüneburg, als du mir von Emma erzählt hast und was du ihr angetan hast?“

Beklommen nickte sie. War es doch noch nicht vorbei? Aber warum lächelte er dann?

„Ich spürte, dass noch mehr dahintersteckte. Dass sie nicht einfach nur sauer auf dich war, weil du herumerzählt hast, sie hätte sich einen frisch verwitweten Mann gekrallt und ins gemachte Nest gesetzt. Und ich ahnte, dass Sven der Grund dafür war. Dass du etwas für ihn empfunden hast. Sophie, warum hast du mir das nicht gleich erzählt?“

„Weil ich ... Ich hab mich nicht getraut. Zwischen uns entwickelte sich etwas, weißt du? Ich wusste noch nicht, was es ist und was daraus werden könnte, aber ich wollte es nicht zerstören. Unsere beginnende Freundschaft erschien mir wie eine gerade gekeimte Pflanze. Und wenn ich meine Gefühle zu Sven ins Spiel gebracht hätte, wäre das womöglich die Schuhsohle, die die Pflanze zertrampelt hätte.“

Ein winziges Lächeln erhellte sein Gesicht und brachte seine Grübchen zum Vorschein.

„Ich muss schon sagen, du hast eine sehr bildhafte Sprache“, lobte er.

Sophie lachte unsicher. „Aber genauso kam es mir an jenem Tag vor, verstehst du? Ich wollte das mit uns, was immer es auch war, nicht gefährden.“

Er sah sie an, las in ihren Augen, drang mit seinem Blick bis in die Tiefen ihrer Seele. Sie hielt ganz still, ließ die Prüfung über sich ergehen wie eine rituelle Zeremonie.

„Ja, ich verstehe dich natürlich“, erklärte er schließlich. „Du kannst mich dafür hassen, Sophie, aber diese eine Frage muss ich dir noch stellen. Sven ... liebst du ihn immer noch?“

„Was? Nein! Das ist vorbei.“

Sie begann zu zittern, und ihr wurde ganz übel. Himmel noch mal, welch gewaltige Gefühle er inzwischen in ihr auslöste. Wenn er sie jetzt bloß nicht falsch verstand.

„Ich war sauer auf Emma, weil sie Sven für sich gewinnen konnte, obwohl ich ihn hatte haben wollen“, begann sie zögernd. „In Lüneburg dachte ich, ihn immer noch zu lieben. Als Kati und ich Urlaub in Cuxhaven machten, traf ich ihn und Emma auf dem Ostermarkt. Und stellte fest, dass meine Gefühle für ihn verschwunden waren.“ Sie verstummte und sah Markus in die Augen, und sie verstand nicht mehr, wie sie jemals für einen anderen Mann etwas hatte empfinden können. „Ich habe keine Ahnung, wie das so schnell geschehen konnte, doch die Gefühle für Sven versickerten wie Wasser im Boden. Sie sind weg, da ist nichts mehr.“ Atemlos sah sie ihn an. Würde er ihr glauben?

„Ich kann dir gar nicht sagen, wie froh ich bin, das zu hören. Und wenn ich dich so ansehe, du bebendes Häufchen Elend“, wieder lächelte er zärtlich, „dann weiß ich, dass du alles richtig machen wolltest, aber selber weißt, dass es der falsche Weg war, oder?“

Sie nickte und spürte, dass ihr Tränen in die Augen traten. Vergeblich versuchte sie, sie wegzublinzeln.

„Ich weiß, dass dir Ehrlichkeit über alles geht“, flüsterte sie. „Deshalb hab ich es dir ja jetzt auch erzählt. Ich möchte keine Geheimnisse vor dir haben.“

„Und dafür danke ich dir. Weißt du, ich habe lernen müssen, dass Lügen und Geheimnisse eine Ehe zerstören können. Ich möchte so etwas nicht noch einmal durchmachen, und deshalb ist mir absolute Offenheit von Anfang an so wichtig. Ich muss meinem Partner zu hundert Prozent vertrauen können und all seine dunklen Seiten kennen, um entscheiden zu können, ob ich damit leben kann. Verstehst du das?"

„Natürlich." Die Tränen strömten über ihre Wangen. Sie hob die Hand, um sie fortzuwischen, aber Markus war schneller. Sanft fuhren seine Finger über ihre Haut.

„He, das ist doch kein Grund, um zu weinen. Wie ich schon sagte, bin ich sehr froh darüber, dass du es mir erzählt hast, weil ich wusste, dass da noch etwas zwischen uns war. Das Geheimnis um Sven hätte unser Verhältnis immer belastet. Jetzt komm erst mal her. Ich ertrage es nicht, dich in Tränen aufgelöst zu sehen. Sonst muss ich womöglich noch mitweinen, und das hier mitten am Strand an einem sonnigen Tag."

Sie konnte schon wieder lachen, als er sie in seine Arme zog und an sich drückte. Ihre Hand lag auf seiner breiten Brust, und durch den dünnen Stoff seines T-Shirts hindurch spürte sie seinen regelmäßigen Herzschlag, kräftig und gleichmäßig. Es kam ihr vor, als hätte sie ihren sicheren Hafen gefunden, der sie barg und beschützte.

„Ich bin froh, dass wir alles geklärt haben", sagte er in ihr Haar hinein. „Es war wie ein Gewitter, das die Luft gereinigt hat. Jetzt gibt es keine Geheimnisse mehr zwischen uns, nichts, was unsere Beziehung trüben könnte." Er hob den Kopf und sah sie an. „Oder ist da noch etwas?", fragte er scherzhaft und lachte. „Du hast doch niemanden umgebracht, oder?"

Betroffen erstarrte sie, und sofort entstanden die so mühsam verdrängten Bilder von Kati in Otterndorf vor ihren Augen. Das durfte er nicht erfahren, nein, auf keinen Fall! Fieberhaft versuchte sie, an etwas anderes zu denken, etwas Schönes. Kati und Odin am Strand, fröhlich und ausgelassen. Es funktionierte, der Schrecken verblasste, und sie konnte wieder leichter atmen.

„Was? Nein! Was du so von mir denkst." Sophie lachte die letzten Tränen weg. „Es sei denn, du hast etwas vor mir zu verbergen. Wir haben nur von mir gesprochen. Und du, was ist mit dir? Welche dunklen Geheimnisse liegen hinter dir?"

„Nur meine gescheiterte Ehe. Claudia kam mit unseren ständigen Trennungen nicht klar, wenn ich monatelang auf See war, das weißt du ja schon."

Sophie nickte. „Tut mir leid, das sagen zu müssen, aber sie hat mein volles Verständnis. Carsten fuhr ebenfalls zur See. Ich weiß, wie schwer es ist, damit zurechtzukommen."

„Deshalb gab ich den Job auf, aber es war zu spät, unsere Ehe war bereits am Ende." Er seufzte. „Nicht zuletzt deshalb, weil Claudia begonnen hatte, mir hinterherzuspionieren."

„Was?"

„Sie rief Kollegen an, mit denen ich auf dem Schiff war, und fragte sie aus, was ich so mache oder ob ich jemanden treffe. Natürlich alles ganz diskret, um die Ecke herum. Zu Beginn fand ich das noch süß, dachte, sie hängt eben so an mir. Doch dann wurde es zunehmend lästig. Meine Freunde und Kollegen begannen, mich damit auf den Arm zu nehmen. Immer häufiger kam es zum Streit mit Claudia. Ich bin mir nicht einmal mehr sicher, ob es wirklich mein Beruf war, der unsere Ehe zerstört hat, oder nicht vielmehr ihr Misstrauen und ihre Eifersucht. Sie hatte niemals einen Grund dazu, an mir zu zweifeln. Einmal war da tatsächlich ein Mädchen, eine Küchenhilfe. Sie himmelte mich an und versuchte, mich anzumachen. Ich wies sie ab. Wenn ich liebe, bin ich absolut treu. Inzwischen weißt du ja, dass es kaum etwas gibt, was mir wichtiger ist als Ehrlichkeit", setzte er hinzu. Er lächelte, und von der Zärtlichkeit in seinem Blick wurde ihr ganz schwindelig. „Deshalb danke ich dir für deine Offenheit, Sophie. Ich kann mir vorstellen, dass es nicht leicht für dich war, darüber zu sprechen."

Sie war so erleichtert, dass der Himmel auf einmal viel klarer erschien, der Sand goldener und das Glitzern der Sonnenstrahlen auf den Wellen noch einladender. Und sie war so glücklich darüber, sich ein Herz gefasst und Markus alles anvertraut zu haben, dass sie spürte, wie sie ihn anstrahlte.

„Nein, das war es nicht. Dafür schäme ich mich zu sehr. Aber ich bin froh, dass du jetzt Bescheid weißt und trotzdem noch hier sitzt."

„Du warst ehrlich zu mir. Das allein zählt. Und mir scheint, dass du auch bei Emma auf einem guten Weg bist. Immerhin hat sie schon ein paar Worte mit dir gewechselt."

„Das lag nur an dir und deinem Charme."

„Ach so, ich dachte, es lag an meinem Kunstverständnis." Er warf sich stolz in die Brust. „Ich verfüge nämlich über ein gewaltiges Kunstverständnis, weißt du?"

Sie lachte und boxte ihn spielerisch. „Zumindest weiß ich jetzt, dass du über eine gewaltige Arroganz verfügst, du Schnösel."

„Wie hast du mich genannt?"

„Schnösel."

Da schossen seine Arme vor, er zog sie an sich, und plötzlich war sein Gesicht ganz nah an ihrem. Sie spürte seinen warmen Atem, roch seinen Duft, versank in der Tiefe seiner Augen. Ohne ihr Zutun hob sie die Hand und vergrub sie in seinem sonnenwarmen Haar, und er begann, sie zu küssen. Die Welt um sie herum blendete sich aus, es gab nur noch Markus, und ...

Odin bellte, und erschrocken riss sie die Augen auf. Wenige Meter von ihr entfernt stand der Golden Retriever schwanzwedelnd neben Kati, die ihr nun wie wild zuwinkte.

„Mama und Markus, kommt schnell her. Die Ebbe kommt. Ihr müsst unbedingt meinen Kanal sehen, bevor das Wasser weg ist."

Markus sprang auf und lachte. „Hörst du? Die Pflicht ruft. Wir müssen zu einer Ortsbesichtigung." Er hielt ihr seine Hand hin.

Als Sophie danach griff, ebenfalls aufstand und neben ihm her durch den warmen Sand ging, sah sie zur Seite, zu ihm. Der Wind zauste sein Haar wie eine zärtliche Hand, die Sonne ließ seine Augen strahlen, als er ihren Blick erwiderte. Oder das Glück? Unter seinem dünnen Shirt zeichneten sich seine Muskeln ab, als der Seewind es an seinen Körper presste.

Abgelenkt durch seinen Anblick, der sie in Unruhe versetzte, geriet sie im weichen Sand etwas ins Stolpern und rempelte ihn leicht an, und die anziehenden

Lachfältchen erschienen um seine Augen, als er sie angrinste. Er griff fester zu, um sie zu stützen, und legte dann seinen Arm um ihre Taille. Seine Berührung versetzte Sophie in Spannung, als würde ein elektrischer Strom zwischen ihnen fließen. Und auch er schien es zu spüren, denn sein Blick verweilte ein wenig zu lang auf ihr.

Dann erreichten sie Kati, und aufgeregt wies die Kleine auf ihre Kanäle und Dämme, umkreist von Odin, der dieses Mal sehr bemüht schien, nichts zu zertrampeln, und seine Pfoten besonders hoch hob.

„Das hast du toll gemacht", lobte Sophie und beobachtete, wie eine Welle in den Kanal hineinfloss und ihn flutete. Sie hockte sich hin und vertiefte ihn etwas. „So, jetzt kann das Wasser noch leichter hineinfließen, siehst du? Die Flut geht nämlich langsam zurück."

Kati lächelte breit und nickte. „Toll!"

„Es ist großartig geworden", sagte Markus. „Wenn ich mal einen Kanal im Garten brauche, sage ich dir Bescheid, Kati, ja?"

Als hätte der Hund ihn verstanden, gab er ein kurzes Bellen von sich, während Kati glücklich strahlte.

„Wie sieht's mit einem kleinen Spaziergang aus?", erkundigte sich Markus anschließend und wies auf die zurückweichenden Wellen. „Wir könnten das Meer vor uns her scheuchen, was hältst du davon, Kati? Odin liebt es jedes Mal."

„Oh ja", jubelte sie und rannte los, gefolgt von Odin.

Sophie und Markus folgten ihnen am Spülsaum entlang, und hin und wieder hob Markus die Hände und tat so, als würde er die Flut verscheuchen wollen.

Kati beobachtete ihn und kicherte. „Was du alles kannst.“

Tatsächlich wich die Flut Stück für Stück vor ihnen zurück, während Odin ins flache Wasser hineinlief, dass es aufspritzte, und wieder zurückkam.

Kati lachte fröhlich. „Jetzt ist er doch wieder das Sandmonster“, stellte sie fest.

„Wann immer du willst. Das liebt er.“ Grinsend strich Markus Kati übers Haar, ehe er sich Sophie zuwandte.

In diesem Moment wünschte sie sich, die Zeit anhalten zu können. Der Ausdruck in seinen Augen war so wunderbar, fröhlich und liebevoll, dass sie ihn am liebsten für alle Zeit festgehalten hätte. Kati war glücklich, wie sie es sich an den düsteren Tagen in Lüneburg nur wünschen konnte, und auch ihr selbst ging es so gut wie lange nicht.

Als sie wenig später in ein Schlickloch trat und bis zu den Waden darin versank, griff sie unwillkürlich nach Markus’ Hand. Mit seiner Hilfe und unter lautem Gelächter gelang es ihnen, sie daraus zu befreien. Kati wies mit dem Finger auf ihre schwarzen Beine und lachte sich kaputt.

„Wie du aussiehst, Mama! Du bist ja so schmutzig wie Odin.“

„Willst du auch so schmutzig werden?“ Gespielt drohend sah sie ihre Tochter an und ging langsam auf sie zu.

„Nein!“, kreischte Kati und lief weg.

Da sahen sich Sophie und Markus an und rannten lachend hinter ihr her. Hoch spritzten Wasser und Watt, bekleckerten ihre Beine, ihre Bäuche, sogar ihre Gesichter. Odin bellte und sprang um sie herum, und es schien, als würde er sie auslachen.

Sophie packte eine Handvoll Modder und warf sie nach Markus. Volltreffer! Er klatschte auf seine Brust, fiel herab und hinterließ einen dunklen Fleck.

„Na, warte", drohte er, bückte sich und hob ebenfalls eine große Handvoll Wattboden hoch. Kati beobachtete ihn mit aufgerissenen Augen und konnte sich vor Lachen nicht mehr einkriegen.

„Mama, pass auf!", kreischte sie und rannte weg.

Auch Sophie schrie und lief los, doch der Matsch traf sie mit lautem *Platsch* im Rücken.

Sie tobten herum, bis kaum noch ein Fleckchen Haut oder Haar sauber war. Schließlich fanden sie eine größere Wasserlache im Watt, in der sie den schlimmsten Dreck von ihren Beinen und Armen spülen konnten. Kati wirkte wie das Glück auf zwei Beinen.

Atemlos vor Freude wandte sich Sophie Markus zu und wischte behutsam angetrockneten Meeresboden von seinen Wangen und seiner Stirn. Wie warm seine Haut war, wie tief sein Blick. Es kam ihr vor, als würde seine Haut Signale aussenden, die von ihrem Körper aufgefangen und in Wärme verwandelt wurden. In Zufriedenheit.

In Glück.

Kapitel 16

Als Markus sie abends nach Hause brachte, war Kati auf dem Rücksitz bereits eingeschlafen. Sophie und Markus stiegen aus, und er legte die Arme um sie. Die Sommerluft war lau, die tief stehende Sonne warf ihr warmes Licht auf Markus' Gesicht.

„Das war ein wunderschöner Tag", sagte er leise und strich ihr eine immer noch schlammige Haarsträhne hinters Ohr.

„Das finde ich auch. Wir sollten das unbedingt wiederholen."

„Ja?" Wie kehlig seine Stimme mit einem Mal klang, wie lockend und erregend.

„Ja", erwiderte sie bebend.

Der Kuss begann leicht wie die Berührung eines Schmetterlings. Sophie spürte Markus' Atem auf ihren Lippen, seine Hände auf ihrer Taille und ihrer Wange und schließlich seine Lippen auf ihrem Mund. Rasch loderte die lang unterdrückte, schwelende Glut auf, als sich ihre Zungenspitzen trafen und sein Griff um ihre Mitte fester wurde. Er zog sie an sich, sie spürte seinen harten Körper und die schon so lang vermisste Sehnsucht in ihrem Inneren.

Wie lange standen sie da, küssten sich und vergaßen die Welt um sich herum? Zehn Minuten? Eine Viertelstunde oder länger? Sie hätte es hinterher nicht mehr sagen können, weil sie sich wie in einem Strudel vorgekommen war, in dem die Zeit und die Umwelt keine Bedeutung mehr hatten. Es hatte nur noch Markus gegeben, seine Nähe, seine Wärme, seine Hände und seinen Kuss. Zum Glück schlief Kati im Auto selig weiter, und so hatten sie Zeit, ihren Abschied hinauszuzögern.

Schließlich löste sich Markus fast widerwillig von ihr, strich sacht mit der Hand über ihr Haar und sah sie an.

„Ich kann es nicht erwarten, dich wiederzusehen", sagte er leise. Seine Stimme hatte sich verändert, klang rau und gurrend.

„Ich auch nicht." Sophie stellte fest, dass sie ganz außer Atem war.

„Beim nächsten Mal vielleicht mal ohne Grundreinigungsbedarf hinterher?", hakte er nach, während sich seine Lippen zu einem Lächeln verzogen.

Sie schüttelte glücklich den Kopf. „Das kann ich nicht versprechen."

Nun lachte er, und der Klang jagte Sophie einen Schauder des Entzückens über den Rücken. „Dafür werden vermutlich schon Kati und Odin sorgen."

Sie stimmte in das Lachen mit ein und spürte beglückt, wie Markus sie noch einmal an sich zog. Kräftig und sanft zugleich strichen seine Finger über ihren Rücken, und sie schloss genießend die Augen.

Doch schließlich löste sie sich von ihm. „Es wird Zeit", sagte sie bedauernd. „Ich muss Kati wecken und reinbringen."

Doch das Mädchen schlief so fest, dass sie es kaum übers Herz brachte, es zu wecken. Ehe sie ihre Schulter berührte, hielt Markus sie zurück.

„Warte, mach das nicht. Ich trage sie rein. Vielleicht schläft sie weiter."

Vorsichtig hob Markus sie aus dem Auto, nahm sie auf den Arm, zog an der Haustür seine Schuhe aus und trug die Kleine die Treppe hoch. Wie behutsam er war, und was für ein schönes Bild die beiden doch ergaben. Lächelnd folgte Sophie ihnen. Kati erwachte trotz seiner Vorsicht und rieb sich verschlafen die Augen. In der Tür übergab er sie sanft an Sophie, die sie entgegennahm.

„Danke.“

„Gern geschehen.“

„Auch für den schönen Tag.“

Markus lächelte. „Jederzeit wieder. Ich ruf dich an, ja?“

„Okay. Ich freu mich.“

Rückwärtsgehend und ohne sie aus den Augen zu lassen ging er zur Treppe und warf ihr noch eine Kusshand zu, bevor er die Stufen hinunterstieg.

Sophie sah ihm aus dem Fenster hinterher, bis seine Rücklichter in der Dämmerung verschwanden. Dann wandte sie sich Kati zu, die auf dem Bett saß und der die Augen bereits wieder zufielen.

„Komm, Süße, es hilft alles nichts, wir müssen noch schnell duschen, sonst sauen wir das ganze Bett ein. Du kannst gleich weiterschlafen, in Ordnung?“

Rasch zog sie ihr das Kleid aus und streifte die Sandalen von den Füßen. Dann stellte sie Kati und sich selbst unter die Dusche und wusch den Sand ab. Anschließend rubbelte sie ihr Haar trocken, legte vorsichtshalber ein Handtuch auf das Kopfkissen und legte ihre Kleine ins Bett. Kati schlief, sobald ihr Kopf das Kissen berührte.

Zum Schluss holte Sophie so leise wie möglich einen Wischmopp und beseitigte die letzten Spuren des Strands auf dem Fußboden und der Treppe. Als alles wieder sauber war, legte auch sie sich schlafen. Doch trotz der späten Stunde und des wartenden Weckers dauerte es lange, ehe sie einschlafen konnte. Immer wieder sah sie ein Paar braune Augen vor sich, deren bernsteinfarbene Einsprengsel im Licht der Sonne warm schimmerten.

***

Am nächsten Tag spülte sie wie jeden Morgen mit Katis Hilfe das Geschirr des zweiten Frühstücks. Das Mädchen ließ es sich nicht nehmen, ihr zu helfen, und polierte gerade eine Tasse sorgfältig mit dem Geschirrtuch. Lächelnd beobachtete Sophie ihre Kleine, die sich ganz auf ihre Arbeit konzentrierte und ihre Unterlippe zwischen die Zähne gezogen hatte.

Sophie wandte den Blick von Kati zum Fenster, als sie sich streitende Stimmen hörte.

„Ich kann Thies heute nicht zu Benni fahren", rief Sven aufgebracht. „Ich hab Spätschicht, das weißt du doch. Und meine Mutter hat genug zu tun. Sie arbeitet fast rund um die Uhr. Mehr können wir wirklich nicht von ihr verlangen."

„Das sagt doch auch keiner. Aber Thies freut sich schon so auf Bennis Geburtstagsfeier."

„Das tut mir ja auch leid. Aber es geht eben nicht, verstehst du das nicht? Ich kann mich ja schlecht zerteilen. Zudem hab ich gerade wirklich andere Dinge im Kopf als den Fahrdienst."

„Das weiß ich doch. Ich würde ihn ja selbst fahren, aber bei uns sind gerade zwei Kolleginnen ausgefallen, ich kann nicht. Deshalb kann Martina meiner Bitte, nur noch halbtags zu arbeiten, ja jetzt auch noch nicht nachkommen. Nach den Sommerferien geht es klar, meint sie. Dann muss ich nur noch vormittags arbeiten. Und wenn Margarete nur heute das eine Mal ...?"

„Vergiss es, Emma. Auf keinen Fall. Meine Mutter geht schon auf dem Zahnfleisch. Ich riskiere nicht für einen Kindergeburtstag, dass sie vollends zusammenbricht. Wenn du unbedingt willst, dass Thies zu der Feier geht, musst du eben Sophie fragen, ob sie ihn fährt."

„Das mache ich ganz bestimmt nicht", antwortete Emma und schien sehr erbost. „Das Thema hatten wir doch schon. Sie arbeitet hier, okay, darauf habe ich mich eingelassen, es geht ja nun einmal nicht anders. Aber ich lasse Thies bestimmt nicht mit ihr im Auto fahren. Hast du vergessen, dass sie nicht mal auf ihre eigene Tochter aufpassen konnte?"

Sophie zuckte zusammen und ließ ihre Hände mit dem Handtuch sinken. Diese Sache würde Emma ihr wohl nie verzeihen. Rasch wandte sie sich an Kati.

„Mäuschen, du hast mir toll geholfen. Magst du eben nachsehen, ob du alles in deinen Rucksack gepackt hast, was du brauchst?"

Kati nickte, legte das Handtuch auf die Spüle und rannte in den Flur, wo sie außer Hörweite war. Sofort konzentrierte sich Sophie wieder auf das Streitgespräch.

„Natürlich nicht“, entgegnete Sven heftig. „Aber das ist lange her, und sie hat sich verändert. Ich habe sie beobachtet, sie ist eine sehr fürsorgliche und liebevolle Mutter.“

„Ach, jetzt beobachtest du sie schon! Wohin soll das noch führen, Sven? Merkst du nicht, dass wir schon wieder ihretwegen streiten?“

„Jetzt werd mal nicht ungerecht. Sie ist nicht hier und macht gerade Ärger, oder? Ganz im Gegenteil, sie erledigt drinnen die Arbeit unserer Familie, Arbeit, die wir ohne sie nicht bewältigen könnten. Sie hilft und unterstützt uns. Und sie kann nichts dafür, dass du so unversöhnlich bist.“

Vorsichtig trat Sophie näher ans Fenster heran, um besser hören zu können. Ein Streit zwischen den beiden hatte ihr gerade noch gefehlt. Gerade jetzt, wo Emma zumindest gestern ein klein wenig aufgetaut war.

„Ich und unversöhnlich?“, schimpfte Emma. „Ich habe zugestimmt, dass sie hierherkommt, zu uns auf den Hof, und hier jeden Tag arbeitet. Obwohl ich genau weiß, dass sie in dich verliebt war, Sven. Wer weiß, vielleicht ist genau das ihr Plan? Sie bietet uns ihre Hilfe an in dem Wissen, dass wir verzweifelt sind und uns gar nichts anderes übrig bleibt, als sie anzunehmen. Doch in Wahrheit brütet sie bereits über einer Idee, wie sie sich an dich heranmachen kann.“

Erneut fuhr Sophie zusammen. Emma dachte in eine völlig falsche Richtung. Noch vor einem Jahr hätte sie richtig gelegen, doch seitdem war viel passiert. Alles hatte sich geändert. Ihr lag nichts mehr an Sven. Doch

Emma schien immer noch davon auszugehen. Sie würde mit ihr reden müssen, unbedingt und so schnell wie möglich.

„Das ist doch Unsinn, und das weißt du auch. Sie ist hier, um uns zu helfen. Meine Mutter hat sich sehr lobend über Sophie geäußert. Sie ist fleißig und macht alles, was sie ihr aufträgt. Im Übrigen ist es schon sehr lange her, sie hat sich diese Idee mit mir längst aus dem Kopf geschlagen.“

„Und da bist du natürlich vollkommen sicher, was?“

„Ja. Sie hat nie irgendwelche Andeutungen gemacht, seit sie hier ist.“

„Na, dann ist doch alles wunderbar, oder?“

„Sag ich doch.“

„Bis auf das Problem, dass wir immer noch nicht wissen, wie Thies zu Bennis Feier kommen soll.“

Durchs Fenster beobachtete Sophie, wie Sven frustriert die Schultern hob.

„Ich sage es dir gern auch noch einmal, Emma. Frag Sophie. Sie macht das bestimmt gern.“

„Ja, klar. Und während der Fahrt bekommt sie ein ganz wichtiges Telefonat, und zack, Unfall! Nee, auf keinen Fall.“

„Dann erkläre du Thies, dass er nicht zur Feier gehen kann. Du kannst dir sicher vorstellen, wie enttäuscht er sein wird.“

„Er muss sich eben daran gewöhnen, dass man nicht immer jeden Wunsch erfüllt bekommt.“

„Das sagt die Richtige.“ Plötzlich änderte sich Svens Stimme, und auch seine Mimik wurde ganz weich. „Du bist doch die, die unserem Sohn jeden Wunsch von den

Augen abliest, Emma. Gerade dafür liebe ich dich ja so.“ Behutsam strich er ihr eine Haarsträhne hinters Ohr.

Sophie zog sich vom Fenster zurück, weil sie das Gefühl hatte, eine intime Szene zu stören.

„Ich denk drüber nach“, gab Emma zurück, und Sven beugte sich vor und küsste sie.

Sophie warf einen letzten Blick durch die Gardine, ging zum Waschbecken zurück und fuhr mit dem Abwasch fort. Sie wartete, doch Emma erschien nicht, um sie wegen der Fahrt zu fragen. Wie es schien, hatte sich der Vorfall damals in Otterndorf hartnäckig genug in Emmas Gedächtnis gebrannt, um für alle Ewigkeiten dortzubleiben.

Kati kehrte zurück. „Ich hab alles eingepackt, Mama“, erklärte sie.

„Super, Mäuschen. Dann können wir ja gleich losfahren.“

Kurz darauf fuhr Emma mit Thies zur Arbeit, und Sophie brachte Kati denselben Weg dorthin. Anschließend fuhr Sophie zum Einkaufen und machte sich daran, Kartoffeln und Spargel fürs Mittagessen zu schälen. Sie hatte das Radio eingeschaltet und sang bei bekannten Songs leise mit, und sie dachte über ihr Leben in Lüneburg nach, das erst wenige Wochen her war, ihr aber mit einem Mal schon unendlich weit entfernt erschien.

Dort säße sie jetzt im Kindergarten und arbeitete mit den Kleinen, während sie sich Sorgen um Kati machte. Sie wären mehr oder weniger allein, doch sie hätten mehr Ruhe, als sie brauchen könnten.

Hier war sie Teil einer Familie, bewohnte mit ihrer Tochter eine kleine Wohnung und arbeitete ein paar

Stunden täglich als Hauswirtschafterin. Viele würden behaupten, das wäre ein unglaublicher Rückschritt, und sie hätten recht damit.

Doch während sie die Kartoffeln in einen großen Topf warf, stellte Sophie fest, wie glücklich sie war. Sie wusste, dass sie sich um Kati keine Sorgen mehr machen musste, denn seit sie zurückgekehrt waren und Kati wieder bei ihr lebte, strahlte ihre Kleine vor Glück. Und auch sie selbst stellte fest, dass sie von Tag zu Tag entspannter wurde.

Wenn sie morgens aufstand und als erstes einen Blick nach draußen warf, auf das verschlafene Dorf Coppum und die Wiesen dahinter, spürte sie Zufriedenheit und Ruhe. Hier war sie verwurzelt, hier gehörte sie her.

Ihr nächster Gedanke galt Markus, und ein Lächeln glitt über ihr Gesicht. Wie sonderbar das Leben doch war. Da hatte sie sich so lange gewünscht, in Svens Nähe sein zu können und auf eine Möglichkeit zu warten, doch noch an ihn heranzukommen. Und nun, wo sie hier war und ihn fast täglich sah, interessierte er sie nicht mehr. Stattdessen träumte sie von einem Paar brauner Augen und einem triefenden Hund mit sandiger Schnauze.

Als das Mittagessen fertig war und sie die Kartoffeln abgoss, kam Emma in die Küche.

Sophie konzentrierte sich auf die dampfenden Kartoffeln und füllte sie in eine Schüssel, um Emma nicht ansehen zu müssen. Immer noch klang ihr das Gespräch in den Ohren, dessen Zeugin sie unfreiwillig geworden war.

Ungefragt holte Emma Teller aus dem Schrank und deckte den Tisch.

„Das riecht ja total gut", sagte sie.

Erstaunt sah Sophie sie an. Ein Kompliment von Emma!

„Danke. Ich hoffe, es schmeckt auch so." Es gab Spargel mit Kartoffeln und Sauce Hollandaise, dazu Schnitzel.

Emma kramte auf der Suche nach Besteck in der Schublade. „Du musst mir verraten, wie du die Soße gemacht hast. Um ehrlich zu sein, nehme ich immer die zum Anrühren aus dem Beutel." Sie warf Sophie tatsächlich ein Lächeln zu. „Weißt du, so eine, wo man nur Butter hinzufügen muss. Für eine richtige Hollandaise bin ich irgendwie zu blöd."

Es fühlte sich an wie damals, als sie und Emma noch gute Freundinnen gewesen waren. Sophie beschloss, die Gelegenheit beim Schopf zu packen. Vielleicht war dies ja Emmas Friedensangebot für sie? An ihr sollte es nicht scheitern. Sie rückte etwas näher an Emma heran.

„Soll ich dir ein Geheimnis verraten?", flüsterte sie und rührte die Soße noch mal um, ehe sie sie in eine Schüssel goss. „Das hier ist exakt das, was du gerade beschrieben hast. Nie im Leben könnte ich es mit Margaretes Kochkünsten aufnehmen. Es gibt eine Handvoll Rezepte, die ich ganz gut hinbekomme. Bei allen anderen Mahlzeiten muss ich schummeln."

Emma grinste. „Von mir erfährt niemand ein Wort, versprochen. Ich bin ja beruhigt, dass ich nicht der einzige Dussel beim Kochen bin."

Sie sahen sich an und kicherten, und es war wie damals, zu ihren besten Zeiten.

Doch das schien auch Emma aufzufallen. Ihr Lächeln verging, als sie sich wohl daran erinnerte, dass sie ja eigentlich immer noch sauer war, und stumm legte sie das Besteck neben die Teller und stellte Gläser dazu.

„Sophie, ich habe eine Frage", begann sie und sah zur Tür. „Ich möchte das gern mit dir besprechen, bevor die anderen kommen."

„Klar", sagte Sophie betont cool, obwohl ihr vor Nervosität ganz schwindelig wurde. „Schieß los."

„Es geht um Thies. Heute Nachmittag ist er zur Geburtstagsfeier seines Freundes Benni eingeladen, der wohnt in Otterndorf. Bisher hat Margarete ihn immer gefahren, wenn er irgendwo hinmusste, das weißt du ja. Aber sie ... wir machen uns Sorgen um sie, verstehst du? Du weißt ja selbst, wie viel Arbeit sie hat, und sie wird nicht jünger. Wir mögen sie nicht mehr darum bitten. Nachmittags soll sie sich lieber für eine Stunde hinlegen und ausruhen."

„Ja, unbedingt."

Emma sah sie nicht an, sondern arrangierte die Schüsseln auf dem Tisch, obwohl alles bereits ordentlich war.

„Sven und ich müssen heute Nachmittag beide arbeiten, wir können Thies also nicht nach Otterndorf fahren."

Sophie wartete, sie konnte sich denken, was jetzt kam, und erneut stieg Aufregung in ihr hoch. Würde diese Bitte bedeuten, dass sich ihr Verhältnis endlich wieder normalisierte, dass ihre ehemalige Freundin ihr wieder zu vertrauen begann? Sie beobachtete, wie Emma mit sich rang.

Nun sah Emma doch auf. „Sophie, es fällt mir schwer, dich darum zu bitten. Du weißt, dass ich nicht vergessen habe, was zwischen uns passiert ist, und besonders, was mit Kati geschah. Aber ich weiß auch, dass es dir leidtut. Also, äh ... um Thies einen Gefallen zu tun: Könntest du ihn vielleicht nachher zu Benni fahren? Er wäre furchtbar traurig, wenn er nicht hingehen könnte."

„Klar kann ich das machen." Glück durchströmte Sophie wie warmer Honig. „Sehr gern sogar. Ich kann doch nicht zulassen, dass er eine tolle Feier verpasst."

„Wirklich? Ach, das wäre echt lieb von dir."

„Kein Problem."

„Danke."

Vielleicht hatte ihre Freundschaft ja doch noch eine Chance, sich wieder zu erholen, so wie eine ramponierte Blüte nach einem heftigen Regenguss.

Wenig später stellte Sophie die Schüsseln mit Essen, die sie jeden Mittag mitnahm, in ihren Kofferraum, als Sven zu ihr trat.

„Echt nett, dass du den Lütten hinfährst."

„Mach ich gern."

Gutgelaunt holte sie Kati ab, fuhr mit ihr nach Hause, deckte zusammen mit Birte den Tisch und nahm gemeinsam mit ihr, Melissa und Kati die Mahlzeit ein.

Am Nachmittag fuhr Sophie zu den Jansens. Kati spielte mit Melissa, Anna-Lena und einer weiteren Freundin, die zu Besuch gekommen waren, im Garten und war gut abgelenkt. Als Sophie Thies im Wagen anschnallte, hätte sie vor Erleichterung und Freude am liebsten geweint. Emma vertraute ihr ihren Sohn an. Das war ein sehr gutes Zeichen. Der kleine Junge mit den blonden, immer leicht verwuschelten Haaren sah sie vertrauensvoll an.

„Das ist aber ein großes Geschenk, das du deinem Freund mitbringst“, sagte sie. Thies hatte es neben sich auf den Rücksitz gelegt, doch sobald er angeschnallt war, nahm er es auf den Schoß.

„Das ist ein Lego-Bagger“, erklärte er. „Den muss Benni erst noch zusammenbauen. Aber der kann richtig im Sand buddeln.“

„Toll.“

Thies nickte ernsthaft. „Ich hab Benni gefragt, ob Kati mitkommen darf. Aber er meinte, da wären nur Jungs auf seiner Feier und es wäre blöd, wenn ein Mädchen dabei ist. Er will mit Kränen und Baggern und Lastern spielen, weißt du? Und er sagte, so was ist nichts für Mädchen. Das ist doch doof, oder? Oma fährt auch mit dem Trecker, ganz allein sogar.“

„Das stimmt. Benni liegt falsch, das kannst du ihm ruhig sagen. Er soll gar nicht erst lernen, dass Mädchen manche Dinge nicht können. Sie können dasselbe machen wie Jungs, und umgekehrt gilt das genauso. Und um Kati mach dir keine Sorgen. Sie freut sich, dass sie heute den ganzen Nachmittag mit Melissa und Anna-Lena spielen kann.“

Sophie lächelte Thies an, strich ihm übers Haar, das wie das seines Vaters aussah, und stieg ein.

Während der Fahrt plapperte Thies fröhlich mit ihr, doch Sophie konzentrierte sich noch mehr als sonst auf den Verkehr. Sie wusste, welch große Überwindung es Emma gekostet hatte, sie um diesen Gefallen zu bitten. Auf keinen Fall durfte irgendetwas geschehen. Doch die Fahrt verlief ohne Zwischenfälle, und sie lieferte Thies wohlbehalten bei Benni ab.

Einige Stunden später holte sie ihn ab, und als sie wieder auf dem Hof der Jansens war, bemerkte sie Margaretes wohlwollende Blicke.

Ein großes Glücksgefühl überlief Sophie wie ein warmer Schauer. Und dieses Gefühl verstärkte sich am Abend, als Kati in ihrem Zimmer schlief und Sophie Markus anrief.

„Gehts dir auch wie mir?", fragte er.

Sie lachte. „Was meinst du? Vielleicht kann ich die Frage beantworten, wenn ich das weiß."

„Ich muss die ganze Zeit an dich denken."

Sophies Herz hüpfte vor Glück. Sie sah ihn vor sich, wie er mit seinem Telefon in der Hand dastand und diese Worte sprach.

„Ja, so gehts mir auch", sagte sie, bevor sie grinste. „Ich muss auch die ganze Zeit an mich denken." Sie konnte das Kichern nicht zurückhalten. Necken gehörte von Anfang an zwischen ihnen dazu.

„Genau das hab ich vermisst", erwiderte er, und sie hörte sein Lächeln durch die Leitung, ehe er in Lachen ausbrach. „Bei dir weiß man nie, was als Nächstes kommt."

„Ist das gut oder schlecht?"

„Zumindest bei dir ist es sogar sehr gut. Ich vermisse dich."

„Ich dich auch." Sobald sie die Worte aussprach, spürte Sophie, dass sie stimmten, und wie.

„Das freut mich aber. Hör mal, ich würde euch beide gern am Wochenende zu mir einladen, Kati und dich.

Was hältst du davon? Von Samstagnachmittag bis Sonntagabend?"

„Sehr gern." Die Wärme und das Glücksgefühl in Sophie verstärkten sich.

„Super! Ich freu mich. Ich möchte euch gern mein Reich zeigen. Also meins und Odins natürlich."

„Kati würde sich sehr freuen, Odin wiederzusehen. Und ich mich auch."

„Nur Odin?" Er klang bekümmert.

Sophie lachte. „Na ja, ein klein wenig auch dich."

Kapitel 17

Am folgenden Vormittag nutzte Sophie das sonnige Wetter für die Arbeit im Kräuter- und Gemüsebeet und rupfte Unkraut heraus. Es schoss schneller in die Höhe als die eigentlichen Nutzpflanzen, und kaum war man an einem Ende fertig, konnte man vorn schon wieder beginnen. Doch die Arbeit brachte ihr Spaß, und sie freute sich schon, zum ersten Mal etwas ernten zu können, was sie selbst gepflegt hatte.

Zu ihrer Überraschung gesellte sich Sven zu ihr und machte sich wortlos daran, ihr zu helfen.

„Es wächst so schnell, dass man fast dabei zusehen kann", sagte er, als hätte er ihre Gedanken gelesen, und zupfte einen Löwenzahn aus der Erde.

„Das stimmt. Aber hey, du musst das nicht machen. Ruh dich vor deiner Arbeit lieber noch etwas aus oder hilf deiner Mutter."

„Sie behauptet, bereits so gut wie fertig zu sein. Nils Harms war schon am frühen Morgen hier und hat sie unterstützt. Außerdem ist das Wetter so schön. Und ehe ich einfach nur rumsitze, kann ich dir auch etwas zur Hand gehen." Er grub nach einer hartnäckigen Brennnessel. „Es wächst so schnell, dass Thies momentan gar nicht hinterherkommt. Eigentlich liebt er Unkrautjäten. Was er auszupft, bekommen immer die Hühner."

„Thies hat die Feier gestern richtig gut gefallen“, erzählte Sophie. „Als ich ihn abholte, hörte er gar nicht auf zu erzählen.“

Sven lachte. „Das kann ich mir vorstellen. Schade, dass ich ihn während meiner Spätschichten immer kaum zu Gesicht bekomme.“

„Dafür wirst du dir beim Mittagessen einiges anhören können.“ Sie lachte und warf eine Handvoll Unkraut in einen Korb.

„Ich bin so froh darüber, dass er wieder so fröhlich ist“, erzählte Sven. „Du weißt ja selbst, wie schwer er es damals hatte, nachdem seine Mama gestorben war. Das ist zu einem Großteil Emmas Verdienst.“

„Es ist wirklich schön, dass die beiden so gut miteinander klarkommen.“

Er sah auf und direkt in ihr Gesicht. „Und ich finde es schön, dass ihr euch wieder annähert, du und Emma. Es hat sie große Überwindung gekostet, dich gestern wegen Thies zu fragen. Sorry, Sophie, ich will dir nicht wehtun, aber es ist nun einmal so. Das alles hat Emma lange zu schaffen gemacht. Umso schöner, dass ihr auf einem guten Weg seid.“

„Darüber freue ich mich selbst mehr, als ich dir sagen kann.“

Sven lächelte. „Dann hatte Papas Unfall wenigstens ein Gutes. Erst dadurch brauchten wir Hilfe, und hier bist du.“

Sie winkte ab. „So viel mache ich doch gar nicht. Nur die normale Hausarbeit, kochen und waschen, einkaufen und putzen ...“

Jetzt lachte er. „Hörst du dir eigentlich selbst zu? Das ist echt eine Menge, immerhin machst du das für fünf Leute. Dazu noch die Gartenarbeit ...“

„Mir kommt das mitunter immer noch wie Urlaub vor. Vielleicht, weil ich nicht mehr extra zur Arbeit fahren muss, sondern alles direkt vor Ort habe. Apropos Urlaub. Kommendes Wochenende hat Markus Kati und mich zu sich eingeladen, also nach Cuxhaven.“ Als sie spürte, dass sie errötete, beugte sie sich rasch tiefer über das Beet.

„Super, das freut mich wirklich für euch. Ihr versteht euch sehr gut, oder?“

„Ja, das tun wir.“

Sven sagte nichts weiter dazu, doch das Schweigen zwischen ihnen war einvernehmlich und angenehm.

***

Als Sophie sich einige Tage später vor dem Wochenende von Margarete verabschiedete, sah die Bäuerin sie betrübt an.

„Heinz gefällt mir gar nicht. Seit Horsts Unfall baut er rapide ab. Gerade vorgestern hab ich Horst wieder besucht. Du weißt ja, er muss immer noch liegen, aber er hält sich wirklich tapfer und jammert nicht. Er ist fest entschlossen, wieder laufen zu lernen, sobald seine Wirbelbrüche verheilt sind.“

„Das freut mich wirklich!“

„Ja, es ist eine große Erleichterung, dass es ihm langsam besser geht. Übrigens kann er wahrscheinlich bald nach Hause kommen.“

„Wirklich? Das ist ja großartig!“

„Ich hab das natürlich Heinz gleich erzählt. Er hat sich auch gefreut, trotzdem hab ich das Gefühl, dass er irgendwie, nun ja, schwächer wird."

„Soll ich ihn mal zum Arzt fahren?"

„Das hab ich ihm schon mehrmals angeboten, aber er will nicht. Er kann ein richtig sturer Esel sein. Er sei eben alt, behauptet er, da sei es normal, wenn man an Kraft verliert. Aber ich hab den Doktor schon angerufen. Der kommt nächste Woche mal vorbei und guckt nach ihm. So geht das ja nicht weiter."

„Das ist gut. Manche muss man eben zu ihrem Glück zwingen."

„So ist das. Und weißt du was? Diesen Sonntag werden wir mal Pizza bestellen, das spart Arbeit und gefällt Thies ausnehmend gut." Damit zwinkerte sie Sophie zu.

„Das ist eine super Idee. Dann lasst euch die Pizza mal schmecken."

„Das werden wir. Es ist mal etwas anderes, besonders für Thies. Er ist schon ganz aufgeregt."

„Kann ich mir vorstellen. Erzählt mir, was er alles draufhaben wollte."

In diesem Moment kam Sven dazu und lachte. „Alles, was es gibt, hat er schon angedroht. Grüßt mir die Nordsee. Ich wünschte, wir würden auch mal wieder hinkommen. Mir kommt es vor, als bestünde mein Leben nur noch aus arbeiten, essen und schlafen."

„Oh je ... Versucht, euch trotzdem ein schönes Wochenende zu machen und vielleicht etwas Ruhe zu kriegen."

„Mit Ruhe wird es nichts. Ich muss die Heuballen hereinholen, das will ich meine Mutter nicht machen lassen. Außerdem steht eine Geburt bevor, die Kuh ist schon überfällig.“

Sophie zögerte. „Soll ich lieber hierbleiben und euch helfen?“

In diesem Augenblick erschien auch Emma und sah zwischen ihnen hin und her.

„Nichts da, du hilfst uns schon genug“, lehnte Sven ab. „Johann Harms kommt wieder mit seinen Söhnen rüber und hilft uns. Genießt die Zeit und macht euch ein schönes Wochenende.“

„Okay, das werden wir. Ja, dann … Bis Montag.“

Als Sophie sich zum Gehen wandte, fiel ihr auf, dass Emma gar nichts zum Gespräch beigetragen und nicht einmal ein Grußwort gerufen hatte. Das war enttäuschend, denn nach der Sache mit Benni hatte sie gehofft, dass sich ihr Verhältnis langsam wieder normalisieren würde. Nun winkte Emma zwar kurz, wirkte aber weiterhin angespannt.

Sophie startete den Motor und fuhr vom Hof. Nein, sie würde sich von Emmas Sprunghaftigkeit jetzt nicht die Freude am Ausflug verderben lassen. Schon morgen wäre sie auf dem Weg zu dem Mann, der ihren Herzschlag beschleunigte, wenn sie an ihn dachte.

***

Am Samstag war Kati ganz hibbelig und hüpfte hin und her wie ein Flummi.

„Wir besuchen Odin“, erzählte sie Melissa mit vor Aufregung roten Wangen.

„Mama, können wir Odin auch mal besuchen?“, erkundigte sich Melissa daraufhin bei Birte.

Sophie wechselte einen amüsierten Blick mit ihr.

„Ganz bestimmt“, sagte sie. „Vielleicht können wir mal alle zusammen an den Strand fahren.“

„Ja“, riefen beide Mädchen im Chor.

Kurz darauf war sie mit Kati unterwegs, und im Stillen musste sie zugeben, dass sie ebenso nervös war wie ihre Kleine. Markus hatte ihr den Weg zu seinem Wohnhaus gut beschrieben, und sie fand es nach kurzem Suchen. Er lebte in einem kleinen Einfamilienhaus in Duhnen, unweit der typischen Touristenecke, aber doch ruhig, an einer schmalen Straße und mit einem schönen Garten um das Haus herum.

Er erwartete sie an der Gartenpforte und begrüßte sie mit einem Kuss. Als er sie in den Armen hielt und an sich drückte, kam es ihr vor wie ein Nachhausekommen. Er war ihr schon so vertraut, als würde sie ihn bereits viel länger kennen.

„Schön, dass du da bist“, flüsterte er ihr ins Ohr. Sein Atem kitzelte, und so etwas wie ein leichter Stromschlag durchfuhr Sophie. Wie tief seine Augen waren, wie sehr seine Lippen sie doch lockten ... Sie konnte nicht anders, beugte sich vor und küsste ihn erneut.

Erfreut zog er sie näher zu sich heran, und sie wünschte sich nichts sehnlicher, als für immer so stehen bleiben zu können, umfangen von seinen Armen, geborgen und warm.

„Ich freu mich auch“, wisperte sie an seiner Brust.

Als sie kurz zu Kati blickte, ob die davon etwas mitbekommen hatte, bemerkte sie, dass ihre Tochter bereits voll und ganz mit Odin beschäftigt war.

„Wir sind schon abgeschrieben", stellte Markus mit Blick auf die beiden bekümmert fest.

„Wenn Kati Odin sieht, hat nichts anderes mehr Bedeutung", pflichtete Sophie ihm bei.

„Das gilt umgekehrt für Odin genauso. Was für ein treuloser Hund."

Odin warf ihm einen Blick zu, als hätte er die Worte verstanden, und es wirkte, als grinste er. Dann wandte er sich wieder Kati zu, die ihm voraus in den Garten lief, und folgte ihr.

Lächelnd sah Sophie ihnen nach. „Um die beiden brauchen wir uns für die nächsten Stunden keine Gedanken zu machen."

„Umso besser." Markus griff nach Sophies Hand und zog sie zur Haustür. „Dann stört wenigstens niemand unsere Besichtigung."

Markus' Wohnung war sehr geschmackvoll eingerichtet und geräumiger, als es von außen den Anschein hatte. Im Erdgeschoss befanden sich ein großes Wohnzimmer und eine Küche im Landhausstil mit angeschlossenem Esszimmer, und im Obergeschoss waren ein Schlafzimmer, ein großes Bad und ein Gästezimmer.

„Das sollte eigentlich das Kinderzimmer werden", erklärte er mit Blick auf den behaglich eingerichteten Raum. „Aber dann kam ja alles anders." Er zuckte die Schultern. „Wer weiß, wozu es gut war. Wenigstens kann ich jetzt Gäste bei mir übernachten lassen."

Der Blick, mit dem er Sophie nun ansah, war voller Wärme. Und las sie nicht auch noch etwas anderes darin? Hoffnung? Doch worauf?

„Ein wirklich schönes Haus“, sagte sie, während sie sich neugierig umsah. Überall entdeckte sie noch die Spuren von Markus’ Ex-Frau. Vorhänge mit Blütenmuster. Eine verschnörkelte Vase. Ein kleiner Kronleuchter im Wohnzimmer. Bunte Kissen. Zierliches Essgeschirr. Ein leichter Stich durchfuhr sie. Hing Markus vielleicht doch noch an Claudia? Womöglich, ohne es selbst zu wissen? Warum sonst hatte er all diese Dinge behalten?

Nachdenklich fuhr sie mit den Fingerspitzen über einen Strauß aus Kunstblumen, der auf einer Anrichte stand.

„Die hat Claudia damals gekauft“, erklärte Markus, als wüsste er genau, was in ihr vorging. „Ich fand sie zu schade zum Wegwerfen. Aber im Grunde sind sie nur Staubfänger.“

„Wollte sie sie nicht mitnehmen?“

Markus schüttelte den Kopf. „Sie wollte damals nur noch weg. Zum Ende hin hatten wir ein paar heftige Streitereien. Wir haben uns gegenseitig mit Vorwürfen überhäuft und … Es war sehr unschön. Ich war froh, als sie endlich weg war, und ihr ging es vermutlich genauso. Sie hat vieles hiergelassen.“

„Es ist nicht schön, wenn man im Streit auseinandergeht. Bei Carsten und mir war es genauso. Damals hatten wir uns oftmals sehr heftig gezofft. Inzwischen, na ja, du weißt ja, wie die Lage ist. Allerdings habe ich momentan das Gefühl, dass ihm seine neugewonnene Ruhe sehr gut gefällt. Er hat noch nicht einmal nachgefragt, ob Kati ihn mal wieder besuchen möchte.“

„Und Kati?“

„Auch nicht. Nina hat ihr wohl sehr deutlich zu spüren gegeben, dass sie sie nicht mag und sie stört. Kati ist da sehr empfindsam. Trotzdem bin ich froh, dass wir zurzeit so etwas wie Waffenruhe haben. Nicht mehr lang, dann ist das Trennungsjahr vorbei und ich kann endlich die Scheidung einreichen. Das ist schon alles unangenehm genug. Da wäre ich froh, wenn es einigermaßen friedlich über die Bühne geht.“

„Claudia und ich haben uns auch wieder vertragen. Ausgerechnet am Tag der Scheidung, kannst du dir das vorstellen? Ich schlug vor, hinterher noch einen Kaffee trinken zu gehen, und überraschenderweise war sie einverstanden. Erst da haben wir uns so richtig ausgesprochen.“

„Das ist doch schön.“

Sein Blick streifte genau die Dinge, die Sophie ins Auge gefallen waren. Er lächelte schief. „Wenn du es nicht leiden magst, schmeiß es einfach weg, okay? Ich weiß selbst nicht, warum ich die Sachen aufbewahrt habe.“

„Sie sind doch hübsch.“ Und doch erinnerten sie Sophie an ein Museum. Ein Museum voller Erinnerungen an Claudia.

„Komm, ich mache uns erst mal einen Kaffee. Ich hab extra Kuchen gekauft, wir haben hier einen sehr guten Bäcker.“

Sie sah ihn belustigt an. „Du bist Koch und kaufst Kuchen beim Bäcker?“

Er hob die Schultern und lächelte verlegen. „Man kann nicht alles können, oder? Ich zaubere dir die feinsten Gerichte, aber Kuchen brennt bei mir grundsätzlich an und Torten zerlaufen. Für so was hab ich kein Talent."

Die Schatten der Hinterlassenschaften seiner Ex-Frau verblassten und lösten sich auf. Wahrscheinlich hatte er sich bisher überhaupt keine Gedanken darüber gemacht, wie es auf andere wirkte, wenn sie noch hier herumstanden. Doch das war jetzt egal geworden.

Tatsächlich kochte er einen sehr guten Kaffee, und der frische Erdbeerkuchen schmeckte vorzüglich. Kati kam um die Ecke und auf die Terrasse gelaufen, als hätte sie ein Gespür dafür, und bekam eine extragroße Portion Sahne und einen Becher Kakao.

„Da ist ja wieder unser Karl", rief Markus fröhlich und deutete auf Katis Milchbart.

Kichernd wischte sie ihn weg. „Ich bin's doch, Kati!"

Er riss die Augen auf. „Tatsächlich! Puh, da bin ich aber froh." Er wischte sich theatralisch über die Stirn. „Ich hab schon gedacht, ich müsste Odin losschicken, um dich zu suchen."

Sie lachten gemeinsam, und das war das Schönste, was Sophie seit Langem erlebt hatte.

„Du kannst wunderbar mit Kindern umgehen", sagte sie, als Kati wieder zu Odin gelaufen war.

„Ich liebe Kinder."

„Wie kommt es dann, dass ihr keine hattet, du und Claudia?"

Ein Schatten zog über sein Gesicht. „Sie wollte keine." Markus sah sie an, und Sophie las den Schmerz, den er immer noch darüber empfand. „Sie wollte sich auf ihre Karriere konzentrieren, viel Geld verdienen. Immer, wenn ich davon sprach, wie schön doch eine kleine Familie wäre, ein Baby mit ihrem Mund und meiner Nase, verdrehte sie die Augen."

Ohne es zu wollen, musste Sophie schmunzeln. „Mit deiner *Nase?*"

„Ja. Ich bin sehr zufrieden mit meiner Nase. Was ist daran auszusetzen?" Er sah sie so ernst an, dass beide lachen mussten.

„Das tut mir leid", sagte Sophie.

Er zuckte die Schultern. „Sie war eben so. Sie wollte schon immer raus aus der Provinz, weißt du? Jetzt lebt sie in Hamburg."

Später holte er Fotoalben aus dem Schrank und zeigte Sophie, wo er schon überall auf der Welt gewesen war. Markus am Strand von Kuba, am Nordkap, bei den ägyptischen Pyramiden und vor dem Kolosseum in Rom.

„Du bist zu beneiden", sagte sie. „Und es ist so ein komischer Zufall. Svens Bruder Torben ist ebenfalls Koch und arbeitet auf einem Kreuzfahrtschiff."

„Im Ernst?"

„Ja. Kennst du ihn? Torben Jansen."

„Hm, wüsste ich jetzt nicht. Es gibt ja so viele Kreuzfahrtschiffe mit unzähligen Köchen. Aber du hast recht, das ist wirklich ein großer Zufall. Ist er verheiratet?"

„Nein."

„Ein kluger Mann. Rate ihm davon ab, wenn du ihn mal siehst. Ich hab ja gesehen, wohin das führt."

„Wem sagst du das ..."

Sie blätterten weiter und betrachteten noch viele schöne Fotos.

„Da möchte ich auch mal hin", sagte Sophie hin und wieder, als sie den Gullfoss auf Island sah oder das türkisfarbene Wasser der Karibik.

„Wer weiß, vielleicht lässt sich das eines Tages realisieren", sagte Markus.

Sophie lachte. „Klar. Sobald ich einen richtigen Job habe, können wir gern noch mal darüber reden. Ich suche schon im Internet und in einem weiteren Umkreis, doch bisher war leider nichts zu finden. Meine Rücklagen halten auch nicht ewig, deshalb bin ich froh, momentan kaum Ausgaben zu haben. Mein Lohn vom Minijob reicht immerhin für die Miete in Lüneburg. Doch ich will gar nicht meckern. Dafür bin ich einfach viel zu glücklich, wieder zurück in der alten Heimat zu sein und eine ausgeglichene Tochter zu haben."

„Du hast recht, das ist das Allerwichtigste. Trotzdem werde ich Montag gleich wieder einmal nachhaken, wie es mit Jobs bei uns im Hotel aussieht. Nicht, dass die Kollegen es vergessen haben." Markus schenkte ihr einen warmen Blick.

„Magst du Wein?"

„Das nenne ich mal einen krassen Themenwechsel."

„Darin bin ich gut." Er zwinkerte ihr zu. „Rot oder weiß?"

„Ich mag beides. Entscheide du. Darin bin ich nämlich kein Profi."

Der Weißwein schmeckte vorzüglich, und auch das Abendbrot schmeckte in dieser netten Runde besonders gut. Kati wurde von all den Aufregungen früh müde, und während Sophie mit ihr im Badezimmer war und sie fürs Bett vorbereitete, legte Markus letzte Hand an das Gästezimmer.

Als Sophie eintrat, lagen auf einem der beiden Betten, das mit bunter Pferdebettwäsche bezogen war, ein Seehund, ein Husky und ein Pony aus Plüsch.

„Oh", rief Kati begeistert und hob den Husky hoch. „Der ist aber niedlich!"

„Du brauchst sie doch nicht so zu verwöhnen." Tadelnd sah Sophie Markus an, der zufrieden ihre Tochter beobachtete. Gerade strich sie dem Seehund übers Fell und nahm das Pony auf den Arm.

„Das hat nichts mit Verwöhnen zu tun. Ich wusste ganz einfach nicht, welches Tier sie am liebsten hat. Wobei ich da eine gewisse Vermutung hege ..." Er wies auf den Husky.

„Die sind alle toll!", schwärmte Kati. „Sind die etwa alle für mich?"

„Nein", mischte sich Sophie ein. „Du musst dich für eins davon entscheiden. Es geht ..."

„Entschuldigung, wenn ich dir widerspreche", sagte Markus, und sein Lächeln war derart entwaffnend, dass Sophie tatsächlich verstummte. „Aber ihr seid meine Gäste, und ich darf meine Gäste verwöhnen, wie es mir gefällt."

„Danke!", schrie Kati und drückte alle drei Tiere zugleich an sich.

„Eins musst du mir aber noch verraten, ehe du bei deinen neuen Haustieren einschläfst." Markus wies auf die Stofftiere. „Welches davon findest du denn nun am besten?"

„Alle", antwortete Kati diplomatisch.

„Du hast eine kluge Tochter", erklärte Markus an Sophie gewandt.

„Ich weiß.“ Sie kicherte. „Also Hunde mag sie sehr, das wissen wir ja bereits.“

„Und Pferde auch“, rief Kati und streichelte ihr Pony. „Darf ich mal reiten gehen, Mama?“

„Das sehen wir dann schon.“ Sie wies auf den Seehund. „Und was ist damit? Seit wann magst du denn Robben?“

„Seit heute.“ Strahlend drückte die Kleine das Plüschtier an sich. „Guck doch nur, wie süß er ist. Er hat so schöne Augen und ganz weiches Fell.“

„Da habe ich schon eine Idee für morgen“, flüsterte Markus Sophie ins Ohr.

Sie legte Kati ins Bett, gab ihr einen Gutenachtkuss und strich ihr noch einmal übers Haar. Dem Mädchen fielen bereits die Augen zu.

„Welche denn?“, erkundigte sie sich, nachdem sie die Tür leise geschlossen hatte.

„Lass uns doch morgen zu den Seehundbänken fahren. Das ist bestimmt etwas für Kati.“

„Das klingt wirklich gut, das würde ihr gefallen.“

In der Stube setzten sie sich auf das gemütliche Sofa und stießen mit ihren Weingläsern an.

„Ich bin wirklich froh, dass du hier bist“, sagte Markus und sah ihr in die Augen.

„Ich bin auch froh, dass ich hier bin“, erwiderte Sophie und lächelte.

Schmunzelnd rückte er ein Stück näher an sie heran.

„Das gefällt mir so an dir. Du bist so erfrischend, du überraschst mich immer wieder. Andere Frauen hätten etwas gesagt wie: ‚Ich auch‘ oder ‚Ich bin auch froh, dass ich bei dir bin.‘. Doch bei dir weiß man nie, was als Nächstes kommt.“

„Und das ist gut?"

„Mir gefällt's. Sehr sogar." Er hob die Hand und strich ihr eine Haarsträhne hinters Ohr. Die Berührung war so sanft, dass Sophie erschauerte. „Claudia war ganz anders als du. Sie musste alles eine Ewigkeit im Voraus planen, und nichts durfte von ihren Plänen abweichen. Sie musste stets alles ganz genau hinterfragen und unter Kontrolle haben. Ihr Leben, sich selbst, mich ..."

Die Erwähnung des Namens seiner Ex-Frau ernüchterte Sophie ein wenig.

„Das ist doch nicht unbedingt schlecht. Ich bin viel zu chaotisch. Ich wünschte, ich würde über etwas mehr – wie soll ich es nennen – Beständigkeit verfügen. Oder, besser gesagt, weniger spontan sein. Das hat mich schon öfter in Schwierigkeiten gebracht. Mein überstürzter Umzug nach Lüneburg ist nur ein Beispiel von vielen. Und er hat mir nicht gerade Glück gebracht."

„Ich mag gerade das an dir, Sophie. Bewahre dir diese Eigenschaft. Es wirkt so – jugendlich." Er sah ihr tief in die Augen. „Und was euren Umzug nach Lüneburg betrifft ... Für mich war er ein klarer Vorteil. Hättet ihr nicht dort gewohnt, hättet ihr wahrscheinlich den Urlaub in Cuxhaven nicht gemacht, und ich wäre euch nicht begegnet. Und das wäre sehr, sehr schade gewesen." Erneut hob er die Hand und streichelte sanft über ihre Wange.

„Bist du sicher?", fragte sie und schmunzelte. „Dein Leben wäre ruhig und entspannt geblieben. Überleg dir das mal."

„Dafür hab ich mich schon viel zu sehr an euch zwei Wirbelstürme gewöhnt. Und Odin gehts genauso, das hat er mir vorhin verraten."

Etwas in seinen Augen bannte sie. Waren es die bernsteinfarbenen Einsprengsel, die im warmen Schein der Lampe funkelten? Dann schlossen sich seine Lider, und sie spürte seine Lippen auf ihrem Mund, seine Hände in ihrem Haar, seinen Körper, der näher an sie heranrückte. Ihre Zungen begegneten sich und begannen ein so erregendes Spiel, dass Sophie schon bald in hellen Flammen stand. Ohne ihr Zutun begannen ihre Finger, die Knöpfe seines Hemds zu öffnen. Seine Brust war muskulös und haarlos, und Sophie strich über die glatte Haut, ehe sie das Hemd von seinen Schultern streifte.

Mit einem Mal lag sie auf der Couch, ohne sagen zu können, wohin ihr Shirt verschwunden war, während Markus über ihr kniete und ihre Jeans auszog. Sein Körper wirkte athletisch, man sah ihm an, dass er viel in Bewegung war. Sacht kam er über sie, und als seine Hände ihre Brüste berührten und über die Warzen strichen, stöhnte sie vor Entzücken und bog sich ihm entgegen.

Für einen winzigen Moment zögerte er, als er zwischen ihren Schenkeln kniete, ehe er sich auf sie legte. Oh, wie wunderbar dieses Gefühl von Haut auf Haut war, seine erregende Nähe, sein aufregender Duft, der hypnotische Ausdruck in seinen Augen. Dann drang er in sie ein, und Sophie sog die Luft ein. Wie lange hatte sie dieses berauschende Gefühl nicht mehr gespürt?

Als er begann, sich in ihr zu bewegen, öffnete sie die Augen, um ihn anzusehen. In seinem Gesicht las sie die Lust, die er empfand, und ihre eigene, die sich darin spiegelte. Sie erkannte seine Bewunderung für sie, die

Gefühle, die er bereits für sie entwickelt hatte. Und neben der Hitze, die er in ihr entfachte und die sie in einen wilden Strudel riss, war da noch etwas anderes. Wärme, die sie zu ihm hinzog wie ein Magnet. Zärtlichkeit, die sie empfand, als sie in sein verzücktes Gesicht blickte. Vertrauen, als sie sich fallenließ und ganz ihren Empfindungen hingab.

Markus gab ihr alles, wonach sie sich so lange Zeit gesehnt hatte, und schloss eine Lücke in ihrem Inneren. Die Kälte und Einsamkeit verschwanden, und an ihre Stelle trat wohlige Wärme.

Kapitel 18

Aufgeregt bestieg Kati das Schiff. Um sie herum wuselten Urlauber, in erster Linie Familien, überall liefen Kinder in sämtlichen Altersstufen um sie herum.

Sophie folgte ihr an Markus' Seite, und deutlich spürte sie seine Hand, die ihre festhielt. Es war, als würde ein elektrischer Strom zwischen ihnen fließen und sie miteinander verbinden.

Kati hatte bereits am Frühstückstisch festgestellt, dass etwas anders war.

„Habt ihr ein Geheimnis, du und Markus?", fragte sie, während Markus ihren Kakao umrührte.

„Wie kommst du denn darauf, Mäuschen?", erkundigte sich Sophie und warf Markus einen verstohlenen Blick zu. Sie konnte kaum fassen, wie sich die Dinge entwickelten und die Geschehnisse sie nahezu überrollten. Sein Lächeln war warm und liebevoll. Sie erinnerte sich an die vergangene Nacht und spürte, wie ihr die Röte ins Gesicht schoss.

„Ihr seid so anders." Prüfend sah Kati erst ihr, dann Markus ins Gesicht. Plötzlich grinste sie. „Seid ihr etwa verliebt?"

„Was?", rief Markus gespielt erstaunt. „Wie kommst du denn auf so eine Idee?"

„Kai und Luisa im Kindergarten sind auch verliebt. Das sieht man."

„Woran denn?"

„Die gucken sich auch immer an. Und lächeln die ganze Zeit. So wie ihr."

„Ach so." Markus richtete seine warmen Augen auf Sophie. „Tja, was meinst du, sind wir auch verliebt?"

Sophie hielt den Atem an. War sie das? Oder woher sonst kamen die Schmetterlinge in ihrem Bauch, warum sonst wirkte die Welt plötzlich viel heller, warum mochte sie sogar den Schlager, der gerade im Radio lief, obwohl sie Schlager sonst verabscheute?

Markus las in ihren Augen, und leichte Besorgnis zeigte sich in seinem Blick, während er versuchte, ihre Gedanken zu lesen, ihre Gefühle zu erraten.

***

Nach dem ersten Liebesspiel auf der Couch waren sie bald in Markus' Schlafzimmer gewechselt. Zu Sophies Erleichterung gab es hier nichts mehr, was in irgendeiner Form an Claudia erinnerte. Das große Blumenbild über dem Bett, das bei ihrer Wohnungsbesichtigung noch dort gehangen hatte, war verschwunden; Markus musste es noch schnell abgenommen haben, als sie Kati fürs Schlafengehen fertigmachte. Die Einrichtung war spartanisch und bestand nur aus einem etwas breiteren Einzelbett, einem großen Kleiderschrank sowie zwei Kommoden.

„Ich hab unser Doppelbett weggeworfen, nachdem Claudia gegangen war", erzählte Markus. „Ich wollte nicht mehr darin schlafen. Es war das Symbol unserer Ehe, und die war vorbei."

Sie hatte sich an seine Brust gekuschelt und ihre Fingerspitzen darüber hinwegwandern lassen, und bald war erneut die Lust in ihnen erwacht. Wie oft hatten sie sich geliebt? Dreimal? Und dann noch einmal am Morgen, als Sophie erwachte und den Mann neben sich betrachtete. Im Schlaf wirkte Markus' Gesicht ganz gelöst. Doch das tat es eigentlich immer. Sie hatte selten einen so entspannten Menschen wie ihn getroffen, und gerade das war es, was ihr so guttat. Er erdete sie, das war genau das, was sie brauchte. Rasch war erneut die Lust in ihr erwacht, und sie hatte sich an ihn geschmiegt. Noch im Halbschlaf begann er, nach ihr zu greifen und sie zu berühren, und sie richtete sich auf und ließ sich auf ihm nieder, bis er sie erfüllte und sie sich beherrschen musste, nicht vor Lust zu schreien.

So könnte jeder Tag beginnen.

***

Nun spürte sie seinen fragenden Blick auf sich, und seine Besorgnis wandelte sich in Erleichterung und Freude, als sie all ihre Gefühle mit ihren Augen offenbarte, ihn zärtlich anlächelte und nickte.

„Tja", sagte er an Kati gewandt. „Wie es scheint, geht es uns wohl so wie Kai und Luisa, oder, Sophie?"

Sie nickte erneut und glaubte, überzuschäumen vor Glück. „Haargenau."

Markus beugte sich vor und küsste sie liebevoll.

Kati warf ihnen noch einen kurzen Blick zu, dann rannte sie an die Reling, um gute Sicht auf das Meer zu haben. Das Schiff startete die Motoren und verließ langsam den Hafen.

An Markus' Hand folgte Sophie ihrer Tochter, und alles erschien ihr vollkommen unwirklich. Sie war zurückgekommen, weil sie das Unglück ihrer Tochter nicht mehr ertragen hatte, und nun hielt ein wunderbarer Mann ihre Hand und erfüllte sie mit purem Glück.

Das Leben ging mitunter seltsame Wege.

Das Schiff nahm Fahrt auf und entfernte sich vom Hafen, und man hatte eine großartige Sicht auf Cuxhaven und die Elbmündung. Mächtige Schiffe steuerten darauf zu, Öltanker, Containerschiffe, ein Kreuzfahrtriese. Von Weitem wirkte es, als wären sie auf einer Perlenkette aufgereiht. Auf den blauen Nordseewellen leuchtete die Sonne und brachte sie zum Glitzern. Schreiende Möwen umkreisten sie und hofften auf einen leckeren Happen. Doch das wirklich Spannende erwartete sie erst noch. Als die erste Sandbank in Sicht kam, riefen begeisterte Ausrufe sie zur richtigen Seite. Doch schon verstellten viele andere Neugierige Kati die Sicht. Sie hüpfte und sprang, um darüber hinwegsehen zu können.

Schließlich hob Markus sie auf seine Schultern, nachdem er Sophie mit einem stummen Blick um Erlaubnis gebeten und sie ihre Zustimmung erteilt hatte. Mit dem Arm wies er zur Sandbank hinüber und zeigte Kati die vielen dort liegenden Seehunde. Einige schienen zu schlafen und die Sonnenwärme zu genießen, andere sahen ihnen neugierig entgegen.

„Wie süß sie sind! Schau doch nur, Mama", rief Kati begeistert.

Sophie nickte zustimmend. „Wirklich sehr niedlich." Sie hakte ihre Hand unter Markus' Arm und wusste nicht, was genau sie damit meinte. Die vielen goldigen Seehunde mit ihren schwarzen Knopfaugen und runden Köpfen, oder nicht vielmehr den großen, kräftigen

Mann, der ihre Tochter auf den Schultern trug. Vertrauensvoll hatte Kati ihre Hände auf seinen Kopf gelegt. An dieses Bild könnte sie sich wirklich gewöhnen.

Sie sahen noch mehrere Sandbänke mit Seehunden darauf, und jedes Mal wies Kati sie begeistert darauf hin. Ihren eigenen Plüsch-Seehund hatte sie natürlich mitgenommen und zeigte auch ihm seine Verwandten dort drüben.

„Was für ein schöner Ausflug“, sagte Sophie, als sie sich auf der Rückfahrt befanden.

„Das finde ich auch. So etwas sollten wir öfter machen.“ Zärtlich sah Markus sie an.

„Gern.“

Er wandte sich an Kati. „Gestern hast du doch gesagt, dass du Pferde magst, oder? Was haltet ihr beide denn mal von einer Fahrt mit einem Wattwagen hinüber zur Insel Neuwerk?“

Fragend sah Kati sie an. „Oh ja, Mama, das würde ich gerne machen!“

Lächelnd nickte Sophie. „Das klingt wirklich schön. Kaum zu glauben, dass wir das noch nie gemacht haben, wo wir doch hier um die Ecke wohnen.“

„Es ist oft so, dass man die Dinge vor der eigenen Haustür gar nicht richtig wahrnimmt“, sagte Markus. „Immer lockt die Ferne. Das ging mir auch jahrelang so. So viele exotische Ziele habe ich genossen und bewundert. Aber wie schön eigentlich die Gegend hier bei uns zu Hause ist, habe ich seltsamerweise erst gemerkt, als ich mir Odin angeschafft habe und mit ihm stundenlang unterwegs war. Vorher hatte ich keinen Blick für die Schönheit der Wassergräben zwischen den Wiesen, in denen sich der Himmel spiegelt, die vielen Wildvögel oder die Wolkenbilder am Himmel. Klar mochte ich die Nordsee schon immer, aber seit ich nicht mehr zur See fahre, sehe ich auch sie mit anderen Augen. Sie ist immer anders, jeden Tag, jede Stunde. Sie wird nie langweilig."

Bewundernd sah Sophie ihn an. Er war noch feinfühliger, als sie ohnehin schon gedacht hatte. Auch Carsten war zur See gefahren, aber er hatte nie ein Wort über die Schönheit der Natur verloren. Sie bezweifelte, dass er sie überhaupt wahrgenommen hatte. Ebenso wenig, wie er sie am Ende wahrgenommen hatte. Sie war eben da, genauso wie das Meer, und das war kein Grund, ein Wort darüber zu verlieren. Umso schöner empfand sie diesen emotionalen Charakterzug an Markus, und während sie ihn ansah, wuchs ihre Zuneigung noch weiter an.

„Dann ist eine Wattwagenfahrt doch optimal", sagte sie. „Du kannst uns bestimmt viel zeigen und erzählen."

„Darauf freue ich mich schon. Sag einfach Bescheid, wenn du Zeit hast."

„So schnell wie nur möglich." Sophie lehnte ihren Kopf an seine Schulter und verschränkte ihre Finger mit seinen. Wenn es nach ihr gegangen wäre, hätte diese Fahrt ewig andauern können.

***

Als sie und Kati am Nachmittag nach Coppum zurückkamen, wollte Kati unbedingt noch Thies von ihrem tollen Ausflug erzählen, ehe sie in ihre Wohnung zurückgingen. Während der Fahrt zurück war sie, überwältigt von all den neuen Eindrücken, sofort eingeschlafen, doch nun schien sie noch einmal alle Energien mobilisiert zu haben.

Emma, Sven und Thies waren gerade vor dem Haus. Kati lief sofort zu Thies und erzählte von ihrem aufregenden Wochenende.

„Du bist ja schon zurück“, stellte Sven fest. „Hattet ihr denn eine schöne Zeit?“

„Ja, sehr. Heute waren wir bei den Seehundbänken, das hat Kati sehr gefallen. Und ihr? Seid ihr gut klargekommen?“

„Ja, es ist alles in Ordnung.“

Emma schwieg und sah sie nur an, und etwas an ihrem Blick beunruhigte Sophie. Es schien, als überlegte sie, ihr etwas zu sagen, tat es aber doch nicht. Dabei wirkte sie nicht feindselig wie während ihrer ersten Wochen hier, sondern eher ... besorgt? Konnte das sein?

„Was ist denn?“, fragte Sophie schließlich ganz direkt.

Es war, als müsste Emma erst wieder in die Gegenwart zurückfinden. Etwas zu schnell schüttelte sie den Kopf und bemühte sich, ihre gewohnt unnahbare Miene aufzusetzen.

„Nichts. Schön, dass Kati so einen tollen Tag hatte.“

„Das stimmt.“

Sven sah Emma an, sie erwiderte seinen Blick, und für einige Momente schienen sie ein stummes Gespräch zu führen, nein, eher ein Duell. Nach und nach änderte sich ihre Miene, wechselte von abwehrend über zögernd bis hin zu einlenkend. Schließlich zuckte sie die Schultern und sah Sophie an.

„Ich wollte gerade mit Thies noch etwas an den Strand fahren“, erklärte sie betont unbeteiligt. „Sven hat Frühschicht und geht sehr zeitig schlafen.“

Er nickte zustimmend und sah von einer zur anderen. „Ich dachte mir, ihr könntet doch zusammen hinfahren. Ist doch viel schöner als allein. Also falls ihr nicht schon zu müde seid.“

Freude stieg in Sophie auf, groß und hell. „Klar, gerne! Das ist eine tolle Idee.“ Natürlich hatte sie gesehen, wie schwer Emma das Einlenken gefallen war. Aber vielleicht könnte dieser Ausflug der Beginn ihres Neuanfangs werden. Sozusagen die Fortsetzung des guten Wegs, der mit Bennis Geburtstag begonnen hatte.

Sie wandte sich an Kati. „Mäuschen, bist du müde? Möchtest du lieber ins Bett und schlafen, oder wollen wir mit Thies und Emma an den Strand fahren?“

„An den Strand“, rief Kati, als wüsste sie gar nicht, was Müdigkeit ist.

„Super“, rief Sven an Emmas Stelle. „Ab morgen stecken wir alle wieder voll im Alltag. Nutzt also die Gunst der Stunde.“

Immer noch wirkte Emma nicht so, als würde sie es als Gunst ansehen, sondern eher wie eine Schale voller Zitronen, die sie verdrücken musste.

Gleich darauf fuhren sie mit Fahrrädern – Sophie bekam das von Sven, und Kati und Thies saßen in einem Fahrradanhänger, den sie zog – an die Nordsee. Beide Kinder trugen farbenfrohe Helme. Sophie fühlte sich zurückversetzt in ihre Kinder- und Jugendtage. Wie oft waren sie damals alle zusammen hier gewesen, die ganze Clique.

Emma schien sich nun entschlossen zu haben, gute Miene zum nicht ganz so guten Spiel zu machen. „Hier hatte ich Sven zum ersten Mal wiedergetroffen, als ich aus Berlin zurückkam", erzählte sie, als sie den Deich erklommen hatten.

„Ah."

Sophies Gedanken flogen zu Markus und dem Tag, an dem sie ihm zum ersten Mal begegnet war.

Kati und Thies liefen ihnen voraus, und langsam folgten ihnen Sophie und Emma den Deich hinunter und durch die anschließenden Dünen, bis Emma stehen blieb und mit der Hand vorauswies.

„Und dort haben wir Thies gefunden, nachdem er einfach verschwunden war, um das Meer zu malen. Du weißt schon, das Bild, das im Flur hängt."

„Ja, genau. Das muss ein riesiger Schreck für euch gewesen sein."

„Wir hatten so eine Angst! Er war doch erst vier. Überall hatten wir nach ihm gesucht und fanden ihn nicht. Bis ich die Idee mit den Dünen hatte. Damals hatte Thies begonnen, mich nachzuahmen und ebenfalls Bilder zu malen. Wir hatten ihm vom Meer erzählt und von den Seehunden, die liebt er ja so. Dies ist der kürzeste Weg dorthin, das weißt du ja, und hier fanden wir ihn. Ich werde nie vergessen, wie erleichtert wir waren, als wir ihn im Sand entdeckten. Ganz klein wirkte er, nahezu winzig, vor den grauen Wolken über dem Horizont und dem weiten Meer. Da saß er und malte."

„Da siehst du, wie er dich bewundert", entgegnete Sophie, beglückt darüber, wie viel Emma ihr erzählte. „Und das Bild ist wirklich fantastisch geworden. Es fängt die ganze Stimmung ein, die damals geherrscht haben muss. Markus ist auch sehr beeindruckt davon." Tatsächlich hatte er gerade gestern das Bild wieder erwähnt und wie wunderbar er es fand.

„Danke." Emma lächelte bescheiden.

Langsam gingen sie weiter durch den weichen Sand und folgten ihren Kindern, die bereits den Strand erreicht hatten.

„Ich habe früher viel gemalt", fuhr Emma fort. Ihre Augen leuchteten. Es kam Sophie vor, als würde sie bei diesem Thema, ihrer großen Leidenschaft, sogar ihren Ärger vergessen. „Damit habe ich meinen Kummer um meine verlorenen drei Kinder kompensiert. Wenn ich malte, glitt ich in andere, schönere Welten ab, das half mir sehr."

Sophie sah sie an. „Es tut mir alles so leid, Emma. Das mit deinen Kindern. Es muss furchtbar für dich gewesen sein, ich mag mir das gar nicht vorstellen. Und dann ... wie ich zu dir gewesen bin. Was ich dir angetan habe. Als ob du nicht schon genug durchgemacht hast. Statt für dich da zu sein, hab ich alles nur noch schlimmer gemacht. Ich war eine schreckliche Freundin. Und ich wünsche mir nichts mehr, als es wiedergutmachen zu können."

Sie blieb erneut stehen. Verwundert spürte sie, wie ihr die Tränen in die Augen traten. Oder war es der Seewind? Nein, dieser Abend war vollkommen windstill.

„Du hast dich bereits entschuldigt", sagte Emma steif. Dann entdeckte sie die Tränen in Sophies Augen, und ihr Ausdruck wurde milder.

„Ich meine, dass es mir wirklich leidtut, von ganzem Herzen. Wenn ich könnte, würde ich alles ungeschehen machen." Sophie spürte die Hitze der Tränen, die über ihre Wangen rannen. „Ich kann mich nur wieder und wieder bei dir entschuldigen, Emma. Ich verstehe ja selbst nicht mehr, wie ich so dumm sein konnte, so unendlich blöd. Du warst doch meine Freundin. Und ich …“

„Ist schon gut.“ Emma wandte sich ab, und plötzlich zuckten ihre Schultern.

„He“, rief Sophie erschrocken.

Emma sah sie an, ihre Augen schwammen in Tränen. „Mir tut es auch leid“, flüsterte sie.

„Dir? Aber warum denn? Ich bin die, die Mist gebaut hat.“

Unvermittelt schluchzte Emma auf. Wieder hatte Sophie das Gefühl, dass es da etwas gab, was Emma ihr sagen wollte. Doch sie tat es nicht. Wahrscheinlich hatte sie sich getäuscht.

„Wir sind vielleicht zwei Heulsusen“, stellte Sophie schließlich fest und blinzelte ihre Tränen fort.

„Das bleibt aber unter uns.“ In ihrer Tasche wühlte Emma nach Taschentüchern, nahm zwei heraus und reichte eines Sophie. „Was sollen die anderen denken, wenn wir zum ersten Mal seit einer Ewigkeit allein unterwegs sind und total verheult nach Hause kommen? Sie würden befürchten, wir hätten uns erneut ganz furchtbar gezofft.“

„Sie wären in heller Aufregung!“

Langsam gingen sie weiter, Thies und Kati entgegen, die am Strand hockten und gruben, die gesenkten Köpfe einander zugewandt. Als sie sie erreichten, setzten sie sich in den weichen Sand. Eine Weile sahen sie schweigend den Kindern zu.

„Sophie, darf ich dir eine Frage stellen?", fragte Emma schließlich.

„Natürlich. Alles, was du willst." Sophie konnte sich denken, wie die Frage lauten würde, und war überglücklich, dass ihr Gewissen rein war.

„Sven. Hast du …?" Emma schluckte. „Hast du noch Gefühle für ihn? Bitte sei ehrlich."

Sie schüttelte den Kopf. „Nein, Emma. Das ist vorbei. Ich weiß, dass ich mich damals in etwas völlig Unsinniges verrannt hatte."

Prüfend musterte ihre Freundin ihr Gesicht, las darin wie in einem Buch. Schließlich zeigte sie ein winziges Lächeln. Die Erleichterung, die Sophie durchströmte, war riesengroß, und sie erwiderte das Lächeln.

Kati warf ihr einen Blick zu. „Guck mal, Mama, wie groß unser Hafen wird. So wie der, wo unser Schiff losgefahren ist." Sie sah genauer hin. „Mama? Weinst du etwa?"

Lächelnd schüttelte Sophie den Kopf. „Nein, Mäuschen. Ich weine nicht. Ich bin nur so glücklich."

Schon senkte ihre Tochter wieder den Kopf über den Sand.

„Das mit Markus", begann Emma, nachdem sie wieder eine Weile geschwiegen hatten. „Was ist das zwischen euch? Ist es …" Neugierig sah sie Sophie an und las erneut ihre Gefühle. Schließlich riss sie die Augen auf.

„Nein!"

„Doch!"

„Wirklich? Ihr seid zusammen? Ich meine, so richtig?"

Sophie nickte und wusste nicht, worüber sie glücklicher war. Darüber, diese Frage bejahen zu können, oder die Tatsache, dass sie hier mit Emma saß und plauderte wie in alten Zeiten.

„Das freut mich wirklich, Sophie."

Erneut schwiegen sie und beobachteten die spielenden Kinder.

„Malst du eigentlich noch?", erkundigte sich Sophie schließlich. „So, wie ich das mitbekommen habe, hast du überhaupt keine Zeit mehr dafür, oder?"

Emma blickte aufs Meer hinaus. Weit draußen fuhr ein riesiges Containerschiff hinaus zu fernen Zielen.

„Das stimmt leider. Ich komme schon länger nicht mehr dazu. Du weißt ja selbst, wie viel Arbeit wir alle haben, besonders seit Horsts Unfall. Jetzt, wo er ausfällt, merkt man erst, was er alles geleistet hat. Na ja, so schlimm ist das mit dem Malen nicht. Mir gehts ja jetzt gut, ich habe Sven und Thies und ..." Sie senkte den Blick und legte eine Hand auf ihren Bauch. „Und das Würmchen hier drinnen. Ein riesiges Wunder, auf das ich nicht mehr zu hoffen gewagt hatte. Ich muss nichts mehr kompensieren oder verdrängen."

„Wie gehts dir denn mit der Schwangerschaft? Ist alles in Ordnung?"

Emma nickte und lächelte. „Ja, es ist alles gut."

„Wisst ihr schon, was es wird?"

Nun strahlte sie. „Ein Mädchen. Thies bekommt eine Schwester."

Spontan legte Sophie eine Hand auf Emmas. „Das ist wunderbar, ich freu mich so für euch."

Plötzlich war es, als würde jemand einen Schleier über Emmas Gesicht ziehen. Ihr Lächeln gefror, und sie zuckte ein wenig. Sie sah rasch zu Sophie hinüber und gleich wieder weg.

„He, alles in Ordnung?", erkundigte sich Sophie besorgt. „Geht es dir gut?"

„Ja, ja, alles klar. Ich glaube nur, es hat mich gerade getreten."

„Wie schön!"

Unvermittelt wies Emma mit dem Arm zum Horizont. „Sieh nur, wie hübsch es ist. Das würde ich jetzt wirklich gern malen."

Verwirrt sah Sophie sie an. Sie verstand nicht ganz, was gerade mit Emma vorging. Es kam ihr fast vor, als wollte sie schnell das Thema wechseln.

„Vielleicht könnte ich mal wieder ein Bild verkaufen", fuhr Emma fort.

„Du hast Bilder verkauft?" Sophie staunte und vergaß Emmas verwirrendes Verhalten.

„Ja. Einmal sogar zehn Stück auf einmal an eine Klinik. Sonst einige Male Einzelstücke. Die Kunden teilten mir ihre Motivwünsche mit, und ich malte."

„Das ist großartig! Emma, du musst versuchen, damit unbedingt weiterzumachen! Vielleicht könntest du damit richtig viel Geld verdienen. Deine Bilder sind wunderbar."

Emma hob die Schultern. „Seit einiger Zeit kamen keine Anfragen mehr. Wie auch? Es weiß ja kaum jemand."

„Wer weiß, vielleicht findet sich noch eine Lösung."

Selbst wenn Emma wieder malte, müsste es sich herumsprechen, damit sie bekannter wurde. Sophie hatte das dringende Bedürfnis, ihrer Freundin Mut zu machen, an ihren Träumen festzuhalten. Vielleicht bot sich hier eine Chance, den Kummer, den sie Emma bereitet hatte, wiedergutzumachen.

Emma hob die Schultern. „Warten wir es mal ab. Und du? Wie sind deine Pläne? Du wirst doch sicherlich nicht bis an dein Lebensende auf unserem Hof die Haushälterin sein wollen."

„Nein, natürlich nicht. Ehrlich gesagt suche ich nach einem Job. Noch hat sich nichts ergeben, doch das stört mich nicht. Gerade passiert so viel Neues, fast jeden Tag ist etwas los, da komme ich überhaupt nicht zum Nachdenken oder Pläne schmieden. Im Moment sind Kati und ich einfach glücklich, so wie es jetzt ist."

„Du hast recht, es wird sich schon etwas ergeben."

Lächelnd saß Sophie im Sand und sah zu, wie sich der Hafen der Kinder mit Wasser füllte.

Kapitel 19

Drei Tage später zersprang ihr Glück in einem Strudel von Angst und Sorgen.

An diesem Morgen hatte Sophie Emma gar nicht zu Gesicht bekommen. Sie war mit Thies schon sehr früh in den Kindergarten gefahren, angeblich, um dort noch etwas zu erledigen, bevor der reguläre Betrieb begann. Auch zum Mittag erschien sie nicht pünktlich und war noch nicht zurück, als Sophie die Schüsseln mit ihrem Essen ins Auto packte.

„Ich rufe mal im Kindergarten an und frage nach", erklärte Margarete besorgt.

„Und ich fahre jetzt hin, um Kati abzuholen. Einer von uns erfährt bestimmt, wo Emma und Thies stecken."

Als sie jedoch beim Kindergarten ankam und nach Kati fragte, sah Martina, die Leiterin, sie ratlos an.

„Sie wurde doch vorhin schon von ihrem Vater abgeholt", erklärte sie. „Wusstest du davon etwa nichts?"

Sophie fühlte, wie ihr alle Farbe aus dem Gesicht wich.

„Was? Nein!"

„Er hat dir nichts gesagt?"

„Nein!", wiederholte Sophie und schüttelte den Kopf.

„Oh, das tut mir leid. Er erklärte, es wäre alles mit dir abgesprochen. Er wollte mit Kati in den Urlaub fahren."

„Wie bitte?" Sophie spürte, wie es ihr schwindelig
wurde. „Ohne mich vorher zu fragen?", sagte sie eher zu
sich selbst.

Martina hob die Schultern. „Wir dachten uns nichts
dabei, immerhin ist er Katis Vater. Und natürlich gingen wir davon aus, dass du Bescheid weißt."

„Ich hatte nicht die geringste Ahnung."

„Emma hat mit ihm gesprochen und ihm Kati überge-
ben. Ich dachte, du wüsstest alles, immerhin arbeitest
du doch bei ihrer Familie."

Emma! Was hatte das zu bedeuten? Hatte sie sich deshalb heute noch nicht blicken lassen? Was ging hier
vor?

„Wo ist Emma?", fragte Sophie.

„Oh, sie fuhr zur gewohnten Zeit los. Warum? Ist sie
denn nicht zu Hause eingetroffen?"

„Nein."

„Komisch. Dann weiß ich leider auch nicht, wo sie
steckt. Aber mach dir keine Sorgen wegen Kati, Sophie,
ihr geht es gut. Carsten ist ihr Papa und bereitet ihr sicher schöne Ferien."

„Doch nicht über meinen Kopf hinweg", sagte Sophie.
„Weißt du denn, wohin sie fahren wollen?"

„Leider nicht."

Einige Male atmete Sophie tief durch, um ihren rasenden Herzschlag wieder unter Kontrolle zu bekommen.

„Okay, dann fahre ich wohl mal wieder."

„Es tut mir wirklich leid", rief Martina ihr hinterher.

Sophie jedoch fühlte sich wie betäubt, als sie in ihr
Auto stieg und nach Hause fuhr. Gedankenverloren
nahm sie die Essensschüsseln aus dem Kofferraum.

Birte erschrak, als sie sie sah, und nahm ihr zwei Schüsseln ab. Gemeinsam trugen sie sie in die Küche und stellten sie auf den Tisch.

„Du lieber Himmel, was ist denn mit dir passiert, Sophie?"

Stockend berichtete Sophie ihr, was vorgefallen war. Dabei wusste sie nicht, auf wen sie wütender war. Auf Carsten oder auf Emma, die ihr am Strand gerade noch eine erneute Freundschaft vorgespielt hatte.

Schließlich sagte Birte ihr dasselbe wie Martina, nämlich, dass es Kati gut gehe und sie sich keine Sorgen machen müsse. Natürlich machte sie sich Sorgen! Sicher war Nina dabei, und die konnte Kati nicht ausstehen.

Wut und Angst vermischten sich zu einem schwer zu ertragenden Cocktail.

„Lasst es euch bitte schmecken, ja?", sagte Sophie und wies auf das Essen. „Sorry, aber mir ist der Appetit vergangen."

„Verstehe ich. Wir lassen dir was übrig."

Sophie nickte der besorgt wirkenden Birte zu, stieg erneut in ihr Auto und fuhr zu Carstens Haus. Vielleicht stimmte es gar nicht und war nur ein Missverständnis, vielleicht war Kati hier und ... Carstens schwarzer SUV war nirgends zu sehen. Nur Ninas silberfarbener Fiesta parkte im Carport. Das konnte doch alles nicht wahr sein! Rasch holte sie ihr Handy und rief Carstens Nummer auf. Doch nur die Mailbox ging ran.

„Carsten, verdammt noch mal, was hast du dir dabei gedacht? Wo ist Kati? Ich will, dass du sie sofort hierher zu mir bringst", sprach sie darauf.

Was zum Teufel hatte Carsten vor? Handelte es sich wirklich nur um einen ganz normalen Urlaub? Wenn ja, warum hatte er ihr nichts davon erzählt? Neulich kam in den Nachrichten ein Bericht über einen Familienvater, der nach der Trennung von seiner Frau die beiden gemeinsamen Kinder und sich selbst getötet hatte. Im Grunde traute sie Carsten so etwas nicht zu, aber wer konnte schon in einen anderen Menschen hineinsehen? Vielleicht hatte er Stress mit Nina und war deshalb auf irgendeine blöde Idee gekommen?

Wenn jemand außer Carsten Antworten auf diese Fragen haben könnte, dann Emma. Entschlossen startete Sophie erneut den Automotor und fuhr zu den Jansens. Und falls Emma immer noch nicht zurück war, würde sie eben warten, bis sie kam.

***

Tatsächlich saß Emma am Tisch, als Sophie die Küche betrat. Sobald Emma sie sah, füllten sich ihre Augen mit Tränen.

„Es tut mir so leid, Sophie!"

„Was genau?"

Während Sophie sie anstarrte, mischte sich ihr Ärger mit Besorgnis, denn Emma wirkte geradezu unnatürlich bleich. Schon rannen die Tränen über ihre bleichen Wangen. Ihr Gesicht zuckte, und sie legte schnell eine Hand auf ihren Bauch.

„Komm, beruhige dich erst mal", sagte Sophie, holte ein Glas aus dem Schrank, füllte es mit Wasser und stellte es Emma hin. In diesem Moment betrat Margarete die Küche, schien etwas sagen zu wollen, blieb jedoch stumm und setzte sich ebenfalls an den Tisch.

Geduldig wartete Sophie, bis Emma einen Schluck getrunken und sich ein wenig beruhigt hatte.

„Vor ein paar Tagen kam Carsten in den Kindergarten“, begann sie. „Er erzählte, dass er in den Urlaub fahren und Kati mitnehmen wolle.“

„Warum hast du mir das nicht gesagt?“

„Weil er mich darum gebeten hatte. Das war vor unserem Ausflug an den Strand, Sophie. Als ich ... als ich noch sauer auf dich war. Ich dachte mir, es geschähe dir recht, wenn er sie einfach mitnimmt, ohne dass du vorher davon erfährst.“

Darauf wusste Sophie keine Erwiderung. Stattdessen glaubte sie, dass Emma recht hatte. Sie hatte es verdient. Sie war damals so eine miese Freundin gewesen, dass sie es doppelt und dreifach verdient hatte, auch wenn sie inzwischen alles dafür tat, ihre Fehler wiedergutzumachen.

Sophie nickte. „Dazu hast du wohl auch allen Grund. Ich habe es verdient. Aber Kati doch nicht. Weißt du, dass Carsten sich nicht einmal hat blicken lassen, seit ich Kati zu mir geholt habe? Er hat gar kein Interesse an ihr. Keine Ahnung, was jetzt in ihm vorgegangen ist und warum er auf diese Idee gekommen ist.“

Emma saß da wie ein Häufchen Elend, verzog das Gesicht und fasste sich erneut an den Bauch.

„Ich wollte es dir sagen, als wir am Strand waren, Sophie, wirklich. Leider hab ich mich nicht getraut. Plötzlich war es wieder so schön zwischen uns, so wie damals, als wir noch Freundinnen waren. Und ich wollte es nicht gleich wieder kaputtmachen. Ich dachte, ja, ich hoffte, dass Carsten alles wieder vergessen hat und Kati doch nicht abholt. Es tut mir so furchtbar leid!“ Sie schluchzte laut.

„Beruhige dich", mischte sich Margarete ein, die bisher schweigend zugehört hatte. „Du darfst dich nicht aufregen, hörst du? Denk an dein Baby." Damit schob sie Emma das Wasserglas hin.

Sophies Sorge um Emma siegte über ihren Ärger. Mitleidig legte sie ihr die Hand auf die Schulter und strich sanft darüber, und Emma zuckte nicht zurück.

„Es ist schon gut, Emma", sagte sie. „Vielleicht, ja, sogar wahrscheinlich hätte ich an deiner Stelle dasselbe getan. Du konntest ja nicht wissen, wie Carsten tickt. Ein Urlaub für Kati, das klingt doch toll. Wirklich, beruhige dich, ja? Komm, ich koche dir einen Tee." Damit stand sie auf, setzte Wasser auf und gab einen Teebeutel in eine Tasse. Als das Wasser kochte, goss sie es über den Tee und stellte die Tasse vor Emma hin.

„Danke." Emmas Hand zitterte, als sie nach dem Zucker griff.

„Ich bin dir nicht mehr böse, wirklich." Sanft legte Sophie ihre Hand auf Emmas. „Margarete hat recht, du musst unbedingt wieder zur Ruhe kommen. Am besten legst du dich etwas hin, ja? Und ich fahre jetzt nach Hause." Sie stand auf, nickte Margarete grüßend zu und wandte sich zum Gehen.

„Ach, etwas noch", rief die Bäuerin ihr hinterher. „Heute Abend sind Sven und ich nicht hier. In Cuxhaven findet eine Sitzung der Bauernvereinigung statt, da müssen wir hin, weil Horst das ja nicht übernehmen kann. Ich wäre dir sehr dankbar, wenn du abends auf einen Sprung hereinschauen könntest, nur um nachzusehen, ob alles in Ordnung ist. Um den Stall kümmert sich Nils Harms, aber es wäre schön, wenn du kurz nach Emma und Thies sehen könntest." Sie sah

Emma an. „Der Vorschlag ist übrigens nicht auf meinem Mist gewachsen. Bedank dich bei Sven. Er findet, dass du seit ein paar Tagen sehr blass bist und oft fahrig wirkst, und macht sich Sorgen um dich."

Sophie wusste, was sie nicht aussprach, als sie Emma mit einem langen Blick bedachte. Bei ihrer Vorgeschichte mit drei Fehlgeburten konnte Emma nicht vorsichtig genug sein.

„Das ist kein Problem, ich sehe gern nach dem Rechten", stimmte Sophie zu.

„Danke. Und jetzt fahr nach Hause. Ich glaube, du hast etwas Ruhe ebenfalls nötig." Aufmunternd nickte Margarete Sophie zu.

***

Zu Hause erwartete Sophie ein leeres Haus. Birte war mit Melissa unterwegs, Michi arbeitete, und Kati … Als Sophie ihr leeres Zimmer sah, war ihr nach Weinen zumute. Sie brauchte jetzt Trost, ganz dringend. Also rief sie Markus an. Beim fünften Klingeln ging er ran.

„Sophie", rief er und klang besorgt. „Das ist ja eine ungewöhnliche Zeit. Ist etwas passiert?"

„Carsten hat Kati aus dem Kindergarten mitgenommen, ohne mir vorher etwas davon zu sagen", brachte sie hervor.

„Was?"

Mit bebender Stimme berichtete ihm Sophie von den heutigen Vorfällen.

„Das ist einfach unglaublich. Soll ich zu dir kommen? Ich ziehe mich gerade für die Arbeit um, du hast Glück, dass du mich noch erreicht hast. Heute muss ich bis spätabends ran. Aber wenn ich mit meinem Chef rede und ihm sage, was …“

„Nein, lass nur. Ich habe deine Stimme gehört, jetzt gehts mir schon besser.“

„Wirklich? Ich konnte dir doch gar nicht helfen.“

„Doch. Einfach, indem du da bist.“

„Es wird alles wieder gut, hörst du? Wahrscheinlich sitzt Kati gerade irgendwo am Strand und genießt ein leckeres Eis.“

„Ja, hoffentlich.“

Am späten Nachmittag kehrte Birte zurück.

„Hast du schon etwas herausgefunden?“, erkundigte sie sich.

Sophie schüttelte den Kopf. „Ich hab Carsten mindestens zwanzigmal auf die Mailbox gesprochen, aber der Mistkerl hat es nicht nötig, mich zurückzurufen.“

Birte versuchte, sie mit ähnlichen Worten zu beruhigen wie zuvor Markus.

„Wenn er zurückkommt, ziehe ich ihm eigenhändig die Ohren lang“, versprach Birte.

„Wir teilen ihn uns. Eine hält ihn fest, und die andere vermöbelt ihn ordentlich.“

Birte fiel in das Lachen ein. „Genauso machen wir das.“

Kurz darauf ging Sophie in ihre Dachwohnung. Kaum angekommen, erhielt sie eine Nachricht von Carsten. Mit bebenden Fingern öffnete sie sie.

Kati geht es gut, schrieb er. Angehängt war ein Foto ihrer Tochter, die im Bett lag und friedlich schlief. Im Arm hielt sie einen Stoff-Seehund.

Erleichterung durchströmte Sophie, so gewaltig, dass ihr schwindelig wurde.

„Warum hast du das gemacht?", tippte sie. „Weißt du denn nicht, was für eine Angst ich hatte?"

Sie schickte die Nachricht ab, rechnete im Grunde jedoch nicht mit einer Antwort. Welche Ausrede sollte er ihr daraufhin schon auftischen?

Zu ihrer Überraschung rief er gleich darauf an.

„Tut mir leid. Ich weiß, dass ich ein Arschloch bin. Nina und ich hatten einen fürchterlichen Streit. Sie ... sie wünscht sich ein Baby, weißt du? Ich warf ihr vor, wie sie sich um ein eigenes Kind kümmern will, wenn sie nicht einmal mit Kati klarkommt, die immerhin bereits vier Jahre alt ist."

Sophie presste die Zähne aufeinander, dass es wehtat. Damit hatte er ausnahmsweise einmal recht.

„Sie schrie zurück, dass Kati eben nicht ihr eigenes Kind sei, und ich erwiderte, dass sie aber meine eigene Tochter ist", fuhr Carsten fort. „Ein Wort gab das andere, sie warf mir vor, dass ich mich bisher auch nicht gerade als Traumvater erwiesen habe, womit sie natürlich recht hat, und am Ende fragte sie, ob ich mich etwa von ihr trennen will. Nein, das wollte ich natürlich nicht. Was blieb, war mein schlechtes Gewissen Kati gegenüber."

Überrascht sog Sophie die Luft ein.

„Ja, du hörst richtig. Ich weiß, dass ich viel falsch gemacht habe. Mit Nina möchte ich alles richtig machen, verstehst du? Aber es geht auch nicht, dass Kati dabei außen vor bleibt. Auch wenn ich bisher ein Idiot war und es nicht gezeigt habe, so liebe ich sie doch sehr. Ich habe ihr gegenüber sehr viel wiedergutzumachen."

Erleichtert seufzte Sophie. Hatte er tatsächlich etwas gelernt?

„Und da kam mir die Idee mit dem Urlaub. So könnte ich mehrere Fliegen mit einer Klappe schlagen: Ich kann Kati einen schönen Urlaub bereiten, in dem ich mir sehr viel Zeit für sie nehme, das verspreche ich dir. Und Nina erhält eine neue Chance, sich mit Kati anzufreunden und zudem zu testen, ob ein eigenes Kind wirklich eine gute Idee ist. Und das geht hier bestimmt viel besser als zu Hause, wo sie immer noch mit Umgestalten und Einräumen beschäftigt ist und Katis Anwesenheit mitunter alles durcheinanderbringt."

Sophie musste diese Informationsflut erst einmal verdauen.

„Wo seid ihr?", fragte sie schließlich. Bei allem Ärger fühlte sie sich unglaublich erleichtert. Auch wenn sie Carstens Verhalten alles andere als guthieß, hatte er, zumindest aus seiner Sicht, plausible Gründe. Und Kati ging es gut, das war das Allerwichtigste.

„Auf Rügen."

„Eine Frage noch, Carsten: Warum hast du mich nicht einfach gefragt? Warum diese Heimlichtuerei?"

„Weil ich sicher war, dass du mir Kati nicht einfach so mitgegeben hättest. Allein schon, weil Nina dabei ist. Und auf weiteren Stress hatte ich wirklich keinen Bock."

Er hatte recht. Das hätte sie tatsächlich nicht getan.

„Also gut. Wir reden weiter, wenn ihr wieder zurück seid. Was du getan hast, war richtig scheiße. Und dann hast du noch Emma mit reingezogen. Es geht ihr nicht gut, weißt du?" Sophie atmete tief durch. „Aber die Hauptsache ist, dass es Kati gut geht. Wenn mir hinterher von ihr auch nur eine einzige, noch so winzige Klage kommt, gibts richtig Ärger."

„Verstanden.“

Nachdem Sophie aufgelegt hatte, schickte sie Markus eine Textnachricht, damit auch er Bescheid wusste und sich keine Sorgen mehr machte. Außerdem würde sie gleich zu Emma aufbrechen und es ihr ebenfalls erzählen. Die gute Nachricht würde ihr guttun.

Kapitel 20

Als Sophie zum Hof der Jansens ging, um noch einmal nach dem Rechten zu schauen, fühlte sie sich wesentlich entspannter. Ihr Ärger war verflogen; bis zu seiner Rückkehr wollte sie sich nicht mehr über Carsten aufregen, es brachte ja nichts. Die Hauptsache war, dass es Kati gut ging.

Beschwingt genoss sie die kleine Fahrradtour. Die Abendsonne spiegelte sich im Graben neben der Straße, die Frösche quakten, die Grillen zirpten im Gras. Auf einer Wiese grasten ein paar Stuten mit ihren Fohlen. Alles wirkte so friedlich.

Der Hof kam in Sicht, die Haustür war verschlossen, und beruhigt schlenderte Sophie zum Wohnhaus von Emma und Thies hinüber, um nach ihnen zu sehen, wie sie es versprochen hatte. Vielleicht würden Emma und sie sich noch ein wenig unterhalten und die Erneuerung ihrer Freundschaft – nach der Beilegung dieses erneuten Ärgers – weiter festigen.

Als sie klingelte, begann Timmi zu bellen. Lächelnd stellte sie sich vor, wie der kleine weiße Hund aufgeregt vor der Tür stehen und Thies ihn zur Ordnung rufen würde. Als die Tür geöffnet wurde, erwartete sie, in Emmas Gesicht zu sehen. Stattdessen stand, wie schon bei ihrem ersten Besuch hier, Thies vor ihr.

„Mami gehts nicht gut", sagte er anstelle einer Begrüßung.

Bestürzt erkannte Sophie seine tränennassen Augen.

Schnell trat sie ein und schloss die Tür. Thies ging ihr voran in die Stube und sah bittend zu ihr hoch. Timmi schlich mit eingezogenem Schwänzchen hinter ihm her. Emma lag auf der Couch, eine Decke über sich gezogen, eine Tasse Tee auf dem Tisch neben sich. Als sie Sophie sah, setzte sie sich auf.

„Bleib liegen", rief Sophie erschrocken.

Gehorsam ließ sich Emma zurücksinken. Sie schien sogar noch bleicher zu sein als heute Mittag.

„Thies sagte, dir gehts nicht gut. Was ist denn? Hast du Schmerzen?"

Emma nickte stumm. „Schon seit einigen Tagen."

„Warum hast du denn nichts gesagt?" Sophie war zutiefst erschrocken.

„Ich dachte, es vergeht wieder. Anfangs war es ja auch nur ein kleines Zwicken hin und wieder, nicht schlimm. Aber vorhin wurde es immer schlimmer. Da hab ich mich gleich hingelegt, nachdem ich deinen Tee getrunken hatte. Nils hat sich im Stall um alles gekümmert. Zum Glück waren Sven und Margarete schon weg."

„Zum Glück?"

Emma nickte. „Sie haben schon genug Sorgen. Ich will sie nicht auch noch hiermit belasten. Es vergeht schon wieder. Die Ruhe tut mir gut, es tut kaum noch weh." Ihr Gesicht verriet, dass das nicht ganz stimmte.

„Ich ruf einen Krankenwagen." Sophie zog ihr Handy heraus.

„Nein. Lass, das ist nicht nötig. Glaube ich."

„Glauben ist nicht Wissen, Emma, das weißt du doch selbst am besten. Du darfst kein Risiko eingehen."

„Ich will mich aber auch nicht lächerlich machen. Hier gibts gerade so viele Probleme, dass ich nicht auch noch …“

„Keine Widerrede. Du musst dringend untersucht werden.“

Schnell wählte Sophie die Notrufnummer und erklärte ihr Anliegen.

„Kommt in zehn Minuten“, sagte sie, nachdem sie aufgelegt hatte. Sie nahm auf einem Sessel Platz und sah zu, wie sich Thies vorsichtig zu Emma auf die Kante der Couch setzte. Er wirkte völlig verstört.

Ob er sich unbewusst an seine Mutter erinnerte, an Sandra? Sie war letzten Endes gestorben, nachdem sie gewiss auch oft hier auf dem Sofa gelegen hatte. Er war noch sehr klein gewesen, aber in seinem Unterbewusstsein waren die Erinnerungen bestimmt gespeichert. Fürchtete er, wieder eine Mutter zu verlieren?

„Es ist alles in Ordnung, Thies“, erklärte Emma und strich ihm beruhigend über das Haar. „Ich bin nur etwas müde, weißt du?“

Er nickte, wirkte aber nicht überzeugt.

Sophie wandte sich an den Jungen. „Thies, magst du kurz in dein Zimmer laufen und ein Kuscheltier für deine Mami holen? Dann geht es ihr bestimmt gleich besser.“

„Ja.“ Seine Augen leuchteten auf, und er rannte los.

Sophie wartete, bis er aus dem Zimmer gelaufen war. „Hast du Blutungen?“, fragte sie Emma schließlich leise.

Zu ihrer Erleichterung schüttelte Emma den Kopf. „Nein. Aber ich habe panische Angst davor und mag mich nicht bewegen. Ich muss die ganze Zeit daran denken, wie es beim letzten Mal war. In Berlin in der Küche. Es war …“

„Psst. Daran darfst du jetzt nicht denken, hörst du? Diesmal ist es anders. Du bist bereits im fünften Monat, da ist die Gefahr einer Fehlgeburt viel, viel kleiner.“

„Ich weiß. Aber woher kommen dann die Schmerzen?“

„Die haben bestimmt eine völlig normale Ursache. Deine Gebärmutter wächst und dehnt sich aus, das kann schon mal wehtun.“

„War es bei dir auch so?“ Die Hoffnung in Emmas Augen tat weh.

„Ja.“ Sophie konnte sich nicht mehr daran erinnern, ob sie während der Schwangerschaft je Schmerzen gehabt hatte, aber das war jetzt unwichtig.

Der Zeitpunkt, zu dem Emmas Beschwerden begannen, machte sie hingegen nachdenklich. Ein erstes Zwicken schon seit Tagen. Seit Carsten sie wegen Kati im Kindergarten bedrängte?

„Es ist alles gut, Emma“, sagte sie. „Mach dir bitte keine Sorgen, hörst du? Ich habe gerade mit Carsten gesprochen, Kati geht es gut, wahrscheinlich viel besser als uns allen hier. Nimm dir die Sache nicht so zu Herzen, okay? Komm, versuch, dich zu entspannen. Atme ganz ruhig ein. Und wieder aus. Ja, so ist es gut.“

Thies kam mit einer grauen Plüschrobbe, einem braun-weißen Hund und einem schwarz-gefleckten Pony zurück, die er sich unter die Arme geklemmt hatte und kaum tragen konnte. Er ließ alle auf Emmas Decke fallen.

„Ich wusste nicht, welches du am liebsten magst, Mami, deshalb hab ich dir so viele gebracht."

„Das ist lieb von dir, mein Schatz." Zärtlich wuschelte Emma in seinem Haar.

„Eine bessere Mutter als dich könnte er sich nicht wünschen", sagte Sophie leise.

Emma sah sie an, und für einen winzigen Moment glomm noch einmal die Wut in ihren Augen auf. Sophie sah nicht weg, denn sie wusste, dass sie es verdient hatte. Doch dann verglühte der Funke und erlosch. An seine Stelle traten Wärme und Liebe.

Vertrauensvoll schmiegte sich Thies an Emma.

Kurz darauf fuhr der Rettungswagen in den Hof. Sophie lief zur Tür und ließ den Notarzt und zwei Rettungssanitäter herein. Während sie sich um Emma kümmerten, nahm Sophie Thies auf den Arm und setzte sich mit ihm in die Küche.

„Hast du Lust auf einen schönen warmen Kakao?", erkundigte sie sich.

Immer wieder huschten seine Blicke ängstlich zur Stube, von wo leise Stimmen erklangen, doch schließlich nickte er zaghaft.

Während sie Milch auf dem Herd erwärmte, versuchte sie, etwas von dem zu verstehen, was im Wohnzimmer vor sich ging, sprach zugleich beruhigend auf Thies ein und lenkte ihn mit Fragen nach Timmis Lieblingsspielen ab. *Wie gut, dass wir Frauen multitaskingfähig sind,* dachte sie und musste schmunzeln.

Als sie die Tasse vor Thies hinstellte, kam einer der Sanitäter in die Küche.

„Wir nehmen Frau Hoffmann mit", erklärte er.

„Wie geht es ihr?"

„Sie ist stabil. Alles Weitere werden die Untersuchungen im Krankenhaus klären."

„Wohin bringen Sie sie?"

„Nach Cuxhaven in die Helios Klinik."

Sophie strich Thies über den Kopf. „Ich spreche kurz mit deiner Mami und bin gleich wieder da, okay?"

Er nickte zaghaft. Der Anblick des kleinen Jungen an dem riesigen Holztisch, verloren und verängstigt, brach ihr fast das Herz.

Emma lag inzwischen auf einer Trage und sah ihr entgegen. Ihr Gesicht war vor lauter Angst ganz eingefallen und weiß wie die Wand. Sophie hockte sich vor sie.

„Es wird alles gut, hörst du? Mach dir keine Sorgen."

„Es ist schon dreimal nicht gut gegangen", gab Emma kaum hörbar zurück.

„Da warst du aber nicht schon im fünften Monat."

„Bleibst du bei Thies?", fragte Emma. „Bitte."

„Natürlich. Ich rufe Sven an, in Ordnung? Er muss das wissen und ..."

„Danke." Emma schloss die Augen. Sie wirkte zutiefst erschöpft.

„Kein Problem. Mach dir keine Sorgen, ich bleibe bei Thies, so lange es eben dauert."

„Danke", wiederholte Emma.

Die Sanitäter hoben die Trage an, der Notarzt folgte, und sie verließen das Haus. Als sie die Trage in den Rettungswagen schoben, sah Sophie, wie drüben im Bauernhaus die Tür geöffnet wurde und der alte Heinz heraustrat. Auf seinen Stock gestützt starrte er verwirrt auf den Rettungswagen und dann zu ihr. Sie winkte ihm zu, und er setzte sich langsam in Bewegung.

„Wat is denn los?", fragte er, als er sie erreicht hatte.

Schnell brachte Sophie ihn auf den aktuellen Stand.

„Um Himmels willen! De arme Deern! Wat mokt der Lütte?“

„Ich habe ihm Kakao gemacht. Komm doch erst mal rein und setz dich.“

Sophie setzte Teewasser auf, während Heinz sich an den Tisch setzte und Thies ihm weinend in die Arme fiel. Der Kakao stand noch unangerührt vor ihm.

„Aber, aber“, sagte Heinz leise und strich dem Jungen beruhigend über den Rücken. „Wer wird denn da weinen. Deine Mami kommt bald zurück.“

Er wechselte einen sorgenvollen Blick mit Sophie. Sie wusste, was er dachte. Möglicherweise würde dieses Erlebnis das ganze Trauma des Jungen wieder hervorholen.

„Komm“, sagte sie. „Trink deinen Kakao, der schmeckt so gut.“

Als auch Heinz ihm auffordernd zunickte, nippte Thies an der Tasse. Sobald er die Süße schmeckte, schien er sich ein wenig zu entspannen, und Sophie atmete auf.

„Ich rufe Sven an“, raunte sie dem Alten zu. „Er muss sofort Bescheid wissen. Ich geh eben nach nebenan, damit Thies nichts mitbekommt.“

Heinz nickte. „Mok dat. Der Lütte und ich halten hier die Stellung.“

Sven war zutiefst erschrocken und erklärte, sofort zu Emma ins Krankenhaus fahren zu wollen.

Sophie legte auf und wollte zurück in die Küche gehen, als ihr Telefon klingelte.

„Hallo, hier ist Markus. Ich wollte nur mal nachfragen, wie es dir inzwischen geht.“

Sophie war gerührt. „Das ist echt lieb von dir. Mir gehts gut, und Kati ebenfalls, das hab ich dir vorhin ja schon geschrieben. Vorhin hab ich mit Carsten telefoniert, und er hat mir alles erklärt. Klar, was er gemacht hat, und vor allem wie, geht gar nicht. Tatsächlich ist er sogar einsichtig, stell dir das vor. Ich erzähle es dir noch genauer, denn es ist schon wieder etwas Schlimmes passiert", fuhr sie rasch fort. Er hatte nur eine kurze Pause und musste gleich weiterarbeiten. „Ich bin bei den Jansens. Emma hatte Schmerzen und wurde ins Krankenhaus gebracht."

„Um Himmels willen! Wie geht es ihr?"

„Wir wissen noch nichts. Ich rufe dich nach Feierabend an, ja?"

Mit bebenden Fingern legte sie auf und wünschte sich, jetzt bei ihm zu sein, sich an ihn schmiegen zu können. Es hatte so gutgetan, seine Stimme zu hören.

Sie ging zurück in die Küche. Als Thies seinen Kakao ausgetrunken hatte, ging sie mit ihm und Heinz in die Stube und ließ sich von Thies sein Lieblingsbuch bringen. Dann saß der Kleine zwischen ihr und Heinz auf der Couch, und sie las die Geschichte vom Eisbären, der im ewigen Eis spannende Abenteuer erlebte. Immer wieder sah sie auf die Uhr und fragte sich, wie es Emma gerade gehen mochte. Die Anspannung war beinahe mit Händen greifbar.

Als sie spürte, dass Thies müde wurde, zog sie ihm seinen Schlafanzug an und half ihm beim Zähneputzen. Dann legte sie ihn ins Bett, deckte ihn zu und versprach ihm, dass bald alles wieder gut sein würde. Und sie hoffte von ganzem Herzen, dass das keine Lüge war.

Als sie schließlich vom Hof her ein Motorengeräusch hörte, zuckte sie zusammen, und ihr Herzschlag beschleunigte sich. Rasch ging sie zur Tür und öffnete sie. Margarete stieg aus, während Sven wendete und gleich wieder davonfuhr.

„Wie geht es Emma?", fragte Sophie, sobald die Bäuerin sie erreichte.

Margarete schüttelte den Kopf. „Sie wird noch untersucht. Sven war bei ihr, aber Emma schickte ihn weg und meinte, er soll zu Thies fahren. Deshalb brachte er mich her. Er selbst wollte sofort zu Emma zurück."

Gemeinsam gingen sie ins Wohnzimmer, wo der alte Heinz ihnen besorgt entgegensah.

„Gibts Neuigkeiten?", erkundigte er sich.

Rasch erklärte Margarete ihm dasselbe wie eben Sophie.

„Was ist denn eigentlich genau passiert?", erkundigte sie sich schließlich. „Sven war vollkommen durcheinander, sagte nur, dass Emma ins Krankenhaus gebracht wurde."

„Als ich herkam, um nach Emma und Thies zu sehen, lag sie mit Schmerzen auf dem Sofa. Ich hab den Rettungswagen gerufen und versucht, Thies zu beschäftigen. Der Notarzt meinte, Emma muss in die Helios Klinik für weitere Untersuchungen. Mehr weiß ich auch nicht."

„Oh, Gott!" Margarete schlug die Hände vors Gesicht. „Warum hat sie denn nichts gesagt, als wir gefahren sind?"

„Sie wollte wohl nicht, dass ihr euch noch mehr sorgt."

„Ahlns wart gut", sagte der alte Mann und tätschelte den Arm seiner Schwiegertochter.

„Ich weiß nicht, sie hatte doch schon drei Fehlgeburten. Wenn sie jetzt ..." Margarete brach ab und blickte hastig um sich. „Wo ist denn Thies? Wie geht es ihm? Ach, der arme Junge!"

„Keine Sorge, es geht ihm gut. Er schläft. Ich habe ihm einen Kakao gemacht und ihm vorgelesen, bis er müde wurde."

Margarete schaute zu Sophie hin. Es schien, als ob sie jetzt erst wirklich wahrnahm, dass sie noch da war. Sie runzelte die Stirn.

„Emma geht es doch erst so schlecht, seit euer Drama um Kati begann. Du und Carsten habt die arme Emma da mit reingezogen." Sie presste die Lippen fest aufeinander und ihr Blick wurde hart. „Es ist besser, wenn du jetzt gehst."

Langsam stand Sophie auf. Ihr Blick fiel auf den alten Heinz.

„Geh nach Hus, Deern. Nun ist Margarete ja da und wir passen auf Thies auf, bis Sven kommt."

Sophie ging zur Tür, öffnete sie und trat in die Nacht hinaus.

Margarete hatte sie so schroff fortgeschickt. Ihr Vorwurf, sie und Carsten trügen die Schuld an Emmas Schmerzen, hatte Sophie schwer getroffen. Vor allem, da sie ahnte, dass die Bäuerin nicht ganz unrecht hatte.

Tagelang hatte Emma seinetwegen in der Zwickmühle gesteckt, hatte hin und her überlegt, ob sie ihr etwas davon erzählen sollte oder nicht, schwankend zwischen altem Groll und dem Wunsch nach Versöhnung. Dazu kam gewiss die Scham, weil sie sich eine Zeit lang mit Carsten solidarisiert hatte.

Sophie hatte doch schon seit einiger Zeit gespürt, dass etwas an Emma nagte. Oh, hätte Emma es ihr doch bloß gleich erzählt und ihre Seele erleichtert. Dann wäre all dies vielleicht nicht geschehen.

Birte schlief schon, als sie das Haus betrat und in die Wohnung nach oben schlich.

Markus hatte Spätschicht und dürfte inzwischen Feierabend haben. Meistens ging er spätabends noch eine Runde mit Odin, hatte er ihr erzählt. Sie musste jetzt einfach mit ihm reden, musste seine Stimme hören, sonst würde sich ihr rasender Herzschlag nicht beruhigen.

„He, weißt du schon etwas von Emma?", fragte er, sobald sie sich gemeldet hatte. „Und wie geht es dir?"

Ohne es zu wollen, brach sie in Tränen aus. Stockend berichtete sie ihm von den Ereignissen des Abends.

„Sie geben mir die Schuld daran", endete sie und schniefte.

„Das glaube ich nicht. Sie stehen unter Schock, ist doch klar. Nimm das nicht persönlich."

„Was mach ich denn jetzt? Ich weiß ja nicht mal, ob ich morgen überhaupt noch zu ihnen kommen soll oder sie mich nicht mehr sehen wollen."

„So ein Unsinn, Sophie. Es kommt alles wieder in Ordnung, warte nur ab."

„Und wenn ..." Sie schluckte. Der Gedanke daran war einfach zu schrecklich. „Wenn Emma das Kind verliert?", flüsterte sie.

Dann wäre alles aus. Jegliche Lebensfreude würde auf dem Hof mit dem Baby sterben. Und selbst wenn sie es nicht zugaben, würden sie ihr im Stillen eben doch die Schuld daran geben. Ihr wurde übel beim Gedanken daran.

„Daran darfst du jetzt nicht denken. Du hast ihnen heute sehr geholfen. Ohne dich hätte Emma womöglich noch stundenlang mit ihren Schmerzen dagelegen, und wer weiß, ob es dann nicht wirklich zu spät gewesen wäre. Du hast dich um den Jungen gekümmert und alles getan, was du tun konntest. Mach dich nicht fertig, hörst du? Du hast nichts falsch gemacht."

Trotzdem ging Sophie mit einem schlechten Gefühl schlafen. Unruhig wälzte sie sich hin und her, ehe sie erst nach Stunden in einen von Albträumen zerfressenen Schlaf fiel.

Kapitel 21

Sobald der Wecker klingelte, überfiel die Übelkeit Sophie wie ein angreifender Löwe. Was mochte während der letzten Stunden geschehen sein? Hatte Emma wirklich ihr Baby verloren? Das kleine Mädchen, auf das sie sich schon so freute? Und falls das der Fall war, was würde dann mit ihr geschehen? Würden Sven und seine Familie sie anbrüllen, sie fertigmachen, ihr die Hölle auf Erden bereiten? Sie mochte es sich nicht einmal vorstellen.

Trotzdem machte sie sich mit klopfendem Herzen auf den Weg zum Hof der Jansens. Wenn sie nicht willkommen war, musste sie eben wieder gehen. Aber sie hätte es zumindest versucht.

Bei Emmas und Svens Wohnhaus war alles dunkel, aber das war zu dieser Uhrzeit nicht ungewöhnlich. Beklommen fuhr sie weiter zum Bauernhaus, parkte wie immer und lief zur Haustür. Vorsichtig drückte sie die Klinke herunter. Wenn die Tür sich nicht öffnen ließ ... Doch die Tür ließ sich widerstandslos aufziehen, und sie trat leise ein.

Von der Küche her schimmerte schwaches Licht in den Flur. Sie wappnete sich, ehe sie eintrat, und atmete tief durch.

Zu ihrer Überraschung saß niemand am Tisch, aber Margarete machte sich gerade am Schrank zu schaffen und holte zwei Kaffeetassen heraus. Hoffnung stieg in Sophie auf.

Margarete blickte nur kurz auf, als Sophie in die Küche trat, und beschäftigte sich sofort mit der Kaffeemaschine.

„Moin“, grüßte Sophie zögernd, als die Bäuerin nichts sagte. Erneut stieg Angst in ihr empor. Das war kein gutes Zeichen. Überhaupt nicht.

„Du kannst wieder nach Hause gehen“, sagte Margarete endlich. Immer noch würdigte sie sie keines Blickes. „Du hast heute frei.“

„Was? Aber ...“

Margarete drehte sich zu ihr um. Die Lippen zusammengepresst und mit einer Zornesfalte auf der Stirn wiederholte sie: „Du kannst nach Hause gehen, habe ich gesagt.“

Wortlos wandte Sophie sich ab, verharrte im Flur noch einen Moment in der Hoffnung, die Bäuerin würde sie zurückrufen, doch das geschah nicht. Besorgt machte sie sich auf den Rückweg.

Birte verließ gerade das Haus, um zum Bäcker zu fahren. Sie hatte Urlaub, Melissa Sommerferien, da genossen sie ihr gemeinsames Frühstück mit Zeit und Ruhe immer sehr.

„He, Sophie, warum kommst du denn schon zurück?“ Plötzlich wurde sie ganz blass. „Geht es Emma schlechter?“

Sophie hob die Schultern. „Ich weiß es nicht. Margarete hat mich wieder nach Hause geschickt.“

„Was? Ohne etwas zu sagen?“

„Ja.“

„Sie ist bestimmt immer noch erschrocken. Wer weiß, ob sie überhaupt schlafen konnte. Gib ihr etwas Zeit, Sophie.“

„Ich werde gleich einkaufen fahren, in Ordnung? Weil ich doch heute kein Essen mitbringe." Und vielleicht auch gar nicht mehr.

„Okay. Mach dir nicht so viele Gedanken, hörst du?"

„Ich versuch's."

Immerhin brachte Sophie ein kleines Lächeln zustande. Sie winkte Birte und Melissa zu, fuhr nach Otterndorf und kaufte Lebensmittel für das Mittagessen ein. Nachdem sie alles nach Hause gebracht hatte, machte sie sich auf den Weg nach Cuxhaven. Sie brauchte jetzt Wind und Weite um sich herum, um wieder einen freien Kopf zu bekommen, ehe sie zurückfuhr und sich ans Kochen machte.

In Sahlenburg parkte sie und machte sich auf den Weg zur Nordsee. Es war ein grauer, windiger Tag. Das kam ihr gerade recht. Sonnenschein würde nicht zu ihrer heutigen Stimmung passen. Als die Dünen in Sicht kamen, der weiße Sand und der grüne Strandhafer, spürte sie, wie ein kleiner Teil ihrer Last von ihr abfiel. Langsam trat sie zwischen zwei Dünen hindurch, vor ihr öffnete sich der breite und lange Strand, und dahinter schlugen die Wellen an Land. Der frische Wind brachte den Geruch nach Salz und Jod, und ihr Blick schweifte über das graue Meer bis zum Horizont, wo sich gewaltige Wolkenberge heranschoben. Tief atmete sie durch, füllte ihre Lungen mit Frische und ihr Herz mit Freiheit, und ging langsam durch den weichen Sand aufs Wasser zu.

Eine ganze Weile stand sie da und beobachtete die Wellen, die sich rauschend am Strand brachen. Der Wind wehte vom Meer her und besprühte sie mit salziger Gischt. Angesichts der Unendlichkeit, die sich vor ihr erstreckte, erschienen ihr ihre Probleme plötzlich viel kleiner. Sie begann, am Strand entlangzugehen, und mit jedem Schritt ging es ihr besser, wurde die Last auf ihren Schultern etwas kleiner.

Irgendwann stellte sie fest, dass sie jetzt doch gern über alles reden würde. Ein Blick auf die Uhr zeigte ihr, dass Markus noch nicht mit seiner Arbeit begonnen hatte. Schnell holte sie ihr Handy heraus und rief ihn an.

„Sophie", rief er erfreut. „Das ist aber eine ungewöhnliche Uhrzeit. Gönnst du dir eine kleine Kaffeepause?"

„Nein. Ich bin nicht auf dem Hof. Gerade stehe ich am Strand in Sahlenburg."

„Was? Du bist so nah bei mir und sagst mir nichts?"

„Mache ich doch gerade." Ein winziges Lächeln schlich sich auf ihr Gesicht. Das Erste seit den schrecklichen Stunden gestern.

„Rühr dich nicht vom Fleck", rief er. „Ich springe gleich ins Auto und bin in wenigen Minuten bei dir."

Ihr Lächeln intensivierte sich, als sie ihr Handy wieder wegsteckte und zurück zu der Stelle ging, an der Markus erscheinen würde. Tatsächlich dauerte es nur wenige Minuten. Er musste sich in Windeseile auf den Weg gemacht haben.

Odin rannte auf sie zu, ein heller Fleck auf dem hellen Sand, und erreichte sie, während Markus noch auf sie zustapfte. Sie streichelte Odins Kopf, als Markus näherkam. Der Wind zauste sein braunes Haar, seine Augen strahlten vor Freude, sie zu sehen, und ein tiefes Glücksgefühl überkam Sophie. Die letzten Schritte lief sie ihm entgegen und warf sich in seine Arme.

Ganz fest umfing er sie, und sie schmiegte sich an ihn, als wäre er ein Rettungsring in tosender See.

„He, was ist denn los?", fragte er schließlich und löste sich vorsichtig von ihr, um ihr ins Gesicht sehen zu können. Sein Lächeln verging, und besorgt musterte er sie. „Ist was passiert? Gibts etwa Neuigkeiten von Emma?"

Stockend berichtete Sophie ihm von den Vorfällen, ihrer Sorge um Emma und Margaretes Verhalten heute Morgen.

„Das wird schon wieder. Mach dich nicht verrückt deswegen, hörst du? Niemand kann dir einen Vorwurf machen. Im Gegenteil, du hast ihnen sehr geholfen. Das werden sie auch einsehen, sobald der erste Schock verwunden ist."

„Und wenn es nicht gut ausgeht?" Sophie mochte die Worte kaum aussprechen, ja, sie mochte nicht einmal daran denken.

„Das wäre furchtbar, sehr sogar. Aber du könntest nichts daran ändern, Sophie. Emma hatte bereits mehrere Fehlgeburten, oder? Nichts davon ist deine Schuld, lass dir das von niemandem einreden. Und wer weiß, eines Tages kann sie vielleicht doch noch ein Baby bekommen."

Falls sie noch einen Versuch wagen würde. Falls ihr dieses Erlebnis, sollte es ein Verlust sein, nicht jeglichen Lebensmut rauben würde. Falls eine erneute Fehlgeburt nicht die komplette Familie zerstören würde.

„Das ist alles so schrecklich", flüsterte Sophie an seiner Brust. „Und ich mache einen Aufstand, weil Carsten unsere Tochter mit in den Urlaub nimmt."

„Was er getan hat, ist eine Unverschämtheit. Er hat dich in Angst versetzt, und zudem wissen wir doch beide, dass Kati sich nicht wirklich wohl fühlt bei ihm. Hoffen wir, dass er sich an sein Versprechen hält und ihr wirklich so einen tollen Urlaub bereitet, wie er gesagt hat. So schlimm das mit Emma jetzt auch sein mag, dein Aufstand wegen Carsten ist gerechtfertigt.“

Sophie sagte nichts dazu. Stattdessen schmiegte sie sich noch näher an Markus heran, umklammerte ihn, als wollte sie ihn nie wieder loslassen, genoss die Wärme, die er ausstrahlte, und die Ruhe. Ganz langsam ging sie auch auf sie über.

„Danke“, hauchte sie schließlich.

Erstaunt sah er sie an. „Wofür?“

„Dass du da bist. Dass du dir immer wieder meine wilden Geschichten anhörst, mein Gejammer und Geklage.“

„Du jammerst und klagst nicht. Was du momentan erlebst, ist wirklich heftig.“ Er lächelte und strich ihr ein paar Haarsträhnen aus dem Gesicht, die der Wind sofort wieder davorwehte. „Im Übrigen kannst du dich ruhig daran gewöhnen.“

„An solche Erlebnisse? Nein, danke, davon hab ich jetzt schon genug.“

Sie verkniff sich ein Grinsen, denn natürlich wusste sie, was er meinte.

„Mein kleines Dummerchen“, neckte er zärtlich. „Daran, dass ich für dich da bin. Egal, worum es geht.“

„Danke.“

Er nahm ihre Hand, und als wäre das ein Zeichen, sah Odin sie auffordernd an und lief ihnen voraus. Langsamer folgten ihm Sophie und Markus, begleitet vom

Rauschen der Wellen und Schreien der Möwen. Als Markus sich schließlich mit einem langen Kuss von ihr verabschiedete, weil er zur Arbeit musste, kam es Sophie vor, als hätten sich ihre Sorgen in der frischen Meeresbrise in Nichts aufgelöst.

***

Dass die Sorgen nach wie vor da waren, ging Sophie auf, als sie wieder zurückkam. Bisher waren weder von Sven noch von Margarete ein Anruf mit Neuigkeiten gekommen, und auch sie selbst scheute davor zurück, sich bei ihnen zu melden. Ihre Angst vor einer schlimmen Nachricht war einfach zu groß. Erneut wuchs ihre Anspannung, bis sich ihr Magen ganz verknotet und ihr Hals eng anfühlte.

Trotzdem bereitete sie wie versprochen das Mittagessen zu, und als Birte und Melissa von einem kleinen Shoppingbummel zurückkamen und von ihren Erlebnissen erzählten, konnte Sophie etwas leichter atmen. Zum Essen brachte sie allerdings kaum etwas runter.

Später, als sie sich in ihre Wohnung zurückgezogen hatte, schrieb sie Carsten eine Nachricht.

Wie geht es Kati? Schick mir doch bitte mal mehr Fotos von ihr.

Sie musste sich ungefähr eine Stunde lang gedulden, dann gingen gleich mehrere Bilder ein. Kati lachend mit einem Eis in der Hand, in einem Badeanzug am Strand mit Eimer und Schaufelchen und Kati am Tisch in irgendeinem Restaurant, vor ihr ein Teller mit Pommes Frites.

„Gib ihr einen Kuss von mir", schrieb Sophie.

Am Nachmittag klopfte Birte an ihre Tür.

„Wie geht es dir?"

„Gar nicht gut. Ich muss die ganze Zeit an Emma denken. Und warum Margarete so schroff zu mir war. Ob ich meinen Job dort überhaupt noch habe. Und natürlich fehlt mir Kati unendlich. Vorhin hat Carsten ein paar Fotos geschickt."

Sie zeigte sie Birte auf ihrem Smartphone.

„Na, siehst du, um Kati musst du dir wirklich keine Sorgen machen, es geht ihr bestens."

„Trotzdem ... Allein der Gedanke, dass diese Nina dabei ist."

„Mach dich nicht so fertig. Kati sieht auf den Fotos wirklich sehr glücklich aus."

„Du hast ja recht."

Birte sah sie forschend an. „Pass auf, ich rufe jetzt mal bei den Jansens an und frage wegen Emma nach, okay?"

„Das würdest du tun? Danke!"

Birte stellte ihr Telefon sogar auf Lautsprecher, damit Sophie mithören konnte. Leider ohne Ergebnis, denn niemand ging dran, weder Sven noch Margarete.

Sophies Magen krampfte sich zusammen.

„Etwas Schlimmes ist passiert."

„Oder Sven ist gerade im Krankenhaus und besucht Emma, und Margarete geht mit Thies spazieren. Mach dich nicht verrückt."

Natürlich machte sie das trotzdem. Das Abendessen ließ sie ausfallen, weil sie nichts herunterbekam.

Irgendwann hielt sie die Ungewissheit nicht mehr aus und wählte Svens Nummer. Margarete war nicht gut auf sie zu sprechen, okay, aber vielleicht würde ja Sven ihr etwas über Emmas Zustand verraten. Tatsächlich nahm er das Gespräch an, und rasch brachte sie ihre Frage heraus.

„Ich kann jetzt nicht", erwiderte er knapp und legte auf.

Mit rasendem Herzen legte Sophie das Telefon weg.

Aufgrund des fehlenden Schlafs der letzten Nacht ging sie früh schlafen, wälzte sich jedoch wieder nur herum. Erst träumte sie von Kati, die mit Odin am Strand Löcher buddelte, doch dann änderte sich das Bild, und sie träumte von einem Dutzend schreiender Babys, die sich immer weiter von ihr entfernten, je mehr sie zu ihnen gelangen wollte, und erwachte schweißgebadet.

***

Als ihr Wecker klingelte, überlegte sie, einfach liegen zu bleiben. Das lange Warten in der Ungewissheit hatte sie völlig zermürbt, und ihre Hoffnung auf einen guten Ausgang war in den dunklen Nachtstunden endgültig verschwunden. Aber sie konnte ja nicht ewig liegen bleiben. Irgendwann würde sie sich der Wahrheit stellen müssen. Und je eher sie sich daranmachte, desto schneller hätte sie es hinter sich. Alles war besser als diese Ungewissheit, die ihre Nerven zerfetzte wie die scharfen Krallen eines wilden Tiers.

Auf ihrem Weg zum Hof der Jansens spürte sie, wie ihr schon wieder übel wurde. Du meine Güte, sie würde unter der nervlichen Belastung am Ende noch zusammenbrechen. Wie mochte es da erst Sven und Margarete gehen? Sobald sie ihre Hand auf die Türklinke legte, spürte sie, wie ihr Herzschlag stolperte. Tief holte sie Luft und atmete mehrere Male ein und aus, versuchte, sich zur Ruhe zu zwingen. Dann trat sie ein.

Wieder schien schwaches Licht aus der Küche in den Flur, doch dieses Mal hörte sie leise Stimmen. Erneut begann ihr Herz zu rasen. Außer Margarete war noch jemand wach.

„Hallo", grüßte sie unsicher und betrat die Küche.

Am Tisch saßen Sven und Margarete, vor ihnen standen dampfende Kaffeetassen. Beide sahen auf und starrten sie wortlos an.

„Darf ich bleiben?", fragte Sophie leise. Als niemand antwortete, fügte sie hinzu: „Wie geht es Emma?" Sie wollte noch mehr sagen, doch ihr Mund war ganz trocken.

Margarete und Sven wechselten einen raschen Blick.

„Du weißt es ja noch gar nicht", sagte Sven.

„Was weiß ich nicht?"

Konnte ein Herz vor Sorge stehen bleiben?

„Es geht ihr gut", erwiderte Sven.

„Wirklich? Und ... das Baby?" Sophie hielt die Luft an, und selbst die Zeit schien stillzustehen, während sie auf die Antwort wartete. Sie hörte nicht einmal mehr das Ticken der großen Küchenuhr, sondern nur noch ihren Herzschlag, der ihr in den Ohren dröhnte.

Sven lächelte, aber sie konnte es nicht einordnen.

„Es ist alles in Ordnung", sagte er.

Hatte sie das gerade richtig verstanden?

„Was?", brachte sie heraus und starrte ihn an.

„Emma geht es gut und dem Baby ebenfalls."

Als die gewaltige Last, die auf Sophies Schultern gelegen hatte, plötzlich von ihr fiel, wurde ihr ganz schwindelig. Der Raum drehte sich vor ihren Augen, alles wurde zu einem bunten Kreisel ...

Sie spürte noch, wie Hände nach ihr griffen und sie festhielten. Als sie die Augen aufschlug, stellte sie erstaunt fest, dass sie auf der Couch lag.

„Was machst du denn für Sachen?", erkundigte sich Sven, die Augen ganz dunkel vor Sorge, mit einem vorsichtigen Lächeln. „Du bist plötzlich umgekippt, warst ohnmächtig. Oh, keine Angst, nur wenige Sekunden lang. Aber du hast uns einen ganz schönen Schrecken eingejagt."

„Tut mir leid", flüsterte Sophie, immer noch benommen.

„Nein, mir tut es leid", erklärte Margarete und setzte sich auf die Sofakante. „Ich habe mich dir gegenüber unmöglich verhalten. Es ist nur ... ich hatte so eine Angst um Emma und das Kind, verstehst du? Noch eine Fehlgeburt hätte sie nicht verkraftet. Und dann war da noch Thies, um den ich mir ebenfalls riesige Sorgen gemacht hatte. Er hat doch schon so jung seine Mama verloren, und Emma jetzt so zu sehen ..."

„Wie geht es ihm denn?"

Ein leichtes Lächeln erhellte das Gesicht der Bäuerin. „Er hat es ganz gut verkraftet, glaube ich. Und das ist dir zu verdanken, Sophie. Ich muss mich bei dir entschuldigen und zugleich bedanken. Du hast dich an dem Abend wirklich großartig um den Lütten gekümmert. Nicht auszudenken, wie alles gekommen wäre, wärst du nicht hier gewesen."

„Schon gut." Still lag Sophie da und genoss das unbeschreiblich schöne Gefühl, als ihr Körper und ihre Seele sich zunehmend entspannten, und zu erleben, wie ihr Weltbild wieder geradegerückt wurde.

„Im Übrigen war es ja nicht meine Idee, an dem Abend noch einmal nach ihr zu sehen", setzte sie schließlich hinzu. „Ihr beide wart es mit eurem Instinkt. Euch hat Emma zu verdanken, dass noch einmal alles gut ging."

Margarete lächelte. „Nun, ich würde sagen, wir haben jeder unseren Teil dazu beigetragen."

Vorsichtig richtete sich Sophie auf. „Jetzt hab ich aber lange genug hier rumgelegen. Es wird Zeit, dass ich mit der Arbeit anfange."

„Nee, mien Deern." Margarete schüttelte den Kopf. „Heute lassen wir es alle mal richtig krachen und gönnen uns auf den Schrecken einen freien Tag."

„Was?"

Margarete nickte. „Es gibt noch etwas zu feiern. Horst ist seit gestern wieder zu Hause. Sven und ich waren stundenlang unterwegs, um ihn abzuholen, alles wegen Horsts Papieren im Krankenhaus zu klären und im Sanitätshaus einen Rollstuhl und all diese Dinge abzuholen. Zum Glück sind sie bereits vom Krankenhaus aus beantragt worden, es ging alles sehr schnell und wir haben die meisten Dinge, die Horst braucht, bereits hier. Das Krankenbett wurde noch gestern Abend aufgebaut, stell dir nur vor."

Deshalb war niemand ans Telefon gegangen. Darum war Sven so kurzangebunden gewesen. Das erklärte alles, und Sophies Erleichterung wurde noch größer.

„Das ist ja total schön!“, sagte sie. „Aber dann muss ich jetzt wirklich aufstehen und wenigstens etwas kochen.“

„Was meinst du, wie Thies immer noch von der leckeren Pizza schwärmt“, erklärte Sven und lachte. Das war so ein schöner Klang. Er legte sich wie Balsam auf Sophies zerschrammte Seele. „Das machen wir heute noch mal zur Feier des Tages. Und du bist natürlich herzlich eingeladen.“

„Ich muss doch für Birte und Melissa Mittagessen mitbringen und ...“

„Auch die beiden werden ihre Pizzen bekommen, versprochen.“

„Und die Arbeit? Ich muss die Böden wischen und ...“

Margarete schüttelte den Kopf. „Sven und ich gehen gleich in den Stall und versorgen die Tiere. Das ist für heute alles. Wir versinken schon nicht im Müll, nur weil wir einmal nicht alles sauber machen.“

„Wie leichtsinnig“, erwiderte Sophie und lächelte.

Die drei sahen sich an und brachen in Gelächter aus, das alle noch verbliebenen Reste irgendwelcher Probleme verscheuchte.

Sophie ließ es sich nicht nehmen, Horst zu besuchen. Der ältere Mann lag im Krankenbett, das mangels Platz im ehelichen Schlafzimmer im Gästezimmer aufgestellt worden war. Er wirkte schmaler, als Sophie ihn in Erinnerung hatte, doch er begrüßte sie mit einem herzlichen Lächeln. Margarete verstellte das Kopfteil seines Betts, sodass er halbwegs sitzen konnte.

„Moin, Sophie“, grüßte er. „Wie ich höre, bist du eine unersetzliche Hilfe für uns geworden. Das freut mich sehr, wirklich. Ich hätte niemals mit gutem Gewissen

so lange im Krankenhaus herumliegen können, wenn
ich nicht gewusst hätte, dass du uns unterstützt."

Sie spürte, wie sie vor Freude über und über errötete.

„Das mach ich wirklich gern. Wie geht es Ihnen
denn?"

„Wie gehts *dir* denn, Deern." Wie warm sein Lächeln
war. „Ich bin Horst. Tja, um deine Frage zu beantworten: Wie ein junges Reh kann ich wohl noch nicht her-
umspringen, aber ich habe riesiges Glück gehabt." Sein
Blick fiel auf den Rollstuhl an der gegenüberliegenden
Wand. „Das faule Herumliegen hat jetzt ein Ende. Ich
darf langsam anfangen, mich aufzurichten und hinzu-
setzen, und demnächst beginne ich mit der Kranken-
gymnastik, und dann bin ich ganz schnell wieder der
Alte."

„Das werden wir erst noch sehen", warf Margarete
streng ein, doch ihr Lächeln dabei war strahlend und
voller Freude.

***

Einige Tage später hörte Sophie ein Auto an der
Straße halten und eine Tür klappen, als sie gerade gemeinsam mit Birte das Geschirr vom Mittagessen ab-
wusch. Wer mochte da zu dieser ungewohnten Zeit
kommen?

Gleich darauf hörte sie Katis helle Stimme, und ihr
Herz machte vor Freude einen Hüpfer. Schnell trocknete sie sich die Hände ab, warf das Handtuch auf die
Spüle und lief hinaus. Kati entdeckte sie und rannte
wie ein Blitz auf sie zu.

„Mama!"

Lachend und weinend vor Freude fing Sophie Kati auf und wirbelte sie mehrmals im Kreis herum, bevor sie sie an sich drückte und tief ihren süßen Duft einsog. Oh, wie gut es tat, endlich wieder ihr kleines Mädchen halten zu können. Wie sehr sie sie vermisst hatte!

„Seid ihr wieder zurück?", stellte sie fest und sah Carsten an, der zwischenzeitlich aus dem Auto gestiegen war. Müsste sie nicht vor lauter Ärger auf ihn losgehen, ihn erbost zur Rede stellen? Doch das Glück, ihre Tochter wohlbehalten wiederzuhaben, ließ derlei Gefühle nicht zu. Lieber strich sie sanft über Katis weiches Haar, genoss das Gefühl, ihren kleinen Körper im Arm halten zu können.

„Wie hat dir der Urlaub gefallen, Mäuschen?", fragte sie.

„Ganz toll!" Tatsächlich strahlte Kati über das ganze Gesicht. „Wir waren jeden Tag am Strand, und ich durfte Eis und Pommes und Nudeln essen, so viel ich wollte."

„Das hört sich ja fantastisch an."

Sophie wechselte einen Blick mit Carsten, der sie vorsichtig ansah und fast schüchtern lächelte.

Melissa kam neugierig angerannt. „Kati!", rief sie, und schon wollte Kati auf den Boden gesetzt werden, um mit ihrer Freundin mitzulaufen.

Carsten sah den beiden Mädchen hinterher und wirkte immer noch kleinlaut, als er sich Sophie zuwandte.

„Bevor du meckerst ... Ich weiß, dass ich Scheiße gebaut habe. Das hab ich dir ja am Telefon schon erklärt.

Ich hätte dich fragen und alles mit dir besprechen müssen, statt Kati einfach heimlich mitzunehmen. Es tut mir leid."

„Hat dein Plan denn funktioniert?"

„Falls du damit meinst, ob ich mich Kati wieder mehr angenähert habe: ja. Wir hatten eine wunderbare Zeit zusammen, und jetzt ärgere ich mich tatsächlich über mich selbst, mich nicht in all den Jahren viel mehr mit ihr befasst zu haben. Und ich hoffe, dass sie mich nun wieder gern mal besuchen kommt."

Erstaunt starrte Sophie ihn an.

„Und Nina? Wie hat es ihr so gefallen?" Den ironischen Tonfall konnte sie einfach nicht verhindern.

Carsten hob die Schultern. „Tja, was soll ich sagen. Sie gab sich Mühe ... während der ersten zwei, drei Tage. Am Ende hat sie sich einfach nur noch mit einem Buch an den Strand gelegt. Je mehr sie sich von uns zurückzog, desto mehr Spaß hatte ich mit Kati. Merkwürdig, oder? Wie auch immer, auf der Rückfahrt sagte sie mir, dass sie in dieser Zeit auf Rügen eines gelernt hat: Sie ist noch nicht bereit für ein Kind. Die Pläne für ein Baby sind also erst einmal vom Tisch."

„Was sagt sie denn dazu, dass du Kati jetzt häufiger sehen möchtest? Das passt ihr doch bestimmt nicht besonders."

„Wir haben uns auf einen Kompromiss geeinigt: Wenn ich Kati zu uns hole, fährt sie zu einer Freundin. Du weißt schon, Mädels-Qualitytime oder so."

Sophie konnte kaum glauben, was sie da hörte. Dann hatte der ganze Schreck am Ende ja wenigstens etwas Gutes gehabt.

„Okay", sagte sie. „Ich lass mich überraschen, wie lange das gut geht."

„Es wird gut gehen, du wirst schon sehen. Ich bin fest entschlossen. Tja, ich muss dann jetzt auch weiter, auspacken und so." Er wandte sich ab und hob zum Gruß die Hand.

Kati kam um die Ecke des Gartens gerannt, als Carsten die Pforte öffnete. „Tschüss, Papa", rief sie.

„Tschüss, Süße, bis bald." Er winkte noch einmal, stieg ein und fuhr davon.

Jetzt kam auch Birte raus, die sich bisher diskret zurückgehalten hatte.

„Hab ich das richtig gehört? Kein Streit, kein Geschrei?"

„Ja, du irrst dich nicht. Was meinst du, wie verwundert ich bin!"

„Umso besser, würde ich sagen. Was hältst du von einer schönen Tasse Kaffee?"

„Gern. Ich komme gleich nach, ja?"

Während ihre Freundin ins Haus ging, wandte sich Sophie noch einmal Kati zu.

„Wollt ihr beide mit reinkommen und einen Kakao trinken? Du musst mir unbedingt ganz viel von eurem Urlaub erzählen", forderte Sophie Kati auf. Sie konnte es kaum erwarten, ihr süßes Geplapper zu hören und sich davon berieseln zu lassen.

***

Emma kehrte nach einer Woche im Krankenhaus nach Hause zurück. Sie war nun krankgeschrieben und blieb zu Hause, hatte sich jedoch gut erholt. Glücklicherweise lag die Ursache ihrer Beschwerden tatsächlich am Stress, dem sie zu jener Zeit ausgesetzt gewesen war, und jetzt, wo sich alles entspannt hatte, ging es ihr wieder gut.

Da Thies an den Vormittagen im Kindergarten war, hatte Emma plötzlich so viel freie Zeit, dass sie eines Morgens nach dem Frühstück mit ihren Malsachen in die Küche kam, während Sophie den Abwasch erledigte.

Neugierig warf Sophie einen Blick auf die Pinsel und Farbtöpfe und die leere Leinwand.

„Willst du malen?", fragte sie erfreut.

Emma nickte. Alle Sorgen waren aus ihrem Gesicht verschwunden, ihre Augen strahlten.

„Ja! Endlich wieder. Im Garten blüht es so herrlich, das muss ich einfach im Bild festhalten."

„Was für eine schöne Idee! Ich wünsch dir viel Spaß und gutes Gelingen."

„Danke!"

Sophie sah Emma hinterher, als sie mit ihren Utensilien verschwand.

Endlich war alles wieder gut.

Kapitel 22

Am darauffolgenden Wochenende hatte Markus endlich auch mal wieder frei, und Sophie fuhr mit Kati zu ihm. Sie wollten die Fahrt mit dem Wattwagen unternehmen, auf die sich Kati schon sehr freute.

„Oh, je, Mäuschen, ich hoffe, dass sich das Wetter hält“, sagte sie mit Blick aus der Windschutzscheibe auf den Himmel.

Nachdem die Sonne es bis auf wenige graue Tage zwischendurch wochenlang gut mit ihnen gemeint hatte und es sehr warm gewesen war, schlug das Wetter jetzt um. Mehr und mehr Wolken zogen am Himmel auf, ballten sich zusammen, wuchsen an und wurden grauer, und der Wind frischte auf.

„Macht doch nichts, wenn es regnet“, entgegnete Kati. „Mir ist das Wetter egal.“

„Du hast recht. Davon lassen wir uns den Ausflug nicht vermiesen.“

Als sie bei Markus’ Wohnung ausstiegen, war es immer noch trocken, doch die Sonne hatte sich nun hinter den dichten Wolken zurückgezogen, und schlagartig wurde es einige Grade kühler.

Odin lief ihnen schwanzwedelnd entgegen, und begeistert lief Kati zu ihm, um ihn zu streicheln. Kurz dachte Sophie an Lüneburg zurück und an das traurige, zurückgezogene Mädchen dort. Es hatte keine Ähnlichkeit mehr mit ihrer Tochter, die nun an Odins Seite über den Rasen rannte. Wie gut es doch war, dass sie zurückgekommen waren.

Und das nicht nur wegen Kati. Als Markus die Tür öffnete, sie anstrahlte und mit einem langen Kuss begrüßte, schlug Sophie das Herz vor Aufregung und Glück bis zum Hals. Er duftete so gut, und sie schmiegte sich an ihn.

„Ich freu mich, dass du da bist", flüsterte er in ihr Haar. Sein Atem kitzelte an ihrem Ohr, und ein wohliger Schauer überlief sie. „Du siehst toll aus."

„Danke."

„Und ich bin froh, dass Kati wieder bei dir ist. Das muss alles ganz furchtbar für dich gewesen sein."

„Ich bin mir noch nicht sicher, auf welche Weise ich ihn umbringe", brummte Sophie. „Was meinst du? Soll ich ihn lieber rädern, vierteilen oder einkerkern?"

„Darüber solltest du in Ruhe nachdenken, das ist eine wichtige Entscheidung. Aber nicht heute." Er lächelte zärtlich. „Heute möchte ich, dass es dir gut geht."

„Es geht mir doch gut."

„*Richtig* gut." Er zwinkerte ihr zu, und sie errötete. „Aber jetzt komm erst mal rein. Ich habe Besuch da. Mein Freund Rainer ist überraschend vorbeigekommen, du weißt schon, mein Chef aus dem Hotel."

„Oh! Hätte ich das gewusst, hätte ich mich etwas feiner angezogen." Sophie trug ein hummerrotes ärmelloses Top und weiße knielange Bermudas, ideal für eine Wattwagenfahrt und eventuell eine kleine Wanderung auf dem Meeresboden.

„Unsinn, du bist perfekt so, wie du bist. Es ist ein rein privater Besuch." Er grinste schief und beugte sich nah zu ihr heran. „Ich fürchte, ich habe ihm verraten, dass ihr heute kommt“, wisperte er. „Da war er wohl neugierig.“

Sophie drehte sich zum Garten um, wo Kati fröhlich mit Odin herumtollte.

„Mäuschen, möchtest du mit reinkommen oder draußen bleiben?“

„Ich bleibe hier bei Odin“, rief Kati lachend vor Freude.

„In Ordnung. Wir sind im Haus, okay?“

„Ja.“ Schon wandte Kati sich ab und rannte auf den Hund zu, der ihr entgegensah, bellte und spielerisch vor ihr weglief.

Lächelnd betrat Sophie das Haus und die Stube, wo Rainer wartete. Bei ihrem Anblick stand er auf, kam ihr entgegen und hielt ihr die Hand hin.

„Moin. Sorry, dass ich hier so reingeplatzt bin. Ich bin Rainer, Markus’ Freund und Boss, wenn man das so nennen kann. In der Küche hat ja ohnehin er das Sagen. Freut mich sehr, Sie kennenzulernen.“

„Freut mich ebenfalls. Sophie.“

Rainer war ihr sofort sympathisch. Er hatte ein offenes Gesicht und kurzes blondes Haar. Sein blaues Polohemd wirkte maritim, dazu trug er, wie sie, weiße Bermudas.

„Meinetwegen können wir uns gern duzen“, sagte er. „Das ist bei uns im Hotel so üblich. Wir sind ein sehr familiäres Team.“

„Gern.“

„Ich hole uns mal was zu trinken“, rief Markus. „Sophie, möchtest du lieber Kaffee oder Tee? Ich habe auch …“

„Ich nehme gern einen Kaffee, danke.“

„Kommt sofort. Setzt euch und macht es euch gemütlich. Ich bin gleich wieder bei euch.“

Während sich Sophie auf die Couch setzte, nahm Rainer ihr gegenüber in einem Sessel Platz. Vor ihm auf
dem Tisch standen zwei halb leere Tassen Kaffee, Milch
und Zucker.

„Und ihr wollt heute einen schönen Ausflug machen?“, erkundigte sich Rainer.

Sophie nickte. „Kati liebt das Meer. Eine kleine Watt-
fahrt wird sehr aufregend für sie werden.“

„Ja, wer liebt das nicht.“ Rainer lächelte. „Es ist sicher
ein gutes Gefühl, wieder zurück in der Heimat zu sein,
oder?“

„Oh, ja, und wie. Und du bist Chef eines Hotels? Das
ist bestimmt sehr arbeitsintensiv, kann ich mir vorstellen.“

„Ja, sehr. Aber ich liebe meinen Beruf, von daher emp-
finde ich es gar nicht so. Ich hab übrigens gehört, dass
du auf der Suche nach einem Job bist. Ist das noch ak-
tuell?“

Sophie nickte und spürte Aufregung in sich aufsteigen. „Ja.“

Rainer bedachte sie mit einem ganz seltsamen Blick,
den sie nicht deuten konnte. Verschmitzt, freudig, geheimnisvoll? Er griff nach seiner Tasse und trank aus.

„Markus und ich halten dich auf dem Laufenden“,
sagte er schließlich.

In dem Moment kam Markus mit einer Kanne in der
Hand ins Zimmer.

„So, hier kommt der frische Kaffee.“ Er schenkte Sophie ein. „Rainer, soll ich dir nachschenken?“

„Nee, lass mal." Rainer nickte Markus zu. „Ich lass euch mal lieber wieder allein. Wir sehen uns ja übermorgen wieder. Genießt das Wochenende. Ich darf heute Nachmittag wieder ran."

„Du Ärmster", erwiderte Markus und lachte.

Rainer stand auf und lächelte Sophie an. „Wir sehen uns bestimmt bald wieder."

„Ich würde mich freuen."

Markus begleitete seinen Freund zur Tür. Rainer drehte sich noch einmal um und winkte Sophie zu, ehe er verschwand.

„Er hat schon länger gebohrt, dass er dich mal kennenlernen möchte", sagte Markus, als er zurückkam. „Tut mir leid, dass er so überfallartig hier aufgetaucht ist, ich wusste selbst nichts davon."

„Aber er wusste, dass wir jetzt vorbeikommen, sagtest du?"

Er nickte zerknirscht. „Das muss mir wohl mal herausgerutscht sein. Liegt wahrscheinlich daran, dass ich seit Wochen von nichts anderem mehr rede."

„Was?" Sophie starrte ihn an, ehe sie loskicherte. „Deine armen Kollegen. Was müssen die bloß von mir denken."

„Was ich ihnen erzählt habe: dass du die tollste, schönste Frau der Welt bist, dass ich in jeder Minute an dich denke ... Weißt du, dass ich schon mehrmals das Essen versalzen habe?"

„Oh je! Ich sag ja, deinen Kollegen und den Gästen gehe ich wahrscheinlich jetzt schon auf die Nerven, obwohl sie mich gar nicht kennen."

„Unsinn. Sie werden dich lieben."

„Wenn ich sie denn mal kennenlerne."

Markus sah sie mit einem Blick an, den sie nicht deuten konnte. Dann griff er zur Kaffeekanne und schenkte sich nach.

„Das Wetter wird schlechter“, stellte er fest. „Was meinst du, wollen wir heute trotzdem los oder die Fahrt lieber verschieben? Bei Sonnenschein bringt es bestimmt mehr Spaß.“

„Das ganz bestimmt. Aber Kati freut sich schon so. Wenn wir ihr nun sagen, dass wir heute nicht fahren, wird sie sehr enttäuscht sein. Der Regen stört sie nicht, sagte sie vorhin im Auto.“

„Na, wenn sogar ein knapp fünfjähriges Mädchen sich dem möglichen Unwetter stellen kann, können wir das doch auch, oder?“

„Na klar. Ist ja nur Wasser.“ Sie grinste, und Markus beugte sich zu ihr und küsste sie. Es fühlte sich jedes Mal aufs Neue wieder aufregend an.

„Odin lasse ich allerdings zu Hause“, erklärte er. „Man weiß nie, ob nicht jemand mit auf dem Wagen sitzt, der Angst vor Hunden hat.“

„Der Arme. Aber ist wohl wirklich besser so.“

„Ich bringe ihn rasch zu Jürgen hinüber, meinem Nachbarn. Den habe ich vor ein paar Tagen schon gefragt. Er meinte, er will in die Heide fahren und dort wandern. Da kann er Odin wunderbar mitnehmen.“ Markus stand auf.

„Das klingt doch super.“

„Ja. Und nicht weglaufen! Ich bin gleich wieder da.“

„Auf keinen Fall! Du hast uns jetzt am Hals, ob du willst oder nicht.“ Sophie warf ihm eine Kusshand zu.

„Ich wusste doch, dass die Sache einen Haken hat.“ Markus lachte, erwiderte ihre Geste und ging aus dem Zimmer.

Sophie trank einen Schluck Kaffee, während sie hörte, wie Markus das Haus verließ. Womit hatte sie nur das Glück verdient, einen so wunderbaren Mann zu treffen? Sie hörte, wie er draußen einige Worte mit Kati wechselte, die sich daraufhin lautstark von Odin verabschiedete. Wenig später kamen beide gemeinsam wieder herein.

„Kann losgehen“, rief Markus und rieb sich unternehmungslustig die Hände. „Ich bin jetzt einfach mal davon ausgegangen, dass es in erster Linie um die Fahrt mit dem Wattwagen geht und nicht so sehr um einen langen Aufenthalt auf Neuwerk, oder?“

„Genau. Das Wichtigste sind die Pferde. Wenn es uns dort drüben gut gefällt, können wir ja noch mal für länger rüberfahren.“

„Das dachte ich mir auch. Sonst hätte sich empfohlen, dass wir bei Flut mit dem Schiff hinfahren und mit dem Wattwagen bei Ebbe wieder zurück. Aber so habe ich jetzt beide Fahrten mit dem Wagen für uns gebucht. Ich hoffe, das war in Ordnung?“

„Klar.“

Kati hüpfte aufgeregt auf der Stelle. „Darf ich die Pferde auch streicheln?“

„Natürlich. Am besten gehen wir gleich los, oder? Der Wagen startet rechtzeitig, um die Zeit gut auszunutzen.“

Der Weg war nicht weit; der Hof, auf dem die Wagen starteten, lag nur wenige Straßen entfernt. Sobald Kati die Pferde sah, machte sie sich von Sophies Hand los, lief zu ihnen und streichelte sanft deren Nüstern. Es waren große, kräftige Tiere. Ihren Wagen zogen zwei Braune, und mit ihnen starteten noch zwei weitere Wägen. Auf einem stabilen Untergestell befand sich ein kastenartiger Aufsatz, der mit gepolsterten Bänken ausgestattet hat. Die Wagen waren sehr hoch, damit sie auch wasserführende Priele durchfahren konnten, und unterschieden sich schon allein deshalb von einer normalen Kutsche. Die Metallräder waren mit Gummi bereift.

Als Sophie sich neugierig umsah, entdeckte sie einige weitere Familien mit Kindern. Bei einem anderen Wattwagen standen ebenfalls zwei kleine Mädchen bei den Pferden und streichelten sie. Sophie tauschte mit deren Mutter ein Lächeln.

„Viele haben abgesagt", erklärte der Fahrer und wies zum Horizont. „Könnte bald regnen. Könnte aber auch weiterziehen."

„Das stört uns nicht. Wir sind auf jeden Fall dabei. Oder, Kati?", wandte sich Markus an das Mädchen.

Sie drehte sich strahlend zu ihm um, und Sophie ging fast das Herz über vor Freude, ihre Kleine so glücklich zu sehen.

„Wenn es wirklich schüttet, hab ich Regenumhänge für die Fahrgäste", erklärte der Kutscher ihres Wagens. „Ihr könnt schon mal einsteigen, es geht gleich los."

Fürsorglich half Markus erst Kati und dann Sophie, über die Leiter den hohen Wagen zu erklimmen. Rings um sie her hörte Sophie Rufe, Gelächter und Gespräche der ungefähr zwei Dutzend Mitreisenden. Eine ältere Frau tat sich schwer damit, die Leiter eines anderen

Wagens hochzuklettern, und wurde schließlich von ihrem Mann halbwegs hochgeschoben, was für allgemeine Heiterkeit sorgte. Zu ihnen auf ihren Wagen gesellten sich eine weitere Familie und zwei Paare, ein junges und ein älteres, die scheinbar zusammengehörten. Alle grüßten sich gegenseitig, und in den Gesichtern der Leute erkannte Sophie Aufregung und Vorfreude, wie auch sie sie verspürte. Sie lächelte der älteren Frau zu und legte den Arm um Katis Schulter. Dann nahmen auch die Kutscher ihre Plätze ein, und als alle Gäste saßen, schaukelten die Wattwagen los.

Sophie saß zwischen ihrer Tochter und Markus, der den Arm um ihre Schulter gelegt hatte. Plappernd wies Kati sie auf alles hin, was sie entdeckte, während sie daran vorbeifuhren. Erst noch einige Häuser von Cuxhaven, dann die Dünen, der Strand, schließlich das Watt. Und natürlich die Pferde, die stark und ruhig den Wagen zogen. Ihre Hälse wippten bei jedem Schritt leicht auf und ab.

Das Wasser hatte sich gerade erst zurückgezogen, und der Meeresboden schimmerte noch feucht. Überall lagen große Wasserlachen und Pfützen, in deren glatter Oberfläche sich die Sonne spiegelte. Es war ihr noch einmal gelungen, sich zwischen der Bewölkung hervorzukämpfen. Über dem Horizont jedoch schoben sich bedrohlich neue graue Wolkenberge immer näher heran.

„Was für ein fantastisches Licht", schwärmte Sophie, die sich davon nicht erschrecken lassen wollte.

„Wunderschön, nicht wahr? Das ist es, was ich hier so liebe. Es sieht niemals gleich aus, die Stimmung wechselt beständig."

„Ja, ich finde es auch ganz wunderbar." Sophie zog ihr Smartphone aus der Tasche und machte einige Fotos. „Die zeige ich später Emma."

„Geht es ihr denn schon wieder besser?"

„Ja." Sophie erzählte ihm die ganze Geschichte noch einmal ausführlich. „Wenn sie die Fotos sieht, entschließt sie sich vielleicht dazu, davon einige Bilder zu malen."

„Stimmt, sie hat ja dieses großartige Talent. Zu schade, dass sie kaum noch Zeit dafür findet."

„Ja, sehr schade. Sie ist unheimlich begabt. Ich bin mir sicher, dass sie wesentlich mehr daraus machen könnte, als nur Bilder für den Hausgebrauch zu malen. Erst einmal muss es ihr wieder richtig gut gehen. Aber dann werde ich mal versuchen, ihr den Gedanken daran schmackhaft zu machen." Sie steckte das Handy wieder in die Tasche.

„Gute Idee. Ich freu mich wirklich, dass ihr euch wieder annähert."

„Was meinst du, wie es mir geht." Glücklich strahlte sie ihn an. Er erwiderte ihren Blick und zog sie näher an sich heran.

„Seht mal, wie lieb die Pferde gucken", rief Kati und wies zum Wattwagen hinter ihnen. „Ob es ihnen wohl Spaß macht, die Wagen über das Watt zu ziehen?"

„Ganz bestimmt", sagte Sophie. „Sie haben jeden Tag diese wunderbare Aussicht und sind an der frischen Luft. Und sie sind kräftig. Mir scheint, dass sie sich nicht besonders anstrengen müssen, die Wagen zu ziehen."

„Klingt wie ein Traumjob." Markus lachte.

Wieder sah Sophie über das Watt. Hier bestand der Boden aus unzähligen kleinen Sandwellen. Er wirkte fast wie die Zeichnungen der Sanddünen in der Wüste. Doch wenn sie genauer hinsah, entdeckte sie Muscheln und Schnecken und unzählige Häufchen von Wattwürmern. Möwen liefen über das Watt und pickten nach Futter, flogen auf und landeten ein Stück weiter erneut. Eine plötzliche Windbö riss sie aus ihren Gedanken, und sie stellte fest, dass sich der Himmel wieder zugezogen hatte und dunkler geworden war.

Der Kutscher schien ihre Gedanken zu ahnen. „Das kommt nicht zu uns", rief er. „Das zieht vorbei. Aber ich denke, das war noch nicht alles. Wir kriegen heute schon noch unseren Guss."

Vielleicht regnete es ja, wenn sie auf Neuwerk im Café saßen. Dann würde es nicht stören.

Tatsächlich kamen sie trocken auf der kleinen Insel an und begannen sofort, sich neugierig umzusehen.

„Wie grün es ist", stellte Sophie fest. Es gab große Wiesen und sogar richtig viele Bäume. „Ich hatte gedacht, die Insel besteht nur aus einem winzigen Haufen Sand und zwei, drei Häuschen."

Markus lachte und nahm ihre Hand, während sie einen Weg entlangschlenderten. Kati lief ihnen voraus.

„Ja, so wirkt es auch, wenn man von Cuxhaven aus rüber guckt."

„Warst du schon oft hier?"

„Dreimal. Einmal bin ich mit dem Schiff hergefahren und zu Fuß zurückgelaufen. Die anderen beiden Male waren komplett zu Fuß. Ich hatte Odin dabei, lief bei einer Ebbe los, übernachtete hier und lief bei der nächsten Ebbe wieder zurück."

„Muss Spaß bringen. Aber ich weiß nicht, ob ich mich das trauen würde. Klar, ich laufe auch gern im Watt herum, aber so weit hinaus habe ich mich noch nicht gewagt.“

„Du musst nur die Tidenzeiten kennen, dann ist das kein Problem. Aber so, wie wir es heute gemacht haben, ist es natürlich bequemer. Für Kati wäre der Weg zu Fuß ohnehin noch zu weit.“

Sie liefen eine Weile herum und sahen sich die hübschen Häuser des kleinen Orts an. Kati interessierte sich eher für die Pferde, die angeschirrt vor den Wagen auf die Rückfahrt warteten und dösten. Sie streichelte sie und sprach leise mit ihnen.

Auf dem kleinen Dorfplatz gab es sogar einen Markt, und neugierig betrachteten sie die Stände, die Bratwurst, Fischbrötchen, Süßigkeiten und Souvenirs anboten. Nun kam sogar die Sonne wieder heraus, als wollte sie sie locken, etwas zu kaufen, etwas zu essen und die Zeit zu vergessen.

„Haben wir ein Glück mit dem Wetter“, sagte Sophie. „Gut, dass wir doch losgefahren sind.“

„Ja, man muss auch mal was wagen. Ich habe Appetit auf ein Brötchen mit Räucheraal. Was meint ihr, habt ihr auch Hunger?“

Die Auswahl war so vielfältig und verlockend, dass sie sich kaum entscheiden konnten. Kurz darauf knabberte Kati an ihrer Bratwurst, während sich Sophie ein Brötchen mit Lachs schmecken ließ. Wie herrlich es war, gemeinsam mit Markus etwas Neues zu erkunden. Immer wieder sah sie ihn an. Er wirkte so fröhlich, an allem interessiert und so ... verlässlich. Spontan beugte sie sich zu ihm und gab ihm einen Kuss.

„Nanu? Womit habe ich das denn verdient?“

„Einfach dafür, dass du da bist.“ Sie schmiegte ihren Kopf an seine Brust. Durch sein dünnes Hemd spürte sie seinen Herzschlag an ihrem Ohr, ruhig und gleichmäßig.

Er streckte seinen Arm aus und drückte sie an sich, und sie fühlte sich unendlich geborgen, sicher und beschützt. Wie sehr sie dieses Gefühl doch all die Jahre vermisst hatte.

Hinterher aßen sie noch ein Eis, saßen eine Weile auf einer Bank und ließen die Szenerie auf sich wirken, doch dann schob sich eine Wolke vor die Sonne, und rasch zog sich der Himmel erneut zu. Schlagartig wurde es dunkler und kühler.

„Oh je. Ich glaube, wir haben uns zu früh gefreut.“ Mit einer Kopfbewegung wies Markus nach oben.

„Vielleicht haben wir ja noch einmal Glück und es zieht wieder vorbei. Oder es geht ganz schnell, sodass es auf der Rückfahrt wieder trocken ist.“

„Hoffen wir es. Viel Zeit haben wir nicht mehr. Wollen wir uns lieber noch kurz ins Café setzen?“

„Gern.“

Bei Tee, Café Latte und Kakao ließ sich der graue Himmel viel besser bewundern, der immer dunkler wurde. Es schien, als würde sich das Unwetter direkt über ihnen zusammenballen. Immer mehr Gäste strömten herein, und draußen begannen sich die Bäume im auffrischenden Wind zu wiegen.

Markus warf einen Blick auf die Uhr.

„Ich glaube, wir müssen bald zurück, oder“, fragte Sophie besorgt.

„Ja, in Kürze. Hoffen wir, dass der Regenschauer schnell vorbei ist, dann könnten wir vielleicht schon wieder eine sonnige Rückfahrt genießen."

Beim Anblick der Dunkelheit, die sich draußen plötzlich niedersenkte wie ein schwarzes Tuch, war sich Sophie nicht so sicher. Zum Glück machte sich Kati keine Sorgen. Unbeirrt rührte sie in ihrem Kakao und sang leise vor sich hin.

„Gefällt dir der Ausflug, Mäuschen?", erkundigte sich Sophie.

„Ja, sehr. Ich freu mich auf die Rückfahrt, dann kann ich wieder die Pferde sehen."

„Die sind schon toll, was?"

Kati nickte heftig. „Und so lieb. Darf ich mal reiten gehen, Mama? Bitte!"

Darum bat Kati nicht zum ersten Mal, es musste ihr wirklich wichtig sein.

„Natürlich. Sobald sich mal eine Gelegenheit ergibt, okay?"

Plötzlich einsetzendes Rauschen lenkte sie ab, und sie sah rasch aus dem Fenster. Es goss so heftig, dass das Prasseln des Regens selbst hier im Café laut zu hören war und sie die Bäume draußen nur durch einen dichten Vorhang erkennen konnte.

Markus sah sie besorgt an. „In fünf Minuten ist Abfahrt. Dürfte knapp werden."

Als hätte ihr Kutscher seine Worte gehört, betrat er das Restaurant.

„Meine Kollegen und ich haben vorne Regenumhänge für unsere Fahrgäste", rief er. „Wir warten noch einige Minuten, ob der Regen nachlässt, daher verzögert sich unsere Rückfahrt etwas. Aber kommen Sie bitte rechtzeitig, um sie anzuziehen, damit wir nicht zu viel Zeit verlieren.“

Sie tranken aus und zahlten. Doch als sie zum Ausgang gingen, goss es immer noch wie aus Kübeln.

„Du lieber Himmel“, rief eine Frau, die auf ihrem Wagen mitgefahren war. „Stefan, wollen wir nicht lieber hierbleiben? Wir werden bis auf die Haut nass.“

„Es gibt doch Umhänge.“

„Ich hab trotzdem keine Lust, auf der klitschnassen Kutsche zu sitzen. Lass uns gucken, ob wir hier übernachten können.“

Stefan sah nicht begeistert aus, doch die beiden zogen von dannen. Alle anderen Fahrgäste blieben sitzen, sahen sich an und berieten sich.

„Willst du auch lieber hierbleiben?“, erkundigte sich Markus bei Sophie. „Wenn wir Pech haben, gießt es während der ganzen Fahrt so weiter. Guck dir mal den Himmel an, es sieht nicht so aus, als würde es schnell aufhören. Die Dame hat recht, es könnte sehr ungemütlich werden.“

„Ich weiß nicht.“ Sophie zögerte. „Ich würde schon gern zurückfahren. Wir könnten uns bei dir einen gemütlichen Abend machen. Und Odin wird doch auch schon auf dich warten.“

„Jürgen kommt erst am späten Abend zurück, der ist immer lange zum Wandern unterwegs. Das wäre also kein Problem. Aber wenn ich ehrlich bin, würde ich auch lieber zurückfahren. Und womöglich gibts hier gar kein freies Zimmer mehr.“

„Wir wagen es“, entschied Sophie. „Oder, Kati? Macht es dir etwas aus, durch den Regen zu fahren?“

„Nee. Die Pferde laufen da doch auch durch, und die kriegen keinen Umhang. Wenn die das können, können wir das auch.“

„Das meine ich aber auch.“ Markus lächelte Sophie an. „Du hast eine sehr tapfere Tochter.“

„Ich weiß.“ Zärtlich strich Sophie Kati übers Haar.

Der Kutscher gab ihnen einen Wink. „Wir sollten los, sonst könnte es knapp werden. Ich fürchte, so schnell hört das nicht auf. Meine Kollegen haben weitere Umhänge für ihre Gäste.“

Er hielt einen Stapel gelber Regenumhänge im Arm und drückte ihnen einige in die Hand, als sie zu ihm gingen. Rings um sie her scharrten Stühle, als ihre Mitreisenden aufstanden und sich ihre Regenumhänge abholten.

Kati hatte ihren bereits von Sophie angezogen bekommen und drehte sich kichernd im Kreis.

„Sieht super aus“, lobte Sophie und lachte.

Markus machte schnell ein Selfie von ihnen drei, bevor sie auf den Wagen kletterten. Der Umhang raschelte, als Sophie ihn unter sich glattstrich, um sich setzen zu können. Dieses Mal saßen sie ganz hinten im Wagen.

„Du siehst sexy aus“, flüsterte Markus ihr ins Ohr und setzte sich nah neben sie.

Sie lachte fröhlich. „Ja, ganz bestimmt. Und du bist mit dem Umhang glatt mit Superman zu verwechseln.“

„Was heißt denn da verwechseln? Erkennst du mich etwa nicht? Ich bin das Original.“ Markus fiel in das Lachen ein, und strahlend sah Kati von einem zum anderen.

„Ist doch gemütlich", stellte Sophie fest. Der Regen prasselte auf ihre Kapuze und rann am Umhang herab, und ihre Füße waren schnell nass. Doch es war warmer Regen, und sie hatte ihre beiden liebsten Menschen bei sich. „So ein Abenteuer erlebt man nicht jeden Tag, stimmt's, Kati?"

„Ja", schrie die Kleine begeistert und kniff die Augen gegen das Wasser zusammen. Wieder saß sie am Rand des Wagens, um eine bessere Aussicht auf das Watt zu haben.

„Frierst du auch nicht?", erkundigte sich Sophie besorgt.

Heftig schüttelte Kati den Kopf, sodass die Tropfen von ihrer Kapuze flogen.

Schließlich gab der Kutscher die Zügel frei, und die Pferde zogen an. Langsam fuhren sie über die Straße auf das Watt zu. Die beiden anderen Wagen fuhren voraus, ihrer bildete das Schlusslicht.

„Schaffen wir es denn noch pünktlich zurück?", fragte Sophie leise, damit Kati sie nicht hörte, und sah auf ihre Uhr.

„Bestimmt. Der Fahrer würde es nicht wagen, wenn es nicht sicher wäre. Wir haben zwar etwas Zeit verloren, aber vielleicht fahren wir ja schneller und holen die Zeit wieder herein."

Doch wie sich bald zeigte, war es nicht möglich, schneller zu fahren. Es regnete unvermindert weiter, und immer wieder schüttelten heftige Windböen den Wagen durch. Sophie legte vorsichtshalber den Arm um Kati, doch die schien keine Angst zu haben. Hellwach betrachtete sie ihre Umgebung und wies Sophie und Markus immer wieder auf Vögel hin, die sie entdeckte, oder auf die Pferde, die so unverdrossen den Wagen zogen. Vom ersten Wattwagen war im Dunst nichts zu erkennen, den zweiten, der vor ihnen fuhr, erkannten sie schemenhaft.

Von ihren Mitreisenden sah Sophie nur deren Rücken, und im Gegensatz zur Aufregung während der Hinfahrt unterhielten sie sich dieses Mal, falls überhaupt, nur leise miteinander, und schienen eher ihren Gedanken nachzuhängen, den Regen stumm zu ertragen oder zu versuchen, im Einheitsgrau etwas erkennen zu können. Hin und wieder streckte jemand den Arm aus und wies in das nasse Nichts.

Und in noch einem Punkt unterschied sich die Rückfahrt, abgesehen vom schlechten Wetter, vom Hinweg. Hatte man dort noch den Meeresboden gesehen, war davon nun nichts mehr zu erkennen. Stattdessen fuhren sie durch eine einzige, riesige Wasserfläche. Auch von ihrem Ziel Cuxhaven war im dichten Regen nichts zu erkennen, während sie auf dem Hinweg stets einen Blick auf Neuwerk hatten. Es kam Sophie vor, als befänden sie sich mitten im Nirgendwo, in einer Welt, die aus nichts außer Wasser und Luft bestand. Der Eindruck verstärkte sich noch, als sie sich umdrehte und nach hinten sah.

„Mama, wie finden die Pferde den Weg zurück?", erkundigte sich Kati, der wohl ähnliche Gedanken durch den Kopf gingen. Bei jedem Schritt platschten die Hufe der Tiere im flachen Wasser.

„Der Kutscher zeigt ihnen, wo sie hinmüssen. Er lenkt sie mit den Zügeln."

„Und woher weiß der Kutscher, wo er hinmuss? Man sieht ja gar nichts mehr." Plötzlich klang ihre Stimme doch ein wenig dünner, und fast unmerklich rückte sie etwas näher an Sophie heran.

„Siehst du die Markierungen zu beiden Seiten?", mischte sich Markus ein und wies mit dem Finger darauf. Links und rechts von ihnen waren in regelmäßigen Abständen lange Holzpfähle, die überdimensionalen Besen glichen, in den Meeresboden gerammt worden. „Das sind Pricken. Sie bestehen aus dünnen Baumstämmen oder Stangen, an die man Zweige bindet, und weisen den Weg wie eine Straße. Der Kutscher braucht einfach nur zwischen ihnen hindurchzufahren. So kann man sich gar nicht verirren. Du brauchst also keine Angst zu haben."

Zweifelnd sah Kati an der nächsten Markierung, die sie passierten, empor.

„Warum sind die so lang?" Tatsächlich ragten einige mehrere Meter hoch empor.

„Weil das Wasser so hoch steigen wird. Bei Flut ragen dann nur noch die verzweigten Enden aus dem Wasser."

Kati drängte sich noch etwas mehr an Sophie, und sie legte den Arm um die schmalen Schultern der Tochter.

„Das ist ja höher als die Kutsche", flüsterte Kati.

Fast konnte Sophie sie im immer noch prasselnden Regen und heftigen Wind nicht verstehen, die ihr dünnes Stimmchen mit sich forttrugen.

„Deshalb fahren wir ja auch bei Ebbe", erklärte sie. „Wir haben noch viel Zeit, ehe die Flut zurückkommt. Dann sind wir längst wieder zurück in Markus' warmer Wohnung."

„Und bei Odin", setzte Kati hinzu.

„Genau."

Sophie atmete auf. Ihre Kleine schien ihre Angst schon wieder überwunden zu haben. Sie war wirklich ein tapferes Mädchen. Selbst ihr konnte es hier inmitten dieser unendlichen Wasserfläche unheimlich werden beim Gedanken daran, wie hoch das Wasser schon bald steigen würde. Denn Kati hatte recht. Sobald die Flut kam, wären sie alle unter Wasser. Doch natürlich würde es dazu nicht kommen, weil sie rechtzeitig aufgebrochen waren und der Kutscher viel Erfahrung besaß.

Unbeirrt liefen die Pferde vorwärts, und deren Anblick beruhigte auch Sophie. Tiere spürten doch Gefahren lange im Voraus. So lange die Pferde so entspannt waren, brauchten sie sich keine Sorgen zu machen.

Die Zeit verging, der Himmel blieb eintönig grau, und wie es schien, regnete es sich jetzt so richtig ein. Langsam zog die Kälte von ihren nassen Füßen doch ihre Beine hinauf. Bei Markus würde sie für sich und Kati als erstes ein warmes Bad einlassen. Sie hatte vollkommen die Orientierung verloren und konnte nicht sagen, wie lange sie bereits unterwegs oder wie nah sie dem Ufer inzwischen gekommen waren, zumal man nach wie vor nichts erkennen konnte. Um sie herum gab es nur Wasser. Sie konnte nicht einmal erkennen, ob sie überhaupt vorankamen. Es war, als würden die Pferde auf der Stelle treten. Nirgendwo gab es einen Fixpunkt, auf den sie sich konzentrieren, an dem sie sich festhalten konnte.

Markus schien ihre Unruhe zu spüren, denn er begann, Geschichten von seinen Auslandsreisen zu erzählen, um sie und Kati abzulenken. Es waren lustige Anekdoten, und tatsächlich brachten sie Sophie auf andere Gedanken.

Bis sie etwas feststellte. Kamen sie nicht plötzlich noch langsamer voran als bisher? Einer Eingebung folgend sah sie nach vorn zu den Pferden – und erschrak. Das Wasser war gestiegen, es reichte den Pferden bereits bis über die Fesseln. Konnte das nur vom heftigen Regen kommen? Oder kehrte bereits die Flut zurück? Würde sie sie hier auf dem offenen Meer doch überraschen?

„Markus?", wandte sie sich an ihn, während Angst in ihr hochkroch. „Hat sich der Kutscher in der Zeit verschätzt?", flüsterte sie in sein Ohr, damit Kati es nicht hörte.

Doch er schüttelte den Kopf, was sie sofort beruhigte. Jedenfalls zum Teil. „Bestimmt nicht. Er hat jahrelange Erfahrung."

Als sie erneut zu den Pferden sah, war das Wasser schon wieder gestiegen. Die Hälfte ihrer Beine war schon darin verschwunden. Sie wies mit einer Kopfbewegung darauf hin. „Ist das normal?"

„Ja. Mitunter steigt das Wasser noch höher, wenn die Wattwagen zurückkehren. Manchmal machen die Fahrer das auch absichtlich, als kleines Abenteuer für die Urlauber. Es ist vollkommen ungefährlich. Wahrscheinlich durchfahren wir gerade einen Priel, oder wir sind in einer kleinen Senke, in der sich das Wasser gesammelt hat. Mach dir keine Gedanken." Er legte den

Arm um ihre Schulter und zog sie an sich. „Wirklich, Sophie, ihr müsst keine Angst haben."

Sie war nicht vollkommen überzeugt, als sie auf das Wasser starrte, das so schnell stieg, dass sie dabei zusehen konnte. Und immer noch konnte sie von Cuxhaven und damit vom rettenden Ufer nichts erkennen, der Regen fiel wie ein dichter Vorhang.

„Mama?", rief Kati.

Der schrille Klang ihrer Stimme alarmierte Sophie, und sie fuhr zu ihr herum. Kati klammerte sich am Rand des Wagens fest, als hinge ihr Leben davon ab, und starrte ins unter ihnen wogende, graue Wasser. Als sie nun den Kopf wandte und Sophie ansah, erschrak sie. Die Augen ihrer Tochter waren riesengroß, und ihr Blick wirkte verschleiert, als würde sie jeden Moment ohnmächtig werden.

„Was ist denn, Mäuschen?" Schnell zog sie Kati an sich, doch der kleine Körper war ganz steif, wie erstarrt.

„Ich will nach Hause", wisperte Kati und begann zu zittern. Wieder starrte sie ins Wasser unter ihnen, grau und undurchdringlich, als würde es sie hypnotisieren.

„Wir sind gleich da", versprach Sophie und begann, ihre Tochter leicht zu wiegen. „Es dauert nicht mehr lange. Du musst keine Angst haben."

Doch als Kati zu wimmern begann, wusste sie plötzlich, was mit ihr los war.

Sie erinnerte sich. Dieses Wasser wirkte genauso bedrohlich wie damals in Otterndorf, als Kati beim Drachensteigenlassen die Wasserkante übersehen hatte und hineingefallen war. Sofort war sie untergegangen, hatten die Wellen sie verschluckt und weiter hinausgezogen, und hätte Emma nicht eingegriffen, wäre ins Wasser gesprungen und hätte Kati gerettet, gäbe es ihre Tochter jetzt wahrscheinlich nicht mehr.

Fast ein Jahr lang schien Kati das traumatische Ereignis verdrängt zu haben, zumal sie, Sophie, damals einfach nur froh gewesen war, dass ihre Tochter alles schnell vergessen zu haben schien. Zu der Zeit hatte sie genug anderes um die Ohren gehabt. Dabei hätte Kati dringend eine Psychologin gebraucht, mit der sie über alles sprechen und ihr Trauma aufarbeiten konnte.

Diese Nachlässigkeit rächte sich nun. Die ganze schreckliche Todesangst brach in Kati beim Anblick der steigenden grauen Wellen wieder aus.

Inzwischen bebte sie wie Espenlaub und weinte unentwegt.

Schnell hob Sophie Kati auf ihren Schoß, damit sie nicht mehr direkt ins Wasser unter sich schauen konnte. Fest drückte sie die Kleine an sich und wiegte sie und sprach beruhigend auf sie ein. Es tat ihr in der Seele weh, Kati so angsterfüllt erleben zu müssen, und die Scham kroch wie ein düsterer Schatten in ihr Innerstes und setzte sich dort fest.

Mehrere Mitreisende drehten sich zu ihnen um und warfen ihnen mitfühlende Blicke zu.

„Keine Angst, Kleine", sagte ein Familienvater. „Uns gehts hier oben gut, siehst du? Es kann nichts passieren, und wir sind bald zurück."

Sophie schenkte ihm ein dankbares Lächeln.

„Ist es noch weit?", wandte Markus sich schließlich an den Kutscher.

„Nee. Wir sind gleich da." Der Mann blieb seelenruhig.

Inzwischen reichte das Wasser den Pferden bis zum Bauch. Sophie konnte die Furcht ihrer Kleinen gut nachempfinden; die Situation wirkte wirklich sehr bedrohlich, selbst wenn sie im Grunde harmlos und für den Kutscher alltäglich sein mochte. Endlich teilte eine Bö den Regenvorhang, und sie konnte Häuser vor sich erkennen, schon wesentlich näher, als es eben noch den Anschein gehabt hatte.

Zutiefst erleichtert übergab sie Kati kurz darauf an Markus, der als Erstes ausgestiegen war, und stieg ebenfalls vom Wagen. Sobald sie festen Boden unter sich hatten, hatte sich ihre Kleine beruhigt. Nun zitterte sie nicht mehr, und auch ihre Tränen waren versiegt. Aber sie sah immer noch sehr blass aus.

Als sie wieder in Markus' Wohnung waren, Kati gemeinsam mit Sophie in der warmen Badewanne wieder aufgetaut war und ein heißer Tee vor ihr stand, schien sie ihre Angst bereits vergessen zu haben. Markus schaltete den Fernseher ein, und Kati durfte sich eine Kindersendung ansehen, während er selbst duschen ging.

„Was war das denn vorhin?", fragte er stirnrunzelnd, als er zurück und mit Sophie allein war. Um Kati nicht zu stören, hatten sie sich in die Küche gesetzt. „Sie war ja vollkommen außer sich. Hat sie so was schon mal gehabt? Es war nicht einfach nur etwas Furcht, Sophie. Deine Tochter hatte Todesangst." Er sah sie prüfend an. „War da mal etwas? Hat sie etwas erlebt, was das ausgelöst haben könnte?"

So ernst hatte sie ihn noch nie gesehen. Und plötzlich war es Sophie, die von Furcht erfüllt wurde. Diese Geschichte hatte sie Markus noch nicht anvertraut. Es war das einzige Geheimnis, das noch zwischen ihnen stand, und sie hatte sich gewünscht, dass er auch nie davon erfahren müsste, dass es niemals ans Tageslicht kommen würde.

Doch nun war sie ihm eine Antwort schuldig. Und wenn es ganz schlimm kam, wäre sie hinterher wieder allein.

Kapitel 23

Ihr Hals war ganz trocken, und schnell trank sie einen Schluck Tee. Ihren rasenden Herzschlag jedoch beruhigte das Getränk nicht, und Sophie wusste, dass das der Preis für ihre Nachlässigkeit war. Markus war ein offener Mensch, dem Ehrlichkeit sehr viel bedeutete. Ausgerechnet diese wirklich schlimme Geschichte hatte sie ihm bisher vorenthalten. Wie würde er reagieren? Könnte er Verständnis für so etwas haben, wenn sie es doch selbst bis heute nicht verstehen konnte?

Sie fühlte sich wie eine Angeklagte vor der Inquisition. Ihr Leben würde sie durch ihr Geständnis nicht verlieren. Wohl aber vielleicht ihr gerade gefundenes Glück. Und Kati würde der Verlust von Markus und Odin das Herz brechen.

„Du hast mich einmal aus Spaß gefragt, ob ich jemanden umgebracht hätte", begann sie leise.

„Ich erinnere mich." Er starrte sie an, als rechnete er damit, dass sie plötzlich ein Messer hinter dem Rücken hervorziehen könnte.

„Nicht ganz", fuhr sie fort. „Aber beinahe. Es war im letzten Herbst. Damals steckte ich mitten im Trennungskrieg mit Carsten und hatte meine Freundschaft mit Emma zerstört. Dazu kam der Stress, für Kati und mich ein neues Leben in Lüneburg aufzubauen. Ich brauchte einen neuen Job und eine Wohnung. Das weißt du ja alles schon. Ich erwähne es auch nur, damit

du dich ein wenig in meine Gemütslage hineinversetzen kannst; ich war nervlich völlig fertig. An dem Tag
waren wir mit dem Kindergarten nach Otterndorf an
den Deich gefahren, um Drachen steigen zu lassen.
Emma hatte ich bereits aus dem Kindergarten heraus-
geekelt, aber an dem Tag waren einige Kolleginnen er-
krankt, und trotz ihres Ärgers mit mir war sie einge-
sprungen, damit der Ausflug trotzdem stattfinden
konnte. Die Kleinen hatten sich natürlich schon lange
darauf gefreut. Wir liefen über das Deichvorland bis
nah ans Wasser heran und ließen die Drachen steigen.
Ich wartete die ganze Zeit auf die Antwort eines Maklers, der an einer Wohnung für uns dran war.“

Ihr Hals kratzte, als wäre er mit Schleifpapier belegt,
und sie trank einen Schluck Tee.

„Deshalb guckte ich immer wieder auf mein Handy.
Tatsächlich kam dann seine Antwort, und es war eine
Absage, die mich ernüchterte und fast verzweifeln ließ.
Um es klar auszudrücken: Ich war absolut nicht bei der
Sache. Ich achtete nicht genug auf die Kinder. Und ausgerechnet Kati war es, meine eigene Tochter, die zu nah
ans Ufer geriet. Die Flut stand sehr hoch an jenem Tag,
es war stürmisch und kalt. Dann rutschte Kati aus und
stürzte ins Wasser. Sie war sofort verschwunden.“

„Oh Gott!“, entfuhr es Markus. Er wirkte vollkommen
schockiert.

„Ich stand da wie erstarrt. Ich fühlte mich wie gelähmt, völlig außerstande, meiner Tochter zu helfen.
Alles ging so schnell, dass ich es kaum realisieren
konnte. Emma war es, die ans Wasser lief und versuchte, Kati zu erreichen. Doch die Strömung hatte sie
schon ein gutes Stück hinausgetragen.“

Sophie wischte sich über die Augen. Es war furchtbar, diesen Tag noch einmal zu erleben, sich all die schrecklichen Bilder wieder vor Augen zu führen. Doch sie wusste, dass es nötig war. Sie schuldete Markus die Wahrheit. Selbst wenn diese das Ende ihrer Beziehung bedeuten würde.

„Dann tat Emma das, was ich hätte tun müssen. Ich war Katis Mutter, nicht sie. Doch Emma, die Frau, deren Ruf ich zerstören wollte, sprang ins eiskalte Wasser und zog Kati heraus."

Einige Sekunden lang sagte Markus nichts. Er saß nur da und starrte auf die Platte des Küchentischs, als könne er die furchtbaren Szenen dort sehen.

„Was für eine großartige und mutige Frau", sagte er schließlich.

Sophie blieb fast das Herz stehen vor Sorge und Scham. Hatte sie Markus jetzt verloren? Konnte er kein Verständnis aufbringen für ihre Tat, oder besser gesagt ihre Untätigkeit? Betrachtete er sie nun als schlechten Menschen?

„Ja, das ist sie", pflichtete sie ihm bei, als er schwieg. „Ganz im Gegensatz zu mir. Ich kann dir nicht sagen, warum ich nicht reagierte, ich kann es nicht erklären." Erschöpft ließ sie den Kopf sinken. Ihre Vergangenheit hatte sie eingeholt, schneller, als ihr lieb war.

„Ich ... ich weiß gar nicht, was ich dazu sagen soll", sagte er schließlich und räusperte sich.

Still beobachtete Sophie seinen inneren Kampf. Er legte seine Fingerspitzen auf seine geschlossenen Lider, als wäre er plötzlich zu Tode erschöpft. Es schmerzte sie im tiefsten Inneren, ihn so zu sehen, so schockiert, so verletzt.

Endlich hob er den Kopf und sah sie an. Alles, was Sophie zuvor in seinen Augen gesehen hatte, war verschwunden. Wärme, Zärtlichkeit, Vertrauen ... Es war fort. So, als hätte die graue Flutwelle nicht nur Kati mit sich gerissen, sondern auch all das, was er für sie empfunden hatte. Es tat mehr weh, als hätte er ihr eine Ohrfeige verpasst. Vor ihren Augen errichtete er eine innere Mauer um sich herum, die sie von seinen Gefühlen ausschloss.

„Es tut mir leid, Sophie." Auch seine Stimme hatte alle Wärme verloren, war nun vollkommen klanglos, als wäre das Leben selbst daraus gewichen.

In Sophie wurde es eiskalt.

„Aber ich glaube, es ist besser, wenn du jetzt gehst", fuhr er fort.

Sie fuhr zusammen, als hätte er sie geschlagen. Obwohl sie mit dieser Reaktion gerechnet hatte, war sie schockiert, denn ein Teil von ihr hatte immer noch gehofft, dass er Verständnis für ihr Verhalten haben würde.

„Was ... was heißt denn das?", brachte sie heraus. Zitternd lagen die Worte in der Luft.

„Ich muss nachdenken. Es ist nicht nur, dass du deine Tochter in Lebensgefahr gebracht hast, was für sich allein schon fürchterlich ist. Aber noch dazu hast du es mir verschwiegen. So etwas Wichtiges! Du hättest es mir gleich am Anfang erzählen müssen. Dies ist keine Kleinigkeit, Sophie! Kati wäre beinahe gestorben! Wie konntest du nur ...?" Er verstummte und schüttelte den Kopf, als müsste er sich selbst zur Ruhe rufen, ehe er ausfallend wurde. „Bitte geh jetzt", setzte er wesentlich leiser hinzu und sank in sich zusammen.

Langsam, unendlich langsam, erhob sich Sophie. Ihre Beine schienen alle Kraft verloren zu haben, weil ihre Lungen sich weigerten, zu arbeiten, weil ihr Herz mit dem Pumpen innehielt. Dort auf dem Stuhl ließ sie nicht nur Markus zurück, den Mann, den sie zu lieben begonnen hatte. Nein, dort blieb auch ihr wiedergefundenes Glück zurück, ihre Zukunft, die strahlend vor ihr gelegen hatte. Und, viel schlimmer noch, Katis Glück. Der Verlust von Markus und besonders von Odin würde ihr erneut das Herz brechen.

Tränen rannen über Sophies Wangen, als sie zu Kati ging, die immer noch ahnungslos ihre Kindersendung schaute, im Arm ihre Plüschrobbe. Schnell wischte sie sie fort, damit die Kleine sie nicht sah, aber schon strömten weitere nach.

„Mäuschen, komm, steh auf, wir fahren nach Hause."

Ihr Kopf ruckte hoch, ärgerlich zog sie die Brauen zusammen.

„Was? Warum denn? Du hast doch gesagt, wir schlafen heute bei Markus."

„Ja, aber leider hat sich das geändert." Mit ihrem Ärmel wischte sie über ihr Gesicht und atmete durch, um sich zu beruhigen.

„Ach, Menno." Versuchsweise sah Kati wieder auf den Fernseher.

„Steh auf, Liebes, wir müssen los."

Erneut sah Kati auf, und jetzt weiteten sich ihre Augen.

„Mama, warum weinst du denn? Bist du traurig, weil wir nach Hause müssen?"

Stumm nickte Sophie. Kati stand jetzt gehorsam auf und folgte ihr. Rasch packten sie ihre Sachen.

Hin und wieder warf Sophie einen Blick auf Markus. Er saß noch da wie zuvor und blickte zum Fenster, als stünde dort draußen geschrieben, wie alles weitergehen sollte.

Schließlich hatten sie alles zusammengepackt. In der Stubentür blieb Sophie stehen.

„Wir gehen dann jetzt.“

Endlich wandte sich Markus zu ihnen um und sah sie an. Er nickte stumm.

„Tschüss, Markus“, rief Kati und winkte.

„Tschüss, Kati“, erwiderte er und winkte zurück.

Sophie brach beinahe das Herz bei dem Anblick. War dies das letzte Mal, dass die beiden einander sahen? Das letzte Mal, dass *sie* Markus sah? Gerade jetzt, wo es immer schöner zwischen ihnen geworden war, immer vertrauter, immer liebevoller?

Still wandte sie sich um und verließ das Haus. Er kam nicht, um sie aufzuhalten.

Sie hatte alles kaputtgemacht. Wieder einmal. Inzwischen war sie Profi darin, Freundschaften und Beziehungen zu zerstören. Wahrscheinlich trug sie auch die Schuld am Scheitern ihrer Ehe mit Carsten. Sie war nicht gemacht für menschliches Miteinander. Sogar ihrer kleinen Tochter hatte sie einst das Herz gebrochen, als sie sie aus ihrer geliebten Heimat herausgerissen hatte.

Die Fahrt zurück nach Coppum verlief still, denn Kati döste ein. Als sie ihre Dachwohnung betraten, steckte Birte neugierig den Kopf herein.

„He, ihr seid ja schon wieder zurück. Wie kommt das denn?“ Sie sah zu Kati, die wieder etwas wacher geworden war, jedoch nach wie vor betrübt auf ihrer Unterlippe kaute. „Süße, magst du mal zu Melissa gehen? Sie hat ein ganz tolles neues Malbuch."

Schon hellte sich Katis Gesicht auf, und sie lief los.

Prüfend musterte Birte Sophies Gesicht und riss die Augen auf. „Du lieber Himmel! Habt ihr euch etwa gestritten?"

Sophie nickte und begann, ihre Tasche auszupacken, um Birte nicht ansehen zu müssen. Dafür schämte sie sich zu sehr.

Birte trat ins Zimmer und fasste nach ihrem Arm. „Was ist denn passiert? Oh, Süße, nicht weinen, bitte!"

Sophie ließ sich aufs Bett sinken. Der Tränenfluss versiegte. Stattdessen machte sich dunkle Hoffnungslosigkeit in ihr breit. Birte setzte sich neben sie.

„Ich hab alles kaputtgemacht", klagte Sophie. „Wieder einmal. Darin bin ich gut, weißt du?" Sie lachte bitter.

„Jetzt erzähl doch erst mal, was passiert ist."

„Ich hab ihm von Otterndorf erzählt. Weißt du noch, als Kati letztes Jahr beinahe ertrunken wäre und Emma sie im letzten Moment gerettet hatte?"

„Wusste er noch nichts davon?"

„Nein. Ich hab ihm alles erzählt, wirklich alles. Sogar, dass ich in Sven verliebt war. Was ich Emma angetan habe. Er hat alles verstanden. Nur das mit Otterndorf ... Ich schäme mich so dafür, verstehst du? Ich weiß selbst, dass es unverzeihlich war. Meine süße kleine Kati! Um ein Haar würde es sie nicht mehr geben. Allein der Gedanke daran ..." Sie schlug die Hände vor die Augen, als könnte sie die Bilder, die erneut in ihr aufstiegen, dadurch zurückdrängen. „Deshalb hab ich es ihm nicht erzählt. Ich wollte es als einziges Geheimnis für mich behalten, weil ich schon befürchtete, dass er es nicht verstehen würde. Dafür ist er viel zu aufmerksam, zu fürsorglich. Ihm wäre so etwas niemals passiert. *Keinem* wäre so etwas passiert! Nur mir."

„Komm, jetzt mach dich mal nicht schlechter, als du bist. Du weißt selbst, dass du eine großartige Mutter bist und alles für Kati tust. Wie seid ihr denn überhaupt auf das Thema gekommen, wenn du es nicht ansprechen wolltest?"

„Wir haben doch die Fahrt mit dem Wattwagen unternommen, davon hatte ich dir ja erzählt. Auf dem Rückweg von Neuwerk schüttete es wie aus Kübeln. Man sah das Ufer nicht mehr, und das Wasser stieg immer mehr. Kati blickte mitten hinein in das wirbelnde Grau unter sich ... Und da muss die Erinnerung an Otterndorf in ihr hochgekommen sein. Plötzlich begann sie zu zittern und zu weinen und schreien. Es war furchtbar. Es gelang mir kaum, sie zu beruhigen, und natürlich wollte Markus wissen, was denn da mit ihr los gewesen war. Also erzählte ich es ihm."

„Du meine Güte!"

„Er sagte dann, es wäre besser, wenn ich jetzt gehe, er müsse nachdenken."

„Das kann man doch verstehen. Es ist ja auch eine schreckliche Geschichte. Kein Wunder, dass er erst einmal erschrocken ist." Birte riss die Augen auf. „Oder hat er etwa schon mit dir Schluss gemacht?"

Sophie schüttelte den Kopf. „Nein. Aber ich habe Angst, dass er das tun wird. Er ist so ehrlich, weißt du? Und ausgerechnet so eine Sache verschweige ich ihm. Was soll er denn denken? Wahrscheinlich, dass ich noch etliche Leichen im Keller habe, von denen ich ihm auch noch nichts erzählt habe.“

„Ach, das glaube ich nicht. Lass ihm Zeit. Er wird sich schon wieder beruhigen. Eine Nacht drüber schlafen, und morgen wird er alles schon anders sehen.“

***

Doch so war es nicht. Der Sonntag verging, ohne dass Markus sich meldete. Kati langweilte sich und fragte, ob sie ihn jetzt wieder besuchen könnten. Sophie war erleichtert, als Birte vorschlug, mit den Kindern in die Eisdiele und anschließend in die überdachte Spiel-Scheune zu fahren, wo sie herumtoben konnten und abgelenkt waren.

Am Montag fuhr sie wieder auf den Hof und nahm ihre Arbeit auf. Als sie Kati zum Kindergarten brachte, nahm sie Thies gleich mit. Keiner hatte mehr etwas dagegen einzuwenden. Sophie war froh, dass sich niemand nach Markus erkundigte. Doch der Grund dafür war ebenso besorgniserregend. Der alte Heinz erschien nicht zum Frühstück. Erst am späten Vormittag kam er kurz in die Küche geschlurft und verschwand gleich wieder. Margarete rief den Arzt, der nach ihm sah.

„Was ist mit ihm?“, erkundigte sich Sophie besorgt, nachdem der Arzt wieder gegangen war.

Margarete schüttelte bekümmert den Kopf. „In den letzten Jahren ist zu viel auf ihn eingestürmt, als dass er das mit Mitte achtzig noch einfach so verwinden kann. Sandras Tod hatte ihn schon sehr mitgenommen und die Verzweiflung von uns allen. Er hatte das einigermaßen überwunden, doch Horsts Unfall hat ihm erneut einen Schlag versetzt. Dazu die vielen Sorgen, ob wir den Hof halten können, wie alles weitergehen soll, finanziell und auch mit der vielen Arbeit. Jetzt noch der Schock wegen Emma, als sie ins Krankenhaus musste. All das geht ihm in seinem Alter langsam über seine Kräfte. Sein Herz will nicht mehr so, sagt der Doktor.“

Sophie war schockiert. Den alten Heinz gab es schon immer, schon in ihrer Kindheit, und in ihrer Erinnerung sah er schon immer aus wie jetzt. Ein Leben ohne ihn konnte sie sich kaum vorstellen, er gehörte einfach dazu.

„Wäre es nicht besser, ihn ins Krankenhaus zu bringen?“

Margarete schüttelte den Kopf. „Das will er nicht. Du weißt ja, wie stur er ist. Unter lauter Fremden würde er sofort sterben, meint er.“

Bekümmert machte sie sich wieder an die Arbeit und begann mit dem Zubereiten des Mittagessens. Sorgen um Heinz, Kummer wegen Markus … So vergingen auch die folgenden Tage. Nur die Kinder vertrieben die traurige Stimmung mit ihrer Lebendigkeit und ihrem Lachen. In dieser Zeit begannen auch im Kindergarten die Ferien.

Sven hatte Urlaub, sodass Emma und er Zeit für Thies hatten und auch Kati davon profitierte, denn nun konnte sie den ganzen Vormittag über mit Thies und Timmi herumtoben. Oft kamen auch andere Freunde zum Spielen, zum Beispiel Melissa und Anna-Lena, Kai, Luisa, Benni oder Miriam. Es waren unbeschwerte Sommertage für ihre Kleine, und Sophie war glücklich darüber.

Auch ihre wiedergewonnene Freundschaft mit Emma brachte Sophie mitunter auf andere Gedanken.

An einem Abend zeigte sie Fotografien vieler Bilder, die sie bereits gemalt, verschenkt oder verkauft hatte. Staunend betrachtete Sophie die Stimmungen der Nordsee während der unterschiedlichen Jahreszeiten und Witterungen, die Emma für eine Klinik gemalt hatte. Andere zeigten das Haus ihrer Tante, in dem sie anfangs nach ihrer Rückkehr aus Berlin gelebt hatte, und den Garten mit farbenprächtigen Blumen. Zudem gab es ein wunderbares Bild von einem Wolf und einige mehr. Das absolute Prachtstück war das große Bild, das eine ganze Wand in Thies' Zimmer einnahm und die junge Familie zeigte mitsamt seiner verstorbenen Mama Sandra, die als Engel über ihn wachte.

„Ich weiß gar nicht, was ich sagen soll, Emma."

Staunend stand Sophie da und ließ ihre Blicke über das wundervoll detaillierte Bild wandern. Die Seehunde und Otter, die Emma mit ins Bild gebracht hatte, weil Thies sie so liebte, die Gesichtszüge, die so echt waren, dass Sophie das Gefühl hatte, die Menschen auf dem Bild würden ihr entgegenlächeln.

„Du hast ein unfassbares Talent. Du musst unbedingt mehr daraus machen. Es wäre reine Verschwendung, wenn deine Bilder nicht mehr Menschen zugänglich wären."

„Ach, du übertreibst." Bescheiden winkte Emma ab. „Ich meine, vielen Dank für dein Kompliment. Ich freue mich natürlich sehr, dass sie dir gefallen. Sie gefallen ja auch einigen anderen. Aber für die breite Masse sind sie bestimmt nichts. Tobias fand sie lachhaft."

Das war Emmas Ex-Verlobter, der sie nach mehreren Fehlgeburten betrogen und verlassen hatte.

„Dann ist er ein Vollidiot, der keine Ahnung von Kunst hat.“

Sie lachten, was unglaublich guttat und an alte Zeiten anknüpfte. Endlich hatten sie es geschafft, dass sie den guten Erinnerungen neue würden beifügen können.

„Das ist er sowieso, selbst ohne sein nicht vorhandenes Kunstverständnis.“

Erneut kicherten sie, und ein wenig Licht brach durch die Dunkelheit in Sophies Seele.

***

Als am Freitagabend ihr Telefon klingelte und Markus' Name aufleuchtete, wurde Sophie ganz übel. Es war das erste Mal seit jenem furchtbaren Abend vor sechs Tagen, dass er sich meldete. Die Sorge, ob der Anruf etwas Gutes oder Schlechtes zu bedeuten hatte, ließ Sophies Herzschlag sprunghaft in die Höhe schießen.

„Hast du Zeit?“, fragte er kurzangebunden.

Es gelang Sophie nicht, seine Stimmung herauszuhören.

„Natürlich.“

„Gut. Ich hole dich ab, damit wir reden können.“

„Warte. Komm nicht her. Wenn Kati dich sieht, fragt sie sofort nach Odin.“

Wenn Kati ihn sah, wollte sie gleich wieder Zeit mit Markus und Odin verbringen. Doch ob sie das jemals wieder würde tun können, stand in den Sternen. Bis dahin musste Sophie ihre Tochter vor möglicherweise falschen Hoffnungen beschützen.

„Gut. Wo dann?“

„Hier auf dem Deich an der Nordsee.“

Sophie beschrieb ihm den Weg. Es war ein guter Platz, verbunden mit unendlich vielen schönen Erinnerungen an ihre Kindheit und Jugend. Sogar Emma und Sven hatten sich nach vielen Jahren dort wiedergetroffen, und da hatte es zwischen ihnen begonnen. Vielleicht wäre ein Treffen an diesem Ort ein gutes Omen. Jedenfalls hoffte sie das aus ganzem Herzen.

„In Ordnung. In einer halben Stunde bin ich da."

Rasch lief Sophie zu Birte, die zum Abendessen gerade Grießbrei kochte.

„Kann ich Kati kurz bei euch lassen?", platzte sie heraus.

„Was ist denn los?", fragte Birte verwundert. „Du bist ja völlig durch den Wind. Atme erst mal durch, bevor du umkippst."

Das tat Sophie, doch ihre Anspannung legte sich dadurch nicht.

„Markus hat gerade angerufen. Er will sich mit mir treffen. Am Deich. Gleich."

„Mit dieser Schnappatmung lasse ich dich da nicht hinfahren." Birte hob die Hände. „Also: Einatmen. Ausatmen. Und noch einmal."

Gehorsam erfüllte Sophie ihr den Wunsch. Tatsächlich fühlte sie sich ein wenig besser. Zum Beweis lächelte sie Birte an.

„Zufrieden?"

„Etwas. Und natürlich kannst du Kati hierlassen. Melissa und sie spielen sowieso gerade draußen im Planschbecken. Ich habe ein Auge auf sie."

„Danke."

„Ich wünsche dir viel Glück!" Birte hob beide erhobenen Daumen.

„Du bist ein Schatz!“

Gleich darauf saß Sophie im Auto und fuhr die wenigen Kilometer zum Deich. Das Wetter war immer noch windig und kühl. Graue Wolken zogen rasch über den Himmel. Sie stieg aus und sog tief die frische Luft in ihre Lungen. Schwalben jagten, schrille Schreie ausstoßend, dicht über dem grünen Gras des Deichs dahin. Am Himmel kreisten Möwen und Krähen.

Sie sah sich um, doch noch war Markus’ Auto nicht zu sehen. Langsam stieg sie den Deich hoch. Oben blieb sie stehen und ließ ihre Blicke über das Vorland schweifen, die weitläufigen Dünen und die graue, unendliche Nordsee. Der Wind umwehte sie wie ein alter Freund und fuhr in ihr Haar. Als sie einen Motor hörte, der ausgestellt wurde, wandte sie sich um.

Gerade stieg Markus aus und sah zu ihr hoch. Es gelang ihr nicht, in seinem Gesicht zu lesen, doch jetzt, wo sie ihn wiedersah, sein zerzaustes Haar, seine sportliche Gestalt, sehnte sie sich mit aller Macht nach ihm. Schritt für Schritt näherte er sich, doch was, wenn er sich gleich für immer von ihr entfernte?

Als er endlich vor ihr stand, schlug ihr das Herz bis zum Hals, und sie konnte kaum atmen.

„Hallo“, grüßte er und nickte knapp. „Gehen wir ein paar Schritte? Dann lässt es sich besser reden.“

Sie nickte stumm. Seite an Seite stiegen sie auf der anderen Seite den Deich hinab, wanderten durch die Dünen und näherten sich der Nordsee. Über dem Meer jagten dunkelgraue Wolken dahin.

„Ich habe lange nachgedacht“, begann er. „Als du mir die schlimme Geschichte erzählt hattest, dachte ich, dass ich damit nicht klarkommen würde. Ich konnte es einfach nicht verstehen."

Sophie zuckte zusammen und starrte auf den Sand, als bestünde die Gefahr, dass dort Löcher lauerten, die sie verschlingen könnten.

„Dabei wusste ich nicht, was schlimmer war: dass du Kati in diese Gefahr gebracht hast, weil du nicht auf sie geachtet hattest, oder dass du nichts getan hast, um ihr zu helfen. Oder dass du es nicht für nötig gehalten hast, mir längst davon zu erzählen. Ich sage es dir ganz ehrlich, Sophie: Ich war stinksauer auf dich."

Nun wünschte sich Sophie, dass sich der Boden unter ihr auftun würde.

„Aber wie gesagt, ich habe nachgedacht, habe die Sache von allen Seiten betrachtet und versucht, mich in dich hineinzuversetzen. Ich wollte nicht vorschnell urteilen, ehe ich jeden Aspekt gut durchdacht hatte."

Genau dafür liebte Sophie ihn ja so. Sie wagte es, ihm einen Seitenblick zuzuwerfen. Konzentriert runzelte er die Stirn.

„Schließlich bin ich zu einem Ergebnis gekommen."

Sie hielt die Luft an. Gleich würde sie erfahren, ob sie Markus heute zum letzten Mal sah.

Er blieb stehen und sah sie an. „Du hast unter Schock gestanden", erklärte er.

Sie starrte ihn an. War es gut, dass er das sagte? Oder war es die Einleitung zu seinen Abschiedsworten? Würde gleich ein „Trotzdem hättest du ..." folgen?

„Ich habe recherchiert, Sophie. Tatsächlich sind solche Geschehnisse nicht gerade alltäglich, doch hin und wieder kommen sie vor, auch wenn das erschreckend ist. Im Internet fand ich sogar einige Videos. Eins aus

Mexiko war besonders eindringlich und hat mich sehr nachdenklich gemacht.“

Vor Aufregung konnte Sophie ihren Herzschlag in der Kehle spüren und schluckte, um ihn zu beruhigen.

„Der Film zeigte einen atemberaubenden Strand“, erzählte Markus. „Viele Menschen waren im Wasser, auch Familien mit Kindern. Dann riss eine große Welle ein kleines Kind mit sich, vielleicht drei oder vier Jahre alt.“

Erschrocken sog Sophie die Luft ein. Unvermittelt sah sie wieder die schrecklichen Bilder aus Otterndorf vor sich.

„Sofort schrien die Menschen, warfen erschrocken die Arme hoch und wiesen ins Wasser“, fuhr Markus fort. „Die Mutter stand da, die Hände vor den Mund geschlagen, als hätte sie ein Blitz getroffen. Das menschliche Gehirn braucht in solchen Situationen einige Augenblicke, um von der gerade noch herrschenden Entspannung und Freude umzuschalten in den Katastrophenmodus. So stand es in der Erklärung zum Video. Und je emotionaler die betroffenen Personen miteinander verbunden sind, desto schwerer ist es, den Schock abzuschütteln und zu reagieren.“

Ja, das konnte Sophie nur bestätigen. Auch sie war damals wie gelähmt gewesen.

„Plötzlich liefen etliche Leute auf einmal los, während die Mutter immer noch dastand und die Hände nach ihrem Kind ausstreckte, das immer weiter abtrieb.“

„Um Himmels willen, wie furchtbar!“

Markus nickte. „Doch ein junger Mann, der nicht das Geringste mit dieser Familie zu tun hatte, reagierte als

Erster. Er erreichte das Kind und zog es aus dem Wasser. Glücklicherweise überlebte es."

Mit einem Seufzer ließ Sophie die angehaltene Luft aus den Lungen.

„Ich will dir damit zwei Dinge sagen, Sophie. Du bist nur ein Mensch. Klar, damals warst du noch mehr als das, du warst nicht nur als Mutter, sondern in erster Linie als Erzieherin betroffen. Ich will jetzt gar nicht mehr so viel auf der Sache herumreiten; du weißt selbst am besten, was du falsch gemacht hast. Und ich weiß, dass du dich so sehr dafür schämst, dass du dich nicht getraut hast, mir davon zu erzählen."

Er sah sie an, und Sophie tauchte in seine Augen ein, versuchte zu ergründen, was er ihr mit all dem sagen wollte, versuchte, einen Blick in sein Innerstes zu erhaschen.

Sie nickte stumm.

„Es lässt sich leicht sagen, dass solche Dinge nicht passieren dürfen", setzte er hinzu. „Du weißt selbst, dass oft schon ein Bruchteil einer Sekunde genügt, eine winzige Unachtsamkeit, und schon ist das Unglück geschehen. Aber wer bin ich, über dich zu richten? Und wie ich gerade sagte, wir sind alle bloß Menschen. Wir alle machen Fehler."

„Dann hältst du mich nicht für eine schlechte Mutter?", fragte sie zaghaft.

Unvermittelt lächelte er. „Ich beobachte doch schon, seit ich euch kenne, wie du mit Kati umgehst. Mag sein, dass du damals eine schlechte Mutter gewesen bist, als du nicht nur Kati, sondern auch die anderen Kinder in Gefahr gebracht hast."

Sophie zuckte zusammen, doch sie wusste, dass er mit jedem einzelnen Wort recht hatte. Selbstsüchtig hatte sie auf ihr Handy gestarrt, nur wegen einer Nachricht eines Maklers, während Kati und die anderen Kinder am Rande der Nordsee herumliefen. Ja, das war sie gewesen, egoistisch. Doch so war sie nun nicht mehr. Sie hatte aus ihren Fehlern gelernt, hatte an sich gearbeitet und sich verändert.

Markus lächelte sie an, als hätte er ihre Gedanken gelesen. „Wenn du alles bist, aber eine schlechte Mutter gewiss nicht mehr. Du hast euer neuaufgebautes Leben in Lüneburg aufgegeben, weil deine Tochter dort unglücklich war. Du hast eine Arbeit angenommen bei Leuten, von denen du dachtest, dass sie dich hassen, nur damit Kati wieder glücklich ist. Rede dir bloß nicht so einen Unsinn ein. Du bist eine überaus fürsorgliche Mutter, Sophie."

Sie schluchzte auf, und er griff zu, zog sie an sich, an seinen starken Körper. Sie barg ihren Kopf an seiner Schulter, und es tat so unfassbar gut, seine Hände zu spüren, die über ihren Kopf strichen, wo sie doch die ganze Zeit befürchtet hatte, ihn verloren zu haben.

„Ich gebe zu, dass ich wirklich schockiert war", fuhr er fort. „Gerade, weil ich dich für eine wunderbare Mutter halte, hätte ich niemals damit gerechnet, dass ausgerechnet dir so etwas passieren konnte. Aber ich sehe, wie sehr du es bereust. Diesen einen, winzigen Augenblick der Unachtsamkeit. Und ich weiß auch, dass du alles getan hast und immer noch tust, um es wiedergutzumachen."

Sie nickte und wischte sich über die Augen. „So etwas passiert mir nie wieder. Es ist schlimm genug, dass Kati im Wattwagen so eine Angst bekommen hat. Aber das konnte ich doch nicht ahnen. Sonst hätte ich nie diese Fahrt unternommen und ..."

„Das weiß ich doch. Trotzdem solltest du dir überlegen, sie zu einer Therapie anzumelden. Schon allein, damit sie nicht noch einmal so eine Panikattacke durchmachen muss."

„Das werde ich auf jeden Fall. Ich hätte es längst tun sollen." Sie schmiegte sich an Markus' Schulter und empfand tiefe Dankbarkeit dafür, dass sich dieser großartige und verständnisvolle Mann ausgerechnet für sie entschieden hatte. Eine Weile standen sie einfach nur schweigend da und genossen die Nähe des anderen.

„Eine Sache ist da noch", sagte er.

Unsicher sah Sophie ihn an.

„Dass du mir nichts davon erzählt hast, hat mir wirklich zu schaffen gemacht. Ich dachte, wir vertrauen einander."

„Das tun wir doch!"

„Dann verstehe ich erst recht nicht, warum du mir nichts davon gesagt hast. Von so einer wichtigen Sache."

Sie senkte den Kopf. „Weil ich mich geschämt habe. Und weil ich Angst hatte. Ich weiß doch, wie wichtig dir Vertrauen ist."

„Gerade deshalb hättest du es mir sagen müssen."

„Ich weiß." Nun hob sie den Blick und wagte es, ihn anzusehen. „Ich wusste vorher schon, dass ich viele Fehler gemacht habe, Markus. Doch erst durch dich habe ich erkannt, wie mies ich damals wirklich gewesen bin. Und dafür bin ich dir unendlich dankbar. Das alles tut mir furchtbar leid.“

Er sah ihr ins Gesicht, musterte sie, schien mit seinen Blicken bis in die hintersten Winkel ihrer Seele vorzudringen.

„Das weiß ich. Und deshalb möchte ich es jetzt auch gut sein lassen, Sophie.“

„Richtig gut?“, fragte sie zaghaft.

Er nickte. „Richtig gut.“ Und endlich lächelte er.

Eine ganze Weile standen sie einfach nur da, eng umschlungen, umgeben vom Wind, vom Brausen der Wellen und den sehnsüchtigen Schreien der Möwen.

Schließlich sah sie ihn an. „Du sagtest, da wären zwei Dinge, die du mir sagen wolltest. Welches ist das zweite?“

Er wischte ihr sanft die letzte Feuchtigkeit ihrer Tränen von der Wange. „Deine Erzählung hat mir noch einmal bestätigt, was ich schon die ganze Zeit fühle. Was ich im Grunde schon wusste, seit ich dich das erste Mal am Strand gesehen habe. Ich habe erlebt, wie sehr dich diese Dinge, die in deinem Leben schiefgelaufen sind, belasten, wie du dir alles zu Herzen nimmst. Du bist von Grund auf ehrlich, du bist mitfühlend und empathisch, zärtlich und humorvoll, und nicht zuletzt bist du die schönste Frau für mich. Um es kurz zu machen, Sophie ... Ich habe mich nicht nur in dich verliebt.“

Ihre Augen weiteten sich, und sie starrte ihn an. Gerade hatte sie noch das Ende ihrer Beziehung befürchtet, und jetzt ... Schon schossen ihr erneut Tränen in die Augen, doch sie wischte sie nicht fort, denn diesmal waren es Tränen des Glücks.

„Was ... was denn noch?“ Sie musste die Worte hören, mit eigenen Ohren, um sie glauben zu können.

„Ich liebe dich, Sophie.“

Hatte sie je so große Zärtlichkeit gesehen wie in seinen Augen? Sie schimmerten so warm und liebevoll, dass die Tränen erneut in Strömen über ihre Wangen rannen.

„Ich liebe dich auch, Markus.“

Er schloss sie in die Arme und zog sie an sich, und für eine ganze Weile hielt er sie einfach nur fest.

Kapitel 24

Als Markus sie wenige Tage später anrief, hatte er eine Neuigkeit, die Sophie die Sprache verschlug.

„Ich habe mit Rainer gesprochen."

„Aha. Machst du als sein Freund das nicht öfters?" Sophie schmunzelte.

„Sagte ich dir schon mal, wie sehr ich deine Frechheit liebe?"

„Nur meine Frechheit?", fragte Sophie mit gespielt trauriger Stimme. Gleich darauf fuhr sie ernster fort: „Über was habt ihr denn gesprochen? Gibts irgendwelche Neuigkeiten?"

„Oh, ja! Er erzählte, dass im Hotel eine Stelle frei ist. Und dass sie perfekt für dich wäre. Nein, dass du perfekt für die Stelle wärst."

„Was?" Aufregung breitete sich in Sophie aus. „Aber ich habe einen Job. Ich kann hier nicht weg."

„Sophie, das Thema hatten wir schon. Du wirst doch nicht für alle Zeiten für andere Leute den Haushalt führen wollen. Wobei, um ehrlich zu sein, der Job im Hotel nicht allzu anders wäre. Aber du hättest geregelte Arbeitszeiten. Du würdest mehr verdienen. Und du würdest in meiner Nähe arbeiten. Wir könnten uns jeden Tag sehen."

Ihr Herz schlug schneller. Das klang in der Tat verlockend.

„Worum gehts denn eigentlich?"

„Um einen Job als Zimmermädchen. Wie gesagt nicht sehr viel anders als deine jetzige Arbeit, aber du brauchst nicht kochen oder einkaufen, keine Fahrdienste übernehmen und hast pünktlich Feierabend. Außerdem sagte Rainer, wenn du dich gut machst und als verlässlich erweist, könnte man dich nach gründlicher Einarbeitung vielleicht auch mal woanders einsetzen.“

„Was meint er denn damit?“, fragte Sophie verwundert.

„Das sagte er nicht. Er druckste nur herum und tat ziemlich geheimnisvoll. Ich glaube, die Geschäftsleitung ist an irgendwas dran, aber er darf noch nicht darüber reden, es ist wohl noch nicht spruchreif. Aber abgesehen davon ... Könntest du dir vorstellen, hier im Hotel zu arbeiten? Stell dir nur vor, wir wären dann Kollegen! Wir könnten uns jeden Tag sehen, statt immer nur kurz zu telefonieren.“

„Die Vorstellung ist wirklich traumhaft. Aber ich kann Emma und ihre Familie nicht im Stich lassen, Markus. Sie brauchen mich. Sie haben so viel Arbeit, das schaffen sie nicht allein. Besonders Margarete ist völlig überfordert. Horst ist ja wieder zu Hause, sie muss sich um ihn kümmern, und der alte Heinz kränkelt ebenfalls. Und Emma muss sich schonen. Du weißt ja, dass sie bereits im Krankenhaus lag, und nach drei Fehlgeburten darf sie auf keinen Fall ein weiteres Risiko eingehen. Ich kann dort nicht aufhören, das kann ich ihnen gerade jetzt nicht antun. Sie brauchen mich.“

„Ja, das verstehe ich natürlich. Trotzdem ist es schade.“

„Das finde ich auch. Ich würde dich gern jeden Tag sehen. Allein die Vorstellung ist schon traumhaft.“

Er seufzte laut. „Du kannst ja noch mal in Ruhe darüber nachdenken. Oder vielleicht einfach mal mit Svens und Emmas Familie darüber reden. Möglicherweise gibt es eine Lösung, auf die ihr alle noch nicht gekommen seid. Ach ja, und was die Bilder deiner Freundin betrifft … sie soll unbedingt weiter malen! Was ich bisher gesehen habe, ist große Klasse.“

„Warte nur ab, bis du mehr ihrer Werke siehst. Sie hat mir viele ihrer Bilder gezeigt beziehungsweise Fotos von denen, die sie verkauft oder verschenkt hat. Einfach großartig, sag ich dir! Ich würde so gern dafür sorgen, dass sie sich wieder ganz der Malerei widmen kann. Sie hat so ein großes Talent, und es verkommt völlig ungenutzt. Das ist so schade.“

„Kannst du mir die Fotos mal zeigen?“

„Ich bringe sie am Wochenende mit, in Ordnung? Du wirst staunen.“

„Das glaub ich dir jetzt schon! Also gut, Sophie, versprich mir, dass du wenigstens mal über Rainers Vorschlag nachdenkst.“

„Das mach ich. Und ich werde auch mit der Familie reden. Aber ich lasse sie nicht allein, solange es keine andere Lösung gibt. Sie haben so viel für mich getan, haben mir eine zweite Chance gegeben, trotz allem, was ich Emma angetan habe.“

„Das sollst du ja auch gar nicht, Sophie. Nur darüber nachdenken.“

An diesem Abend schlief sie schwer ein. Die ganze Zeit stellte sie sich vor, wie es wäre, im selben Hotel zu arbeiten wie Markus. Nur noch für die Sauberhaltung der Zimmer zuständig zu sein, statt Mädchen für alles und trotzdem stets das Gefühl zu haben, immer noch zu wenig zu tun. Ach, warum musste immer alles so kompliziert sein? Immer, wenn etwas gut lief, taten sich neue Probleme auf.

***

Noch ehe sich Sophie ein Herz nehmen und mit der Familie über Markus' Vorschlag sprechen konnte, geschah etwas Furchtbares.

Wie gewohnt hatte sie das Frühstück vorbereitet, und abgesehen vom alten Heinz, der seit einiger Zeit immer länger schlief und immer mehr Zeit in seinem Zimmer verbrachte, saßen alle am Tisch. Horst saß in seinem Rollstuhl und aß inzwischen wieder mit gutem Appetit, worüber alle sehr froh waren. Thies und Kati waren sehr aufgeregt, denn Sven und Emma wollten mit ihnen an den Strand fahren, und plapperten in einer Tour darüber, was sie dort alles machen und was sie alles mitnehmen müssten.

Schließlich brachen Sven und Emma mit den beiden Kindern und dem ebenfalls hyperaktiven Timmi auf. Horst rollte in den Garten, um dort die Sonne zu genießen, und Margarete ging in den Stall.

Während Sophie den Abwasch erledigte, die Waschmaschine anstellte und den Boden wischte, erschien ihr die plötzliche Stille im Haus mit einem Mal seltsam. Sie öffnete das Fenster, damit frische Luft hereinkam und der Boden schneller trocknete, und bemerkte, dass Margarete über den Hof zum Haus kam.

„Ist Heinz schon aufgestanden?", erkundigte sie sich.

Sophie schüttelte den Kopf. Jetzt wusste sie, was ihr so seltsam erschienen war. Spätestens um diese Zeit hätte sie längst aus seinem Zimmer die typischen Laute hören müssen, wenn er aufstand. Das Knarren seines Betts, sein Ächzen, wenn er sich auf die Beine hievte ... Heute war es still geblieben. Wahrscheinlich war er müde und schlief länger als üblich.

„Ich sehe mal nach ihm“, erklärte Margarete und ging zum Zimmer ihres Schwiegervaters.

Sophie sah ihr nach und hielt unbewusst die Luft an. Als sie Margaretes Aufschrei hörte, wusste sie, dass sie es seit dem Morgen geahnt hatte. Irgendetwas würde geschehen. Mit wenigen Schritten erreichte sie das Zimmer und trat durch die Tür.

Margarete stand vor dem Bett des alten Mannes. Heinz lag reglos darin, die Augen geschlossen. Die Frau fuhr zu Sophie herum.

„Er rührt sich nicht“, stammelte sie.

Zögernd trat Sophie näher heran. Für einen Moment fürchtete sie, der alte Mann wäre gestorben. Wo fühlte man noch mal nach dem Puls? An der Halsschlagader? Doch wo genau war sie? Nein, sie scheute davor zurück, den Körper zu berühren. Als sie genauer hinsah, bemerkte sie jedoch, dass sich seine Brust kaum merklich hob und senkte.

„Er lebt“, rief sie erleichtert. „Ich rufe sofort den Notarzt.“

Anschließend lief sie hinaus, um Horst zu alarmieren. Er wurde kreidebleich. Sophie rollte ihn zum Zimmer seines Vaters, so schnell sie konnte. Dort warteten alle gemeinsam. Die Anspannung war beinahe mit Händen greifbar.

Der Rettungswagen erschien bereits nach wenigen Minuten.

„Ist es ein Herzinfarkt?", erkundigte sich Margarete zutiefst besorgt. „Oder ein Schlaganfall? Er ist schon seit Wochen nicht mehr gut drauf."

„Das werden die Untersuchungen in der Klinik ergeben, Frau Jansen. Wir nehmen ihn mit."

Stumm beobachteten Sophie, Margarete und Horst, wie die Sanitäter Heinz auf eine Trage legten, ihm einen Tropf und ein EKG anlegten und eine Sauerstoffmaske auf sein Gesicht schoben. Der alte Mann tat Sophie unfassbar leid. In seinem Alter war noch viel zu viel auf ihn eingestürmt. Kurz darauf brauste der Krankenwagen davon.

Es gelang ihr, Margarete und Horst zu bewegen, mit ihr in die Küche zu gehen. Dort kochte sie eine Kanne Pfefferminztee und drückte beiden eine Tasse davon in die Hand.

„Soll ich Sven anrufen?", fragte sie.

Margarete und Horst schüttelten synchron die Köpfe.

„Nein", entschied die Bäuerin. „Er und Emma hatten es in letzter Zeit schwer genug. Sie haben so selten Zeit und Ruhe für einen Ausflug mit Thies. Den wollen wir ihnen jetzt gönnen."

„Er kann ja ohnehin nichts machen", fügte Horst hinzu.

Natürlich hatten sie recht. Sophies Plan jedoch, mit der Familie über Rainers Angebot zu sprechen, rückte erst einmal in weite Ferne.

Dieses erneute schockierende Ereignis durchbrach wieder einmal die tägliche Routine auf dem Hof. Doch natürlich musste die Arbeit weiterlaufen.

Als Sophie am Abend Kati zu Bett gebracht hatte, erhielt sie einen Anruf von Emma, die ihr mitteilte, dass Heinz einen leichten Herzinfarkt gehabt hätte.

„In ein bis zwei Wochen kann er wahrscheinlich wieder nach Hause, sagte der Arzt“, erklärte Emma. „Das hängt davon ab, wie schnell sich seine Werte wieder stabilisieren und er sich erholt. Er ist ja nicht mehr der Jüngste.“

Beide waren zutiefst erleichtert. Sophie legte auf und rief Markus an, um ihm alles zu erzählen.

„Du meine Güte, die Familie wird ja momentan wirklich gebeutelt. Was für ein Glück, dass es noch einmal gut gegangen ist.“

„Etwas anderes mag ich mir gar nicht vorstellen. Der alte Heinz gehört einfach dazu. Ohne ihn kann man es sich gar nicht vorstellen. Er ist immer so lustig und weiß immer einen guten Rat.“

„Ja, da kann man wirklich froh über den guten Ausgang sein. Er scheint ein zäher Bursche zu sein.“

„Zum Glück!“

Eine Weile drehte sich das Gespräch um ihre Arbeit und andere Themen.

„Hast du inzwischen über Rainers Angebot nachgedacht?“, erkundigte sich Markus schließlich.

„Nein. Dazu bin ich noch gar nicht gekommen. Gerade, als ich darüber nachdenken wollte, passierte das mit Heinz.“

„Das verstehe ich natürlich.“

„Ich hätte große Lust dazu. Aber gerade jetzt kann ich hier nicht weggehen, verstehst du? Gerade jetzt, nach dem erneuten Schrecken, brauchen sie Unterstützung.“

„Auch das verstehe ich, Sophie. Aber du musst auch irgendwann anfangen, an dich zu denken, an deine und Katis Zukunft."

„Mach ich, versprochen. Gib mir noch ein wenig Zeit, ja?"

***

Am darauffolgenden Wochenende besuchten Sophie und Markus wieder einmal die Familie auf dem Hof. Bei Kaffee und Kuchen saßen sie auf der Terrasse und sprachen über Heinz. Er war immer noch schwach, unterhielt die Schwestern auf der Station jedoch schon wieder mit lustigen Anekdoten.

Auch Horst ging es zunehmend besser. Er musste immer noch viel liegen, durfte jedoch immer länger sitzen und mit dem Rollstuhl herumfahren, und so saß er auch heute bei ihnen.

„Ich bin so froh, dass es dir bessergeht", sagte Sophie, als Sven seinen Vater auf die Terrasse schob.

„Und ich erst. Das Essen im Krankenhaus war furchtbar, und es ist langweilig, immer nur herumzuliegen."

„Du hast großes Glück gehabt, Papa", sagte Sven. „Wenn du jetzt weiter schön vorsichtig bist und dich schonst, bist du bald wieder fast der Alte."

„Nur fast", rief Margarete. „Mit der schweren Arbeit ist es vorbei."

„Das werden wir schon noch sehen", erwiderte Horst.

Margarete verdrehte die Augen, und alle lachten.

„Ach ja, wolltest du nicht die Fotos von Emmas Bildern sehen?", fragte Sophie Markus nach einem Moment des Schweigens.

„Natürlich." Er wandte sich an Emma. „Ich habe gehört, du hast Fotos der Bilder gemacht, die du schon gemalt hast." Er lächelte. „Du weißt ja, dass ich Fan von dir bin."

Emma errötete vor Freude. „Danke, das ist lieb von dir. Ja, ich hab sie Sophie neulich gezeigt."

„Sie hat mir davon vorgeschwärmt. Könnte ich sie mir auch einmal ansehen?"

„Äh, klar. Gerne. Warte, ich hole sie."

Nacheinander betrachtete Markus kurz darauf all die Bilder.

„Großartig", lobte er. „Wirklich, Emma, sie sind fantastisch. Du solltest unbedingt weitermalen."

Sie lachte. „Vielen Dank, das werde ich."

***

Die Sommerferien gingen zu Ende. Während Melissa, Kati und Thies lange Gesichter machten, nahmen es die Erwachsenen mit Gleichmut hin. Horst machte weiterhin Fortschritte und Heinz kam mit der Auflage, sich auf jeden Fall zu schonen, wieder nach Hause.

„Nun muss ich Emma mehr Gesellschaft leisten", meinte er schmunzelnd, „de schall sik ja ok schonen."

Kurz vor Beginn des neuen Kindergartenjahrs veranstalteten Emma und Sophie für Kati und Thies eine Geburtstagsfeier, denn die Kinder waren kurz hintereinander fünf Jahre alt geworden.

Trotz der Vorfreude ihrer Kinder war Sophie beklommen zumute, als sie den Kuchen aus dem Ofen holte und sich daran machte, Luftballons aufzupusten. Vor einem Jahr hatte es schon einmal eine Party hier gegeben, als Thies vier wurde. Damals hatte der Ärger mit Emma und all dem begonnen, was folgte.

Nun atmete sie tief durch, um diese Gedanken ein für alle Mal abzuschütteln. So viel war seitdem geschehen, doch es war ihnen gelungen, noch einmal völlig neu anzufangen. Diese Feier würde sie als Symbol ihrer wiedergewonnenen Freundschaft betrachten.

Acht Kinder rannten auf dem Hof herum, tobten und spielten mit Wasserspritzpistolen und scheuchten dabei die Hühner auf. Timmi ließ es sich nicht nehmen, springend und bellend mitzumischen. Auch Sophie, Verena und einige andere Mütter spielten mit, spritzten sich und die Kinder nass und schrien vor Vergnügen. Anschließend spielten sie mit den Kindern auf dem Rasen Topfschlagen. Jeweils einem Kind wurden die Augen verbunden, es musste sich hinknien, bekam einen Holzlöffel in die Hand und musste damit, herumkriechend und blind um sich schlagend, den Topf finden, unter dem sich eine Überraschung verbarg. Das freudige Geschrei, wenn der Löffel wieder scheppernd auf den Topf traf, war jedes Mal groß, und die Flummis, Plastikautos oder Spielzeugpferde sorgten für große Begeisterung.

Katis neues Fahrrad kam bei den Mädchen besonders gut an, weil es einen Wimpel mit einem Pferdemotiv hatte. Und Thies präsentierte voller Stolz seinen ferngesteuerten Trecker, den er wilde Runden über den Hof fahren ließ. Jeder wollte ihn einmal probieren, und großzügig ließ er seine Freunde gewähren.

Emma beobachtete einige Zeit das muntere Treiben, dann gesellte sie sich zu Sophie, die den Gartentisch eingedeckt hatte und letzte Hand an die Dekoration legte, Luftballons befestigte und Luftschlangen zwischen den Tellern verteilte.

Sie nahm sich lächelnd ein Glas Wasser und setzte sich in den Schatten.

„Was für eine schöne Party.“

Sophie nickte zustimmend. „Die Kinder sind so glücklich. Das war wirklich eine gute Idee.“

„Ich muss die ganze Zeit an die letzte Party zu Thies’ viertem Geburtstag denken“, sagte Emma. Sie lächelte nicht mehr.

Sophies Magen grummelte. Würde sie gleich doch noch eine Standpauke zu hören bekommen?

„Ich auch“, gab sie zu.

„Seitdem ist so viel geschehen, Gutes und Schlechtes. Sven und ich werden bald Eltern. Heinz und Horst haben uns große Sorgen bereitet.“

„Wir haben unser Kriegsbeil begraben“, ergänzte Sophie.

Emmas Lächeln kehrte zurück. „Und du hast Markus kennengelernt. Wenn ich es recht überlege, überwiegen die positiven Dinge.“

„Ich bin froh, dass du es so siehst. Wer weiß, vielleicht werden noch weitere folgen.“

„Das wäre wirklich schön. Stoßen wir auf das Ende der alten und den Beginn der neuen Zeit an.“

Leise klirrend stieß sie ihr Glas gegen Sophies, und als sie sich anlächelten, taten sie es in völligem Einvernehmen.

„Guck mal, Mama, wie toll mein neues Fahrrad ist“, rief Kati begeistert und drehte vor Sophie und Emma ein paar Runden.

„Super. Und wie gut du schon damit fahren kannst, so
enge Kurven."

„Ich übe ganz viel."

„Kati, darf ich auch mal mit deinem Fahrrad fahren?",
wandte sich Anna-Lena an sie.

„Klar." Großzügig übergab Kati ihrer Freundin ihr Geschenk. „Aber pass auf, dass du nicht hinfällst."

Prüfend sah Kati zu, wie Anna-Lena auf dem Hof herumfuhr, und schon gesellten sich Miriam und Luisa
dazu und baten ebenfalls, eine Runde drehen zu dürfen.

Lächelnd sahen Sophie und Emma ihnen zu, und Sophie dachte, dass sie selten so zufrieden gewesen war
wie in diesem Augenblick.

„Kinder und Mamas, es wird Zeit für die Geburtstags-
kuchen", rief Sophie schließlich.

Wie eine Meute hungriger Löwen rannten die Klei-
nen heran, gefolgt von ihren Müttern, die seufzend auf
die Stühle fielen. Es gab eine Schokoladen- und eine
Himbeertorte, garniert mit Kerzen und aus bunten
Smarties gelegten Fünfen, Apfel- und Streuselkuchen,
Windbeutel und Schaumküsse, dazu Waffeln und
Kekse, Kakao und ganz viel Sahne. Die Erwachsenen
tranken Kaffee und Tee.

Lächelnd sah Sophie den Kleinen zu, die mit ver-
schmierten Mündern, aber überglücklich die Süßigkeiten genossen, und tauschte zufriedene Blicke mit
Emma, Verena und den Müttern der anderen Kinder.

Später durften die Kinder die Kälber füttern. Kati
strahlte vor Freude, als sie die Milchflasche hielt und
das braun-weiß-gescheckte Jungtier durstig trank.

„Füttert ihr es zu wenig?“, fragte sie und verstärkte ihren Griff um die Flasche, als das Kalb sie ihr fast aus den Händen riss. „Es hat ja einen Riesenhunger.“

„Die sind immer so gierig“, erklärte Thies. Großzügig verzichtete er darauf, selbst den Kälbchen zu trinken zu geben, sondern überließ dieses Vorrecht seinen Freunden.

„Reicht denn eine Flasche voll?“, erkundigte sich Kai zweifelnd. Das schwarz-weiße Kalb, das er gefüttert hatte, war bereits fertig, sah aber immer noch sehr hungrig aus.

„Mehr auf einmal dürfen sie nicht, sonst bekommen sie Bauchweh. Sie kriegen aber nachher wieder was.“

Staunend sah Sophie ihre Freundin an. „Was er mit seinen gerade fünf Jahren schon alles weiß.“

Emma lächelte stolz. „Ich sag ja, er ist der geborene Landwirt. Wir hoffen alle sehr, dass wir den Hof für ihn erhalten können.“

„Das hoffe ich auch.“

Ein Gefühl leiser Traurigkeit überfiel Sophie. Sie würde Markus’ Angebot, im Hotel zu arbeiten, tatsächlich ablehnen müssen. Auf keinen Fall wollte sie es verantworten, wenn die Familie den Hof und der kleine Thies damit seine Zukunft verlor.

Als die Gäste gegangen waren, kam Markus, und sie saßen noch lange mit Emma und Sven auf der Terrasse. Emma trank einen kühlen Fruchtcocktail, die anderen Wein, und gemeinsam genossen sie die wunderbar nach Sommer duftende laue Abendluft. In den Bäumen sangen die Vögel, während die Sonne langsam leuchtend orange und rot hinter den Wiesen unterging. Konnte es nicht für immer so bleiben?

***

Einige Tage vergingen. Immer öfter dachte Sophie über Markus' Angebot nach. Das Hotel hatte inzwischen ein neues Zimmermädchen eingestellt, doch dafür hatte ein anderes aufgehört, und somit war schon wieder eine Stelle frei.

„Das ist ein Zeichen, Sophie", drängte Markus.

„Horst und Heinz sind wieder zu Hause, und Svens Urlaub ist zu Ende. Ich kann Margarete nicht im Stich lassen."

„Das hat doch damit nichts zu tun. Du musst auch ein eigenes Leben führen."

Natürlich hatte Markus recht. Zumal ihre Wohnungskündigung in Lüneburg in anderthalb Monaten durch war. Dann würde sie ihre restlichen Möbel holen müssen. Doch wohin damit?

Dennoch traute sich Sophie nicht, das Thema bei Margarete oder Sven anzusprechen. Einmal sprach sie mit Emma darüber, berichtete ihr mit klopfendem Herzen von Markus' Vorschlag und fühlte sich dabei wie eine Verräterin. Wider Erwarten war ihre Freundin voller Verständnis.

„Du und Kati, ihr braucht etwas Eigenes. Versteh mich nicht falsch, Sophie. Du hast uns in großer Not geholfen, und wenn du willst, kannst du hier arbeiten, so lange du willst. Arbeit gibt es immer genug, das weißt du ja. Und es war ein großes Glück, dass du hergekommen bist, denn so konnten wir uns endlich aussprechen und uns versöhnen. Trotzdem solltet ihr euch über kurz oder lang ein eigenes Leben aufbauen. Markus ist ein toller Mann, das sagte ich dir ja schon. Zögere nicht. Unseretwegen musst du kein schlechtes Gewissen haben. Es wird sich schon eine Lösung finden."

Trotzdem konnte sich Sophie lange Zeit nicht überwinden, das Thema bei Margarete oder Sven anzusprechen.

Doch eines Morgens im Spätsommer kam ihr der Zufall zu Hilfe, oder besser gesagt Sven. Sophie hätte sich ja denken können, dass Emma mit ihm darüber sprechen würde.

Sie hatten gerade zu Ende gefrühstückt. Als Sophie aufstehen wollte, um den Tisch abzuräumen, bat Sven sie, noch sitzen zu bleiben.

„Ich will nicht, dass du mich falsch verstehst", begann er. „Wir sind dir unendlich dankbar für deine Hilfe. Aber Emma hat mir etwas erzählt."

Emma warf Sophie einen zerknirschten Blick zu. „Tut mir leid. Er musste das einfach wissen."

„Klar, schon okay."

„Du solltest Markus' Angebot, im Hotel zu arbeiten, unbedingt annehmen, falls die Stelle noch frei ist", riet er. „Wer weiß, welche Aufstiegschancen du dort hast."

„Na ja, Zimmermädchen kann man jetzt nicht gerade die große Karriere nennen." Sophie lachte unsicher.

„Das kann sich leicht ändern. Markus erwähnte doch auch so etwas, oder? Und es ist viel besser als hier, wo du lediglich einen Minijob hast. Wie ich sagte, versteh mich nicht falsch. Wir wollen dich nicht loswerden, ganz im Gegenteil! Du und Kati, ihr gehört doch quasi schon zur Familie." Er wechselte einen Blick mit Emma und sie nickte auffordernd.

„Ohnehin kann es so, wie es ist, nicht mehr lange weitergehen", fuhr er fort. „Und das hat nichts mit dir und
deiner Arbeit zu tun. Es ist einfach so, dass die Stallarbeit für meine Mutter zu schwer ist. Klar, jetzt, wo es
Papa und Opa besser geht, ist es etwas leichter für sie.
Sie findet tatsächlich mal wieder Zeit, zwischendurch
eine Tasse Kaffee zu trinken. Trotzdem wird sie nicht
jünger. Und ich möchte nicht, dass sie wie mein Vater
im Rollstuhl endet oder krank wird wie mein Großvater."

Er unterbrach sich, doch Sophie konnte sich denken,
was er dachte. Es könnte noch schlimmer kommen. Eines Morgens könnte sie einfach tot in ihrem Bett liegen.

„Deshalb haben wir uns etwas überlegt. Was wir
brauchen, ist ein richtiger, professioneller Helfer für
den Hof. Einer, der die Landwirtschaft gelernt hat, der
sich um das Vieh ebenso wie um die Felder und die
Ernte kümmern kann, sodass meine Mutter wieder nur
ihre gewohnte Hausarbeit hat."

Sophies Herz begann vor Aufregung zu hämmern.
Bot sich hier die Lösung, die sie sich wünschte? Gab es
tatsächlich eine Möglichkeit, Markus' Angebot anzunehmen, ohne dass sie dafür diese Familie im Stich lassen musste?

„Das klingt vernünftig. Habt ihr denn schon jemanden in Aussicht? Es ist bestimmt nicht einfach, jemanden zu finden, der nicht auf dem eigenen Hof arbeiten
will."

„Da gibt es tatsächlich jemanden, der infrage käme.
Johann Harms hat drei Söhne. Michael, der Älteste,
wird den Hof übernehmen, Stefan lebt in Hamburg
und arbeitet beim Finanzamt, aber der jüngste, Nils,

hat Landwirtschaft studiert. Er hat ja ohnehin schon öfters bei uns ausgeholfen. Ich habe bereits mit ihm geredet. Er wollte eigentlich auf dem Hof seines Vaters mitarbeiten, bis Michael ihn übernimmt, und sich dann einen eigenen Hof suchen, aber angesichts unserer Notlage hat er angeboten, uns zu unterstützen. Das ist nicht nur für uns ein Vorteil, sondern auch für ihn, denn wir zahlen ihm ein Gehalt, und er hat Zeit genug, sich nach etwas Eigenem umzusehen, und kann Erfahrungen sammeln.“

„Das klingt ja fantastisch! Damit wären all eure Probleme gelöst.“

„Und deine gleich mit, Sophie. Du wärst frei und könntest den Job im Hotel annehmen. Ich hab ja jetzt gesehen, wie du arbeitest. Du bist so flexibel, dass ich mir vorstellen kann, dass du nicht allzu lang Zimmermädchen bleiben wirst.“

Sie errötete vor Freude. „Danke. Ich weiß gar nicht, was ich sagen soll. Klar wäre ich gern in Markus' Nähe, das wäre schon schön. Aber ich will euch auch nicht im Stich lassen.“

„Du lässt uns doch nicht im Stich. Ich habe eher das Gefühl, wir würden dich ausbremsen.“

„Was? Nein, so ein Unsinn.“ Sophie lachte.

Sichtlich erleichtert fiel Sven ins Lachen ein. „Wie es scheint, haben wir uns beide viel zu viele Sorgen gemacht.“

Als er ging, um zur Arbeit zu fahren, hätte Sophie vor Freude herumhüpfen können, wie es Kati immer tat.

Kapitel 25

Freitagabend fuhr Sophie mit Kati zu Markus nach Cuxhaven, um ihm alles persönlich zu erzählen. Sie wollte unbedingt sein Gesicht sehen, wenn sie ihm von der Neuigkeit berichtete.

Wie jedes Mal waren sie und Markus auch dieses Mal abgemeldet, sobald Kati Odin sah. Die beiden liefen in den Garten und tobten dort herum. Markus und Sophie setzten sich auf die Terrasse.

„Das ist großartig", rief Markus begeistert, als Sophie geendet hatte. „Und es ist die ideale Lösung für uns alle. Wir können uns jeden Tag sehen, stell dir das nur vor."

„Ich freu mich auch wie verrückt!", rief Sophie freudestrahlend und schmiegte sich glücklich an Markus.

Er legte den Arm um ihre Schultern, wirkte jedoch mit einem Mal schüchtern. „Falls dir irgendwann die Fahrerei zu viel wird ... Ich habe ein eigenes Haus, Sophie. Da ist genug Platz für uns alle."

Ihr Herz schlug schneller. „Der Gedanke ist wirklich verlockend, Markus. Aber er macht mir auch Angst."

Er lächelte beruhigend. „Wir haben schon so einige Höhen und Tiefen miteinander erlebt, oder? Sag mal, apropos Miete: Wann musst du eigentlich deine Möbel aus Lüneburg herholen?"

„So bald wie möglich", antwortete sie kleinlaut.

„Warum sollten wir dann nicht gleich Nägel mit Köpfen machen? Im Keller ist erst einmal genug Platz dafür. Und ... Nein." Er brach ab und schüttelte den Kopf.

„Was denn?“, fragte sie neugierig und besorgt zugleich.

„Es ist noch nicht in trockenen Tüchern, und bis dahin darf ich noch nichts sagen. Noch nicht einmal dir, so leid mir das auch tut.“

„Jetzt bin ich aber neugierig!“

„Ich hoffe, es entscheidet sich schnell, dann wirst du alles als Erste erfahren, versprochen. Aber ich darf noch nichts verraten, und deine Neuigkeit reicht ja vorerst auch aus, das ist so toll! Pass auf, wollen wir gleich zu Rainer gehen und es ihm mitteilen?“

„Jetzt, sofort?“ Vor Aufregung bekam Sophie ganz schwitzige Hände.

„Je eher, desto besser. Wir brauchen wirklich dringend Hilfe im Hotel. Er wird sich freuen!“

Und so war es.

„Fantastisch!“, rief Rainer und schlug begeistert die Hände zusammen. „Wann kannst du anfangen?“

„Sofort?“

„Großartig. Genau solche Leute brauchen wir. Spontan, flexibel, einsatzfreudig.“

Sophie war sich nicht sicher, ob er nur von ihrem künftigen Job als Zimmermädchen sprach, doch sie war so nervös, dass sie diesen Gedanken gleich wieder vergaß.

„Pass auf, ich schlage vor, dass du morgen um neun Uhr hier im Hotel bist. Melde dich an der Rezeption. Ich bringe dich dann zu deinem Einsatzort, und dort wird dir Regina alles erklären. Sie ist unsere gute Perle und schon seit fast dreißig Jahren bei uns.“

„Gern. Ich freue mich sehr, vielen Dank.“

„Ich habe zu danken.“ Rainer wechselte einen geheimnisvollen Blick mit Markus, erklärte jedoch nichts dazu.

Nun blieb nur noch ein Problem, nämlich Katis Betreuung, während sie arbeitete. Doch auch das löste sich kurz darauf in Luft auf.

„Ich kann Kati morgens mit Thies zusammen in den Kindergarten mitnehmen und später wieder mit zurückbringen“, bot Emma an. „Jedenfalls, so lange ich noch arbeite und nicht im Mutterschutz bin. Ich bin ja nicht mehr krankgeschrieben, es geht mir wieder gut. Aber auch dann werden wir eine Lösung finden. Lass dir deswegen keine grauen Haare wachsen, okay?“

„Das Mittagessen ist auch kein Problem“, erklärte Margarete. „Kati isst doch ohnehin wie ein Spatz. Ob sie nun hier mit am Tisch sitzt oder nicht, macht für mich keinen Unterschied.“

„Ich weiß gar nicht, was ich sagen soll. Danke!“

„Viel Glück für deinen Neuanfang, Sophie.“

***

Das Herz sprang ihr vor Nervosität fast aus der Brust, als Sophie am folgenden Morgen ihren Wagen auf dem Parkplatz hinter dem Hotel abstellte. *„Hotel Nordseeblick“* prangte in großen Lettern hoch oben am fünfstöckigen Gebäude. Sie trat ein und sah Rainer bereits hinter der Rezeption stehen. Mit einem Lächeln sah er ihr entgegen, kam um den Tresen herum und reichte ihr die Hand.

„Herzlich willkommen, Sophie. Ich freue mich wirklich sehr, dass du unser Team verstärken willst. Es wird dir sicher bei uns gefallen.“

„Ganz bestimmt. Nochmals vielen Dank für das Angebot."

„Wir haben zu danken. Wir haben Hilfe wirklich nötig. Komm, ich bringe dich gleich zu Regina, sie erwartet dich schon."

Regina erwies sich als freundliche ältere Dame mit grauem Haar und äußerst festem Händedruck.

„Schön, dass du da bist. Ich darf doch du sagen? Wir duzen uns hier alle."

„Natürlich. Danke, ich freu mich auch."

„Ich heiße Regina, aber das weißt du ja schon. Ich zeige dir jetzt erst mal, wo du dich umziehen kannst." Regina zeigte auf ihre Kleidung. „Diese graue, kurzärmelige Bluse und die graue Hose sind Dienstkleidung. Wir suchen gleich die passende Größe für dich raus. Die Sachen bekommst du natürlich gestellt. Für die schwarzen Schuhe, die wir tragen, bekommst du einen Gutschein, den du in einem Fachgeschäft einlösen kannst. Du wirst für den Westflügel im fünften Stock verantwortlich sein." Sie lächelte, wobei ihre Augen hinter einem Gewirr von Lachfältchen beinahe verschwanden. „Damit bist du zu beneiden, denn von dort aus hast du die beste Aussicht über das Meer."

Sie gingen zu einem Lagerraum, und sobald Sophie ihre Größe genannt hatte, suchte Regina ihr die passenden Stücke heraus.

Weiter ging es zum Aufenthaltsraum für das Personal. Hier stand eine kleine Küchenzeile samt Kaffeemaschine, ein Tisch mit acht Stühlen, eine Wand nahmen Spinde ein, und eine Tür ging zu einem kleinen Raum ab. Dort zog sich Sophie rasch ihre neue Arbeitskleidung an, ehe sie wieder zu Regina ging.

„Dann wollen wir mal loslegen. Ich mache heute deine tägliche Tour mit dir zusammen, damit du alles lernst und weißt, was wo zu finden und was zu beachten ist."

Die nächsten Stunden vergingen wie im Flug. Regina zeigte ihr, wie sie die Betten zu machen und die Flächen abzuwischen hatte, wie sie die Teppichböden saugen und die Badezimmer reinigen sollte.

„Handtücher auf dem Boden bedeuten, dass sie gewaschen werden sollen. In dem Fall nimmst du sie mit und tauschst sie gegen frische aus. Jedes Mal, ehe neue Gäste kommen, werden natürlich alle Handtücher ausgetauscht, ebenso die Bettwäsche."

So ging es von Zimmer zu Zimmer, die irgendwann alle gleich aussahen. Zur Mittagszeit gingen sie in den Aufenthaltsraum, wo sich bereits ihre neuen Kolleginnen versammelt hatten.

„Gegen ein geringes Entgelt von drei Euro können wir hier Mittagessen bekommen", erklärte Regina und wies auf die am Tisch sitzenden Kolleginnen. Sie lächelten ihr zu und riefen Grußworte. „Die meisten nehmen das Angebot gern an."

„Hi", grüßte Sophie und stellte sich vor.

Eine hübsche rothaarige Kollegin mit Pferdeschwanz wies auf den Stuhl neben sich und lächelte. Sophie schätzte sie auf ungefähr Mitte zwanzig.

„Hier kannst du dich hersetzen. Ich heiße Meike. Irina hat ja aufgehört, ihr Platz ist frei. Übrigens ist das Essen hier wirklich gut, ich kann dir nur raten, es zu probieren."

„Danke." Sophie setzte sich und erwiderte Meikes Lächeln. Die junge Frau hatte ein offenes Gesicht und war ihr sofort sympathisch. „Ja, mach ich gern. Muss ich …?"

Regina hob die Hand. „Ich melde dich eben an. Ich muss sowieso runter zum Wäschekeller, da kann ich kurz in der Küche vorbeigucken." Damit verschwand sie.

Die Erwähnung der Küche ließ Sophies Herz schneller schlagen. Dort stand gerade Markus und kochte das Essen, das sie gleich genießen würde.

„Wie gefällt dir dein erster Tag bisher?", wandte sich Meike an Sophie. „Ganz schön viel zu tun, oder?"

„Das stimmt, langweilig wird es bestimmt nicht. Regina ist sehr nett, und auch so glaube ich, dass ich mich hier wohlfühlen werde. Arbeitest du schon lange hier?"

„Ja, eine Weile. Ich komme aus Sylt."

„Oh, wie schön. Aber warum bist du denn von dort weggegangen? Hier ist es natürlich auch sehr schön, aber Sylt … das ist doch noch einmal eine ganz andere Nummer."

Ein Schatten schien über Meikes Gesicht zu huschen, und sie sah rasch auf den Tisch, griff nach der Gabel und spielte damit herum. Dann hob sie die Schultern. „Das ist eine lange Geschichte. Ich … rede nicht gern darüber."

„Oh, entschuldige, ich wollte dich nicht bedrängen."

„Kein Problem, konntest du ja nicht wissen." Verschämt lächelte sie Sophie an. „Tut mir leid, ich wollte dich nicht gleich am ersten Tag erschrecken. Wenn du magst, können wir uns gern mal nach der Arbeit auf ein Bier treffen."

„Ja, sehr gern." Erfreut erwiderte Sophie das Lächeln.

„Super. Und du, kommst du hier aus der Gegend?“ Mit einer Kopfbewegung wies Meike in die Runde der Kolleginnen, die angeregt miteinander plauderten. „Wir sind hier ein illustrer Haufen. Natalia stammt aus der Ukraine, Mai-Kim aus Vietnam. Wir haben aber auch einheimische Kolleginnen wie Bettina dort drüben oder Melanie. Maria kam vor fünfzehn Jahren aus München.“

„Ich bin hier aus der Gegend, aus Coppum, ein winziges Dorf. Meine Tochter und ich wohnten eine Weile in Lüneburg, aber das Heimweh trieb uns wieder her.“

„Du hast eine Tochter?“ Etwas blitzte in Meikes Augen auf, ganz kurz nur.

Sophie nickte. „Kati, eigentlich Katharina, sie ist letzten Monat fünf geworden. Und du, hast du auch Kinder?“

Wieder zog etwas über Meikes Gesicht wie eine dunkle Wolke und war verschwunden, als sie den Kopf schüttelte.

„Nein.“ Unvermittelt grinste sie, doch es wirkte nicht ganz echt; tief in ihren Augen war ein Rest der Wolke hängen geblieben. „Ich gehe voll in meiner Arbeit auf.“

Kurz darauf brachten zwei Küchengehilfen das Mittagessen, das aus Hähnchenragout mit Blumenkohl und Kartoffeln bestand und wirklich köstlich schmeckte.

Sophie genoss nicht nur das Essen, das, wie sie wusste, von Markus zubereitet worden war, sondern auch die Gespräche mit ihren neuen Kolleginnen.

Sie genoss es in vollen Zügen, wieder einmal unter anderen Menschen zu sitzen, neue Gesichter zu sehen und Geschichten zu hören, die sie noch nicht kannte.

Irgendwann mischten sich zwei weitere Kolleginnen in ihr Gespräch mit Meike ein und erzählten von sich, und Sophie dachte, dass sie sich wirklich daran gewöhnen könnte.

Viel zu schnell war die Mittagspause vorbei, und die Arbeit ging weiter. Wieder war Regina bei ihr, doch nun arbeitete Sophie zunehmend selbstständig, und am Ende betrat Regina nur noch kurz die Zimmer, um alles zu kontrollieren.

„Du bist bereit für morgen", stellte sie zufrieden fest, als sie Feierabend machten. „Ab morgen arbeitest du dann also allein. Falls du noch Fragen hast, kannst du dich natürlich jederzeit an mich oder eine andere Kollegin wenden."

„Danke, mach ich gern."

Sie zog sich um und lief die Treppen hinunter ins Erdgeschoss, wo sich die Hotelküche befand. Markus musste noch arbeiten, hatte ihr aber versprochen, kurz Pause zu machen, um sie sehen zu können. Sie lächelte, als sie ihn in seiner schwarzen Kochjacke sah.

Er begrüßte sie mit einem Kuss und zog sie zu einer Bank.

„Wie hat dir dein erster Arbeitstag gefallen?"

„Wirklich gut. Die Kolleginnen sind alle nett, und die Arbeit ist auch leicht zu schaffen."

„Das freut mich zu hören. Ich hatte schon befürchtet, dass du mir den Kopf abreißt, weil ich dich vom Hof weggeholt habe."

Sie sah ihn nachdenklich an und legte die Hand an ihr Kinn. „Hm, jetzt, wo du es erwähnst ..."

„Mach mir keine Angst!", rief Markus.

Sie lachte fröhlich. „Nein, keine Sorge. Ich meine, dort hat es mir natürlich auch gefallen. Alles war sehr familiär. Aber um ehrlich zu sein – nimm es mir nicht, übel, ja? – ist Kochen wohl doch nicht gerade das, womit ich meine Tage verbringen möchte. Okay, der Rest der Arbeit war dort ähnlich wie hier, putzen und sauber machen. Ich kann das gar nicht richtig beschreiben.“

„Ich glaube, ich weiß, was du meinst. Dort warst du eine Fremde inmitten einer Familie. Hier bist du Teil eines Teams.“

„Genau! So hab ich das empfunden.“

„Um noch einmal auf die Familie zurückzukommen … Ich habe vorhin mit Rainer gesprochen. Du weißt ja, dass ich Emmas Bilder sehr mag und ihm bereits davon vorgeschwärmt habe. Jetzt habe ich ihm Fotos von ein paar ihrer Werke gezeigt.“

„Was sagt er dazu?“

„Er findet sie großartig, wie ich. Hör mal, du sagtest doch, dass du Emma so dankbar bist für alles, was sie für dich getan hat, und dass ihr euch wieder vertragen habt und all das.“

Sie nickte. „Sehr sogar. Sie hat viel Größe bewiesen. Ich wünschte, ich könnte mich irgendwie bei ihr revanchieren. Ich weiß nur nicht, wie. Geld habe ich nicht genug, um ihr ein großes Geschenk machen zu können.“

„Sie hat doch sicher jetzt auch wieder etwas mehr Zeit, wo der Hof einen richtigen Helfer hat, oder? Und müsste sie nicht demnächst in Mutterschutz gehen?“

„Ja, bald. Sie achtet jetzt sehr auf sich, arbeitet nur noch stundenweise und malt wieder oft. Es tut ihr sehr gut, sie strahlt geradezu von innen heraus.“

„Das freut mich.“

Neugierig forschte Sophie in Markus' Gesicht. „Sag mal, was sollen eigentlich all diese Fragen? Gibt es da irgendwas, was du mir sagen willst?"

„Also gut." Plötzlich leuchtete sein Gesicht vor Vorfreude. „Unser Hotel ist gerade auf der Suche nach neuen Bildern für die Wände. Und da dachte ich an Emma."

„Das klingt fantastisch. Aber ..."

„Meinst du, dass sie es schaffen würde, sagen wir mal, zwanzig Bilder zu malen? Natürlich kann sie auch gern welche aus ihrem Fundus nehmen, wenn sie da noch etwas hat. Notfalls genügen wohl auch ungefähr fünfzehn, aber weniger sollten es nicht sein. Auf einen guten Preis werden wir uns sicher einigen."

„Emmas Bilder im Hotel?" Nun ging Sophie erst auf, was das bedeutete. Emmas Bilder würden von vielen Menschen gesehen und diskutiert werden. Wer konnte schon sagen, welche Kreise das noch ziehen würde?

Und dann war da noch etwas: Konnte es einen besseren Weg geben, sich bei ihr zu bedanken? Für alles, was sie für sie getan hatte? Nicht zuletzt für Katis Rettung aus den Fluten in Otterndorf. Endlich, nach all der Zeit, würde sie sich dafür erkenntlich zeigen können.

Er nickte und sah sie gespannt an. „Was meinst du dazu?"

„Die Vorstellung ist grandios. Ich werde sie gleich fragen, sobald ich sie sehe."

„Ja, mach das bitte. Wir brauchen allerdings möglichst schnell ihre Zusage, wenn sie es machen möchte. Denn falls nicht, müssen wir uns nach einem anderen Künstler umsehen. Falls sie es übernimmt, kann sie sich Zeit damit lassen, es eilt nicht besonders. Wir müssen nur definitiv wissen, ob sie es machen will."

„Natürlich. Ach, das wäre so toll! Stell dir nur vor, wenn all die Hotelgäste an ihren Bildern vorbeischlendern. Welche Aufmerksamkeit sie damit erregen könnte!"

„Sag ich doch." Er strahlte, beugte sich vor und küsste sie.

Beglückt ließ sich Sophie gegen ihn sinken und genoss seine Nähe und den Augenblick. Nun wurde endlich, nach all den Schwierigkeiten, alles gut.

***

„Meine Bilder?", fragte Emma fassungslos. Vor Schreck und Überraschung war sie ganz blass geworden.

Sophie nickte. „Stell dir nur vor, was für eine große Chance das für dich ist, Emma. Wie viele Menschen deine Bilder sehen würden. Welche Aufmerksamkeit du damit auf dich ziehen könntest. Wer kann schon sagen, was das für dich bedeuten würde? Vielleicht gar den großen Durchbruch."

Bescheiden winkte Emma ab. „Das will ich doch gar nicht. Ich stehe nicht gern im Mittelpunkt, das weißt du doch."

„Aber deine Bilder im Schrank versauern zu lassen, ist auch keine Lösung. Dafür sind sie viel zu gut. So eine Chance bekommt man nur einmal im Leben! Ich bitte dich, greif zu!"

Immer noch standen Zweifel in Emmas Gesicht, doch sie wichen zunehmend großer Aufregung.

„Welche Motive denn eigentlich?"

„Einfach einen Querschnitt deiner Arbeiten. Am liebsten malst du doch die Nordsee, oder?"

Emma nickte, während ihre Augen zu strahlen begannen. „Ich liebe es, dort zu malen. Den Himmel beobachten und die ständig wechselnden Lichtstimmungen. Gerade jetzt, wo es zum Herbst geht und sich das Wetter häufig ändert, kommen großartige Farbspiele dabei heraus."

„Siehst du? Das hört sich doch vielversprechend an. Dein Bild von dem Wolf ist ebenfalls großartig. Du bist so vielseitig, nutz das einfach aus. Mal, was dir gerade in den Sinn kommt."

„Das mache ich! Du meine Güte, ist das aufregend! Ich habe auch einige bereits fertig." Emma grinste. „Du weißt ja, dass ich gerade so viel freie Zeit habe wie selten zuvor. Das habe ich schon ordentlich ausgenutzt. Aber ich weiß nicht, ob sie gut genug sind."

„Soll Markus sie sich einmal ansehen?"

„Und wenn er danach so schockiert ist, dass er alles wieder abbläst?"

„So ein Unsinn! Ich weiß, was für ein Talent du hast, und du weißt es auch."

„Also gut, er kann ja mal drüber gucken."

Das geschah gleich am nächsten Tag. Fünf Bilder holte Emma aus dem Schrank und legte sie Markus vor. Alle schwiegen, während er eines nach dem anderen in die Hand nahm und genau betrachtete.

Vier Bilder zeigten stimmungsvolle Landschaften. Das fünfte Bild jedoch zeigte eine Mutter von hinten, die einen Säugling im Arm hielt und an einem Fenster saß, durch das Lichtstrahlen hereinfielen. Man sah weder die Gesichter der beiden noch viel von ihren Körpern, aber die Stimmung des Bildes berührte Sophie. Es war, als strahlte es Liebe und Zärtlichkeit aus – und Traurigkeit. Und sie ahnte, wen die Frau darauf darstellte: Emma. Und das Baby auf ihrem Arm zeigte eines der drei, die sie verloren hatte. Eines, das nie hatte zur Welt kommen dürfen.

„Wunderschön", meinte Sophie und stellte fest, dass sie flüsterte, so ergriffen war sie gerade von dem letzten Bild. „Ich habe eine Gänsehaut. Und das hast du im dunklen Schrank liegen? Das ist eine Schande, Emma."

„Tut mir leid", mischte sich Markus ein.

Emma zuckte zusammen und wurde eine Nuance blasser, und auch Sophie erschrak. Fand er die Bilder etwa doch schlecht?

„Aber ich muss Sophie zustimmen", fuhr er fort. „Diese Bilder sind viel zu schade für einen Schrank, Keller oder Dachboden. Du musst sie zeigen, Emma."

„Und wenn ich mich blamiere? Wenn die Leute über mich lästern oder ich deswegen Ärger mit dem Hotel bekomme?"

„Bekommst du nicht", versprach Markus. „Die Leute werden deine Bilder lieben."

Endlich hellte sich Emmas Gesicht auf. „Also gut, ich mach's. Aber beklagt euch hinterher nicht bei mir!"

Als Sophie später mit Markus noch ein Glas Wein trank, sah sie ihn neugierig an.

„War das mit den Bildern für das Hotel die Überraschung, die du angedeutet hast, worüber du aber noch nicht sprechen durftest, weil alles noch topsecret war?"

Zu ihrem Erstaunen schüttelte er den Kopf. „Nein. Da gehts um etwas anderes."

„Kannst du mir denn endlich verraten, was es ist? Ich platze vor Neugier!“

„Bald, ganz bald. Es ist fast in trockenen Tüchern.“

An diesem Abend konnte Sophie wieder einmal schlecht einschlafen. Die ganze Zeit grübelte sie darüber, was es wohl sein mochte, das Markus vor ihr geheim hielt.

Kapitel 26

Zwei Wochen später saßen Sophie und Markus auf der Couch, Kati zwischen sich. Sie legte ein Puzzle mit Pferdemotiv und kaute nachdenklich auf ihrer Unterlippe, während sie zwei Teile in Händen hielt und versuchsweise ans Puzzle anlegte. Draußen prasselte der Regen an die Fenster und der erste Herbststurm heulte ums Haus. Odin lag in seinem Körbchen und döste.

„Du magst Pferde wirklich sehr, oder, Kati?", fragte Markus.

Sie sah ihn an und nickte. „Ja. Ach, Mama, ich bin immer noch nicht reiten gegangen. Wann kann ich das denn endlich mal machen?"

„Tja, wenn das Wetter besser wird, würde ich sagen. Ich fürchte, so schnell wird das leider nichts. Vielleicht im Frühling?" Sophie wies auf eine Stelle des Puzzles. „Sieh mal hier, Mäuschen. An diesem Baum hängen Äpfel. Und jetzt guck dir das eine Teil in deiner Hand an."

„Das ist doch noch so lange hin." Kati zog ein langes Gesicht, betrachtete die Teile in ihren Händen und strahlte unvermittelt. „Da, es passt genau, siehst du, Mama?" Zufrieden legte sie das Puzzlestück an die richtige Stelle.

„Super. Jetzt sieh das andere Teil an und überlege, wo der Baum ohne Äpfel ist, nur mit grünen Blättern."

Konzentriert beugte sich Kati wieder über ihr Puzzle.

„Vielleicht wüsste ich da was", sagte Markus geheimnisvoll. „Also, ich meine natürlich, mit Pferden."

Gespannt sah Kati auf. „Wirklich?“

Markus nickte. „Warte einen Moment, ich erzähle es dir gleich, ja? Vorher muss ich kurz etwas mit deiner Mama besprechen.“

„Ist gut.“ Schon widmete sich Kati wieder ihren bunten Teilen.

Neugierig forschte Sophie in seinem Gesicht. Ein verschmitztes Lächeln lag darauf, und als sich seine unwiderstehlichen Grübchen zeigten, konnte sie nicht anders und küsste sie. Markus griff nach ihr, und für eine Weile versanken sie in einem Kuss.

Als er sie losließ, um Atem zu schöpfen, bemerkte Sophie den prüfenden Blick ihrer Tochter auf sich gerichtet, und Hitze schoss ihr in die Wangen.

Doch Kati ging gar nicht auf den Kuss sein. „Was ist es denn?“, bohrte sie ungeduldig.

„Ja, das möchte ich jetzt aber auch wissen“, pflichtete Sophie ihr bei.

„Also gut, dann erzähle ich es euch beiden zusammen. Ich hab doch erzählt, dass das Hotel etwas plant“, begann er. „Es hing noch eine Weile in der Schwebe, aber jetzt ist alles geklärt, und gerade gab es das Okay von der Geschäftsleitung.“

Er strahlte Sophie an, und die geliebten Lachfältchen breiteten sich um seine Augen aus.

„Ich versteh nur Bahnhof“, gab sie zu. „Worum gehts denn eigentlich?“

„Wir expandieren.“

Gespannt sah er sie an, vor Aufregung und Freude fast überschäumend. Sophies Herz begann zu hämmern, als sich Spannung und Angst zugleich in ihr ausbreiteten.

„Was soll denn das heißen?“, fragte sie vorsichtig. Instinktiv spürte sie, dass sich etwas veränderte. Doch war es nun zum Guten – oder eher zum Schlechten?

„Rainer ist schon länger an einem Hotel auf Sylt dran, genauer gesagt in List, unmittelbar am Strand. Hörst du, Kati? Das würde dir gefallen. Und in unmittelbarer Nähe befindet sich ein Reiterhof mit vielen Pferden.“

„Hurra“, rief sie und strahlte.

„Es war ein ziemlich in die Jahre gekommener Bau, der jedoch in den letzten Jahren renoviert und modernisiert wurde“, fuhr Markus fort. „Nun ist er ein Schmuckstück – doch die Geschäftsleitung ist pleite. Der Umbau hat viel zu lange gedauert und war zudem teurer als erwartet, es kamen keine Umsätze mehr herein – Ende.“

„Und was bedeutet das nun?“

„Die Geschäftsleitung unseres Hotels hat zugegriffen und das Hotel gekauft. Und so werden wir also auf Sylt ein Schwesterhotel haben. Wenn alles gut läuft, wird eine Kette daraus. Oh, und übrigens werden Emmas Bilder dann dort hängen. Sie sind für dieses Hotel bestimmt. Ich durfte nur noch nichts verraten.“

Er schien vor lauter Freude fast überzuströmen.

„Das ist wirklich schön. Aber was hast du damit zu tun?“

„Ist doch klar. Ich gehe nach Sylt. Nein, wir gehen nach Sylt, Sophie. Ich werde als Manager eingestellt. Und was dich betrifft, so hab ich schon mit Rainer gesprochen. Wenn du magst, kannst du erst einmal weiter als Zimmermädchen arbeiten, und wenn du Lust hast, dich zum Beispiel mit einem Abendstudium zur

Hotelfachfrau ausbilden lassen. Na, wie klingt das für dich?“

Wie seine Augen leuchteten, als er verstummte und sie erwartungsvoll ansah.

„Wow, das ist ja mal eine Überraschung“, sagte sie.

„Ja, nicht wahr?“

Nachdenklich sah Sophie ihn an, während ihr Herz immer schneller schlug. Das klang doch einfach wunderbar. Oder?

„Es geht nicht“, brachte sie schließlich heraus.

„Was?“ Sein Lächeln verging. „Warum denn nicht?“

„Kati hat sich gerade erst hier eingelebt. Ich habe sie gerade für das kommende Schuljahr an der Schule in Otterndorf angemeldet. Jetzt kann ich sie doch nicht schon wieder aus allem herausreißen.“

Bei der Erwähnung ihres Namens sah ihre Tochter auf, Neugier erschien in ihren Augen. „Was ist los, Mama?“

„Möchtest du gern hier wegziehen? Nach Sylt?“

„Was ist Sylt?“

„Eine Insel“, antwortete Markus.

„Ist das da, wo wir am Strand wohnen können und wo es Pferde gibt?“

„Genau.“

Kati kaute nachdenklich auf ihrer Unterlippe. „Ich will lieber hierbleiben, bei Odin und bei dir.“

Markus lächelte. „Odin und ich werden dort hinziehen. Es würde dir dort gut gefallen, Kati. Es gibt endlose Strände, viel schöner und länger als hier in Cuxhaven. Du könntest mit Odin ganz viele Kanäle und Dämme bauen.“

„Und was ist mit Melissa und Thies und Timmi?“, fragte Kati zweifelnd.

„Die könntest du ganz oft sehen. Sie würden dich bestimmt besuchen kommen, so schön, wie es da ist. Und vergiss nicht die Pferde, Kati. In der Nähe befindet sich ein Reiterhof. Du könntest dort richtig reiten lernen.“

Nun zeigte sich doch Begeisterung in Katis Gesicht. „Wirklich? Können wir da mal hinfahren, Mama?“

„Natürlich können wir mal hinfahren und es uns ansehen. Aber doch nicht hier wegziehen. Dies ist unser Zuhause, Markus. Das haben wir in Lüneburg erst begriffen. Wir sind zurückgekommen, weil wir Heimweh hatten. Kati hat Thies vermisst.“

„Und die Nordsee samt Strand“, warf Markus ein. „Das hat sie auf Sylt zur Genüge, noch dazu direkt vor der Haustür. Sie kann jeden Tag am Strand spielen.“

„Au ja“, rief Kati begeistert.

„Du müsstest Thies zurücklassen“, erklärte Sophie.

„Markus hat doch gesagt, er kann uns besuchen.“

„Aber doch nicht ständig.“

„Da sind Pferde, Mama. Ich kann reiten lernen. Vielleicht kann ich sogar mein eigenes Pferd haben. Und ich kann jeden Tag mit Odin spielen.“

„Außerdem könntest du diesen Umzug nicht mit Lüneburg vergleichen.“ Markus rückte näher an Sophie heran und sah sie eindringlich an. „Da wart ihr beide einsam, oder? Kati fand keine Freundinnen, und du hast mir erzählt, dass du dich auch allein gefühlt und keinen richtigen Anschluss gefunden hast.“

„Ja, schon. Aber …“

„Auf Sylt wärst du nicht allein. Wir wären zusammen, Sophie. Wir vier, Kati, du und ich und Odin. Wir könnten zusammenleben. Im Hotel befinden sich Wohnungen für die Geschäftsführung und den Küchenchef. Stell dir nur vor, wie schön es sein würde, wenn wir jeden Morgen zusammen frühstücken könnten. Mit Blick auf die Dünen und die Nordsee. Wir könnten Kati und Odin beim Kaffee dabei zusehen, wie sie im Sand ihre Dämme bauen. Oder Löcher buddeln." Markus lächelte warm.

Die Vorstellung war in der Tat sehr verlockend. Und wenn sie ehrlich zu sich war, konnte sich Sophie kaum etwas Schöneres vorstellen. Inzwischen kannte sie Markus schon über ein halbes Jahr, da wäre es nicht zu früh, wenn sie zusammenziehen würden. Und wer träumte nicht von Sylt? Was für eine großartige Möglichkeit bot sich ihr hier. Sie könnte mit Markus und Kati – und natürlich Odin – als Familie zusammenleben. Kati könnte direkt am Meer wohnen, in einer großen Wohnung mit reichlich Platz, könnte jeden Tag am Strand spielen und hätte Odin bei sich.

„Wann würde es denn überhaupt losgehen?", fragte sie schließlich.

„Ende des Jahres. Ich möchte gern Weihnachten bereits auf Sylt verbringen."

„So bald schon? Wir haben schon Oktober." In Sophies Kopf begann sich alles zu drehen. „Ich muss darüber nachdenken, okay?"

Ein Schatten zog über Markus' Augen. „Natürlich. Das verstehe ich."

Sie sah ihn an. „Du bist enttäuscht", stellte sie fest.

Er hob die Schultern. „Ich hatte mich eben schon so gefreut. Ich kann mir nichts Schöneres vorstellen, als mit euch zusammenzuleben, und dann noch auf Sylt, in leitender Position. Von so einer Chance träumt doch jeder."

„Das ist ja auch großartig, Markus. Bitte versteh mich nicht falsch. Ich möchte ja auch mit dir zusammen sein. Aber wie gesagt, wir haben dieses Jahr schon einen Umzug hinter uns und ..."

„Ihr wohnt in einer winzigen Dachwohnung bei deiner Freundin, ohne eigene Küche, Waschmaschine. Du hattest damals selbst gesagt, dass es nur eine Übergangslösung sein wird."

„Schon. Ich will nur nichts überstürzen."

„Das sollst du ja auch gar nicht, nur genau darüber nachdenken."

Sie zauderte. „Ich habe Angst, wieder einen Fehler zu machen, so wie damals, als ich so übereilt nach Lüneburg gezogen bin."

„Du machst dir immer viel zu viele Gedanken." Sanft zog er sie an sich und streichelte ihre Schulter.

Ihr fiel ein, was sie noch hatte einwenden wollen, und erneut kam der Ärger in ihr hoch.

„Was ist eigentlich mit dir? Gerade klang das so, als hättest du dich schon entschieden, nach Sylt zu gehen."

„Ja, das habe ich. So eine Chance bekommt man nur einmal im Leben, Sophie. Ich wäre dumm, wenn ich sie nicht ergreifen würde."

Sie starrte ihn an. „Und hast du bei deiner Entscheidung auch an uns gedacht, an Kati und mich?"

„Ich habe an nichts anderes gedacht. Das Hotel ist so wunderschön, dass es für mich gar keinen Zweifel gab, dass ihr mitkommen würdet. Ich verstehe, dass du darüber nachdenken musst. Aber im Endeffekt gibt es doch nur eine Lösung. Wir wären all unsere Probleme los, wenn wir gemeinsam nach Sylt gehen.“

Spontan löste sie sich von ihm.

„Du hast über unseren Kopf hinweg entschieden.“

„Das stimmt doch nicht. Du sollst doch darüber nachdenken.“

„Aber du hast für dich zugesagt, ohne vorher mit mir darüber zu sprechen.“

„Ja, das stimmt.“ Er ließ den Kopf sinken. „Das habe ich, tut mir leid. Weißt du, ich warte seit Monaten auf die Entscheidung, ob es mit dem Hotel auf Sylt klappt, und nun ist es endlich so weit. Ich konnte gar nicht anders, als sofort zuzugreifen, zumal ich davon ausging, dass du vor Freude in die Luft springst.“

„Du weißt ja auch schon seit einer ganzen Weile, dass es dazu kommen könnte. Für mich ist das völlig neu. Du hast mich damit komplett überfahren.“

„Tut mir leid“, wiederholte er. „Das wollte ich natürlich nicht. Ich dachte nur, dass du ebenso begeistert sein würdest wie ich.“

„Nun, das bin ich aber eben nicht. Ich mag es nicht, wenn jemand Entscheidungen für mich trifft, ohne mich vorher zu fragen. Mir reicht es, einen Mann gehabt zu haben, der immer nur seine eigenen Interessen im Sinn hatte und sich für meine Wünsche nicht interessierte.“ Sie stand auf. „Komm, Kati, wir fahren nach Hause.“

Schockiert starrte Markus sie an. „Du willst gehen?“

„Natürlich. Wie ich gerade sagte, ich muss nachdenken.“

„Das kannst du doch auch hier.“

„Nein. Sorry, Markus, aber gerade überfordert mich das alles. Von Lüneburg zurück nach Coppum, der anfängliche Stress mit Emma, meine Arbeit erst auf dem Hof und dann im Hotel ... Das ist mehr als genug für ein Jahr. Und nun schon wieder etwas Neues? Ich kann das gerade nicht, tut mir leid.“ Sie wandte sich an Kati. „Komm, Mäuschen.“

„Warum müssen wir denn schon gehen?“ Maulend stand Kati auf. „Immer müssen wir so plötzlich weg.“

„Weil ... Melissa freut sich schon auf dich.“

„Ich wollte doch noch mit Odin spielen.“

„Der ist schon ganz müde. Jetzt komm, Süße.“ Sie zog Kati ihre Jacke an.

Markus trat zu ihr und legte ihr die Hand auf die Schulter. Er wirkte zutiefst schockiert.

„Sophie, bitte bleib doch. Ich verspreche auch, dieses Thema nicht mehr anzusprechen.“

Doch sie schüttelte den Kopf. „Ich muss jetzt allein sein.“

Hilflos stand er da, während sie mit Kati in den Regen hinaustrat und schnell zu ihrem Auto lief. Im Rücken konnte sie seine Blicke spüren, und es fühlte sich an, als wären sie Seile, an denen er sie zurück zu sich ziehen wollte. Schnell schnallte sie Kati an und sprang hinters Steuer, ehe sie sich doch noch dem Zug ergeben würde. Aus den Augenwinkeln sah sie Markus in der Tür stehen, mit hängenden Schultern. Odin erschien neben ihm und schien ebenso ratlos zu sein wie sein Herrchen.

Die beiden taten ihr leid, und ihr Herz schmerzte vor Mitleid. Aber Markus hatte sie völlig überfahren. So ging das nicht, so hatte es Carsten schon immer gemacht. Sie wandte den Blick ab, legte den ersten Gang ein und fuhr los. Und sie sah nicht mehr zurück.

***

Zu Hause durfte sich Kati mit Melissa einen Kinderfilm ansehen. Sophie zog einen Stuhl ans Fenster und sah in den Regen hinaus. Im Garten und auf der Straße hatten sich bereits große Pfützen gebildet, alles war eintönig grau, und der heftige Wind riss unzählige Blätter von den Bäumen, die sich auf dem Boden sammelten und in den Wasserlachen trieben wie Abbilder des vergangenen Sommerglücks. Das trübsinnige Wetter passte genau zu ihrer Stimmung.

Stellte sie sich vielleicht zu sehr an? Markus hatte es nur gut gemeint, und diese Chance war wirklich großartig. Jeder andere würde sofort annehmen, ohne zu überlegen. Und vielleicht hätte auch sie das getan – wenn sie sich nicht so übergangen gefühlt hätte. Irgendetwas in ihr war dadurch in Abwehrstellung gegangen, und ärgerlich dachte sie an die vielen Male, wenn Carsten etwas über ihren Kopf hinweg entschieden hatte. Ihre Wünsche waren ihm zumeist gleichgültig, und oft hatte er Entscheidungen getroffen, ohne sie vorher mit ihr abzusprechen. Gegen so ein Verhalten hatte sie mittlerweile eine Allergie entwickelt wie andere Menschen gegen Blütenpollen.

Erschrocken zuckte sie zusammen, als es an der Tür klopfte.

„Ja?", fragte sie.

Die Tür wurde einen Spalt geöffnet, und Birte steckte den Kopf herein. „He, ist alles in Ordnung? Darf ich reinkommen?“

„Natürlich.“ Sophie wies auf den zweiten Stuhl. „Setz dich.“

Birte zog den Stuhl heran und setzte sich Sophie gegenüber. Doch als sie ihren Blick suchte, wich Sophie aus.

„Wolltet ihr nicht erst morgen zurückkommen?“, erkundigte sich Birte leise. „Was ist denn los? Habt ihr gestritten?“

Sophie schüttelte den Kopf. „Das nicht gerade. Oder doch. Ach, ich weiß auch nicht. Ehrlich gesagt, weiß ich gerade überhaupt nichts mehr.“

„Was ist denn passiert?“

„Markus will nach Sylt ziehen.“

„Was?“ Verwirrt starrte Emma sie an. „Nach Sylt? Wie kommt er denn auf die Idee?“

„Das Hotel, in dem er … in dem wir arbeiten, expandiert. Es bekommt ein Schwesterhotel auf Sylt. Und dort will er hinziehen.“

„So überraschend?“ Erschrocken riss sie die Augen auf. „Etwa ohne euch? Du sagst, *er* will dorthin.“

Sophie schüttelte den Kopf. „Er möchte, dass wir mitkommen.“

„Und? Wollt ihr?“

„Das ist gerade das Problem. Ich weiß es nicht. Kati und ich sind doch gerade erst wieder zurückgekommen. Und in gut zwei Monaten sollen wir schon wieder unsere Zelte abbrechen und woanders neu anfangen? Ich weiß nicht, ob ich das kann. Oder will.“

„Oh, das verstehe ich. Das geht ja wirklich alles sehr schnell. Also ich finde es super, dass ihr hier wohnt. Wenn es nach mir geht, könnt ihr gern noch länger bleiben. Was sagt Kati denn dazu?“

„Sie findet die Idee toll. Markus sagte, da gibts Pferde, und sie könnte reiten lernen. Natürlich war sie gleich Feuer und Flamme. Aber sie ist gerade fünf Jahre alt, sie kann doch noch gar nicht einschätzen, was es bedeutet, richtig dort zu leben und nicht mehr einfach so mal hierher zurückkommen zu können.“

„Noch geht sie nicht zur Schule, Sophie. Wenn überhaupt, ist jetzt der ideale Zeitpunkt für einen Neuanfang.“

„Ich habe sie bereits an der Schule in Otterndorf angemeldet.“

„Auf Sylt gibts bestimmt auch sehr gute Schulen, meinst du nicht? Vielleicht machst du dir einfach zu viele Gedanken. Kati liebt doch das Meer und den Strand, oder?“

„Klar.“

„Also wo gibts wohl mehr davon als auf Sylt? Dagegen kannst du doch unseren Strand hier vergessen, so schön er auch ist. Mit Sylt ist es nicht zu vergleichen. Die Pferde sind ebenfalls ein Argument. Du weißt, wie viele Mädchen davon träumen. Und sie liebt die Pferdegeschichten in ihren Büchern.“

„Aber ob das reicht, dass sie nicht wieder Heimweh bekommt? Die Situation in Lüneburg war eine Katastrophe. Gerade läuft alles gut. Ich kann auf eine Wiederholung all der Probleme gut verzichten.“

„Ich kann natürlich nicht in die Zukunft schauen, aber für mich klingt die Idee mit Sylt wirklich gut, Sophie. Zumal ihr dort nicht allein wärt, deshalb ist es etwas ganz anderes. Du hast Markus an deiner Seite und kannst deine Sorgen mit ihm teilen. Und auch Kati ist nicht allein, sie hat euch – und Odin. Sie hängt doch so an ihm.“

„Das schon. Trotzdem ...“

„Angenommen, du entscheidest dich, hierzubleiben, und Markus zieht ohne euch nach Sylt.“

Allein die Vorstellung bewirkte, dass sich Sophie plötzlich einsam fühlte. Unwillkürlich fröstelte sie.

„Meinst du, dass du dann glücklicher wärst, als wenn ihr mitgehen würdet?“, hakte Birte nach.

Sophie schüttelte den Kopf. „Ehrlich gesagt kann ich es mir ohne Markus gar nicht mehr vorstellen. Er ist immer da, wenn ich ihn brauche, er ist mein Fels in der Brandung. Und auch für Kati ist er wichtig. Und Odin genauso. Ihr würde das Herz brechen, wenn die beiden plötzlich nicht mehr da wären.“

„Na, siehst du ...“

„Aber wenn wir nach Sylt gehen, ist Thies nicht mehr da, und Melissa, Anna-Lena und ihre anderen Freundinnen. Du weißt doch, wie sehr sie aneinanderhängen.“

„Melissa würde Kati ebenfalls sehr vermissen. Aber ihr wärt doch nicht aus der Welt. Ihr könntet uns hier besuchen, oder wir kommen zu euch nach Sylt.“ Birte lächelte zuversichtlich. „Dann haben wir da gleich eine Anlaufstelle. Mach dich schon mal darauf gefasst, dass wir ständig auf eurer Matte stehen. Vielleicht kriegen wir dank euch ja einen Rabatt im Hotel.“

Sophie musste grinsen. „Ja, eventuell. Ich hab aber Margarete versprochen, im Notfall einzuspringen, wenn mal etwas sein sollte.“

„Sie haben doch jetzt Nils. Er ist wirklich fleißig, hörte ich. Ich finde, du machst dir zu viele Sorgen.“

„Weißt du, ich bin auch sauer auf Markus.“ Plötzlicher Zorn überschwemmte Sophie wie eine Flutwelle. „Er hat mich praktisch vor vollendete Tatsachen gestellt. Er selbst wusste ja schon seit einer ganzen Weile, dass die Möglichkeit mit Sylt besteht, er konnte sich an den Gedanken gewöhnen, vielleicht dort hinzuziehen. Aber er durfte nichts erzählen, solange die Sache nicht sicher war. Und dann hat er mich praktisch ins kalte Wasser geworfen, richtig überfahren hat er mich. Wie soll ich denn binnen weniger Minuten über unser zukünftiges Leben entscheiden? Wie stellt er sich das vor? Ach, ich bin gerade echt nicht gut auf ihn zu sprechen.“

„Puh, ja, das ist krass. Ich kann es auch nicht leiden, wenn über meinen Kopf hinweg entschieden wird. Aber was sollte er machen, wenn er vorher nichts verraten durfte? Er meint es doch nur gut, Sophie. Die Chance ist einfach großartig.“

Ratlos hob Sophie die Schultern. „Ich habe Angst davor, schon wieder übereilt zu handeln und einen Fehler zu machen.“

„Ein Risiko besteht natürlich immer. Egal, welchen Weg man im Leben einschlägt oder wie man sich entscheidet. Im Endeffekt weiß man immer erst hinterher, ob er richtig oder falsch war. Doch wenn du es nicht ausprobierst, wirst du es nicht herausfinden.“

Plötzlich ging es Sophie besser. Es kam ihr vor, als wäre ihr eine große Last abgenommen worden.

„Ich wusste gar nicht, dass du so weise bist", sagte sie und lächelte.

„Dass du das endlich auch mal erkennst." Birte grinste.

Sophie schlang die Arme um ihre Freundin.

***

Ehe Sophie eine endgültige Entscheidung traf, sprach sie mit Kati.

„Du erinnerst dich doch bestimmt an das, was wir dir neulich über Sylt erzählt haben, oder? Ist es immer noch so, dass du dir vorstellen könntest, mit mir dort hinzuziehen? Und natürlich mit Markus und Odin."

„Wenn du mir versprichst, dass ich da reiten lernen darf."

„Versprochen."

„Dann ja."

„Auch wenn Thies hierbleiben muss, und Melissa und Timmi und all die anderen?"

Etwas flackerte in Katis Augen, doch sie nickte. „Wir müssen alle ganz oft besuchen. Oder sie uns."

„Auf jeden Fall. Aber da ist noch etwas." Sophie hielt den Atem an. „Du musst dort in einen neuen Kindergarten gehen mit neuen Kindern. Und bei einer neuen Schule müssen wir dich ebenfalls anmelden. Würde dir das etwas ausmachen?"

Kati kaute nachdenklich auf der Unterlippe. „Ich glaube, wenn ich den neuen Kindern von Odin erzähle, finden die das bestimmt toll."

„Das glaube ich auch. Vielleicht sind auch welche dabei, die Hunde haben oder andere Haustiere."

„Pferde vielleicht. Dann können wir zusammen reiten.“

„Dann wärst du also einverstanden?“

„Das hab ich doch schon gesagt, Mama. Wenn ich reiten darf, will ich nach Sylt.“

Erleichtert schloss Sophie ihre Tochter in die Arme.
Das war leichter als befürchtet.

Sie hatte eine Entscheidung getroffen.

Sie würde es tun. Kati und sie würden mit Markus
nach Sylt ziehen.

Allerdings schwelte immer noch ein letzter Rest Ärger
in ihr. Dass er sie einfach vor vollendete Tatsachen gestellt hatte, erinnerte sie zu sehr an Carsten. Und dann
waren da die Erinnerungen an Markus’ langes Schweigen nach ihrem Geständnis des schrecklichen Erlebnis-
ses mit Kati in Otterndorf. Eine ganze Woche lang hatte
er sie im Ungewissen schmoren lassen, bis es ihr so
schlecht ging, dass sie sogar ohnmächtig wurde. Auch
wenn er allen Grund gehabt hatte, enttäuscht von ihr
zu sein, hätte man das Problem bestimmt auch anders
klären können. Vor allem schneller. Ja, er hatte sich so
viel Zeit gelassen, dass sie jetzt ebenfalls nichts übers
Knie brechen wollte.

Bei diesem Vorsatz blieb sie auch, als sie bei ihrem
nächsten Dienstschluss im Hotel von Markus mit einem riesigen Blumenstrauß überrascht wurde.

„Es tut mir leid, dass ich so mit der Tür ins Haus gefallen bin“, sagte er kleinlaut. „Du musst dich völlig über-
rumpelt gefühlt haben. Im Gegensatz zu mir hattest du
ja überhaupt keine Zeit, dich an den Gedanken zu gewöhnen.“

„Stimmt.“

Es fiel Sophie schwer, sich unbeteiligt zu geben, obwohl sie gerührt über die nette Geste war. Stumm betrachtete sie die schönen Blumen. Pinke Gerbera und lilafarbene Rosen, dazu weißes Schleierkraut, einfach wunderbar.

„Hättest du heute Abend Zeit, dass ich dich zum Essen einladen kann?", fragte er vorsichtig.

„Ich weiß nicht. Ich müsste jemanden wegen Kati fragen."

„Und würdest du das denn tun? Für mich?"

Er sah sie an wie ein Hund, der beim Stehlen einer Wurst erwischt worden war. Sophies Ärger war längst dahingeschmolzen wie Eis in der Wüste, aber er sollte ruhig noch ein wenig länger zappeln.

„Ich ruf dich an", sagte sie.

Das tat sie auch, sagte ihm jedoch für den heutigen Abend ab. Seine Enttäuschung war selbst durchs Telefon zu hören.

„Dann vielleicht morgen?", bat er.

„Ich versuche es."

Am folgenden Abend entführte Markus sie in ein hervorragendes Fischrestaurant. Die Seezunge schmeckte vorzüglich, der Weißwein ebenso, und Sophie genoss den ungewohnten Abend in vollen Zügen.

„Ich muss mich noch einmal bei dir entschuldigen", sagte er während des Desserts, einer köstlichen Rotweinmousse. „Auf keinen Fall wollte ich dich verärgern, Sophie. Ich kann mir vorstellen, wie mein Vorschlag auf dich gewirkt haben muss. Du hattest so schwere Monate hinter dir, so viel Arbeit, den Aufbau eines neuen Lebens, und du hast alles so großartig gemeistert. Und dann komme ich daher und stelle alles, was du geleistet hast, infrage."

„Das kann ich nicht abstreiten." Sie bemühte sich, ganz ernst zu bleiben.

Er griff über den Tisch hinweg nach ihrer Hand und drückte sie sanft. „Es ist nur so, dass ich mir ein Leben ohne dich, ohne euch, gar nicht mehr vorstellen kann. Und ich dachte, dir geht es ebenso. Deshalb bin ich wohl ganz automatisch davon ausgegangen, dass du selbstverständlich mitkommen wirst. Bitte entschuldige."

„Du hast gesagt, dass du auf jeden Fall nach Sylt gehen möchtest. Notfalls auch ohne mich ... So klang das für mich."

„Ach, Sophie. Wir haben völlig aneinander vorbeigeredet."

„Dann würdest du also nicht ohne mich nach Sylt gehen?", hakte sie nach.

Er starrte sie an und zog seine Hand zurück.

„Ich würde alles dafür tun, dass du mitkommst", wich er aus.

„Und wenn ich hierbleibe?", beharrte sie.

„Ehrlich gesagt mag ich noch nicht einmal daran denken. Allein bei der Vorstellung bricht mir das Herz. Kannst du es dir denn wirklich nicht vorstellen, mitzukommen? Wäre es so schrecklich, dir mit mir zusammen ein neues Leben aufzubauen? Ein endgültiges, bei dem du und ich für immer bleiben werden?"

Alles in ihr wurde ganz weich. Doch noch gelang es ihr, sich zu beherrschen.

„Gib mir nur noch ein wenig Zeit, ja?", bat sie. „Wenn ich mich entscheide, muss ich ganz sicher sein und darf nicht mehr den geringsten Zweifel an der Richtigkeit haben. Sonst könnte ich mit meiner Entscheidung, wie immer sie auch ausfällt, nicht glücklich werden."

„Ich warte, bis du bereit bist", erwiderte er, und Sophie versank im zärtlichen Ausdruck seiner Augen.

Kapitel 27

Es war ein Samstag, als sie nach Cuxhaven fuhr, um Markus die gute Nachricht zu überbringen. Sie hatte ihn noch ein paar Tage schmoren lassen, aber jetzt schaffte sie es nicht mehr, ihn noch länger zu quälen. Er wusste nichts davon, dass sie unterwegs zu ihm war. Es sollte eine Überraschung werden. Am Telefon wollte sie es ihm nicht sagen, denn sie wollte sein Gesicht sehen, wenn er es erfuhr, wollte die Freude in seinen Augen lesen und seine Arme um sich spüren, wenn er sie gerührt und glücklich an sich drückte.

Es war ein windiger Tag. Graue Wolken zogen rasch über den Himmel, stürmische Böen rissen die letzten bunten Blätter von den Bäumen und wirbelten sie wie Spielzeug durch die Luft. Doch heute war Sophie so glücklich, dass es auch in Strömen hätte regnen können. Nichts konnte ihr an einem Tag wie diesem die Laune verderben.

Mit klopfendem Herzen bog sie in die Straße ein, in der Markus wohnte, und freute sich schon auf den Moment, wenn sie die Worte aussprechen und sich seine Augen vor Freude und Glück weiten würden.

Ein fremdes Auto parkte vor seinem Gartenzaun, ein knallroter Fiat. Als sie das Kennzeichen von Hamburg erkannte, stieg Unruhe in ihr auf. War Markus' Ex-Frau Claudia nicht dorthin gezogen? Sie stellte ihren eigenen Wagen dahinter ab und stieg aus. Der Garten war leer, kein Odin begrüßte sie schwanzwedelnd am Gartenzaun. Zögernd trat sie an die Haustür. Unbewusst lauschte sie. Hörte sie etwas, Stimmen vielleicht? Doch alles war still. Sie legte ihren Finger auf den Klingelknopf.

Plötzlich stiegen Bilder in ihr auf, die sie nicht sehen wollte. Markus, eng umschlungen mit seiner Ex, in einem tiefen Kuss versunken. Sie war gekommen, um ihn zurückzugewinnen, und er, verwirrt und enttäuscht, weil Sophie so zauderte, mit ihm gemeinsam ein neues Leben zu beginnen, ging ihr nur allzu willig in die Falle. Oder aber er hatte die Nase voll von ihrer Unentschlossenheit und hatte Claudia angerufen, um sie zu fragen, ob sie ihn nach Sylt begleiten und noch einmal neu anfangen wollte.

Rasch zog Sophie ihren Finger wieder zurück, als würde der Klingelknopf unter Strom stehen. Was sollte sie tun? Sie traute Markus eigentlich nicht zu, sich erneut seiner Ex-Frau zuzuwenden, schon gar nicht so völlig aus dem Nichts heraus.

Nein, sie vertraute ihm. Er liebte sie.

Dennoch konnte sie sich nicht überwinden, den Knopf zu drücken. Vielleicht wäre es besser, wieder zum Auto zurückzugehen und abzuwarten. Auf keinen Fall wollte sie dieser Claudia über den Weg laufen, aus welchen Gründen auch immer sie hier aufgetaucht war.

Ehe sie sich abwenden konnte, hörte sie Stimmen im Haus. Sie näherten sich von innen her, aus dem Flur, und sie klangen laut, erregt. Stritten sie, oder freuten sie sich einfach über ihr Wiedersehen? Sophie verstand nur einzelne Worte und nicht den Sinn dessen, worum es ging. Vor Schreck erstarrt stand sie vor der Tür, während die Gedanken in ihrem Kopf herumrasten wie gefangene Vögel. Was sollte sie tun?

Blitzschnell rannte sie ein paar Schritte um die Hausecke, um nicht entdeckt zu werden, als auch schon die Tür geöffnet wurde. Vorsichtig spähte Sophie um die Ecke. Eine dunkelhaarige Frau in einem hübschen Kostüm trat einen Schritt heraus. Um den Hals war ein sehr teuer aussehendes Tuch drapiert, und sie trug glitzernde Ohrringe. Sie blickte nach hinten zu Markus, der ihr folgte, und redete auf ihn ein. Es klang wie das Gezwitscher von Spatzen.

„Überleg es dir, Markus“, flötete sie. „Sylt wäre perfekt für mich. Allein die Vorstellung, welche Traum-Immobilien ich dort veräußern könnte ...“

„Ich sagte dir doch schon, dass es nicht möglich ist.“

„So ein Unsinn. Wir beide waren jahrelang ein Dream-Team, oder nicht? Nur dein Job auf See hat genervt. Und dein unsinniger Wunsch nach einer Familie. Aber beides hast du doch jetzt aufgegeben, und Sylt ... Stell dir doch nur mal vor, was wir gemeinsam erreichen könnten, Markus! Du als Manager einer großen Hotelkette, ich als Immobilienmaklerin von sündhaft teuren Villen direkt am Strand ... Wir könnten die ganze Welt bereisen, uns die teuersten Autos leisten ...“

„Ich will das alles doch überhaupt nicht. Hast du mir eigentlich zugehört, Claudia?“

„Natürlich, und ich wünschte, ich hätte es nicht getan. Du willst dich allen Ernstes an eine alleinerziehende Mutter binden? Hast du überhaupt eine Vorstellung davon, was für eine Fußfessel das für dich wäre? Klar, ich weiß nur zu gut, wie groß dein Kinderwunsch ist." Sie seufzte theatralisch. „Aber das ist nicht dein Kind, Markus, vergiss das nicht. Es wird schon seinen Grund haben, dass die Ehe dieser Frau gescheitert ist, obwohl sie ein Kind mit ihrem Mann hat, oder?"

„Unsere Ehe ist auch gescheitert, Claudia. Einfach so. So etwas geschieht, das weißt du doch selbst."

„Mit zunehmender Erfahrung wird man klüger." Sie sah ihn an und seufzte. „Na gut, für alle mag das nicht zutreffen. Aber für mich auf jeden Fall. Und ich ergreife eine Chance, wenn ich eine sehe. Und Sylt ist das Beste, wovon ich bisher in meinem Leben gehört habe. Vergiss diese ... *Dame.* Sie will doch gar nicht, sonst hätte sie sofort zugegriffen. Das beweist doch nur, dass sie über keinen großen Intellekt verfügen kann. Niemand mit Verstand lässt sich so eine Chance entgehen. Ich weiß gar nicht, warum du noch zögerst. Ich gebe dir sofort eine Zusage, Markus." Sie hielt ihm die prächtig manikürte Hand hin. „Du brauchst nur einzuschlagen."

Sophie hielt die Luft an. Was würde er tun? Hatte sie zu lange gezögert, ihre Chance vertan? War er inzwischen so enttäuscht von ihr, dass er sich erneut mit seiner Ex-Frau zusammentun würde?

In dem Moment erschien Odins Kopf zwischen den beiden. Neugierig sah er genau in ihre Richtung und begann, mit dem Schwanz zu wedeln.

Erschrocken zog sich Sophie zurück, aus seinem Blickfeld heraus, und hielt die Luft an. Sie hörte den Hund leise winseln.

„Nein, Odin, jetzt nicht", hörte sie Markus' Stimme. „Warte noch einen kleinen Moment, dann gehe ich mit dir raus."

Der Hund winselte erneut, diesmal nachdrücklicher. Sophie wagte nicht mehr, zu atmen.

„Vergiss es, ich lasse dich jetzt nicht in den Garten. Alles ist nass. Es reicht, wenn ich dich nach unserem Spaziergang abtrocknen muss.“

„Warum du dir aber auch einen Hund anschaffen musstest“, sagte Claudia süffisant. Das Wort *Hund* klang aus ihrem Mund wie *Köter*.

„Das wirst du nie verstehen, Claudia“, erwiderte Markus. „Es gibt so vieles, was du nicht verstehen wirst.“

„Da hast du allerdings recht.“ Jetzt klang sie beleidigt. Wie es schien, hatte Markus ihre Hand ausgeschlagen. „Vergiss am besten ganz schnell wieder, was ich dir angeboten habe. Also ich werde es jedenfalls vergessen!“

Das Geräusch von klackenden Absätzen verriet Sophie, dass sich Claudia zum Gehen gewandt hatte. Schon erschien sie in ihrem Blickfeld, und schnell presste sie sich enger an die Hauswand. Still beobachtete sie, wie die Frau den Garten verließ und in ihr Auto stieg. Erst als sie den Motor startete und davonfuhr, wagte Sophie es, wieder durchzuatmen.

Ihr entfuhr ein erschrockener Schrei, als plötzlich, wie aus dem Boden gewachsen, Odin vor ihr stand und sie mit heraushängender Zunge ansah. Es wirkte, als lächelte er. Rasch legte sie den Finger an die Lippen. Wie peinlich wäre es denn, wenn Markus sie hier ...?

„Du kannst herauskommen, Sophie“, rief er. In seiner Stimme hörte sie sein unterdrücktes Lachen.

Sie spürte, wie sie über und über errötete. Langsam trat sie um die Ecke. Da stand er auf dem Treppenabsatz und sah ihr grinsend entgegen.

„Nanu, Odin, wen bringst du denn da mit?", fragte er betont verwundert. „Seltsam, was man so alles in unserem Garten finden kann ..."

„Ja, lach mich nur aus." Sophie konnte das Schmunzeln selbst nicht länger unterdrücken. Sie sahen sich an und prusteten los.

„Woher wusstest du, dass ich da bin?", fragte sie neugierig. Er konnte sie unmöglich gesehen haben.

„Odin hat es mir verraten. Er sah in deine Richtung und wedelte so erfreut mit dem Schwanz, dass dort nur jemand sein konnte, den er gut leiden kann."

„So ein Verräter."

„Ja, mitunter ist er mir sehr nützlich. Wo du schon einmal hier bist, kannst du auch reinkommen, wenn du magst", lud er ein.

Stumm folgte sie ihm ins Haus.

„Du bist also Zeugin dieser kleinen Szene geworden, was?", erkundigte er sich. „Das tut mir leid. Ich wusste nicht, dass sie hier auftaucht. Komm, setz dich. Ich koche uns frischen Kaffee."

Sophie nahm auf der Couch Platz. In der Luft hing noch der Duft von Claudias Parfüm. Kurz darauf erschien Markus mit einem Tablett und stellte es auf den Tisch. Eigenhändig schenkte er ihr Kaffee ein. Sophie beobachtete ihn. Plötzlich stellte sie fest, wie sehr sie ihn vermisst hatte. Alles in ihr drängte zu ihm.

„Gerade fürchtete ich, ich käme zu spät", gestand sie. „Als ich deine Ex-Frau hörte und mitbekam, wie dringend sie dich nach Sylt begleiten will ..."

„Sie hat es in der Zeitung gelesen", erklärte er. „Daraufhin rief sie mich sofort an und fragte, was es damit auf sich habe. Ich erklärte es ihr, doch das reichte ihr wohl nicht, denn plötzlich stand sie vor meiner Tür." Er sah Sophie an mit seinem tiefen Blick, den sie so vermisst hatte. „Aber du hast doch hoffentlich nicht ernsthaft geglaubt, ich würde sie an deiner Stelle mitnehmen?"

Sie hob die Schultern. „Könnte ich dir das denn verdenken? Ich habe dich lange zappeln lassen. Vielleicht zu lange?"

Dieser Blick, diese Augen ... Immer tiefer sank sie hinein, und zugleich wurde ihr immer wärmer.

„Ich weiß, dass ich dich überfahren habe, Sophie, und es tut mir leid. Es geht um eine Entscheidung, die dein komplettes Leben betrifft. So etwas darf man nicht überstürzen, und das weiß ich natürlich selbst. Ich kann es also verstehen, wenn du noch Zeit brauchst."

Forschend sah sie ihn an, tauchte wiederum ein in die warme Tiefe seiner Augen und versuchte, bis auf deren Grund zu gelangen. Was sie dort fand, glich einem glitzernden Schatz aus purem Gold. Jetzt wusste sie, woher die bernsteinfarbenen Einsprengsel in seinen Augen kamen. Sie waren der Widerschein seiner treuen, ehrlichen Seele.

„Beantwortest du mir eine Frage?", bat sie.

„Jede."

„Was wäre, wenn Kati und ich nicht mitkommen? Würdest du auch ohne uns nach Sylt gehen? Du hast ja gesagt, dass deine Entscheidung bereits feststeht und du hinziehen willst."

„Das glaubst du im Ernst?", erwiderte er.

„Bitte weiche mir nicht aus. Sag es einfach."

„Sophie, die Chance, nach Sylt zu gehen und dort Manager eines großen Hotels zu sein, ist so traumhaft, dass ich blöd sein müsste, wenn ich sie nicht wahrnehmen würde."

Sie zuckte zusammen und begann plötzlich zu frieren. Hatte sie sich etwa doch in Markus' Gefühlen getäuscht? Gab er tatsächlich einem Job den Vorzug?

Er las in ihrem Gesicht, und seine Mimik wurde ganz weich. Als er die Hand ausstreckte, um ihre Wange zu streicheln, wäre sie beinahe zurückgewichen, doch es gelang ihr, still sitzenzubleiben.

„Was denkst du denn von mir?", fragte er leise. „Sylt ist ein Traum. Ein Traum, der wahr werden könnte. Aber du bist ein bereits wahr gewordener Traum, Sophie. Glaubst du ernsthaft, dass ich dich wieder hergeben würde? Wenn du wirklich hierbleiben willst, bleibe ich selbstverständlich bei dir. Ich kann mir ein Leben ohne dich nicht mehr vorstellen. Und Sylt gibt es nur mit dir zusammen – oder gar nicht."

Heiße Tränen stiegen in ihre Augen, Tränen unendlichen Glücks, und sie hatte das Gefühl, ihr Herz würde überquellen vor Erleichterung, Liebe und Zärtlichkeit.

„Sylt braucht nicht auf dich zu verzichten", flüsterte sie.

Seine Augen weiteten sich. „Bedeutet das ...?"

Sie nickte, und schon zog Markus sie so fest in seine Arme, dass ihr die Luft wegblieb.

„Du kommst wirklich mit?", vergewisserte er sich schließlich.

„Ja. Ich kann doch nicht verantworten, dass das neue Hotel nicht den besten Manager der Welt bekommt." Sie lächelte Markus mit aller Liebe an, die sie empfand. „Und zudem kann ich mir nichts Schöneres vorstellen, als mit dir zusammen noch einmal neu zu beginnen."

Das Glück strahlte aus seinen Augen und wärmte sie. „Und ich habe lange nicht mehr so wunderschöne Worte gehört." Wieder drückte er sie fest an sich. Dann sah er sie an, beugte sich vor und küsste sie.

Es fühlte sich an wie Nachhausekommen. Sophie fühlte sich warm und geborgen, als sie seinen Kuss erwiderte. Als seine Zunge zart ihren Mund erkundete und seine Hände sanft über ihren Körper strichen, wandelte sich die Wärme rasch zu Hitze. Ohne den Kuss zu unterbrechen, schob er sie auf die Couch zu, und sie ließ sich darauf fallen. Sie nestelte an ihrer Bluse und ihrer Jeans, er zog sein Hemd über den Kopf, fieberhaft entkleideten sie sich, ohne die Blicke voneinander zu lösen, und endlich kam er über sie. Heiß drang er in sie ein, und sie umschlang ihn mit Armen und Schenkeln, als wollte sie ihn nie wieder gehenlassen.

Später lagen sie aneinandergeschmiegt unter einer Decke und planten ihre Zukunft. Träge strichen seine Finger über ihre Haut, während er ihr von ihrer künftigen Wohnung erzählte.

„Wir können vor Weihnachten schon einziehen", sagte Markus glücklich. „Dann können wir die Feiertage bereits in unserem neuen Zuhause feiern. Klingt das nicht traumhaft?"

„Ja, sehr sogar." Eine gewaltige Vorfreude stieg in Sophie auf, während sie darüber nachdachte.

„Stell dir nur vor, Kati und Odin unter unserem ersten gemeinsamen Weihnachtsbaum", schwärmte Markus weiter.

„Das würde ihr sehr gefallen", stimmte Sophie zu.

„Nicht nur ihr." Zärtlich küsste Markus Sophies Stirn und ihre Lider. „Mir mindestens ebenso sehr."

Sie erschauerte vor Wohlbehagen.

„Wenn ich ein Abendstudium mache und dafür auch immer lernen muss, wird Kati sich kaputtlachen", prophezeite Sophie und kicherte.

„Das glaube ich auch." Markus schmunzelte beim Gedanken daran. „Und es wird ihr die Eingewöhnung bestimmt erleichtern, meinst du nicht auch?"

„Doch, das denke ich auch. Wir könnten uns gegenseitig von unseren Studien- und Kindergartenerlebnissen erzählen, das würde ihr gefallen. Vielleicht kann sie mir sogar später bei den Hausaufgaben helfen." Sophie lachte bei der Vorstellung und spürte, wie all die Lasten der letzten Zeit von ihr abfielen. „Ach, ich weiß gar nicht mehr, warum ich mich anfangs so dagegen gesträubt habe. Jetzt kommt mir alles vor wie ein wunderschöner Traum."

Er zog sie fest an sich. „Aus dem du nicht erwachen wirst, das verspreche ich dir."

Es war schon spät, als Sophie nach Coppum zurückfuhr. Und sie spürte, dass sie die ganze Fahrt über still vor sich hinlächelte.

***

An einem sonnigen Novembertag fuhren Sophie und Markus mit Kati nach Sylt, um ihr neues Zuhause kennenzulernen. Bereits die Anreise war ein einziges großes Abenteuer für ihre Tochter, denn sie fuhren mit dem Autozug über das Meer. Vor Aufregung wusste Kati kaum, wohin sie zuerst sehen sollte. Sophie ging es nicht viel anders, auch sie sah gespannt von einer Seite zur anderen, während sie die Inselstraße in Richtung Norden entlangfuhren. Die unglaubliche Weite der Dünenlandschaft und der schier endlose Himmel, der sich darüber spannte, faszinierten sie.

Als sie List erreichten, betrachtete sie neugierig die vielen schönen Häuser. Langsam fuhren sie durch die Straßen des hübschen kleinen Orts, der im Sommer voller Touristen war, jetzt jedoch fast verlassen wirkte, als befände er sich im Dornröschenschlaf. Sie entdeckte Restaurants, Cafés und Geschäfte, die während der Sommersaison bestimmt gut besucht waren, und versuchte, sich vorzustellen, wie es hier aussehen würde mit all den Menschen in bunten Sommerkleidern, Shorts und Badesachen, die zum Teil in ihrem Hotel wohnten und für deren Wohl Markus und sein Team verantwortlich sein würden. Ihre Nervosität stieg. Schließlich erkannte sie auf der rechten Seite das Meer, das hinter den letzten Häusern in der Sonne schimmerte. Natürlich hatte sie bereits Fotos des Hotels gesehen, doch in Wirklichkeit wirkte alles ganz anders, und bei jedem Haus, das sie passierten, fragte sie sich, ob es ihr Ziel war.

Endlich hielt Markus den Wagen an. Vor ihnen stand ein großes Haus mit Reetdach, weiß getüncht und von Sylter Heckenrosen und Steinmauern umgeben. Unmittelbar dahinter erstreckten sich die Dünen, und hinter ihnen glitzerte die Nordsee. Neben diesem Haus standen zwei weitere, die fast identisch aussahen.

„Welches davon ist es?", fragte Sophie neugierig.

Markus lächelte stolz. „Alle drei. Links und rechts befinden sich die Zimmer, und im mittleren Haus sind das Restaurant, die Bar, der Wellnessbereich und der Pool untergebracht."

Sophie erschrak. „Das wird eine ganze Menge Arbeit. Ich hoffe, ich werde einen großen Haufen lieber Kolleginnen bekommen."

Er lächelte sie zärtlich an. „Natürlich wirst du das. Die Vorstellungsgespräche laufen bereits, du musst dir also keine Sorgen machen. Es wird schon genug freie Zeit für Kati und mich übrig bleiben." Er zwinkerte ihr zu.

Kati hielt es vor Neugier nicht mehr aus. „Wo ist mein Zimmer? Kann ich es sehen, Markus?"

„Natürlich. Kommt, wir gehen uns alles ansehen."

Sie stiegen aus, und sobald Sophie Kati abgeschnallt hatte, sprang sie aus dem Wagen und rannte los. Ihre Wohnung befand sich im hinteren Haus, das wie die anderen unmittelbar an die Dünen grenzte.

Während er ihre Wohnungstür aufschloss, lächelte Markus beiden zu. „Bereit?"

„Schon ganz lange", schrie Kati und hüpfte auf der Stelle wie ein Flummi. Sophie nickte, während sie ihren Herzschlag bis in der Kehle spürte. Was erwartete sie hinter dieser Tür? Und was wäre, wenn es ihr nicht gefiele? Markus hatte gesagt, das Hotel wäre in einem heruntergekommenen Zustand gewesen. Vielleicht war ihre Wohnung noch nicht renoviert worden? Und warum hatte sie ihn noch gar nicht danach gefragt? Die vergangenen Wochen waren so aufregend gewesen, dass sie es schlicht und einfach vergessen hatte.

In der offenen Tür blieb er stehen und ließ Kati und Sophie vorgehen. Neugierig betrachtete Sophie erst einmal den Flur, während Kati schon vorwegrannte.

Markus erschien hinter ihr und begann, ihr alles zu erklären. Sophie stellte fest, dass ihre Sorgen unbegründet waren. Auch diese Wohnung war renoviert und modernisiert worden, und sie gefiel ihr sogar außerordentlich gut.

Sie verfügte über vier geräumige Zimmer, wovon Kati gleich eins davon als ihres belegte. Lächelnd erklärten sich Sophie und Markus einverstanden, denn alle Räume waren wundervoll. Den Boden bedeckte glänzendes Parkett, die Wände waren weiß gestrichen, und jedes Zimmer besaß ein bodentiefes Fenster, das den Blick in die großartige Dünenlandschaft freigab.

„Man sieht sogar das Meer", rief Kati begeistert aus ihrem Zimmer.

Vom Wohnzimmer aus führte eine Tür auf eine großzügig angelegte Terrasse, nur durch einen kleinen Holzzaun von den Dünen abgegrenzt. Als Sophie hinaustrat, hörte sie das Rauschen der Nordseewellen. Möwen schrien im Wind, eine frische Brise zauste ihr Haar, und die Luft roch nach Salz.

„Hier will ich nie wieder weg", erklärte sie spontan.

„Dann gefällt es dir also?" Markus trat hinter sie und schloss sie in die Arme.

Glücklich schmiegte sich Sophie an ihn. „Gefallen ist gar kein Ausdruck. Ich bin überwältigt."

„Du willst also nicht doch lieber in eurer Dachwohnung bleiben?"

„Nichts gegen unser kurzzeitiges Zuhause bei Birte. Es war gemütlich und sehr nett. Aber das hier ..." Genießerisch ließ sie ihren Blick über die weitläufige Dünenlandschaft und das sich dahinter erstreckende Meer schweifen, während der Wind in ihr Haar griff wie eine zärtliche Hand. „Es ist unbeschreiblich. Wirklich, Markus, so schön habe ich es mir in meinen kühnsten Träumen nicht vorgestellt. Dies hier wird mein Lieblingsplatz, das weiß ich jetzt schon."

„Nicht unser Schlafzimmer?", fragte er leise in ihr Haar hinein. „Wir kaufen uns ein großes, breites Bett, das so gemütlich sein wird, dass du es gar nicht mehr verlassen willst. Vor allem, wenn ich dir das Frühstück ans Bett bringe und dich auch anderweitig verwöhnen werde."

„Bist du etwa eifersüchtig?" Zärtlich lächelte Sophie Markus an und besänftigte ihn mit einem ausgiebigen Kuss.

Anschließend hob er die Schultern und seufzte. „Ich hätte es wissen müssen. Ich muss deine Zuneigung wohl ab sofort teilen."

„Du hast es nicht anders gewollt." Sie sah in seine Augen, hob die Hand und strich ihm eine Haarsträhne aus dem Gesicht. „Aber du hast es etwas falsch ausgedrückt."

„Was denn?"

„Das mit der Zuneigung."

„Warum?" Gespielt erschrocken riss er die Augen auf. „Magst du mich nicht mehr? Hat mir die Terrasse endgültig den Rang abgelaufen?"

„Na ja, fast. Aber du hast untertrieben." Sie versank in seinen Augen, während die Sonne die bernsteinfarbenen Einsprengsel zum Leuchten brachte. „Ich liebe dich", flüsterte sie.

Da schloss er seine Arme um sie, und sie fühlte sich warm und geborgen. Sie war endlich nach Hause gekommen, nachdem sie mehr als ein Jahr lang in einem

winzigen Boot auf einem schäumenden Ozean voller
Probleme und Sorgen umhergetrieben worden war.
Jetzt würde ihr nichts und niemand mehr etwas antun
können.

Kapitel 28

Die nächsten Wochen waren für Sophie und Markus sehr arbeitsreich. Sie hatten ein Umzugsunternehmen mit dem Transport ihrer Möbel und des Hausrats beauftragt, waren tagelang mit dem Packen der Kisten und Kartons beschäftigt.

Es war ein wehmütiges Gefühl, gemeinsam mit Carsten zum Kindergarten in Coppum zu fahren und Kati dort abzumelden. Sophie und Markus hatten Carsten zudem angeboten, dabei zu sein, wenn sie Kati in ihrem neuen Kindergarten in List auf Sylt anmeldeten, um sich ein Bild davon zu machen und mit den Erzieherinnen zu sprechen. Lächelnd hatte Carsten abgewunken.

„Ich habe da vollstes Vertrauen zu euch. Ihr sucht schon das Richtige für unsere Kleine aus.“

Er hatte alle nötigen Formulare unterschrieben, die Sophie ihm vorgelegt hatte.

Ende November brachte Emma ihre kleine Tochter Leni zur Welt. Die Geburt verlief ohne Komplikationen, und Sophie würde nie das glückliche Strahlen ihrer wiedergefundenen Freundin vergessen und die unendliche Erleichterung, die alle empfanden.

Zwei Wochen darauf, am zweiten Adventssonntag, besuchten Sophie, Markus und Kati gemeinsam mit Rainer die frischgebackenen Eltern Sven und Emma, denn Rainer wollte unbedingt deren Bilder sehen.

„Markus hat nicht übertrieben", stellte Rainer fest, während er langsam und eingehend jedes der Bilder betrachtete.

Emma errötete vor Freude.

„Was hat er denn gesagt?", fragte Sven neugierig.

Rainer schenkte Emma ein freundliches Lächeln. „Dass Emma zaubern kann. Und er hat recht. Mir selbst erscheint es ebenfalls wie Zauberei. Oder wie sonst ist es zu erklären, dass ich beim Betrachten der Bilder die Kraft des Windes zu spüren meine, den Klang der Brandung höre oder den Duft der Blumen riechen kann?"

„Wirklich?", fragte Emma überwältigt.

Er nickte. „Ich meine es vollkommen ehrlich."

„Das liegt wohl daran, weil all meine Emotionen in meine Bilder fließen. Ich denke, deswegen wirken sie so lebendig."

„Es ist eine große Ehre für uns und besonders für das neue Hotel auf Sylt, dass es sich mit Ihren wundervollen Bildern schmücken darf."

Sophie wusste nicht, wie viel Geld Emma für den Auftrag bekam, und sie fragte auch nicht danach. Dies war allein ihre Sache. Doch wenn sie ihre strahlende Freundin so ansah, handelte es sich um eine Summe, die ihr einige Sorgen abnehmen würde.

Es tat Sophie unglaublich gut, Emmas Glück mitzuerleben. Sie hatte so viel Schweres mitgemacht, und an einem Großteil davon trug sie die Schuld. Nun, mit diesem großartigen Angebot des Hotels, konnte sie wenigstens einen kleinen Teil wiedergutmachen.

Auch ihr letzter Arbeitstag in Cuxhaven würde Sophie unvergesslich bleiben. Regina hatte einen Kuchen gebacken, der auf einem schön gedeckten Tisch im Aufenthaltsraum stand, und Meike überreichte ihr ein gerahmtes Foto aller Kolleginnen.

„Mit den besten Wünschen für deinen Neuanfang", sagte sie.

„Danke sehr, das ist ja lieb von euch."

„Ich muss schon sagen, ich bin ein wenig neidisch", gab Regina zu und schob sich eine Gabel Kuchen in den Mund. „Ich hab Fotos vom Hotel gesehen, es ist wirklich traumhaft. Und du wirst dort sogar wohnen." Sie seufzte laut, und die Kolleginnen lachten.

„Bewirb dich doch auch da. Ich glaube, das Hotel sucht noch gute Mitarbeiter."

Doch Regina winkte lachend ab. „Nee, lass mal. Ich komm euch lieber mal besuchen. In meinem Alter noch einmal neu anfangen, nach über dreißig Jahren hier im Hotel, das ist nichts mehr für mich."

„Du willst uns wirklich schon wieder verlassen?", fragte Meike bekümmert. „Das ist schade, lange warst du ja nicht gerade bei uns. Aber ich verstehe dich natürlich. So eine Chance bekommt man nur einmal im Leben, und dann muss man zugreifen, wenn man keinen Ärger mit seinem Karma bekommen will." Sie lachte, doch tief in ihren Augen erkannte Sophie Traurigkeit und Kummer.

„Willst du nicht auch nach Sylt zurück?", erkundigte sie sich. Sie kannte diesen Ausdruck. Sie selbst und ihre Tochter hatten ihn allzu lang selbst mit sich herumgetragen. „Du hast Heimweh, oder?", setzte sie mitfühlend hinzu.

Leider war es nicht mehr dazu gekommen, dass Meike ihr die Gründe für ihren Weggang von der Insel erklären konnte, doch Sophie spürte, dass irgendetwas vorgefallen sein musste. Etwas Schwerwiegendes, das ihre Kollegin daran hinderte, einfach wieder zurückzugehen.

Meike hob die Schultern. „Klar. Aber was hilft's? Da muss ich durch."

„Falls du es dir mal überlegen solltest ... du kannst mich jederzeit anrufen, hörst du? Besuche uns, wenn du Lust und Zeit hast, ich würde mich sehr freuen. Und ich bin mir sicher, dass wir sogar einen Job für dich finden würden, wenn du vorhast, zurückzukommen. Ich weiß, wie sich Heimweh anfühlt, wie weh es tut."

Als würde es einen innerlich zerreißen, würde das Herz immer weiter zusammenpressen wie eine Orange in einer Faust, dachte Sophie bei sich. Es schluckte jedes Fünkchen Licht, das einem Freude bringen mochte, bis alles in einem ganz kalt und dunkel wurde.

„Danke. Ich weiß dein Angebot zu schätzen. Vielleicht besuche ich euch wirklich mal."

Meikes Lider flatterten, als müsste sie sich mit aller Kraft zusammenreißen, nicht schwach zu werden. Doch sie sagte kein Wort zum möglichen Jobangebot.

Sophie fragte sich, welches Geheimnis ihre ehemalige Kollegin wohl verbergen mochte.

***

Der Abschied von Birte und ihrer Familie, von Sven, Emma und den anderen verlief noch tränenreicher als der vom Hotel.

Birte, Emma und Verena hatten mit Unterstützung von Margarete heimlich eine Abschiedsparty organisiert. Als Sophie mit Kati und Markus auf den Hof fuhr, um sich zu verabschieden, bat Margarete sie, kurz mitzukommen.

„Wir haben noch etwas für Kati", sagte sie.

Neugierig hopste die Kleine voran durch den Flur, Sophie und Markus folgten ihr neugierig.

In der großen Wohnstube standen dann alle versammelt: Emma mit der kleinen Leni, Sven und Thies, Horst und der alte Heinz, Birte mit Melissa und Michi, Verena und Anna-Lena, und sogar Benni, Kai, Miriam und ein paar weitere Kindergartenkinder waren mit ihren Eltern gekommen, um Sophie, Kati und Markus zu verabschieden. Auch Carsten war da und lächelte ihnen entgegen.

„Tut mir leid, aber ihr müsst noch etwas warten, ehe ihr losfahren könnt", sagte Birte und wies auf den Tisch. Mehrere Torten und Kuchen standen darauf, Teller und Tassen und Kannen mit Kaffee, Tee und Kakao.

Bei dem Anblick all der wehmütig lächelnden Gesichter brach Sophie in Tränen aus. Ihre Freundinnen nahmen sie tröstend in die Arme, während sie selbst ganz feuchte Augen hatten.

Ihre Abfahrt verzögerte sich um zwei Stunden. Noch einmal konnte Kati mit all ihren Freundinnen spielen, und viele hatten Abschiedsgeschenke für sie: Kuscheltiere, selbstgemalte Bilder, Süßigkeiten. Als es schließlich Zeit für den endgültigen Abschied wurde, flossen die Tränen bei allen in Strömen.

Kati weinte so sehr, dass Sophie schon fürchtete, sie hätte es sich anders überlegt und wollte doch nicht mehr aus Coppum weg.

„Wir kommen euch ganz bald besuchen“, versprach Emma und strich ihr übers Haar.

„Und ich bringe Timmi mit“, fügte Thies hinzu, der selber weinte.

„Es wird dir auf Sylt gefallen. Ich bin ganz neidisch, dass du da hinziehen kannst und wir hierbleiben müssen.“ Birte zwinkerte Kati zu.

Sie konnte sogar schon wieder ein wenig lachen. „Ihr könnt doch mitkommen. Wir können alle zusammen auf Sylt wohnen.“

„Aber wir können doch unsere Kühe nicht alleinlassen“, warf Margarete ein.

„Un all de Höhner“, ergänzte Heinz.

„Ja, das stimmt.“ Nachdenklich kaute Kati auf ihrer Unterlippe.

Carsten holte ein großes Paket, das er Kati überreichte. Natürlich packte sie es sofort aus. Es enthielt ein aufblasbares Planschbecken, bei dem sich ein Delfin entfalten würde, der Wasser spuckte.

„Falls du mal keine Lust auf die kalte Nordsee hast“, sagte er und schloss sie in die Arme.

„Danke, Papa. Du musst uns unbedingt bald besuchen, dann können wir zusammen darin baden.“

„Das mache ich.“ Carsten wechselte einen Blick mit Sophie, und überrascht spürte sie, dass all der Ärger, den sie seinetwegen seit Jahren verspürt hatte, vergangen war.

Schließlich verschwand Emma noch einmal im Haus und kam gleich darauf mit zwei Gegenständen zurück. Sie waren in Geschenkpapier mit unzähligen Herzchen gewickelt. Mit einem scheuen Lächeln übergab sie das erste Päckchen Sophie.

„Das ist für euer neues Heim. Vorausgesetzt, ihr mögt es leiden, könnt ihr es an eine eurer Wände hängen, bis ihr etwas Besseres findet." Damit trat sie zurück.

Neugierig packte Sophie das Geschenk aus. Es war groß, aber flach, und ihr Herz schlug schneller, als sie ihren Verdacht bestätigt sah, dass es sich um ein Bild handelte. Die anderen sahen ihr gespannt zu, wie sie das letzte Stück Papier entfernte und das Bild hochhielt.

Überwältigt sog sie die Luft ein. Es handelte sich um eines von Emmas Bildern. Eines der neuen, die sie eigentlich für das Hotel gemalt hatte. Es zeigte den Nordseestrand in seiner ganzen Schönheit. Plätschernd schlugen die Wellen an den Strand, der in der Sonne golden leuchtete. Ganz weit hinten erkannte sie mehrere Personen. Ein Liebespaar Arm in Arm. Neben dem Pärchen spielte ein kleines Mädchen im Sand, und vor ihm stand ein heller Hund und sah ihm dabei zu.

„Das sind wir", flüsterte Sophie ergriffen. „Kati, Markus und ich."

„Genau. Ihr alle liebt das Meer. Ich habe begonnen, es zu malen, nachdem wir zusammen am Strand waren. Dieser Tag, an dem wir uns ausgesprochen hatten, erinnerst du dich? Da entschloss ich mich, dich am Strand zu malen, gemeinsam mit den Menschen, die du liebst. Sozusagen als Wiedergutmachung."

„Es ist wunderschön", flüsterte Sophie ergriffen. Sie erinnerte sich gut an jenen Tag, an dem Emma bereits von Carsten wusste, was er plante, ihr jedoch nichts davon gesagt hatte. All das war nun Vergangenheit. „Vielen Dank."

„Es ist wirklich fantastisch", pflichtete Markus Sophie bei. „Wir können das doch gar nicht annehmen, Emma. Du kannst viel Geld dafür verlangen."

Emma lächelte, in ihren Augen standen Tränen, und Sophie fragte sich, wie sie sie jemals hatte verletzen können.

„Ich habe eure Freundschaft. Das ist viel mehr wert."

Glücklich schloss Sophie sie in die Arme. „Danke. Du ahnst gar nicht, wie viel mir das bedeutet."

„Es bekommt einen Ehrenplatz bei uns", versprach Markus.

Emma lächelte glücklich. Dann griff sie zu dem zweiten Geschenk, das noch neben ihr stand. „Das hier ist für Kati", sagte sie und überreichte es dem Mädchen. Es war kleiner als das erste, und neugierig riss Kati das Papier ab.

„Oh, das ist ja Timmi", rief sie begeistert. „Und da sind Thies und ich." Mit vor Freude leuchtenden Augen sah sie auf.

„Damit du uns nicht vergisst", sagte Thies. Seine Unterlippe zitterte.

Während die Kinder schon wieder weinten, schloss Sophie all ihre Freundinnen fest in den Arm, deren Kinder, schließlich Carsten, Margarete, Sven, den alten Heinz und Horst, der auf seinen Rollator gestützt schon wieder ganz flott unterwegs sein konnte. Jeden Einzelnen von ihnen würde sie vermissen.

„Kiekt mol wedder in", rief Heinz, als sie sich abwandten und zum Auto gingen.

„Das machen wir, versprochen."

Unendlich viele Abschiedsworte später saßen Sophie, Markus und Kati endlich im Auto. Laut hupend fuhr

Markus vom Hof, und Sophie warf einen letzten Blick auf die Menschen, die sie zurückließ. Menschen, die sie ihr Leben lang kannte. Menschen, die sie aufgenommen hatten, als sie in Not gewesen war, obwohl sie ihr nicht gerade wohlgesonnen waren. Und die nun, als sie Abschied voneinander nahmen, erneut zu Freunden geworden waren.

Sie wandte sich zu Kati um. „Alles okay bei dir, Mäuschen?"

Katis Gesicht war immer noch tränennass, als sie aufsah, doch sie konnte schon wieder lächeln.

„Das ist so ein schönes Bild, Mama. Ich hänge es über mein Bett, dann kann ich es immer sehen."

„Das ist eine sehr gute Idee. Und wir werden all deine Freunde oft besuchen. Und Sylt ist so schön, dass sie auch oft zu Besuch kommen werden."

Kati wandte sich um, um einen Blick auf Odin zu erhaschen, der im Kofferraum in seiner Transportbox saß.

„Dann können alle zusehen, was Odin und ich am Strand alles bauen."

„Das wird super", versprach Sophie. Immer noch kämpfte sie gegen die Tränen an, die wieder und wieder aufsteigen wollten.

Sie fing Markus' Blick auf, der sie besorgt anlächelte. „Gehts?"

„Ja. Ich hätte nicht gedacht, dass es so schwer werden würde."

„Sie sind wirklich alle ganz besondere Menschen."

„Das sind sie. Ich bin so froh, sie alle zu kennen."

„Und ich bin froh, dich zu kennen." Er schenkte ihr ein liebevolles Lächeln, ehe er seinen Blick wieder auf die Straße richtete.

***

„Achtung, ich bitte um absolute Ruhe."

Mit erhobener Hand stand Markus vor dem über zwei Meter hohen Weihnachtsbaum. In der anderen Hand hielt er den Knopf für die Lichterkette, und er warf bedeutsame Blicke auf Sophie und Kati.

Sie saßen auf Sophies taubenblauer Couch im ansonsten noch nicht vollständig eingerichteten Wohnzimmer. An der Wand hinter ihnen hing Emmas Bild von ihnen am Strand. Das Bild für Kati hatte Markus sofort in ihrem Zimmer aufgehängt. Es waren die ersten von vielen, denn sie hatten beschlossen, alle Wände ihrer Wohnung mit Emmas Bildern zu schmücken. Doch die anderen würden sie ihr abkaufen.

Kati wippte vor Aufregung mit den Beinen, und Sophie sah Markus gespannt an. Beide gaben keinen Mucks von sich.

„Drei, zwei, eins", zählte Markus herunter und schaltete das Licht an.

Unzählige Lämpchen glühten auf und hüllten den überreich geschmückten Baum in warmes Licht.

„Oh!", rief Kati begeistert. „Das ist aber schön."

„Warte nur ab, bis du die Geschenke siehst", versprach Markus. „Aber die gibts erst übermorgen, solange braucht der Weihnachtsmann noch, sie alle herzubringen."

„Es gibt doch gar keinen Weihnachtsmann", rief Kati.

Markus hob eine Augenbraue. „Wer sagt das denn?"

„Paul, der ältere Bruder von Johanna aus dem Kindergarten. Er hat uns ausgelacht, als wir überlegten, was der Weihnachtsmann uns wohl bringen wird."

„Weißt du, ältere Brüder wissen auch nicht alles. Wahrscheinlich hat Paul irgendwas gemacht, was nicht in Ordnung war, und fürchtet jetzt, nichts zu bekommen. Und aus lauter Neid hat er gleich versucht, euch die Freude zu nehmen."

Verstohlen zwinkerte Markus Sophie zu, und ebenso heimlich grinste sie. Der arme Paul. Wenn der wüsste, was ihm hier in die Schuhe geschoben wurde.

Kati kaute nachdenklich auf ihrer Unterlippe. „Ja, das kann schon sein. Der ist wirklich manchmal ganz schön doof und ärgert uns."

Doch jetzt hielt sie nichts mehr auf dem Sofa. Schnell wie ein Blitz rannte sie zum Baum und bewunderte die unzähligen pinken und lilafarbenen Kugeln, die im Lichtschein funkelten. Ihr kleines Gesicht wirkte wie verzaubert, und Sophies Herz machte vor lauter Glück einen kleinen Hüpfer.

Lächelnd setzte sich Markus zu ihr und legte den Arm um sie.

„Ist alles so, wie du es dir vorgestellt hast?"

Sie lehnte den Kopf an seine Schulter. „Noch viel schöner. Ich kann es immer noch nicht glauben. Ist das alles wirklich wahr? Kneif mich mal."

Grinsend zwickte er sie in den Arm. „Na, bist du jetzt überzeugt?"

„Au! Ja, jetzt kann ich es wohl nicht mehr leugnen. Wirklich, Markus, ich komme mir vor wie im Märchen. Unsere Wohnung ist einfach traumhaft, und ..."

„Trotz der unzähligen Umzugskartons?"

Sophie, Markus und Kati waren vorgestern samt Kartons und Möbeln angekommen und hatten schon einiges aufgebaut und ausgeräumt, aber viele Kartons standen noch ungeöffnet herum.

„Ach, wen stören schon ein paar Kartons? Ich kann mich nicht sattsehen an der wunderbaren Aussicht. Am liebsten würde ich stundenlang auf der Terrasse stehen und über die Dünen und das Meer sehen."

Er lachte. „Ab und zu solltest du dich aber schon auch mal davon losreißen. Es gibt noch viel zu tun, ehe unsere Wohnung fertig eingerichtet ist. Morgen fahren wir Möbel kaufen, ja?"

„Ja!", schrie Kati begeistert.

„Sie hat wirklich Ohren wie ein Luchs", flüsterte Markus Sophie lächelnd zu.

„Du hast doch noch die Möbel aus deinem alten Kinderzimmer", wandte sich Sophie an Kati, um ihre Tochter ein wenig auf den Arm zu nehmen. Denn sie hatten beschlossen, einige Möbel nicht mitzunehmen. Markus würde seine in seinem Haus in Cuxhaven lassen, das er möbliert vermieten wollte. Ihr eigenes Bett hatte Sophie einer Kollegin geschenkt, denn Markus und sie wollten sich ein Doppelbett kaufen. Vorerst schliefen sie auf zwei Matratzen, die sie bereits gekauft hatten. Nur ihre Schränke und die Couch hatten sie aus Markus' Keller geholt und mitgenommen, und Katis Sachen waren für Besuche wieder in deren ehemaliges Zimmer bei Carsten gebracht worden. Somit hatten sie nur Katis neues Bett mitgenommen.

Wie erwartet fuhr Kati zu Sophie herum. „Du hast doch gesagt, ich bekomme ein neues Kinderzimmer.

Ich möchte einen Anna-und-Elsa-Betttunnel und eine Tapete mit Pferden, das weißt du doch."

Schmunzelnd gab Sophie nach. „Das bekommst du doch auch alles, keine Sorge, Mäuschen. Und wunderschöne Schränke für deine Sachen noch dazu."

„Hurra!"

Glücklich schmiegte sich Sophie an Markus. „Wenn ich meinen Kaffee mit Blick auf die Dünen trinken kann, brauche ich im Grunde nichts weiter, sondern bin restlos zufrieden."

„Puh, da werden wir ja viel Geld sparen." Gespielt erleichtert wischte sich Markus über die Stirn. „Gut, dass du es so siehst. Ich hatte schon schlaflose Nächte beim Gedanken daran, was all die neuen Möbel kosten mögen."

Liebevoll knuffte Sophie ihn in die Seite. Eine Weile saßen sie schweigend da, genossen die Nähe des anderen und den Anblick des festlich beleuchteten Baums. Kati hatte sich darunter gesetzt und spielte vorsichtig mit den Kugeln. Dann tappte Odin aus seinem Körbchen zu ihr. Seine Krallen klackten auf dem glatten Parkett.

„Er ist kaum wiederzuerkennen", sagte Sophie verträumt.

„Wie meinst du das?"

„Als wir euch beide am Strand zum ersten Mal gesehen hatten, war er ein Sandmonster, das Katis Gräben und Dämme zertrampelt hat."

Markus lachte. „Ach, das meinst du. Oh, was glaubst du wohl, wie schnell er sich hier wieder in eins verwandelt, sobald wir ihn rauslassen."

„Wir sollten eine Hunde-Waschanlage vor die Terras-
sentür stellen. In dem Zustand lasse ich ihn nicht ins
Haus."

„Das ist doch nur Sand, Mama", rief Kati.

Odin lag inzwischen neben ihr, die Augen genießend
geschlossen, während sie seinen Kopf kraulte.

„Ich fürchte, dieses Thema müssen wir noch genauer
diskutieren", sagte Sophie schmunzelnd.

„Ist es wirklich noch nicht einmal ein Jahr her?" Markus sah sie nachdenklich an. „Wenn ich überlege, was
seitdem alles geschehen ist, kommt es mir viel länger
vor."

Sie nickte. „Damals machten wir nur einen kleinen
Urlaub an der Nordsee und mussten bald wieder zurück. Du kannst dir nicht vorstellen, wie es uns beiden
davor gegraut hat."

Seine Finger spielten mit einer Strähne ihres Haars.
„Ich glaube, ich habe mich damals schon in dich verliebt. Wie du dort am Strand gestanden hast, das Haar
vom Wind zerzaust. Du hast so glücklich ausgesehen."
Er beugte sich vor und küsste sie zärtlich.

„Mir ging es ebenso, auch wenn mir das damals noch
nicht klar war." Damals hatte sie noch geglaubt, Sven
zu lieben. Und sie hatte gedacht, dass es niemals einen
anderen Mann geben könnte, der diesen Platz würde
einnehmen können. Wie sehr sie sich doch geirrt hatte.
Und wie gut das war!

Markus beugte sich zu ihr, die Hand hinters Ohr gelegt. „Hab ich das gerade richtig verstanden? Du hast
gesagt, dass du dich in mich verliebt hattest, an diesem
ersten Tag schon?"

Sie sah ihn zärtlich an, fuhr mit dem Finger über die Grübchen in seinen Wangen und die Lachfältchen um seine Augen. Dann nickte sie. „Ja, das habe ich.“

Und es war wahr. Vom ersten Augenblick an war es Markus mit seiner liebenswürdigen Art gelungen, sich in ihr Herz zu schleichen und darin festzusetzen, bis er tief darin verwurzelt war und sie ihn nicht mehr loslassen wollte. Markus hatte sie es zu verdanken, dass sie und Emma wieder zueinandergefunden hatten. Dass sie Frieden mit ihrer Vergangenheit schließen konnte. Und dass auch Kati endlich wieder glücklich war.

Sanft nahm Markus ihr Gesicht zwischen die Hände und sah sie an. In seinen Augen konnte sie ertrinken. Sie sank hinein und ergab sich der Wärme und Zärtlichkeit darin, so tief, dass sie nie wieder hervorkommen wollte.

„Das trifft sich gut“, sagte er leise. „Denn ich liebe dich auch.“

ENDE

Glossar

Plattdeutsch – Deutsch:

Moin = Guten Morgen, guten Tag, guten Abend, hallo
geklönt = geredet, unterhalten
die Lütte, der Lütte = die Kleine, der Kleine
tüdelig = durcheinander
Schietwedder-Mütz = Schlecht-/ Scheißwetter-Mütze
Dat kann in elk Huus bloot en Slaapmütt geven. = Es
kann in jedem Haus nur eine Schlafmütze geben.
Wo bleevt ji denn? = Wo bleibt ihr denn?
Wi mok dat gern. = Wir machen das gern.
Wat is denn los? = Was ist denn los?
De arme Deern! = Das arme Mädchen!
Wat mokt der Lütte? = Was macht der Kleine?
Mok dat. = Mach das.
Ahlns wart gut. = Alles wird gut.
Geh nach Hus, Deern. = Geh nach Hause, Mädchen.
Mien Deern = Mein Mädchen
De schall sik ja ok schonen. = Die soll sich ja auch scho-
nen.
un all de Höhner = und all die Hühner
Kiekt mol wedder in. = Schaut mal wieder vorbei.